ULLSTEIN

Das Buch

Wie ihre Freunde Jake und Tony liebt Valentine ihren Beruf als Fotojournalistin, der sie bei der Berichterstattung über Kriegsgebiete auch in gefährliche Situationen bringt. Ihre Affäre mit Tony endet schmerzlich, als er bei einem Einsatz ums Leben kommt. Doch die selbstbewusste junge Frau leidet noch mehr, als sie bei der Trauerfeier erkennen muss, dass sich ihr Geliebter entgegen seiner Versprechen niemals von seiner Frau getrennt hat. Jake ist ihr in dieser schwierigen Zeit eine große Stütze und hilft ihr, die Enttäuschung über die Lügen zu überwinden. Und die Liebe auf den zweiten Blick scheint Valentines Herz zu heilen . . .

Die Autorin

Barbara Taylor Bradford ist eine der erfolgreichsten Schriftstellerinnen weltweit. Ihre 77 Bücher wurden in 88 Ländern und in 38 Sprachen veröffentlicht und verkauften insgesamt 60 Millionen Exemplare. Die gebürtige Engländerin lebt mit ihrem Mann und ihren beiden Hunden in New York. Sie hat für ihre Romane und für ihr soziales Engagement zahlreiche Auszeichnungen bekommen.

Von Barbara Taylor Bradford sind in unserem Hause
bereits erschienen:

Bewahrt den Traum
Claires Geheimnis
Stimme des Herzens
Wer Liebe sät

Barbara Taylor Bradford

Wofür dein Herz schlägt

Roman

Aus dem Englischen
von Barbara Röhl

Ullstein

Besuchen Sie uns im Internet:
www.ullstein-taschenbuch.de

Umwelthinweis:
Dieses Buch wurde auf chlor- und säurefreiem Papier gedruckt.

Ullstein ist ein Verlag der Ullstein Buchverlage GmbH, Berlin.
Neuausgabe
1. Auflage Dezember 2004

Titel der amerikanischen Originalausgabe: *Where You Belong*
(Doubleday, a division of Random House, New York)
Übersetzung: Barbara Röhl
Umschlaggestaltung: Nele Schütz Design, München
Titelabbildung: Mauritius/nonstock, Mittenwald
Gesetzt aus der Berling
Satz: Franzis print & media, München
Druck und Bindearbeiten: Ebner & Spiegel, Ulm
Printed in Germany
ISBN 3-548-26182-5

Wie immer für Bob, mit meiner ganzen Liebe

Teil eins

Eine Frage der Integrität

Kapitel 1

I

Kosovo, August 1998 – Vor der Gluthitze hatten wir drei uns in ein Wäldchen am Dorfausgang verzogen. Unter den Bäumen war es sogar an diesem brütend heißen Sommertag schattig und kühl.

Ich spähte zu dem Jeep, der nicht weit entfernt an der Straße stand. Fieberhaft überlegte ich, was aus Adjet geworden sein mochte, unserem Berater, Führer und Chauffeur, der zu Fuß ins Dorf gegangen war. Vor ein paar Tagen hatte er ein Treffen mit einem alten Schulfreund arrangiert, der uns wiederum zu den Anführern der Kosovo-Befreiungsarmee führen sollte. Nach Adjets Auskunft unterhielt diese Armee in der Nähe des Dorfes ihr wichtigstes Ausbildungslager. In Peć und auf der Herfahrt hatte er uns mehrmals versichert, die Anführer hielten sich im Lager auf und würden sich bestimmt bereitwillig fotografieren lassen, damit die Bilder in Zeitungen und Magazinen auf der ganzen Welt verbreitet würden. »Jeder soll die Wahrheit erfahren, um unsere Sache wissen, unser gerechtes und legitimes Anliegen«, hatte Adjet uns immer wieder erklärt.

Als er vor einer kleinen Ewigkeit das Wäldchen verließ, hatte er fröhlich gelächelt, glücklich bei dem Gedanken, seinen alten Freund wiederzusehen. Ich hatte ihm nachgeschaut. Munter war der junge Mann ausgeschritten und entschlossen und zielbewusst die Straße entlangmarschiert. Aber das war mehr als drei Stunden her. Adjet war immer noch nicht zurück, und das beunruhigte mich. Langsam begann ich zu fürchten, dem freundlichen jungen Kosovo-Albaner, der sich uns stets so hilfsbereit gezeigt hatte, könnte ein Unglück zugestoßen sein.

Ich stand auf und ging zwischen den Bäumen hindurch, wobei ich meine Augen mit der Hand beschattete, und blickte die unbefestigte Straße entlang. Nichts zu sehen von Adjet. Tatsächlich regte sich fast überhaupt nichts. Aber ich wartete noch ein bisschen und hoffte, er würde jeden Moment auftauchen.

Mein Name ist Valentine Denning. Ich bin in New York geboren und aufgewachsen, aber heute arbeite ich von Paris aus als Fotojournalistin für Gemstar, eine bekannte internationale Agentur für Pressefotos. Ich bin einunddreißig Jahre alt, ständig unterwegs und lebe aus dem Koffer. Und dann die unregelmäßigen Arbeitszeiten, der Mangel an Komfort, ja sogar an den kleinsten Annehmlichkeiten, wenn ich im Einsatz bin und über Kriege und andere Katastrophen berichte … Gar nicht zu reden von den gefährlichen Situationen, in die ich oft gerate. Aber ich liebe dieses unstete Leben und würde es für nichts auf der Welt eintauschen.

An diesem Tag wandte ich mich schließlich von der Straße ab und ging durch die Bäume wieder zu Jake Newberg und Tony Hampton, meinen Waffenbrüdern, wie Tony uns drei nennt. Die beiden Jungs sind für mich wie eine Familie; wir arbeiten seit mehreren Jahren zusammen und sind unzertrennlich. Jake ist mein bester Kamerad, und aus meiner Freundschaft zu Tony hat sich im Verlauf des letzten Jahres eine Beziehung entwickelt. Wir drei gehen überall zusammen hin und achten immer darauf, dass unsere jeweiligen Fotoagenturen uns an dieselben Einsatzorte schicken.

Ich warf Tony, der auf einem Baumstamm saß und neue Filme in zwei seiner Kameras einlegte, einen verstohlenen Blick zu. Wie durchtrainiert und gesund er aussah! Tony ist Brite und zehn Jahre älter als ich. Er ist stämmig und muskulös, gut aussehend und charismatisch und hat die dunkle Attraktivität seiner irischen Mutter geerbt. Aber was Frauen am anziehendsten finden, ist seine Männlichkeit, seine starke, ja überwältigende erotische Ausstrahlung, der auch ich nicht hatte widerstehen können.

Tony gilt als einer der großen Fotoreporter der Welt, vom gleichen Kaliber wie der verblichene Robert Capa, und wenn es darum geht, seine Bilder zu bekommen, geht er auch gern einmal ein Risiko ein. Mich besorgt das nicht allzu sehr, obwohl ich weiß, dass Jake Newberg sich deswegen Gedanken macht; in letzter Zeit hat er oft mit mir darüber diskutiert.

Ich betrachtete Jake, der, lässig an einen Baum gelehnt, im Gras saß und sich Notizen im dem kleinen blauen Lederbüchlein machte, das er immer bei sich trägt. Jake ist ebenfalls Amerikaner, »ein Jude aus Georgia«, wie er sich gern beschreibt. Mit seinen achtunddreißig Jahren ist er wie Tony einer der führenden Kriegsreporter und preisgekrönt. Ich selbst habe auch allerhand Auszeichnungen gewonnen, aber ich habe nie versucht, in derselben Liga zu spielen wie die beiden, obwohl Tony und Jake behaupten, ich gehöre dorthin und sei genauso gut wie sie.

Jake ist hochgewachsen, schlank und drahtig; mir kommt er immer unverwüstlich vor. Er ist ein attraktiver Mann mit einem ausdrucksvollen Gesicht, blondem Kraushaar und den lebhaftesten blauen Augen, die ich je gesehen habe. Aber trotz seiner Unerschrockenheit und dem schelmischen Blitzen, das oft in diesen Augen aufscheint, habe ich schon vor langer Zeit entdeckt, dass Jake der mitfühlendste aller Menschen ist. Und ich habe sein Verständnis für die Vielschichtigkeit des menschlichen Herzens schätzen gelernt, für die menschlichen Schwächen, mit denen wir alle geschlagen sind.

Als Tony bemerkte, dass ich über ihm stand, blickte er auf. »Was ist?«, fragte er und zog leicht die Brauen zusammen. »Stimmt etwas nicht?«

»Ich hoffe, mit Adjet ist alles in Ordnung, Tony. Er ist jetzt schon …«

»Na sicher ist es das«, warf Tony rasch und bestimmt ein und schenkte mir ein beruhigendes Lächeln. »Da draußen ist es doch ganz ruhig und friedlich, oder?«

Ich nickte. »Kaum ein Lebenszeichen.«

»Erstaunt mich nicht. Das Dorf ist inzwischen wahrscheinlich zur Hälfte verlassen. Bestimmt sind viele der Einheimischen schon fort. Sie fliehen vor der serbischen Armee nach Süden, um so schnell wie möglich die Grenze nach Albanien zu überqueren.«

»Da hast du wohl Recht.« Ich setzte mich ins Gras und verfiel in grüblerisches Schweigen.

Jake sah mich an und warf dann Tony einen durchdringenden, nachdenklichen Blick zu. »Komm, wir schreiben diese Aufnahmen in den Wind und verdrücken uns, Tony«, meinte er unvermittelt. »Ich hab da plötzlich ein ganz mieses Gefühl.«

»Aber so eine Chance bekommen wir nie wieder«, wandte ich ein, hauptsächlich, weil ich mich dazu verpflichtet fühlte. Ich setzte mich auf und sah Jake an.

Bevor einer der beiden auf meine Bemerkung reagieren konnte, tauchte plötzlich Adjet wieder auf. Er schlenderte von der Straße heran und sah aus, als hätte er keine Sorge auf der Welt.

»Alles ist arrangiert«, verkündete er in seinem einigermaßen passablen Englisch. Er hatte acht Jahre in Brooklyn gelebt und gearbeitet und während dieser Zeit die Sprache gelernt. Sein Onkel und sein Cousin wohnten immer noch dort. »Ich habe meinen Kontaktmann getroffen«, fuhr er fort, »und lange mit ihm geredet. Wir haben Kaffee getrunken. Gerade hat er seinen Laden geschlossen und ist zu dem Bauernhaus gegangen, das in den Feldern auf der anderen Seite des Dorfes liegt. Dort befindet sich im Moment das Hauptquartier der Befreiungsarmee. Er wird die Anführer herbringen ...« Adjet unterbrach sich und schaute auf die Uhr, eine billige Rolexkopie, die er in Manhattan auf der Straße gekauft hatte. Er nickte. »In einer Stunde. Ja, sie werden in ungefähr einer Stunde in den Ort kommen. Wir treffen sie im Laden. Jetzt sollten wir uns ausruhen und hier warten.«

»Guter Junge!«, rief Tony aus und strahlte den jungen Kosovo-Albaner an. »Und da wir eine Stunde totzuschlagen haben, können wir genauso gut essen. Holen wir die Wasserflaschen und die Sandwiches aus dem Jeep.« Tony sprang auf und wandte sich in Richtung Straße.

»Nein, nein, Tony«, rief Adjet aus, »bitte setzen Sie sich! *Bitte*. Machen Sie sich keine Mühe. Ich gehe den Karton mit den Broten und das Wasser holen.«

»Ich bin nicht hungrig, aber ich hätte gern etwas Wasser«, murmelte ich.

»Für mich auch nichts«, schloss sich Jake an. »Ich nehme nur Wasser, wie Val.«

Der junge Mann eilte davon, und ich schaute zuerst Tony und dann Jake an. »Ich könnte die Straße entlang ins Dorf gehen und mich ein bisschen umschauen. Was meint ihr?«

Jake nickte, bemerkte aber nichts dazu.

Tony trat auf mich zu, nahm meine Hand und zog mich hoch. »Ich halte nicht viel davon, wenn du dich bei solchen Aufnahmen aus meiner Sichtweite entfernst, Val, vor allem, weil wir uns hier in der Gegend nicht auskennen. Aber ich glaube schon, dass es okay ist. Adjet scheint jedenfalls nicht beunruhigt zu sein. Also geh ruhig ein Stück, wenn du willst.«

Er legte mir den Arm um die Taille, zog mich heran und

umarmte mich zärtlich. »Ich freue mich schon auf heute Abend in Belgrad, Vee«, flüsterte er in mein Haar hinein. »Dein Hotelzimmer hat etwas, das ich äußerst ansprechend finde.«

»Könnte daran liegen, dass ich darin bin«, gab ich lachend zurück und küsste ihn auf die Wange. »Zumindest *hoffe* ich das.«

»Das weißt du ganz genau.« Er hielt mich ein Stück von sich weg, lächelte, und seine schwarzen Augen glitzerten schelmisch. Doch beinahe sofort wurde er wieder ernst. »Sieh dich gut um und halte dich an den Ortsrand. Dann kannst du schneller hierher zurücklaufen, falls das nötig werden sollte.«

Ich beugte mich zu ihm hinüber. »Mach dir nicht so viele Gedanken, ich komme schon klar. Ach übrigens, habe ich dir heute schon gesagt, dass ich dich liebe? Das tue ich nämlich.«

»Ich liebe dich auch, Val.«

Adjet kam zurück in das Wäldchen. Er trug einen Pappkarton. Nachdem er ihn auf die Steine gestellt hatte, öffnete er ihn mit einer angedeuteten Verneigung. Er reichte die Wasserflaschen herum und bot uns die eingepackten Brote aus dem Hotel in Peć an. Die ganze Zeit über wieselte er um uns herum und benahm sich, als würde er uns ein großes Menü servieren. Tony und Jake tauschten amüsierte, vielsagende Blicke aus und lachten.

Ich war dabei gewesen, einen neuen Film einzulegen, aber jetzt schaute ich von einem zum anderen. »Habe ich etwas verpasst? Was ist so witzig?«

»Gar nichts«, gab Tony zurück und warf mir eine Kusshand zu.

II

Ich richtete meine 35-mm-Leica auf eine Gruppe zerlumpter Kinder kurz vor mir. Zu fünft hockten sie vor einer zerschossenen Mauer am Straßenrand. Durch den Sucher fielen mir ihre Blässe, die gehetzte Miene und die Angst in den unschuldigen jungen Augen besonders auf.

Eine herzzerreißende kleine Bande, dachte ich. So trostlos an diesem strahlenden, sonnigen Tag. Ein Tag zum Spielen, nicht für den Krieg. Ich unterdrückte einen Seufzer und begann zu fotografieren.

Plötzlich und unerwartet geriet um mich alles in hektische Bewegung ... Bombeneinschläge, Mörserfeuer und aus der Ferne das Rumpeln von Panzern. Schüsse peitschten durch die Ruhe des Nachmittags, und augenblicklich nahm ich die Kamera herunter. Ganz in der Nähe hörte ich Schreie, das Trampeln von rennenden Füßen – Menschen, die auseinander stoben und Schutz suchten. Und dann noch mehr Schreie und zugleich das Rattern der Maschinengewehre, und zwar aus ziemlicher Nähe.

Die Gefahr schärfte meine Sinne, und ich spürte einen schweren Druck auf der Brust. Scharf sog ich den Atem ein, als ich direkt hinter mir Tony aus der Baumgruppe stürzen sah, wo ich ihn erst vor ein paar Minuten verlassen hatte. Er hatte mit Jake auf den Felsen gesessen und ein Sandwich verspeist.

Aber jetzt sprintete er auf die Kampflinie zu.

Ich stürmte dicht hinter ihm her. Undeutlich hörte ich weit hinter uns Jake schreien. »Val! Val! Um Gottes willen, lauf ihm nicht nach! *Das ist zu gefährlich.*«

Ich achtete gar nicht auf ihn.

Tony war unser Anführer und wie immer höllisch darauf versessen, die besten Bilder zu bekommen. Ganz gleich, in welchem Krieg wir gerade waren oder was es kostete. Risiken einzugehen machte ihm nichts aus. Im Gegenteil, angesichts der Gefahr schien er erst aufzublühen, wie ich nur zu gut wusste. Tony war immer dort anzutreffen, wo die Luft am bleihaltigsten war. Und damit auch wir anderen, obwohl wir – wie er uns häufig vorhielt – schließlich selbst entscheiden konnten, ob wir ihm ins Getümmel folgten.

Noch einmal hörte ich durch das Krachen explodierender Granaten und ohrenbetäubendes Artilleriefeuer Jakes Stimme. »*Halt, Val!* Nicht hinterher!«

Aber ich blieb weder stehen noch schaute ich mich um. Stattdessen blieb ich Tony dicht auf den Fersen, die Kamera fest gepackt und meinen Verstand, mein ganzes Wesen auf eines konzentriert: meinen Job so professionell wie möglich zu erledigen und die besten Bilder zu schießen.

Hinter mir hörte ich Jake, der mir und Tony folgte, und mir wurde klar, dass er seine Warnungen von eben in den Wind geschlagen, ja wahrscheinlich ganz vergessen hatte. Wie immer hatte er nur eines im Sinn: mich einzuholen, zu packen und aus der Gefahrenzone zu zerren.

Von überall her kamen die Salven der Kalaschnikows, und der Granatbeschuss wurde rasch dichter. Schwer hingen Rauch und Staub in der Sommerluft, und in den Geruch der Munition mischte sich der von Blut. Plötzlich war der betäubende Gestank des Todes überall, und ich wünschte, wir wären niemals hergekommen.

Wir waren am späten Vormittag eingetroffen, um ein paar einfache Aufnahmen von den Anführern der Kosovo-Befreiungsarmee zu schießen, und nun fanden wir uns unvermittelt in ein heftiges Scharmützel zwischen dieser Armee und serbischen Truppen verwickelt. Unwillkürlich fragte ich mich, ob dies ein tödlicher Hinterhalt war, eine Falle, in die wir mit offenen Augen getappt waren. Und wo steckte Adjet? Ich hoffte, dass der junge Kosovare schlau genug gewesen war, in dem Wäldchen zu bleiben, und den Jeep zwischen den Bäumen in Sicherheit gebracht hatte.

Ich wusste, dass serbische Truppen seit Tagen nach Süden vorrückten und eine Feuerwalze vor sich herschoben. Brutal vertrieben sie die Kosovo-Albaner aus ihren Dörfern und Städten. Schon jetzt befanden sich Tausende verängstigter Zivilisten auf der Flucht, ein nicht abreißender Strom von Menschen, die man grausam aus ihrem Zuhause und ihrer Heimat gerissen hatte und die nun jenseits der Grenzen, in Albanien und Mazedonien, Schutz suchten.

Plötzlich tauchte wie aus dem Nichts ein kleiner Junge auf und tapste mit seinen dünnen Beinchen direkt auf die Feuerlinie zu. Anscheinend bemerkte er das Kampfgetümmel, das um ihn herum im Gange war, gar nicht. Ich erblickte ihn aus dem Augenwinkel und reagierte sofort. All meine Instinkte trieben mich, das Kind um jeden Preis zu beschützen. Ich schlug einen Haken nach rechts, sauste zu dem Kleinen und warf mich über ihn.

Die Artilleriegeschosse schlugen weiter ein, und Bombensplitter wirbelten herum wie todbringende Schneeflocken. Ich deckte den Kleinen mit meinem Körper, legte die Arme um ihn und hielt ihn fest. Er zitterte, und das erstaunte mich nicht im Mindesten. Auch ich hasste das Krachen der Schüsse und der Artillerieeinschläge; sie waren misstönend und Furcht einflößend. Wie mochte dann erst ein kleines Kind empfinden?

Eine kleine Weile später hob ich den Kopf und schaute auf.

Der wolkenlose Himmel war von einem perfekten, satten Blau, und die Sonne strahlte. Wir haben Sommer, dachte ich; ich sollte mit Tony Urlaub machen, statt in irgendeinem obskuren Dorf auf dem Balkan der Länge nach am Boden zu liegen und die Nase in den Dreck zu drücken.

Unter mir begannen Beinchen und Ärmchen zu zappeln; der Kleine wand sich wie ein Aal, und ich hievte mich endlich von ihm herunter, sprang auf und stellte ihn auf die Füße.

Staunend, mit einem schwachen, verdutzten Lächeln blickte er zu mir auf. Ich erwiderte sein Lächeln und schob ihn mit einem kleinen Schubs auf eine junge Frau zu, die auf uns zugerannt kam und etwas rief, das ich nicht verstand. Sie nickte mir zu. »Danke«, sagte sie deutlich, aber mit starkem Akzent. Dann schnappte sie den Jungen am Arm und zog ihn fort. Offensichtlich schalt sie ihn aus, während die beiden sich aus der Kampfzone entfernten und hinter einem der Gebäude am Straßenrand verschwanden.

Ich war froh, dass der Kleine jetzt in Sicherheit war. Zumindest hoffte ich das. Viele der umliegenden Häuser und Läden waren beschossen worden und zu Trümmerhaufen aus Steinen und Ziegeln zusammengesackt, und überall züngelten Flammen empor.

Wo waren Tony und Jake geblieben? Ich schaute mich um. Plötzlich sah ich sie von hinten. Gerade verschwanden sie in einer schmalen Seitenstraße. Sofort trabte ich hinterher und versuchte sie einzuholen. Ich wollte nicht, dass sie mich abhängten.

Das Granatfeuer war jetzt ohrenbetäubend angeschwollen, und ich wusste, dass Tony und Jake sich, die Kamera im Anschlag, in den Mahlstrom stürzten. Ich folgte ihnen ins Getümmel, aber zum ersten Mal erkannte ich zu meiner Verblüffung und Bestürzung, dass ich wider besseres Wissen handelte. Erstmals in meiner Zusammenarbeit mit Tony und Jake musste ich mir eingestehen, dass ich Tonys Beispiel nur unter Vorbehalten folgte. Eine seltsame Ahnung überkam mich, und dieses Gefühl war so befremdend, verblüffend und noch nie da gewesen, dass ich abrupt stehen blieb. Den Bruchteil einer Sekunde stand ich wie angewurzelt da und konnte mich nicht rühren.

Und dann war mit einem Mal der schreckliche Moment aus meinen Alpträumen da, den ich immer gefürchtet hatte. Von einer Kugelsalve getroffen, ging Tony zu Boden, und die Kamera flog ihm aus den Händen. Die Wucht des

Einschlags warf ihn nach hinten, und er blieb reglos, der Länge nach ausgestreckt, auf dem Kopfsteinpflaster liegen.

»Tony! Tony!«, schrie ich und rannte auf ihn zu.

Auch Jake, der näher war, rief seinen Namen und lief los. »Halt aus, Tony, ich komme!« Aber kaum hatte er die Worte ausgesprochen, kippte er vornüber und stürzte, gefällt von den Kugeln eines Heckenschützen.

Ohne einen Gedanken auf meine eigene Sicherheit zu verschwenden, rannte ich durch den Hagel von Gewehr- und Artilleriefeuer weiter auf meine Freunde zu. Ich musste ihnen zur Hilfe kommen, obwohl ich keine Ahnung hatte, was ich unter diesen furchtbaren Umständen überhaupt unternehmen *konnte*.

Keuchend und außer Atem hielt ich kurz bei Jake an und beugte mich über ihn. »Wie schlimm ist es?«

»Ich bin am Bein und an der Hüfte getroffen, aber ich bin okay, mach dir keine Gedanken um mich. Sorgen macht mir eher Tony.«

»Mir auch«, stammelte ich und stürzte weiter, zu Tony. Neben ihm sank ich auf die Knie. »Liebling, ich bin's.« Dabei strich ich ihm eine schwarze Haarsträhne aus der feuchten Stirn und schaute auf sein Gesicht.

Endlich öffnete er die Augen. »Geh weg, Val. In Deckung. Gefährlich hier«, befahl er mir mit leiser, erstickter Stimme.

»Ich lasse dich nicht allein«, antwortete ich und nahm ihn rasch in Augenschein. Entsetzt starrte ich auf seine Schussverletzungen und spürte schreckliche Furcht in mir aufsteigen. Soweit ich erkennen konnte, war er in die Brust, die Schulter, die Beine und anscheinend noch andere Körperteile getroffen worden. Das viele Blut machte mir Angst, es war überall, als hätten die Kugeln ihn förmlich durchsiebt. Oh Gott, oh Gott, und wenn er es nicht schaffte? Ich schluckte den Schrei hinunter, der in meiner Kehle aufstieg und mobilisierte meine ganze Beherrschung, um nicht hysterisch loszukreischen. Stattdessen beugte ich mich über Tony und lehnte meine Wange an sein Gesicht. »Ich lasse dich nicht allein, Tony«, wiederholte ich und bemühte mich, meine Stimme so fest wie möglich klingen zu lassen.

»Geh«, flüsterte er unter Aufbietung aller Kraft. »Verschwinde von hier. Tu es für mich«, stieß er mit versagender Stimme hervor.

Schließlich gab ich nach. Wenn ich blieb, würde ich Tony zu sehr aufregen, und ich wusste, dass ich Hilfe für beide Männer holen musste. »In Ordnung, ich gehe«, wisperte ich an Tonys Gesicht. Ich streichelte seine Wange. »Bleib einfach ruhig liegen. Es dauert nicht lange. Ich bin bald wieder zurück und bringe Hilfe mit.«

Ich küsste ihn sanft und robbte auf allen vieren davon, wobei ich mich so nahe wie möglich am Boden hielt, um in dem Kugelhagel nicht getroffen zu werden. Ich kroch auf ein kleines Haus in der Nähe zu – eines der wenigen Gebäude, das noch stand – und hatte es fast erreicht, als ich spürte, wie eine Kugel in meinen Oberschenkel einschlug. Ich sackte zusammen, wand mich vor Schmerzen und drückte meine Leica an die Brust. Dann warf ich einen Blick auf mein Bein: Schon sickerte Blut durch meine Khakihosen. So würde ich weder Tony noch Jake von besonderem Nutzen sein.

Ich drehte den Kopf und sah zu Jake hinüber. »Wie sieht's aus?«

»Einigermaßen. Bist du schwer getroffen, Val?«

»Ich glaube nicht«, antwortete ich und hoffte, dass das auch stimmte. Meine innere Stimme sagte mir zwar etwas anderes, aber ich spürte das Bedürfnis, Jake zu beruhigen.

Er versuchte, das Geschützfeuer zu übertönen. »Wie geht es Tony?«, fragte er.

»Nicht gut«, sagte ich, und meine Stimme bebte. »Sie haben ihn ziemlich zusammengeschossen, und er braucht unbedingt medizinische Hilfe, viel dringender als wir. Vorhin habe ich drüben auf dem Hügel einen Rotkreuz-Krankenwagen gesehen. Hoffen wir, dass die Ärzte bald hier sind. Tony verliert unglaublich viel Blut ...« Ich schluckte. »Ich glaube ... sein Leben hängt am seidenen Faden ...«

Einen Moment verschlug es Jake die Sprache; meine Worte hatten ihn sichtlich erschüttert. »Tony kommt schon wieder in Ordnung, Val«, brachte er schließlich heraus. »Er ist zäh, und vergiss nicht, dass er immer gesagt hat, er hätte das typische Glück der Iren.«

»Er behauptet auch, von den Heiligen gesegnet zu sein«, erwiderte ich nervös. »Ich hoffe nur, er irrt sich nicht.«

»Bleib cool, halt aus, Schätzchen«, rief Jake zurück.

Ich konnte ihn kaum verstehen. Seine Worte wurden erstickt von den Explosionen und dem Donner der Geschütze, die näher denn je gerückt zu sein schienen. Ein paar Minuten später wimmelte es von Soldaten – Milizionären und Serben. Sie waren überall im Dorf; der Kampf wogte jetzt in den Straßen. Ich konnte die Männer nicht auseinander halten und suchte erfolglos nach Abzeichen, die sie vielleicht unterschieden. Dann fiel mir wieder ein, dass die Kosovaren die Männer mit den schwarzen Fallschirmspringer-Baretten waren. Sie schienen in der Minderzahl zu sein. Ich schloss die Augen und hoffte, man werde mich für tot halten und übersehen. Unmöglich, jetzt zu Tony hinüberzurobben. Mein Geist war mehr als willig, aber mein Fleisch war einfach zu schwach, und das Kampfgetümmel wurde immer dichter.

Resigniert wartete ich auf den Rotkreuzwagen, den ich vor kurzem gesehen hatte. Bestimmt würde er bald ins Dorf hinuntergefahren kommen. Ich schob die Hand unter mein T-Shirt und ertastete die Goldkette, an der ich Tonys Ring trug. Er hatte ihn mir erst vor ein paar Wochen geschenkt, als wir zusammen in Paris gewesen waren. Mit einem Mal standen mir die Erinnerungen an diese glücklichen Tage vor Augen, und ich musste die Tränen unterdrücken.

Ich schloss die Finger um den Ring und begann zu beten. Oh Gott, bitte mach, dass Tony gesund wird. Bitte lass ihn nicht sterben. Bitte, bitte, er soll leben. Lautlos betete ich weiter, während um mich herum die Schlacht unvermindert weitertobte.

III

Weißes Licht, gleißendes weißes Licht durchdrang mein ganzes Wesen, zumindest kam mir das so vor. Das grelle Weiß durchflutete mich, bis ich zu einem Teil davon wurde. Ich war nicht mehr ich selbst, sondern das Licht …

Ich öffnete die Augen und blinzelte. Das Licht war grell, erschreckend, und ich fühlte mich orientierungslos. Einen Moment lang hatte ich das Gefühl, noch nicht richtig klar zu sein, sondern immer noch in meinem Traum befangen. Wo war ich? Ich zwinkerte noch einmal, und langsam wurde ich wach. Verwirrt sah ich mich um. Das strahlende Sonnenlicht, das durch die Fenster fiel, die weißen Wände und Decken und der weiß geflieste Boden blendeten mich beinahe … wie vorhin das gleißende Licht, das meinen seltsamen, intensiven Traum beherrscht hatte.

Ich rutschte ein wenig im Bett herum und zuckte zusammen, als heißer Schmerz meinen Schenkel hinaufschoss. Augenblicklich fiel mir alles wieder ein. Natürlich, ich lag im Krankenhaus. In Belgrad. Nachdem wir angeschossen worden waren, hatte das Rote Kreuz uns drei aufgelesen. Die Ärzte hatten uns so weit zusammengeflickt, dass wir transportfähig waren, und dann hatte man uns in dem Krankenwagen, den ich zu Beginn der Kämpfe in der Nähe des Dorfes gesehen hatte, nach Peć gefahren.

Wie ich vermutet hatte, waren Jake und ich nicht so schwer verletzt wie Tony, der sich durch den starken Blutverlust in einem kritischen Zustand befand. Zum Glück hatten die Ärzte in Peć ihm eine Transfusion verabreichen können, bevor man uns drei ausflog.

Der Nebel über meinen Gedanken begann sich langsam zu lichten, und ich erinnerte mich an Einzelheiten des Fluges. Tony hatte auf einer Trage in dem Transportflugzeug gelegen, und ich hatte den ganzen Weg über neben ihm gesessen, seine Hand gehalten, mit ihm geredet und ihn angefleht, den Kampf nicht aufzugeben. Wenigstens hofften die Sanitäter, dass er durchkommen würde; sie hatten mir und Jake erklärt, Tonys Chancen, es zu schaffen, stünden überdurchschnittlich gut. Er hatte den größten Teil des Fluges verschlafen, während Jake und ich an seiner Seite wachten. Je näher wir Belgrad kamen, umso mehr wuchs unsere Hoffnung, weil er sich so gut hielt.

Aber wann war das gewesen? Gestern? Vorgestern? Oder lag der Flug sogar noch weiter zurück?

Ich schaute auf mein Handgelenk, um festzustellen, wie spät es war, aber ich trug meine Uhr nicht. Mein Blick wanderte zu dem nüchternen metallenen Nachtschrank, aber die Platte des Tischchens war vollständig leer.

Ich schob das Bettzeug beiseite und richtete mich vorsichtig in eine sitzende Haltung auf. Dann manövrierte ich mich zur Bettkante. Mein bandagierter Schenkel schmerzte immer noch ziemlich von der Schusswunde, aber ich schaffte es aufzustehen. Erstaunt und erleichtert stellte ich fest, dass ich relativ fest auf den Beinen stand und beim Gehen nur leichte Beschwerden verspürte.

In dem engen Bad, das neben meinem Krankenzimmer lag, ließ ich kaltes Wasser ins Becken laufen und schöpfte es mir ins Gesicht. Mit einem Papierhandtuch trocknete ich mich ab und spähte dann in den Spiegel. Was ich sah, gefiel mir nicht. Ich sah lausig aus, völlig geschafft. Aber was hatte ich anderes erwartet? Ich war ungewöhnlich blass – normalerweise habe ich eine gesunde Gesichtsfarbe –, und unter meinen Augen lagen tiefdunkle Ringe.

Langsam tastete ich mich zum Bett zurück und setzte mich auf den Rand. Ich machte mir Gedanken über Tony und Jake und überlegte, was ich als Nächstes unternehmen sollte. Meine Hauptsorge galt natürlich Tony, der am schwersten verwundet war. Wo zum Teufel mochte er stecken? Und wo war Jake? Meine Kleidung war anscheinend weggebracht worden, und in dem knappen, am Rücken zusammengebundenen Flügelhemdchen aus Baumwolle konnte ich schlecht im Krankenhaus umherwandern und die beiden suchen. Ich schaute mich im Zimmer nach einem Telefon um, entdeckte aber keinen Apparat.

Ein lautes Klopfen an der Tür ließ mich hochfahren, und ich sah, wie sie aufgestoßen wurde. Jake kam herein, dick verbunden und an zwei Krücken humpelnd. Er war unrasiert und wirkte zerknittert in seinem Krankenhaus-Pyjama und einem ebenso zerknautschen Bademantel aus Baumwolle.

»Hi«, begrüßte er mich und lehnte die Gehhilfen neben dem Nachttisch an die Wand. Halb hüpfend, halb humpelnd kam er zum Bett, wo er sich neben mich setzte. »Wie fühlst du dich, Val?«

»Na ja, offensichtlich werde ich *ce soir* nicht tanzen gehen«, meinte ich mit einem Blick auf meinen dick bandagierten Schenkel, der sich unter dem Baumwollnachthemd abzeichnete. Dann sah ich Jake an. »Das müssen wir noch verschieben. Du scheinst deinen Balanceakt auf den Krücken ja ganz gut hinzukriegen.«

Jake nickte.

»Wie geht es Tony? Hast du ihn gesehen? Wo ist er? Wann kann ich ihn besuchen?«

Keine Antwort.

Ich starrte ihn an.

Er erwiderte meinen Blick und sagte immer noch kein Wort.

Erst jetzt bemerkte ich, wie bleich und verhärmt Jake

wirkte. Seine sonst strahlend blauen Augen waren trüb und blutunterlaufen, als hätte er geweint. Eiseskälte stieg in mir auf; tief im Inneren ahnte ich bereits, was ich noch nicht wahrhaben wollte. Aber es war die Wahrheit. *Oh ja.*

Jake räusperte sich und sah mich eindringlich an.

Mein Herz setzte einen Schlag lang aus. Instinktiv erkannte ich, was er sagen würde; Grauen und Entsetzen schnürten mir den Hals zu. Ich krampfte die Hände zusammen und machte mich auf schlechte Nachrichten gefasst.

»Tony hat's leider nicht geschafft, Liebes«, sagte Jake endlich leise, fast unhörbar. Und endgültig. »Er war schon zu sehr geschwächt, als wir hier ankamen, er hatte gleich zu Anfang so viel Blut verloren …« Jakes Stimme brach, und er hielt inne. Schließlich sprach er weiter. »Das ist furchtbar … Nie hätte ich gedacht, dass so etwas passieren könnte, ich …« Urplötzlich verstummte er wieder und konnte nicht mehr weiter. So saß er einfach schweigend und hilflos da, sah mich an und schüttelte den Kopf. Seine Trauer malte sich auf seinem grauen, tief bekümmerten Gesicht.

Ich war sprachlos. Schließlich öffnete ich den Mund, um etwas zu sagen, aber kein Wort kam über meine Lippen. In meinem Inneren hallte ein langer, tonloser Schrei, und ich presste die Augen zusammen, wünschte, ich könnte den Schmerz ausblenden, mich zusammennehmen. Doch stattdessen verlor ich die Fassung und begann unkontrollierbar zu zittern, als der Schock mich mit voller Wucht traf.

Eine Sekunde später fühlte ich mich von Jakes starken Armen umfangen, und ich klammerte mich an ihn und schluchzte an seiner Schulter. Auch Jake weinte, und so hielten wir einander lange Zeit fest. Gemeinsam trauerten wir um einen Mann, den wir beide geliebt hatten und der viel zu früh von uns gegangen war.

Kapitel 2

I

Paris, September – Ich liebe meine Wohnung auf dem linken Seineufer, in der ich seit sieben Jahren lebe. Sie ist geräumig, hell und luftig, mit sechs großen Fenstern in den drei gut geschnittenen Wohnräumen. Es sind Durchgangszimmer, und diese Aufeinanderfolge der Räume verleiht dem Ganzen ein wunderschönes, fließendes Gefühl, das meinem Sinn für Ordnung und Symmetrie entgegenkommt – Eigenschaften, die ich von meinem verstorbenen Großvater geerbt habe, einem Architekten.

Aber seit meiner Rückkehr aus Belgrad im August litt ich unter einer schier überwältigenden Platzangst, die zu überwinden mir immer noch schwer fiel. Ich konnte mir nicht ganz erklären, warum ich so empfand, aber tagtäglich verspürte ich den unbändigen Drang, gleich nach dem Aufstehen aus meiner Wohnung zu flüchten.

Der Grund war nicht etwa, dass sie schmerzliche Erinnerungen an Tony beherbergt hätte, denn das war nicht der Fall. Wir waren zwar lange befreundet gewesen, uns aber erst vor zwölf Monaten näher gekommen; außerdem war Tony beruflich ständig unterwegs gewesen, oder er hatte sich in London aufgehalten, wo er wohnte, sodass er kaum jemals längere Zeit in meiner Wohnung verbracht hatte.

Ich war mir bewusst, dass mein Drang ins Freie eher mit meiner eigenen tiefen Verzweiflung zu tun hatte; in letzter Zeit fühlte ich mich unnatürlich aufgewühlt und von einer seltsamen Rastlosigkeit erfüllt, die mich oft schon im Morgengrauen vor die Tür trieb.

Die Straßen von Paris waren mein Trost und in einem ganz buchstäblichen Sinn die beste Medizin für mich. Zum einen waren die regelmäßigen täglichen Spaziergänge die beste Therapie, um mein verletztes Bein zu kräftigen. Und außerdem besänftigte der Aufenthalt an der frischen Luft, unter den vielen Menschen, die geschäftig ihren Angelegenheiten nachgingen, irgendwie meine zerrissene Seele. Meine Ausflüge munterten mich auf und halfen mir, besser mit meinen Depressionen fertig zu werden.

Heute war ich wie üblich früh aufgestanden. Nach Kaffee und einem Croissant in meinem Stammcafé an der Ecke machte ich mich unverwandten Schrittes zu meinem täglichen Fußmarsch auf. Wahrscheinlich war er schon zu einem Ritual für mich geworden, etwas, das ich unbedingt brauchte. Zumindest für den Augenblick. Ich hoffte doch, dass mein Bein bald wieder ganz in Ordnung kam, damit ich wieder arbeiten konnte.

Es war ein Freitagmorgen Mitte September, ein schöner milder Tag. Die alten Häuser schimmerten schon im hellen Sonnenlicht wie poliert, und der Himmel über ihren glänzenden Dächern strahlte in einem irisierenden Blau. Ein goldener Tag, erfüllt von kristallklarem Licht. Über der Seine wehte eine linde Brise. Mein Herz tat einen kleinen Freudensprung, und für kurze Zeit trat mein Kummer in den Hintergrund.

Solange ich denken kann, habe ich nie irgendwo anders leben wollen als in Paris. Schon als Kind hatte ich mich bei meinem ersten Besuch mit meinen Großeltern, Cecelia und Andrew Denning, in die Stadt verliebt. Tony pflegte ich zu erklären, dass Paris absolut unabdingbar für mein

Wohlbefinden sei, und wenn zufällig Jake anwesend war, nickte er zustimmend und meinte, er lebe aus demselben Grund hier wie ich.

Ich habe es immer merkwürdig gefunden, dass Tony dann nur die Stirn runzelte und verblüfft dreinblickte, als wisse er nicht, wovon ich redete. Tony war in London geboren und hatte sein ganzes Leben dort verbracht. Und wenn wir drei diese Diskussion über die Vorzüge der jeweiligen Städte führten, lachte er immer und schüttelte den Kopf. »London ist für mich unverzichtbar, weil es eine Stadt für einen Mann ist«, bemerkte er und zwinkerte Jake zu.

Damals hatte ich vermutet, er spiele auf diese äußerst britischen Privatclubs für Männer an, wo alte Käuze die *Times* lasen, auf die von Männern dominierten Pubs, Kricket auf dem Lord's Cricket Ground, Fußball im Wembley-Stadion und die Schneider in der Savile Row, denn wenn Tony nicht an der Front war und aus Kriegen berichtete, hielt er auf elegante Kleidung. Er hatte nie richtig darüber diskutiert, aber andererseits hatte er sich auch in vielen anderen Dingen so verhalten – er war Experte darin gewesen, einfach über gewisse Angelegenheiten hinwegzugehen, wenn er nicht darüber reden mochte.

Die Gedanken an Tony schoben sich in mein Bewusstsein, überwältigten mich und zerstreuten augenblicklich meine Stimmung von eben, als ich mich beinahe wieder froh gefühlt hatte. Abrupt blieb ich stehen, lehnte mich an eine Hauswand und atmete tief durch, um die plötzliche Woge des Schmerzes zu vertreiben. Endlich ebbte sie ab, und das Brennen ließ nach. Ich bezwang das aufsteigende Schwindelgefühl und schritt entschlossen weiter.

Meine Reaktion auf Tonys Verlust kam mir reichlich seltsam vor: Ich schwankte zwischen Attacken vernichtenden Schmerzes und den wildesten Zornesanfällen.

Da waren Tage, an denen ich in Tränen zerfloss und glaubte, ich würde mich nie von seinem Tod erholen, der so plötzlich, so tragisch gewesen war. Dann war die Trauer niederdrückend und zwang mich in die Knie, und mein Kummer erschien mir unerträglich.

Und dann wieder wich mit einem Mal mein Leid auf wunderbare, unerklärliche Weise, und mir wurde leichter ums Herz. Meine Stimmung hellte sich auf, und ich war froh über diese Atempause, die Rückkehr zur Normalität. Ich fühlte mich fast wieder wie früher.

An diesem Punkt überfiel mich für gewöhnlich heftiger Zorn, der mich fast umwarf. Ich war wütend auf Tony, weil er tot war, obwohl er noch leben könnte, und ich warf ihm seinen schrecklichen Leichtsinn vor, die Gefahren, die er im Kosovo eingegangen war, Risiken, die ihn letztendlich das Leben gekostet hatten und die meiner Meinung nach unnötig gewesen waren.

Schicksal, dachte ich und hielt inne. Und als ich so grübelnd mitten auf der Straße stand, traf mich blitzartig die Erkenntnis: Wenn der Charakter eines Menschen sein Schicksal ausmacht, dann war es Tony vielleicht vorbestimmt gewesen, auf diese Weise zu sterben.

II

Ich überquerte den Place Saint-Michel, wandte mich in die Rue de la Huchette und wanderte diese enge Straße hinab, die der amerikanische Schriftsteller Elliot Paul schon vor langer Zeit in einem Roman mit dem äußerst passenden Titel *Die schmale Gasse* unsterblich gemacht hatte. Ich hatte das Buch gelesen und mich gleich zu diesem Teil von Paris hingezogen gefühlt. Während meines dreijährigen Studiums an der Sorbonne hatte ich genau hier gewohnt, in einem urigen kleinen Hotel mit Namen Mont Blanc.

Fast sofort kam das Hotel in mein Blickfeld, und als ich vorbeischlenderte, sah ich zu dem Zimmer hoch, das einmal meines gewesen war. In einem unerwarteten Anflug von Nostalgie erinnerte ich mich an die alten Zeiten.

Dreizehn Jahre war das jetzt her. Eigentlich gar nicht so lange. Aber in gewisser Weise schien diese Zeit weit, weit zurückzuliegen. Lichtjahre trennten mich von diesen jugendlichen Tagen, in denen alles in meinem Leben unendlich viel einfacher gewesen war.

So viel war seither passiert. In dieser Zeit hatte ich ein ganzes Leben gelebt und war zur Frau herangewachsen. Eine erwachsene Frau, gereift und erfahren.

Ich warf einen Blick auf die andere Straßenseite und musterte das El Djazier, das nordafrikanische Restaurant, das einmal mein Stammlokal gewesen war ... Beinahe täglich hatte man mich in diesem seltsamen kleinen Nachtlokal voller farbiger Charaktere antreffen können.

Sandy Lonsdale, ein englischer Schriftsteller, der zur gleichen Zeit wie ich in dem Hotel logierte, hatte ständig geunkt, einer der schmierigen Kerle, die an den meisten Abenden in dem Restaurant herumlungerten, würde mich eines Tages auf Nimmerwiedersehen in ein übel beleumdetes Bordell in Casablanca oder Tanger verschleppen.

Aber natürlich war das nie geschehen, da die zwielichtigen Gestalten in Wirklichkeit völlig harmlos waren, und es hatte mir das allergrößte Vergnügen bereitet, Sandy wegen seiner blühenden Fantasie aufzuziehen. »Du wirst ein großer Romancier werden«, pflegte ich ihm zu erklären, und er hatte nur gegrinst. »Dein Wort in Gottes Ohr«, gab er dann zurück.

Oft hatte ich Tony und Jake ins El Djazier mitgenommen, und sie hatten sich ebenso gut amüsiert wie ich. Das Couscous und die scharfe marokkanische Harissa-Sauce kitzelten den Gaumen, gar nicht zu reden von dem erotischen Augenschmaus, den die Bauchtänzerinnen mit ihren halbdurchsichtigen Kostümen und klimpernden Fußkettchen boten.

Wenn wir in Paris waren, um uns nach der Arbeit im Krieg ein wenig Entspannung und Ruhe zu gönnen, lud Jake uns nach dem Abendessen im El Djazier für gewöhnlich in einen der Jazzläden ein. In der Rue de la Huchette lagen mehrere solcher Lokale, in denen viele Größen des amerikanischen Jazz spielten oder anderen zuhörten.

Jake war Jazzliebhaber und konnte glücklich viele Stunden in diesen rauchgeschwängerten Lokalen verbringen. Er gab sich dann ganz der Musik hin, trank einen Cognac, wippte mit dem Fuß und war für kurze Zeit der Welt verloren.

Ich schlenderte die Straße hinauf und schaute mich um. Niemals wurde ich es müde, durch dieses Viertel zu wandern, das ich so gut kannte. Es war voll malerischer Straßen mit Kopfsteinpflaster, alten Gebäuden, griechischen und nordafrikanischen Restaurants, Kunstgalerien und kleinen Läden, die bunt gemischte Waren aus exotischen Weltgegenden verkauften. Abgesehen von allem anderen erwachten hier die Erinnerungen an meine Studienjahre an der Sorbonne von neuem, die eine sehr glückliche Zeit gewesen waren – vielleicht die schönste meines Lebens.

III

Als ich beschloss, in Paris zu studieren, war mein Großvater Andrew Denning noch am Leben. Später besuchte er mich oft und widersetzte sich damit meiner Mutter, die nach meiner Entscheidung jeden Kontakt zwischen uns untersagt hatte. Meine Mutter grollte mir, weil ich beschlossen hatte, in Frankreich zu studieren, obwohl ich ihre Haltung nie verstanden habe. Schließlich bin ich ihr vom Tag meiner Geburt an gleichgültig gewesen. Was kam es also darauf an, wo ich studierte?

Großvater Denning hatte nie viel für seine Schwiegertochter übrig; er hielt sie für eine kalte, gefühllose Frau und hatte nie etwas auf ihre Meinung gegeben. Bei dieser Gelegenheit hatte er sie daran erinnert, dass ich die einzige Tochter seines einzigen Sohnes war und seine einzige Enkelin. Er wolle verdammt sein, wenn jemand ihn hinderte, mich zu sehen, wann immer er wollte. Dann setzte er noch ummissverständlich hinzu, niemand habe ihm zu befehlen, was er tat oder wofür er sein Geld ausgab, und schon gar nicht die Frau seines Sohnes. Und das war anscheinend das Ende der Debatte gewesen. Großvater hat mir das alles später erzählt; wir hatten keine Geheimnisse voreinander. Für mich war er mehr ein Kamerad als ein Großvater; vielleicht, weil er so jung aussah und auch im Herzen jung geblieben war.

Zur großen Bestürzung und Frustration meiner Mutter war sie nicht in der Lage gewesen, Andrew Denning irgendwie zu beeinflussen oder zu beherrschen. Offensichtlich hatte sie nach diesem ersten Zusammenstoß monatelang getobt und über ihn geschimpft. Das hatte ich von meinem Bruder gehört, dem Klatschweib der Familie, der meine Meinung über ihn nur bestätigte, als er als Mädchen für alles bei einer Klatschkolumnistin anfing. Donald berichtete, meine Mutter habe Zeter und Mordio geschrien, aber mein Vater sei wie gewöhnlich vollständig stumm geblieben. Jahrelang habe ich den Verdacht gehegt, dieser Zustand sei an dem Tag eingetreten, an dem er mit Margot Scott in den so genannten heiligen Stand der Ehe trat. Bis zu seinem Todestag hat er dann kaum noch etwas gesagt, wahrscheinlich, weil er einfach nicht zu Wort kam.

Es war dann auch mein Großvater, der mich bei meinem Entschluss, in Paris zu studieren, finanziell und moralisch unterstützte. Damals war er mein bester Freund.

Meine Mutter hat ihm das nie vergeben, und mir ebenfalls nicht. Aber andererseits glaube ich, dass meine Mutter mir meine bloße Existenz nie verziehen hat, obwohl ich keine Ahnung habe, warum. Jedenfalls hat sie mir vom Tag meiner Geburt bis heute niemals irgendwelche Zuneigung geschenkt oder besonders viel um mich gegeben. Und das liegt nicht daran, dass Margot Scott Denning etwas gegen Kinder hätte. Jedermann weiß, dass sie meinen Bruder vergöttert – Donald den Großen, wie ich ihn als Kind zu nennen pflegte. Es ist meine Person, gegen die sie eine Abneigung hegt und der sie so gut wie möglich aus dem Weg zu gehen sucht.

Großvater und ich waren uns dessen immer bewusst, und er war deswegen häufig in Sorge. Ich selbst hatte gelernt, mir nichts daraus zu machen. Das tue ich immer noch nicht. Mein Großvater ist jetzt fünf Jahre tot, und er fehlt mir immer noch. Nur bei ihm habe ich das Gefühl kennen gelernt, eine Familie zu haben; meine Eltern haben mir dieses Bewusstsein jedenfalls nicht vermittelt. Ganz im Gegenteil. Ich hätte gewünscht, Großvater spazierte jetzt mit mir durch diese Straßen; ich habe immer solchen Trost in seinen Worten, seinem Verständnis, seiner Freundlichkeit und Weisheit gefunden. Außer Grandma und Tony war er der einzige Mensch gewesen, der mich je geliebt hatte. Und nun waren sie alle drei tot.

Hatte ich mich deshalb heute entschieden, ausgerechnet durch dieses Viertel zu gehen? Weil Grandpa die Gegend so gern gemocht hatte, und weil mir hier meine schönen Erinnerungen an ihn und unsere gemeinsame Zeit in Paris so lebendig vor Augen standen?

»Ich bringe dir Paris bei«, pflegte Großvater zu erklären, wenn er mich durch die verschiedenen Bezirke der Stadt führte. Nach und nach lernte ich viele der großen Bauwerke kennen, die Architekten, die sie geschaffen hatten, die historische Bedeutung jedes einzelnen Monuments, gar nicht zu reden von den vielen unterschiedlichen Architekturstilen.

Als ich das Ende der Rue de la Huchette erreichte, bog ich in die Rue de la Bucherie ein, die eher wie ein offener Platz wirkt denn wie eine Straße. Auf der einen Seite dieses Platzes gehen kleine Gärten voller Blumenbeete auf Cafés hinaus, und das Ganze wird überschattet von der Kathedrale Notre-Dame. Dieses wunderbare Bauwerk, das sich an diesem Tag vor dem azurblauen Septemberhimmel abzeichnete, steht auf der Île de la Cité, einer der Seineinseln. Spontan beschloss ich, zur Kathedrale hinüberzugehen, die ich seit Jahren nicht besucht hatte. Das letzte Mal war ich mit meinem Großvater dort gewesen.

Andrew Denning war in New York als Architekt äußerst erfolgreich gewesen und hatte ein außerordentliches Auge für schöne Bauwerke besessen, ob nun modern oder alt. Ganz besonders hatte er die Kathedralen Europas bewundert und immer ihre Majestät und Erhabenheit bestaunt, die himmelstürmende Kraft, die ihre Konstruktion und ihr Bau ausstrahlen.

Jedes Mal, wenn er mich in Paris besuchen kam, ließ Großvater es sich daher angelegen sein, Ausflüge mit mir zu unternehmen, um mir seine Lieblingskirchen zu zeigen: Rouen und Chartres in Frankreich, St. Paul's und Winchester auf der anderen Seite des Ärmelkanals, und oben in Yorkshire die Kathedrale von Ripon und das York Minster. Letzteres war mein Favorit. Von meinem Großvater habe ich das gute Auge geerbt, das mir als Fotografin so gute Dienste leistet, jedenfalls glaube ich das. Und zufällig habe ich eine ebensolche Vorliebe für Kathedralen entwickelt wie er. Außer meinem Großvater wäre auch niemand aus meiner Familie je darauf gekommen, dass ich Fotojournalistin werden könnte. Aber Großvater hatte schon, als ich noch ein kleines Mädchen war, meinen Wunsch entdeckt, alles festzuhalten, was ich sah, und mir meine erste Kamera gekauft.

Minuten später hatte ich die Brücke überquert und

stand vor den drei gewaltigen Portalen, die ins Innere von Notre-Dame führen. Ich entschied mich für das rechte, dessen Tür einen Spaltbreit offen stand. Als wolle sie mich zu sich rufen, dachte ich.

Drinnen hielt ich den Atem an und blieb reglos stehen, wie gebannt … Ich hatte ganz vergessen, wie Ehrfurcht einflößend der Innenraum in seiner Schönheit und gewaltigen Größe war. Die tiefe Stille überwältigte mich.

Nur wenige Touristen hielten sich in der Kathedrale auf; das gewaltige Gebäude war beinahe leer. Als ich jetzt langsam den Mittelgang hinunterging, hallten meine Schritte hohl von dem Steinboden wider.

Ich blickte auf und betrachtete staunend die Apsis – die gewaltige, kompliziert gearbeitete Kuppeldecke, die so hoch aufragte, dass sie in der Unendlichkeit zu verschwinden schien. »Himmelstürmend« hatte Großvater sie immer genannt.

Wir beiden hatten auch viele der kleineren Kirchen in Paris und Umgebung besucht und so gut wir konnten an den Gottesdiensten teilgenommen. Wir sprachen genug Französisch, um der katholischen Messe zu folgen. Zwar waren wir als Protestanten nicht ganz vertraut mit den Ritualen, aber wir kamen zurecht. Wir unternahmen auch Reisen in andere europäische Länder sowie nach Nordafrika und nach Israel, wo wir Moscheen und Synagogen besuchten. Gotteshäuser faszinierten Großvater, gleich welche Religion in ihnen ausgeübt wurde.

In meinem inneren Ohr hörte ich noch immer seine Stimme. »Solange du Gott liebst, Val, kommt es nicht darauf an, in wessen Haus du dich befindest«, hatte er einmal zu mir gesagt und aus der Bibel zitiert: »Im Haus meines Vaters gibt es viele Wohnungen. Wenn es nicht so wäre, hätte ich euch dann gesagt: Ich gehe, um einen Platz für euch vorzubereiten?« Diese Worte aus dem Johannes-Evangelium klangen mir in den Ohren, als ich weiter den

Gang entlangschritt, mich auf eine Bank niederließ und den Hochaltar von mir betrachtete.

Durch die vielen Fenster über dem Altar fiel Sonnenlicht ein. Auf subtile Weise veränderte es seine Farbe, wenn es durch die farbigen Glasscheiben der atemberaubenden Fenster sickerte – von Grün zu Perlmutt, und dann zu einem zarten Gelb und einem hübschen, leuchtenden Rosa.

Dieses ruhige Licht schien sichtbar in der Luft zu pulsieren, und in den Balken von Sonnenlicht stiegen Staubkörner auf. Dieser Friede war Balsam für die Seele. Und wie kühl es in diesen dicken, alten Steinmauern war! Kühl, friedlich und erholsam, ein willkommener Zufluchtsort weit fort von der turbulenten, von Gewalt geschüttelten Welt, in der ich meinem Beruf nachging.

Ich schloss die Augen und versank in einen Dämmerzustand. Wie es an diesem stillen Ort der Andacht unvermeidlich war, wandten meine Gedanken sich schließlich Tony zu, seinem Tod und meiner Zukunft. Wieder einmal fragte ich mich, wie schon ungezählte Male zuvor, wie ich ohne ihn weiterleben sollte, wie ich zurechtkommen würde, wenn er nicht an meiner Seite war. Aber ich fand keine Antwort darauf.

Mir kam es vor, als flösse meine ganze Kraft aus mir heraus, als bliebe ich leer zurück. Lange saß ich so da, zusammengesunken, die Augen geschlossen. Ich hatte keine Termine, brauchte nirgendwo hinzugehen, und niemand wartete auf mich oder sorgte sich um meinen Verbleib. Die Zeit verging. Nach einer langen Weile, in der ich einfach in der stillen Kathedrale saß, vernahm ich wie aus weiter Ferne klar und deutlich die Stimme meines Großvaters.

»Denk immer an das eine, Val: Gott schickt uns niemals eine Bürde, die so schwer ist, dass wir sie nicht tragen könnten.«

IV

Als ich eine Stunde später die Wohnungstür aufschloss, läutete das Telefon. Ich nahm ab. »Hallo?« Aber ich hörte nur noch, wie am anderen Ende aufgelegt wurde.

Zu spät, ich war beim letzten Klingeln hereingekommen. Ich streckte mein gesundes Bein aus und knallte die Eingangstür mit dem Fuß zu. Dann drehte ich mich um und trat in meine hohe, schmale Küche, einen Raum, in dem ich mich immer gern aufgehalten habe. In letzter Zeit allerdings hatte ich sie kaum benutzt. Ich koche gern; ja das Kochen ist sogar eine Art Hobby für mich, eine Gelegenheit, mich kreativ zu betätigen und zu entspannen, wenn ich von meinen Einsätzen in Kriegen zurückkehre. Aber in meiner Trauer und meinem Kummer hatte ich die Küche kaum betreten, da ich keine Lust verspürte, darin nur für mich allein zu kochen.

In den letzten Wochen hatte ich abgenommen, weil ich kaum etwas gegessen hatte. Aber heute fühlte ich mich plötzlich richtig ausgehungert. Ich öffnete den Kühlschrank und nahm stirnrunzelnd in Augenschein, was sich darin befand – oder besser gesagt nicht. Frustriert schloss ich die Tür schnell wieder. Natürlich war nichts Vernünftiges zu essen da; ich hatte schließlich nicht eingekauft. Für den Moment würde ich mich mit einem Becher grünem Tee und ein paar Keksen abfinden müssen. Später wollte ich dann zum Laden an der Ecke gehen und ein paar Teile zum Abendessen kaufen.

Kurz nachdem ich den Wasserkessel aufgesetzt hatte, begann das Telefon wieder zu schrillen, und ich stürzte hin und schnappte den Hörer, bevor der Anrufer wieder auflegen konnte. Ich meldete mich und hörte Jakes Stimme am anderen Ende.

»Wo hast du bloß den ganzen Tag gesteckt?« Das klang ebenso ungehalten wie besorgt.

»Draußen. Ich war spazieren, Jake.«

»Schon wieder. Ich kann es nicht glauben. Ich wette, wenn man dich in einen leeren Raum sperrte und dir befehlen würde, eine detaillierte Karte von Paris und Umgebung zu zeichnen, dann könntest du das, ohne mit der Wimper zu zúcken. Alles aus dem Gedächtnis.«

»Ja, wahrscheinlich. Aber du läufst doch auch viel, wieso hackst du also auf mir herum?«

»Tue ich ja gar nicht. Ich rufe an, weil ich dich heute Abend zum Essen einladen wollte. Ich habe dich eine Woche nicht gesehen. Zu lange, Val.«

»Stimmt, und ich würde sehr gern mit dir essen. Ich koche für dich«, gab ich zurück. Jakes Stimme hatte mich augenblicklich aufgemuntert; er hatte mir sehr gefehlt, während er in Südfrankreich gewesen war. Außerdem war er der größte Fan meiner Kochkünste.

»Das ist ein tolles Angebot, aber ich würde dich lieber ausführen ... Weniger anstrengend für dich.«

»Okay, abgemacht.«

Jake räusperte sich mehrmals, und als er fortfuhr, klang seine Stimme ein wenig bedrückt. »Ich hatte heute einen Anruf aus London, von Tonys Agentur. Es ging um einen Gedenkgottesdienst für ihn. Sie möchten eine Feier ausrichten und wollen, dass wir beide kommen.«

Diese Nachricht bestürzte mich derart und brachte mich so aus der Fassung, dass ich verstummte. Und als ich endlich etwas sagen konnte, brachte ich nur ein schwaches »Oh« heraus.

»Wir müssen hin, Val.«

»Ich bin mir nicht sicher ... Ich glaube nicht, dass ich das schaffe«, begann ich und stockte dann. Ich konnte nicht weitersprechen.

»Wir waren Tonys Freunde«, fuhr Jake fort. »Seine allerbesten. Er hat uns immer seine Waffenbrüder genannt.«

»Klar, ich weiß, aber es ist hart für mich.«

Jake schwieg eine kleine Weile. »Die ganze Welt weiß, dass wir im Kosovo mit ihm zusammen waren, als er umkam ... und dass wir beide lebend davongekommen sind«, sagte er leise. »Was meinst du, wie es aussieht, wenn wir nicht aufkreuzen?«

Ich stand da und umklammerte den Hörer, vollständig stumm. Es hatte mir die Sprache verschlagen, und während ich das Für und Wider abwägte, zitterte ich wie das sprichwörtliche Espenlaub. Sollte ich Jakes Missbilligung – und die aller anderen Leute – riskieren, indem ich nicht fuhr? Oder sollte ich gehen und mich großem Schmerz und Kummer aussetzen? Würde ich überhaupt damit zurechtkommen? Ich wusste es einfach nicht. Seit Wochen versuchte ich mühsam, meine turbulenten Gefühle unter Kontrolle zu bekommen, und ich war mir keineswegs sicher, ob ich einen Gedenkgottesdienst durchstehen konnte. Nicht jetzt. Das würde so viele Wunden aufreißen und mich ... emotional aufwühlen.

»Bist du noch da, Val?«, fragte Jake in meine umherschießenden Gedanken hinein.

»Ja.«

»Du willst wohl nicht.«

»Nein ... Ich ... denke nur darüber nach.«

Er sagte nichts. Ich spürte, wie er am anderen Ende der Leitung wartete, konnte ihn praktisch atmen hören.

Mir wurde klar, dass er auf ein Wort von mir wartete. »Ich könnte es nicht ertragen zu hören, wie alle Lobeshymnen auf ihn halten«, murmelte ich schließlich. »Das würde mir schrecklich wehtun; ich würde während des ganzen Gottesdienstes in Tränen zerfließen. Ich versuche gerade selbst, mit meiner Trauer zurechtzukommen.«

»Ich verstehe dich ja. Um die Wahrheit zu sagen, bin ich selbst nicht besonders erpicht auf dieses Erlebnis. Aber wir haben keine andere Wahl. Und Tony würde sich wünschen, dass wir dabei sind.«

»Bestimmt ...« Ich verstummte.

»Lass uns heute Abend darüber reden.«

»In Ordnung«, stimmte ich zu. Aber mir wurde mulmig.

»Braves Mädchen. Ich komme dich gegen acht abholen. Bis dann, Kleines.«

Ehe ich noch ein Wort sagen konnte, hatte er aufgelegt. Den Hörer umklammert, stand ich noch ein paar Sekunden da und ging halblaut mit mir ins Gericht. Ich war so dumm gewesen. So etwas von blöd. Mir hätte klar sein müssen, dass Tonys Agentur eine Gedenkfeier für einen verstorbenen Kollegen abhalten würde; und erst recht für Tony, der ihr größter Star gewesen war ... und ihr Held. Hätte ich richtig – und früher – darüber nachgedacht, wäre ich besser auf ein solches Ansinnen vorbereitet gewesen.

Ich knallte den Hörer auf die Gabel. Abwesend starrte ich auf den Kessel. Das Wasser braucht aber lange, dachte ich. Automatisch drehte ich die Gasflamme höher und seufzte tief. Jake hatte mich auf dem falschen Fuß erwischt, und nun kam ich nicht mehr aus der Sache heraus. Um den Schein zu wahren, musste ich zu dem Gedenkgottesdienst gehen. Und es war gut möglich, dass ich dort *ihr* begegnete.

Klar, das war es. Das steckte hinter meinem Unbehagen und meinem Widerwillen, zu der Feier zu gehen. Ich hatte keine Lust, auf Fiona Hampton zu treffen, Tonys Exfrau. Doch dann ging mir auf, dass das ob ihrer erst kürzlichen Scheidung und der tiefen Verbitterung, die zwischen den beiden geherrscht hatte, unwahrscheinlich war. Natürlich würde sie sich nicht anhören wollen, wie Tonys Freunde und Kollegen in ihren Ansprachen liebevoll an ihn erinnerten. Das hätte nicht zu ihrem Charakter gepasst. Nach allem, was Tony mir erzählt hatte, war sie eine harte Frau, deren Streitsucht die Ehe zermürbt und ihn vertrieben hatte. Verständnis und Mitgefühl gehörten nicht zu ihren Tugenden.

Die Erinnerung daran, wie unerfreulich das Verhältnis zwischen Tony und seiner Frau gewesen war, überzeugte mich, dass ich recht vermutete, und der Gedanke daran, nach London zu fahren, machte mich schon weniger nervös. Ich goss mir einen Becher grünen Tee auf und nahm mir ein Päckchen Kekse. An der Küchentheke stehend, verspeiste ich ein paar davon und nippte an meinem Tee. Jetzt fühlte ich mich schon viel gelassener.

Kapitel 3

I

Nach meinen langen Morgenspaziergängen durch die Straßen von Paris fühlte ich mich nachmittags immer müde und musste mich hinlegen. Der heutige Tag machte da keine Ausnahme; ich fühlte mich sogar abgespannter als sonst. Ich ging in mein Schlafzimmer, zog meine Baumwollhosen und die Bluse aus, schlüpfte in einen Morgenmantel und legte mich aufs Bett.

Doch kaum hatte ich den Kopf aufs Kissen gelegt, schrillte das Telefon neben meinem Ohr. Ich griff nach dem Hörer und setzte mich auf. »Hallo?«

»Ich bin's, Val«, meldete sich Mike Carter. Seine warme, herzliche Stimme verriet, dass er aus dem Mittelwesten stammte. Mike war der Leiter des Pariser Büros von Gemstar, tatsächlich einer der Gründer, und ein sehr alter, lieber Freund von mir. »Wie geht's dir, Schätzchen?«

»Prima, Mike, danke. Viel besser. Na ja, jedenfalls komme ich zurecht. Was ist los?«

»Ach, bloß das Übliche ... Du weißt schon, terroristische Anschläge, Entführungen, Serienmorde, Hungersnöte, Erdbeben, Überschwemmungen. In anderen Worten, Katastrophen bergeweise.« Er lachte freudlos. »Ich schätze, eines Tages wird die Menschheit sich selbst in die Luft sprengen, aber unterdessen haben wir den Kleinkram am Hals.« Wieder kicherte er makaber. »Du weißt ja, was ich meine.«

»Klar«, gab ich zurück und fiel in sein Lachen ein. Ich mochte Mikes schwarzen Humor und seine Vorliebe für drastische Witze. Und abgesehen davon war er mein stärkster Verbündeter und hatte mich immer sehr unterstützt, seit ich vor sieben Jahren bei der Agentur angefangen hatte. Im Lauf der Jahre war daraus eine enge Freundschaft entstanden. Mein Großvater hatte Mike sehr sympathisch gefunden, und dieser war ebenso angetan von dem alten Herrn gewesen. Die beiden waren bis zu Großvaters Tod gute Freunde geblieben.

Unterdessen sprach Mike weiter. »Ich rufe nicht an, weil ich dich überreden will, in die Tretmühle zurückzukehren. Du kannst wieder anfangen, sobald du möchtest. Aber nimm dir alle Zeit, die du brauchst. Die Entscheidung liegt bei dir. Wir alle verstehen, wie du dich fühlst. Ich ganz besonders.«

»Das weiß ich. Vielleicht in ein paar Wochen«, murmelte ich, selbst überrascht über meine Antwort. Ein paar Wochen, das war nicht mehr lange. Eigentlich hatte ich vorgehabt, mir drei Monate freizunehmen, und jetzt kürzte ich mir selbst den Urlaub! Ich war verblüfft über meine unerwartete Reaktion.

»Das ist ja großartig!«, meinte Mike. »Wir vermissen dich hier sehr. Aber hör mal, Süße, eigentlich rufe ich an, weil Kemal sich heute bei der Agentur gemeldet hat, Adjets Bruder. Er fragte nach dir, und da hat man ihn an mich durchgestellt. Kemal wollte dir mitteilen, dass Adjet in Sicherheit ist. Er hält sich in Mazedonien auf.«

»Meine Güte, bin ich froh, das zu hören!«, rief ich aus. Ich war aufrichtig erleichtert und erfreut, endlich Nachricht von dem jungen Kosovo-Albaner zu erhalten. Jake und ich hatten uns seit Wochen um ihn gesorgt und uns gefragt, was wohl aus ihm geworden sein mochte. Wir hatten versucht, seinen Bruder zu erreichen, aber in Kemals Pariser Wohnung ging nie jemand ans Telefon. »Jake und ich hatten Adjet schon für tot gehalten, Mike«, erklärte ich. »Wo hat er nur all diese Wochen gesteckt? Hat sein Bruder etwas darüber gesagt?«

»Ja, er hat mir erzählt, Adjet sei an dem Tag, als er mit euch in der Nähe von Peć unterwegs war, verwundet worden. Anscheinend hat er den Wald, wo er auf euch wartete, mit dem Jeep verlassen, sobald die Kämpfe begannen. Er hat sich auf die Suche nach euch gemacht, aber er wurde angeschossen, bevor er zu euch stoßen konnte. Man hielt ihn für tot und ließ ihn auf der Straße liegen, aber später wurde er von Dorfbewohnern gerettet. Ein paar Tage später sind sie losgezogen und haben Soldaten von der Befreiungsarmee gefunden, die medizinische Hilfe für Adjet besorgen konnten. Dann haben die kosovarischen Soldaten ihn nach Albanien gebracht. Gott helfe ihm, ich habe gehört, wie primitiv die Bedingungen in den Krankenhäusern dort sind. Schließlich konnte Adjet sich nach Mazedonien durchschlagen, obwohl sein Bruder sich nicht darüber ausgelassen hat, wie ihm das gelungen ist. Du hattest ihm die Nummer der Agentur auf einem Zettel aufgeschrieben, und der Junge hat sie behalten. Er hat Kemal gebeten, uns mitzuteilen, dass er in Sicherheit ist. Besonders wollte er, dass du Bescheid weißt, Val.«

»Ich bin so froh, dass er in Sicherheit und wieder gesund ist. Er hat unwahrscheinliches Glück gehabt.«

»Ich weiß, ich weiß. Auf lange Sicht liegt alles in den Händen der Götter. Das glaube ich zumindest. Wie Bogie so schön sagte, wir leben in einer verrückten Welt.« Mike seufzte. Dann hüstelte er verlegen und sprach schnell weiter. »Ich muss los, Schätzchen. Lass uns nächste Woche noch mal telefonieren, oder melde dich, wann du Lust hast. Ich bin hier, falls du mich brauchst, zu jeder Tages- oder Nachtzeit. Ruf mich, und ich bin da.«

»Danke für alles, Mike, und besonders, weil du dir etwas aus mir machst, und für deine Freundschaft …« Ich spürte, wie mir die Kehle eng wurde, und beendete den Satz nicht.

»Gute Besserung«, murmelte Mike.

Wir legten auf, und ich lehnte mich in die Kissen. Mike Carter gehörte zu den guten Jungs, und er hatte schon alles gesehen. Nachdem er als Fotojournalist in der ganzen Welt herumgekommen war, hatte er mit einigen Kollegen Gemstar aufgezogen, eine Agentur ganz ähnlich wie Magnum, das Robert Capa Jahre zuvor, Ende der Vierzigerjahre, gegründet hatte.

Als Mikes Frau Sarah bei einem tragischen, sinnlosen Autounfall außerhalb von Paris starb, hatte er sich einen Schreibtischjob bei Gemstar besorgt, damit er mit Hilfe eines Kindermädchens seine beiden kleinen Töchter großziehen konnte. Wie ich nur zu gut wusste, waren plötzlicher Tod und unaussprechlicher Verlust ihm nicht fremd, und Trauer und Leid waren ihm vertraute Gefährten. Doch irgendwie brachte er es fertig, seinen Schmerz hinter rauer Herzlichkeit und aufrichtiger Wärme zu verbergen. Aber ich wusste auch, wie sehr er unter Sarahs plötzlichem, viel zu frühen Tod vor zehn Jahren gelitten hatte.

Nun dachte ich an Adjet und an den verhängnisvollen Tag in der Nähe von Peć, der mir immer noch entsetzlich lebendig vor meinem inneren Auge stand. Doch beinahe sofort schob ich die Bilder der Gewalt beiseite, kämpfte sie zurück. Ich schloss die Augen, denn ich wollte unbedingt schlafen. Der Schlaf war meine letzte Zuflucht vor dem Schmerz. Ich wollte ganz einfach alles und jeden auslöschen, die ganze verdammte Welt.

II

Ich musste eingenickt sein und eine ganze Weile geschlafen haben, denn als ich hochfuhr, war das Zimmer nicht mehr von hellem Sonnenlicht erfüllt wie am frühen Nachmittag.

Graue Schatten schwebten überall, umstrichen die Bücherregale und den großen provenzalischen Kleiderschrank, glitten über die Decke und flossen die Wände hinunter.

Das alles überziehende Grau verlieh meinem normalerweise fröhlich wirkenden Schlafzimmer ein düsteres Aussehen.

Unwillkürlich erschauerte ich, und Gänsehaut überzog meine Arme. Jemand ist auf mein Grab getreten, dachte ich, und dann fragte ich mich, warum mir ausgerechnet dieser ziemlich morbide Vergleich eingefallen war.

Ich schaute auf den Wecker und sah, dass es beinahe sechs war. Kaum zu glauben, aber ich hatte länger als vier Stunden geschlafen! Ich glitt vom Bett, ging zu dem hohen Erkerfenster und schaute hinaus.

Der strahlende Pariser Himmel von eben zeigte sich wolkenverhangen und verdunkelte sich rasch. Das sonnige Blau war vollständig verschwunden, und Regen drohte. Vielleicht war ein Gewitter im Anzug. Ich knipste die Lampe auf dem Schreibtisch an, und Tonys Foto in seinem Silberrahmen wurde hell erleuchtet. Jake hatte es im vergangenen Jahr aufgenommen, als wir zusammen in Südfrankreich Urlaub gemacht hatten. Einen Moment lang blickte ich auf das Bild und wandte mich dann traurig ab.

Manchmal konnte ich es nicht ertragen, die Aufnahme anzusehen. Gerade auf diesem Bild wirkte Tony unglaublich lebendig: Sein Haar wehte im Wind, und in seinem gebräunten Gesicht leuchteten die strahlend weißen Zähne. Die fröhlichen schwarzen Augen hatte er zum Schutz gegen die Sonne zusammengezogen, und so blinzelte er in die Kamera.

Tony stand auf dem Deck der Segeljacht, die wir in diesem Urlaub gemietet hatten. Über ihm blähten sich die weißen Segel im Wind. Wie sorglos er mit bloßem Oberkörper und in seinen Tennisshorts wirkte! Ein Mann in der Blüte seines Lebens, der offensichtlich seine männliche Ausstrahlung genoss. Um das zu erkennen, brauchte man nur seine Miene zu betrachten, das breite, selbstbewusste Lächeln, zu dem sein Mund geöffnet war.

Ich seufzte leise und streckte die Hand nach dem Schreibtisch aus, um mich zu stützen. Dann trat ich langsam vom Fenster weg.

Tonys Sohn Rory hatte seine Leiche nach der Überführung nach England an sich genommen und nach Irland gebracht, nach County Wicklow. Dort lag Tony neben seinen Eltern begraben.

Rory würde doch zu der Gedenkfeier kommen, oder?

Einen Moment lang beschäftigte mich diese Frage. Natürlich würde er dort sein, sagte ich mir schließlich. Und so würde ich vielleicht endlich Tonys geliebten Sohn kennen lernen, auf den er so stolz gewesen war.

Wieder verdrängten die Gedanken an Tony alles andere. Ich legte mich aufs Bett und rollte mich zu einer Kugel zusammen. Geistesabwesend drehte ich seinen Ring, den ich am Finger trug, und betrachtete das Schmuckstück. Ein breites Goldband im griechischen Stil, mit Aquamarinen besetzt.

»Die Steine haben die Farbe deiner Augen«, hatte Tony an dem nicht lange zurückliegenden Tag erklärt, als er ihn ausgesucht hatte. »Sie sind weder blau noch grau oder grün, sondern von einem ganz blassen Türkis. Du hast Meeraugen, Val, Augen von der Farbe der See.«

Ich vergrub mein Gesicht im Kissen und drängte die Tränen zurück, die plötzlich in mir aufstiegen.

»*Meine Geliebte*«, hörte ich ihn an meiner Wange flüstern, und dann seufzte ich, als ich spürte, wie seine Hand mein Gesicht und meinen Hals berührte und dann über meine Brust glitt ...

Ich riss die Augen auf, setzte mich ruckartig hoch. Dann sprang ich auf, stürzte ins Bad und presste die Stirn gegen die Glaswand der Duschkabine. Ich sagte mir, dass ich mich zusammennehmen musste, dass ich ihn nicht länger begehren durfte. Ich muss darüber hinwegkommen, dachte ich, er kommt nie wieder zurück. Er ist tot und begraben. Nicht mehr von dieser Welt. Aber ich wusste, dass ich nicht anders konnte. Die Erinnerung an ihn würde auf ewig in meinem Geist und in meinem Herzen wohnen.

III

Ich zog meinen Hausmantel und den Rest meiner Kleidung aus und trat in die Dusche. Dort ließ ich das heiße Wasser auf meinen Körper prasseln, und dann kippte ich mir reichlich Shampoo auf den Kopf und wusch mir gründlich die Haare.

Nachdem ich die Kabine verlassen und mich abgetrocknet hatte, schlang ich mir ein kleineres Handtuch wie einen Turban um den Kopf. Und anschließend untersuchte ich meine Narbe. Das tat ich jeden Tag. Die Haut um die Wunde wirkte merkwürdig verzogen, aber das würde sich irgendwann geben; das hatte mir zumindest mein Arzt hier in Paris versichert.

Ich hatte großes Glück gehabt, hatte er mir erklärt, als ich ihn zum ersten Mal aufsuchte. Die Kugel hatte Muskeln und Knochen verfehlt und war glatt durchgegangen. Wo sie ausgetreten war, hatte sie ein klaffendes Loch hinterlassen, und das Hauptproblem der Ärzte in Belgrad hatte darin bestanden, die Stofffasern von meiner Hose herauszuholen, die in die offene Wunde eingedrungen waren. Doch nach Dr. Bitouns Meinung hatten sie ausgezeichnete Arbeit geleistet, und der Einschuss war gut verheilt.

Keine Frage, ich war an jenem Tag vom Glück begünstigt gewesen. Genau wie Jake. Wir beide waren irgendwie davongekommen.

IV

Als ich mich angezogen hatte, brach das Gewitter los.

Donner und Blitz tobten am Himmel, und ich schaltete noch ein paar Lichter in meinem Schlafzimmer an, bevor ich ins Wohnzimmer ging.

Dort wurden alle Lampen über einen zentralen Schalter reguliert, und als ich den Finger darauf legte, lag der Raum augenblicklich in strahlendes Licht getaucht da. Die Einrichtung dieses Zimmers hatte noch mein Großvater entworfen und die Möbel, alles Geschenke von ihm, meisterlich ausgewählt. Selbst die Lampen und Gemälde hatte er ausgesucht, und der Raum strahlte eine ganz besondere Geschlossenheit und ruhige Schönheit aus.

Janine, die unglaublich tüchtige, mütterliche Französin, die sich um die Wohnung kümmerte – und um mich, wenn ich zu Hause war –, war gestern den ganzen Tag über am Werk gewesen. Sie hatte geputzt und gewienert und überall einen großen Wirbel veranstaltet, und sie hatte sogar ein wunderschönes Geschenk mitgebracht ... einen Arm voll rosa Rosen, die sie im Wohnzimmer auf mehrere Vasen verteilt arrangiert hatte.

Und heute Abend brachten ihre Bemühungen den Raum buchstäblich zum Leuchten. Die antiken Holzmöbel wirkten im Lampenlicht warm und weich und schimmerten wie dunkles, reifes Obst. Wunderschön hoben sie sich von den dunkelrosa Wänden ab, auf deren glatte Oberflächen die Porzellanlampen mit den seidenen Schirmen Inseln sanften Lichts warfen.

Wie überall in der Wohnung war der auf Hochglanz polierte Holzboden im Wohnzimmer nicht von Teppichen bedeckt. Aber die übrigen Räume waren einfacher ausgestattet, da ich sie selbst eingerichtet hatte; Großvaters Zimmer, wie ich es getauft hatte, sah am besten aus.

Nachdem ich den Raum von der Tür aus noch einen Moment bewundert hatte, trat ich hinein und richtete ein paar Kissen auf dem mit einem tiefrosa Leinenstoff bezogenen Sofa neben dem Kamin. Dann beugte ich mich über Janines Blumen, um an ihnen zu riechen. Ausnahmsweise besaßen sie wirklich einen Duft, was heutzutage ganz ungewöhnlich ist. Die meisten Floristenblumen riechen ja nach gar nichts mehr.

Ich ging in die Küche und überzeugte mich davon, dass im Kühlschrank mehrere Flaschen Weißwein lagerten. Dann kehrte ich ins Schlafzimmer zurück. Ein paar Minuten betrachtete ich mich aufmerksam in dem langen Spiegel, der an einer Seitenwand hing, und dachte, dass ich besser aussah als seit Tagen. Richtig blühend. Aber das war nur eine Illusion, die ich geschickt mit meinen kosmetischen Künsten geschaffen hatte: der Goldton der Grundierung verbarg meine leichenhafte Blässe und deckte die dunklen Schatten unter den Augen ab. Letztere hatte ich mit einem Hauch Lidschatten und Mascara betont, und eine Spur rosafarbenes Rouge und ein Lippenstift von der gleichen Farbe zauberten noch ein bisschen mehr Leben in mein Gesicht.

Die Wahrheit war, dass ich während der vergangenen Woche ziemlich krank gewirkt hatte, verhärmt, kalkweiß, mit vom Weinen geröteten Augen, und ich hatte nicht gewollt, dass Jake mich heute Abend so sah. Er machte sich ohnehin schon genug Sorgen um mich.

Ich war mir nicht sicher, wo wir essen würden, daher hatte ich eine meiner Grundkombinationen gewählt, ein Outfit aus schwarzen Gabardine-Hosen, einem weißen Seidenhemd und schwarzem Blazer. Mein blond gesträhntes Haar hatte ich zu einem Pferdeschwanz zurückgebunden. Schlicht und einfach, aber wirkungsvoll, dachte ich, als ich mich jetzt objektiv betrachtete.

Ich drehte mich um, ging zum Schreibtisch und nahm ein Paar kleine Perlenohrringe aus einer Schublade. Ich steckte sie gerade an, als die Türglocke ging.

Schnell lief ich in die Diele. Jake war eine Woche fort gewesen, und ich freute mich darauf, ihn zu sehen.

»Was für ein Anblick für meine entzündeten Augen«, meinte er in seinem schleppenden Südstaatenakzent, als ich die Tür aufriss, um ihn einzulassen.

»Du siehst selbst auch nicht übel aus«, gab ich zurück. Wir standen da und schauten einander an.

Dann streckte er die Hände nach mir aus und zog mich in eine stürmische Umarmung. Er drückte mich so fest an sich, dass ich einen Moment lang verblüfft war.

V

Als Jake mich endlich losließ, warf er mir ein merkwürdig verhaltenes Lächeln zu, dass mir ein wenig verlegen vorkam. Abrupt wandte er sich ab und schloss die Wohnungstür.

Einen Moment lang kam es mir vor, als sei er selbst überrascht über die Heftigkeit und Dauer seiner Umarmung. Aber dann besann ich mich. Jake war mein bester Freund, und wir standen uns seit Jahren nahe. Warum sollte er mich also nicht ordentlich drücken, wenn er gerade von einer Reise zurückgekehrt war? Und besonders unter den gegenwärtigen Umständen.

»Es regnet nicht«, murmelte ich.

»Nein«, gab er zurück, drehte sich um und schaute mich an. »Das Gewitter scheint weitergezogen zu sein, bevor es losging.«

Ich nickte und ging in die Küche, um eine Flasche Pouilly-Fuissé zu öffnen, seinen Lieblingswein.

Jake folgte mir.

»Lass mich das machen«, sagte er, als ich die Flasche mit dem Weißwein aus dem Kühlschrank nahm. Er zog eine Schublade auf, von der er wusste, dass ich dort die Utensilien für Drinks aufbewahrte, und fand einen Korkenzieher. Während er geschickt den Korken entfernte, nahm ich zwei Weingläser aus dem Schrank und stellte sie neben ihn auf die Küchentheke. Er schenkte uns ein.

Jake reichte mir ein Glas. »Ich habe gute Nachrichten, Jake«, sagte ich. »Mike hat von Adjets Bruder gehört. Kemal hat ihm berichtet, Adjet sei wohlauf und befinde sich sicher in Mazedonien.«

»Hey, das ist großartig!«, rief er aus und ließ sein Glas an meines klingen. »Auf Adjet. Gott sei Dank, dass er es geschafft hat.«

Ich nickte. »Auf Adjet.«

Wir nahmen unsere Getränke mit ins Wohnzimmer, wo Jake sich in einen Sessel neben dem Kamin sinken ließ, während ich wie immer in einer Sofaecke Platz nahm.

»Willst du mir nicht die ganze Geschichte erzählen?«, fragte Jake und sah mich über den Rand seines Glases an.

Ich berichtete ihm alles; dann lehnte ich mich zurück und betrachtete Jake. Wie gut er nach einer Woche Urlaub in Südfrankreich aussah! Er hatte mich gebeten, mit ihm nach Saint-Jean-Cap-Ferrat zu fahren, aber ich hatte abgelehnt. Jetzt überlegte ich, ob das vielleicht ein Fehler gewesen war. Mir hätte etwas Erholung ganz bestimmt auch gut getan. Die paar Tage in der Sonne hatten Jakes Haut mit einer goldenen Bräune überhaucht und sein blond gesträhntes Haar heller denn je gebleicht. Er wirkte wie das blühende Leben. Heute Abend trug er zu seinem grauen Sportjackett und den gleichfarbigen Hosen ein blaues Baumwollhemd, das seine Augen ganz besonders strahlen ließ.

»Was ist los?«, fragte er. »Du schaust mich so an.« Das war typisch Jake, der mich ständig über alles in meinem Leben ins Kreuzverhör nahm. Aber so war er immer schon gewesen, seit wir uns in Beirut kennen gelernt hatten.

»Gar nichts«, antwortete ich schließlich. »Du siehst nur so großartig fit aus, dass ich fast denke, ich hätte deine Einladung besser doch angenommen.«

»Ja, das hättest du tun sollen«, gab er rasch zurück. Er hatte ganz ruhig gesprochen, aber ich nahm einen heftigen Unterton in seiner Stimme wahr. Jake nahm einen großen Schluck Weißwein. Dann saß er da, drehte das Glas in den Händen und schaute nachdenklich in seinen Drink.

Schließlich sah er auf. »Du hättest wirklich Urlaub gebraucht«, meinte er. »Du glaubst vielleicht, dass du großartig aussiehst, aber das stimmt nicht wirklich. Mich täuscht dieses Make-up nicht. Und du hast abgenommen.«

So viel zu meinen Bemühungen mit den Kosmetiktiegelchen. »In Schwarz sehe ich immer schmal aus«, erwiderte ich.

»Pass auf, du redest mit *mir*«, gab Jake zurück. »Ich kenne dich besser als sonst ein Mensch, sogar besser als du dich selbst.« Er setzte das Glas auf den Couchtisch und wollte anscheinend aufstehen. Aber stattdessen lehnte er sich plötzlich in die rosafarbenen Leinenkissen zurück und schloss die Augen.

Nach ein paar Minuten wagte ich ihn anzusprechen. »Fühlst du dich gut, Jake?«

Er öffnete die Augen. »Yep. Aber ich mache mir Sorgen um dich, Val.«

»Oh, bitte nicht«, sagte ich. »Mir geht's prima. Und ich

habe kein Gramm abgenommen.« Eine Lüge. »Nichts. *Nada*. Null Komma null.«

Jake schüttelte den Kopf. »Hat Mike davon gesprochen, wann du wieder arbeiten sollst?«

»Er hat gemeint, ich sei jederzeit willkommen, sobald ich Lust hätte. Aber ich solle mir Zeit nehmen; die Entscheidung liege bei mir.«

»Je eher du wieder in die Agentur gehst, desto besser. Meiner Meinung nach musst du dich beschäftigen, Val, etwas zu tun haben. Du darfst nicht jeden Tag durch die Straßen von Paris laufen und nachher allein hier in der Wohnung sitzen. Ich weiß, dass du leidest. Mir geht's nicht anders. Tony war mein bester Freund, aber wir müssen weitermachen. Das würde er sich von uns wünschen.«

»Ich gebe mir die größte Mühe, wirklich, Jake. Und die Spaziergänge helfen mir. Ich weiß nicht warum, aber das ist nun mal so.«

»Na ja, draußen auf den Straßen kommt man sich weniger allein vor. In dieser Umgebung fühlt man sich lebendiger, weil sie voller Leben, Menschen, Verkehr, Lärm und Aktivität sind. Die Straßen sind die Welt. Habe ich dir je erzählt, was John Steinbeck tat, als er hörte, dass Robert Capa in Indochina umgekommen war?«

Nachdenklich zog ich die Brauen zusammen. Ich war mir nicht sicher, aber irgendwo im Hinterkopf hatte ich das Gefühl, dass ich die Anekdote kannte. Oder hatte Tony sie mir erzählt? Natürlich verehrten wir alle Capa, den größten Fotoreporter, den die Welt je gesehen hat. »Weiß nicht, vielleicht ja. Aber erzähl es mir noch einmal.«

»Capa starb 1954, genau gesagt am fünfundzwanzigsten Mai. Und natürlich ging die Nachricht von seinem Tod binnen Stunden um die Welt. Steinbeck, ein guter Freund von Capa, hielt sich in Paris auf, als er davon hörte. Er war so erschüttert, dass er nach draußen ging und vierzehn Stunden am Stück durch die Straßen rannte. Ich vermute, er konnte es einfach nicht glauben. Und er konnte nicht stillsitzen. Er musste sich bewegen. Du tust etwas sehr Ähnliches, Val, aber du machst es jeden Tag.«

»Nein, tue ich nicht. Ich laufe nicht vierzehn Stunden täglich durch die Straßen!«

Jake seufzte und sagte nichts. Er schenkte mir nur einen seiner durchdringenden Blicke, die mich immer veranlassten, alles, was ich zu ihm gesagt hatte, innerlich noch einmal zurückzuspulen. Ich zuckte die Achseln. »Okay«, gestand ich, »du hast Recht. Wahrscheinlich tue ich dasselbe. Und du hast mir die Geschichte tatsächlich erzählt. Bei einer dieser Gelegenheiten, als du sauer auf Tony warst, weil du meintest, er sei zu leichtsinnig. Du hast ihn mit Capa verglichen.«

»Nein, habe ich nicht.« Jake setzte sich gerader hin und warf mir einen scharfen Blick zu. »Capa war nicht auf dieselbe Weise leichtsinnig wie Tony. Menschen, die Capa kannten, haben immer berichtet, er sei äußerst vorsichtig gewesen. Vergiss nicht, er war ein Experte darin, *kalkulierte* Risiken einzugehen. Die Reise nach Indochina war sein fünfter Kriegseinsatz, und nur ein Fotojournalist mit seiner großen Erfahrung konnte einschätzen, ob eine Situation wirklich gefährlich war oder nicht. Nach dem, was ich über ihn weiß, wägte er die Risiken sorgfältig ab, besonders, wenn er sich ohne Deckung durch ein bestimmtes Gebiet bewegen musste. Und er war immer vorsichtig und begab sich niemals unnötig in Gefahr. Aber wenn er die Möglichkeit sah, ein herausragendes Bild zu schießen, und das Risiko kalkulierbar war, dann ging er es ein. Tony dagegen ist einfach losgestürmt, ohne ...« Er unterbrach sich und nahm einen Schluck von seinem Wein. Offensichtlich hatte er das Gefühl, seinem Freund in den Rücken zu fallen.

»Ohne zu überlegen«, schloss ich den Satz für ihn. Dann stand ich auf und ging in Richtung Küche.

»Wo willst du hin?«

»Die Weinflasche holen«, antwortete ich. Als ich zurückkam, schenkte ich zuerst ihm und dann mir nach und stellte die Flasche auf der Glasplatte des Couchtisches ab. »Was ist nun mit dem Gedenkgottesdienst?«, fragte ich und kam gleich zum Kern der Sache. »Weißt du, wann er stattfindet?«

»Nächste Woche Dienstag.«

»Aha. Und wo?«

»Um elf Uhr im Brompton Oratory.«

Schweigend blickte ich auf den Drink in meinen Händen hinunter.

»Ich habe uns Zimmer im Milestone in Kensington bestellt«, erklärte Jake. »Ich weiß, dass du dieses Hotel magst.«

Ich nickte. Mit seiner Information über die Feier hatte Jake mich überrascht. Die Ereignisse schienen sich viel schneller zu entwickeln, als ich vorhergesehen hatte. Ich fühlte mich überhaupt nicht bereit dazu. Nur noch vier Tage. Und dann würde ich unter all den Freunden und Kollegen Tonys sitzen, von denen viele auch meine Kollegen waren, und zuhören, wie alle Welt über den Mann sprach, um den ich immer noch trauerte. Plötzlich erfüllte die bloße Vorstellung mich mit Entsetzen, und ich lehnte mich zittrig zurück.

Jake erzählte mir jetzt etwas anderes, und ich blinzelte und versuchte mich auf seine Worte zu konzentrieren. »Ich habe mit Clee Donovan gesprochen«, sagte er gerade. »Er kommt auf jeden Fall. Und den Turnley-Brüdern habe ich eine Nachricht hinterlassen. Ich bin mir sicher, dass sie kommen werden, wenn sie können.«

Ohne wirklich zu verstehen, starrte ich ihn an. Ich fühlte mich überfahren, und die Aussicht, nach London zu fliegen, erfüllte mich mit Nervosität und Furcht.

»Was hast du?«, fragte Jake.

Ich schluckte schwer. »Das Ganze ist ein ... *Horror.* So viele Menschen werden da sein.«

Jake zögerte den Bruchteil einer Sekunde. »Ich weiß, was du meinst. Aber lass uns froh und stolz sein, dass so viele Menschen Tonys Leben würdigen wollen. Denn das ist der Sinn einer Gedenkfeier, Val: man feiert, dass dieser Mensch am Leben war. Wir zeigen unsere Dankbarkeit dafür, dass Tony geboren wurde und unter uns geweilt hat.«

»Ja.«

Er stand auf, setzte sich neben mich auf das Sofa und nahm sanft und liebevoll meine Hand. »Ich weiß, dass es hart ist ... Aber er ist tot, Val, und du musst dich damit abfinden, weil ...«

»Das tue ich«, unterbrach ich ihn leicht gereizt.

»Du musst dich beschäftigen, wieder zu arbeiten anfangen. Du kannst dich nicht einfach ... so treiben lassen.«

Ich starrte ihn an. Schon wieder fing er an, mich auf seine typische Macho-Art herumzukommandieren. »Du hast auch nicht allzu viel getan, seit wir aus Belgrad zurück sind«, fauchte ich, bevor ich mich bremsen konnte. Und dann hätte ich mir die Zunge abbeißen mögen, sobald die Worte über meine Lippen waren. Ich spürte, wie mir die Schamröte den Hals hoch und ins Gesicht kroch.

»Ich wünschte, ich *hätte* arbeiten können! Aber meinem Bein geht's ziemlich schlecht, und die Wunde heilt viel langsamer, als ich erwartet hatte.«

Ich war wütend auf mich selbst. »Tut mir Leid, Jake, das hätte ich nicht sagen sollen. Ich weiß doch, dass du schwerer verletzt worden bist als ich. Das war schrecklich gedankenlos von mir.«

»Ach was, schon gut. Komm, lass uns einen Pakt schließen. Wir wollen einander helfen, uns gegenseitig wieder aufbauen, uns in Bewegung setzen. Fangen wir wieder an, Val, nehmen wir die Kameras und machen unseren Job weiter.«

»Ich glaube nicht, dass ich in den Kosovo zurückkehren könnte.«

»Gott, das meinte ich auch gar nicht! Ich möchte auch nicht wieder hin, aber wir können doch über andere Themen berichten, nicht nur über Kriege.«

»Aber dafür sind wir am bekanntesten«, erinnerte ich ihn.

»Wir können uns unsere Aufträge aussuchen, Val, Liebes.«

»Ja, sicher.«

Jakes Blick veränderte sich; seine blauen Augen wirkten dunkler, nachdenklich. Nach einer kurzen Pause wechselte er geschickt das Thema. »Ich habe uns für Montag Abend einen Flug nach London reserviert«, bemerkte er. »Okay?«

Ich nickte nur. Ich griff nach meinem Glas, nippte an dem Wein und stellte den Drink wieder ab. »Erzähl doch mal von deiner Reise nach Südfrankreich«, rief ich mit erzwungener Fröhlichkeit aus.

»Das war wirklich großartig, Val. Ich wünschte, du wärest mitgekommen ...« Jake unterbrach sich und warf einen Blick zum Telefon, das zu läuten begonnen hatte.

Ich entwand ihm meine Hand, stand auf und trat an das Tischchen, auf dem der Apparat stand. »Hallo?«

VI

Zu meiner vollständigen Verblüffung war es mein Bruder Donald, der aus New York anrief, und ich sackte auf den Telefonschemel. Seine Stimme zu hören brachte mich völlig aus dem Konzept. Doch nachdem wir einander begrüßt hatten, nahm ich mich rasch zusammen und hörte aufmerksam zu. Denn Donald ist schon immer gerissen gewesen; Verschlagenheit ist seine zweite Natur.

Schließlich hatte er seinen langen Sermon beendet. »Ich kann jetzt nicht einfach so weg«, entgegnete ich. »Nächste Woche muss ich nach London, zu einer Gedenkfeier für einen Kollegen, und ich habe jede Menge Aufträge, die sich nur so stapeln.«

Wieder lauschte ich so geduldig wie möglich. »Tut mir Leid, aber ich kann im Moment nicht verreisen«, betonte ich noch einmal. »Hör zu, ich kann wirklich nicht weiterreden. Ich habe Gäste und muss wieder zu ihnen. Danke für den Anruf.« Aber Donald war auf seine typische, egoistische Art entschlossen, alle seine Argumente abzuhaken, und plapperte weiter auf mich ein. Mir blieb keine andere Wahl, als ihn anzuhören, wenn ich nicht einfach brutal den Hörer aufknallen wollte. Als er endlich einmal Luft holte, sah ich meine Chance und schaltete mich ein. Ich wiederholte, im Augenblick könne ich Europa unter keinen Umständen verlassen. Rasch verabschiedete ich mich und legte auf.

Ich ging zum Sofa zurück und setzte mich. »Was für eine Frechheit! Ich kann nicht glauben, dass er mich anruft!«

»*Wer?* Und was hat der Mann gesagt, um dich so in Rage zu bringen?«

Ich wandte mich zu Jake. »Das war mein Bruder Donald«, erklärte ich ihm. »Er hat aus New York angerufen. Um mir mitzuteilen, dass meine Mutter krank ist. *Seine* Mutter, sollte ich sagen, denn mir ist die Frau nie eine Mutter gewesen. Er wollte, dass ich nach New York fliege. Was für eine Dreistigkeit!«

»Was hat sie denn? Ist sie sehr krank?«

Ich sah, wie Jake die Stirn runzelte, sah seinen überraschten, beinahe verlegenen Blick, und erkannte sofort, dass er die Beziehung zwischen mir und meiner Mutter nie richtig verstanden hatte. Aber wie hätte er auch begreifen können, was selbst mir ein Rätsel war? Nach dem zu urteilen, was Jake mir in den Jahren unserer Freundschaft erzählt hatte, stammte er aus einer wunderbar herzlichen, liebevollen und fest zusammengewachsenen jüdischen Familie und war mit viel Liebe, Verständnis und enormer Unterstützung durch seine Eltern, Großeltern und Schwestern aufgewachsen. Während ich ein Waisenkind im Schoß der Familie Denning gewesen war. Hätte ich nicht die Eltern meines Vaters gehabt – und besonders Großvater –, dann wäre ich verkümmert und einen frühen Tod durch emotionale Entbehrung gestorben. An diesem Punkt fragte ich mich, warum ich im Zusammenhang mit meiner Mutter überhaupt den Begriff »Beziehung« verwendete, denn so etwas hatte zwischen uns nie existiert.

Mein Großvater hatte sie »Eisberg-Aggie« genannt und sich mir gegenüber oft laut gefragt, was sein Sohn – mein Vater – je in ihr gesehen hatte. Natürlich war sie sehr schön gewesen. Das war sie höchstwahrscheinlich immer noch, vermutete ich. Denn seit ich damals nach Beirut gegangen war, hatte ich sie nicht mehr gesehen.

Jake unterbrach meinen Gedankengang. »Ist deine Mutter sehr krank, Val?«, fragte er noch einmal.

»Dazu hat Donald sich nicht genau geäußert. Er hat nur erklärt, es ginge ihr nicht gut, und sie habe ihm gesagt, sie wolle mich sehen. Er hat mir ihre Nachricht nur ausgerichtet. Aber etwas Ernstes kann es nicht sein, sonst hätte er es mir gesagt. Donald ist ihr Goldstück, Jake, und steht ziemlich unter ihrer Fuchtel. Aber in allem, was ihre Gesundheit oder überhaupt ihre Person angeht, würde er nie die Unwahrheit sagen. Wenn es echte Probleme gäbe, hätte er mir auf jeden Fall davon erzählt. Ganz bestimmt.«

»Vielleicht möchte sie ja etwas wieder gutmachen«, meinte Jake. »Eine Annäherung möglicherweise?«, setzte er hinzu und zog eine Augenbraue hoch.

Vehement schüttelte ich den Kopf. »Unmöglich. Sie hat sich in den vergangenen einunddreißig Jahren einen

Dreck um mich geschert. Und ich fliege nicht nach New York.«

»Du könntest sie anrufen.«

»Aber es gibt nichts zu sagen, Jake. Ich habe dir die Geschichte doch schon vor Jahren erzählt.« Ich biss mir auf die Lippen und schüttelte langsam den Kopf. »Ich kann nichts für eine Frau empfinden, die niemals irgendwelche Gefühle für mich gehegt hat.«

Jake gab keine Antwort, und lange Zeit herrschte Schweigen zwischen uns. »Jesus, Val«, sagte er schließlich leise und mitfühlend, »ich habe ihr Verhalten dir gegenüber nie begriffen. Es kommt mir so unnatürlich vor, dass eine Mutter ihr Kind nicht liebt. Ich meine, was in aller Welt hätte sie einem Säugling vorwerfen können?«

»Da bin ich überfragt«, antwortete ich und zuckte leicht die Schultern. »Auch meine Großeltern Denning konnten sich nie einen Reim darauf machen, und meine Großmutter mütterlicherseits habe ich nicht besonders gut gekannt. Meine Großmutter Violet Scott war mir ein Rätsel, und sie ist mir immer aus dem Weg gegangen.« Schroff lachte ich auf. »Als ich noch jünger war, dachte ich immer, dass ich vielleicht einer unehelichen Beziehung entstamme. Dass meine Mutter von einem anderen Mann schwanger war, als sie meinen Vater heiratete. Aber die Daten stimmten nicht, sie ergaben keinen Sinn, denn sie war schon über ein Jahr mit meinem Vater verheiratet, als ich zur Welt kam.«

»Und wenn sie eine Affäre hatte, *nachdem* sie deinen Vater geheiratet hatte?«, meinte Jake.

»Daran habe ich auch schon gedacht, aber dazu sehe ich zu sehr aus wie meine Großmutter Cecelia Denning, als sie in meinem Alter war. Großvater hat immer Bemerkungen darüber gemacht.«

Ich sprang hoch, zog die oberste Schreibtischschublade auf und nahm eine Pappschachtel heraus. Diese trug ich zum Sofa und reichte sie Jake. »Wirf mal einen Blick darauf«, bat ich ihn, während ich mich wieder setzte.

Das tat er und begutachtete ein paar Minuten lang die alten Fotos von meiner Großmutter, die er aus der Schachtel genommen hatte. »Ja, du bist eindeutig eine Denning und Cecelia wie aus dem Gesicht geschnitten. Wenn die altmodischen Kleider nicht wären, sähe sie genauso aus wie du heute.« Er blätterte die anderen Bilder in dem Kästchen durch und lachte leise. »Das hier habe ja ich gemacht!«, rief er aus und schwenkte ein Bild von mir.

»Hey, lass mich auch mal sehen!«

Immer noch schmunzelnd reichte er es mir. Als ich mein Foto betrachtete, konnte ich mich selbst eines Lächelns nicht erwehren. Da stand ich in meiner ganzen Pracht und Herrlichkeit vor dem Hotel Commodore in Beirut, wo ich Jake zum ersten Mal begegnet war. Ich trug meine Safarijacke und Hosen; um den Hals hatte ich mir wahllos ein ganzes Sortiment von Kameras gehängt. Meine feierliche Miene verriet, dass ich mich selbst schrecklich ernst nahm. Unsagbar aufgeblasen. Ich tat, als müsse ich mich schütteln. »Ich muss ja furchtbar von mir selbst eingenommen gewesen sein. Aber mein Gott, wie grauenvoll ich damals ausgesehen habe.«

»Nein, du warst die hinreißendste Schönheit, die mir je auf zwei Beinen begegnet ist!«, rief Jake aus. Dann hielt er inne, und ein verblüffter Ausdruck huschte über sein Gesicht, als wären ihm die Worte wider Willen herausgerutscht. Er räusperte sich und lenkte das Gespräch wieder auf meine Mutter. »Schon sehr seltsam, Val, wie deine Mutter dich immer behandelt hat. Bei all deinen Leistungen sollte sie eigentlich stolz auf dich sein.«

Ich seufzte und verzog den Mund. »Das wird wohl ihr Geheimnis bleiben. Und zwar eines, das zu lösen ich nicht beabsichtige. Mir ist das einfach egal. So, was ist nun mit dem Essen?«

Kapitel 4

I

London, September – Während der letzten Tage hatte ich mir große Mühe gegeben, den Gedanken an die Gedenkfeier zu verdrängen. Aber nun würden Jake und ich gleich dorthin aufbrechen, und plötzlich ergriff mich Panik. Der Gottesdienst stand drohend vor mir wie ein Berg, und ich wollte ganz einfach nicht gehen. Während ich in dem ansprechend getäfelten Foyer des Milestone stand und auf Jake wartete, überlegte ich, wie ich mich mit Anstand aus der Sache herauswinden könnte. Aber das war natürlich nicht möglich. Für solche Tricks war es jetzt zu spät, und außerdem hätte ich Jake nie so enttäuscht.

Ich wandte mich von der Eingangstür ab und sah Jake auf mich zukommen. In seinem dunklen Anzug wirkte er gebräunt, gesund und sehr schick, zumal er zur Abwechslung einmal Hemd und Krawatte trug. Aber seine Miene war so düster wie seine Kleidung, und er hinkte noch genauso schwer wie gestern, als wir während eines Gewitters in Heathrow gelandet waren.

Er blieb stehen, aber ich wagte nicht, sein Hinken zu erwähnen oder ihn zu fragen, wie er sich fühlte. Denn als ich gestern meine Sorge über seine Verletzung laut geäußert hatte, hatte er mir fast den Kopf abgerissen. Stattdessen nahm ich seinen Arm, beugte mich zu ihm und küsste ihn auf die Wange.

Jake schenkte mir ein schwaches Lächeln. »Tut mir Leid, dass du warten musstest. Aber jetzt sind wir spät dran, also machen wir uns lieber auf den Weg.«

In dem Moment, als Jake und ich auf die Treppe vor dem Hotel traten, setzte ein Wolkenbruch ein. Der uniformierte Portier eilte uns mit einem großen Schirm nach, und darunter drängten wir beiden uns zusammen, während der Hotelbedienstete uns zu dem Wagen mit Chauffeur geleitete, den Jake bestellt hatte.

»Es wird schon alles gut gehen, Val«, meinte Jake leise, als wir im Wagen saßen. »Versuch, dir nicht so viele Gedanken zu machen. Bald ist es vorbei.« Er nahm meine Hand und drückte sie aufmunternd.

Ich bin ein sehr zurückhaltender Mensch, besonders was Gefühle angeht, und habe noch nie etwas davon gehalten, meine Emotionen zur Schau zu stellen. Daher wollte ich auch lieber auf meine Weise um Tony trauern, in der Abgeschiedenheit meiner Wohnung, und nicht an einem öffentlichen Ort wie dem Brompton Oratory. Obwohl dies angeblich eine sehr schöne römisch-katholische Kirche war – der Vatikan von London, so hatte mir jemand das Gotteshaus vor Jahren beschrieben.

Quälend langsam schob sich der Wagen durch den dichten Londoner Verkehr. Nachdem ich ein paar Minuten auf die regennassen Straßen hinausgeschaut hatte, wandte ich mich von Fenster ab. Ich nahm mir ein Beispiel an Jake, der mit geschlossenen Augen in der Ecke der Rückbank lehnte. Und ich öffnete die Augen erst wieder, als das Auto vor der Kirche zum Halten kam.

Ich setzte mich auf, fuhr mit einer Hand über mein Haar, das ich zu einem festen Chignon zurückgebunden hatte, und zog die Jacke meines schwarzen Hosenanzugs glatt. Dann holte ich tief Luft und entschloss mich, die

Messe mit Ruhe, Würde und möglichst gefasst durchzustehen.

II

Eine solche Menschenmenge drängte ins Brompton Oratory, dass es schwierig war, Freunde und Kollegen zu entdecken oder überhaupt mit einem schnellen Blick jemanden zu erkennen. Jeder war in Schwarz oder dunkle Farben gekleidet, und auf allen Gesichtern standen Ernst oder Trauer, oder beides.

Klugerweise hatte ich eine Sonnenbrille aufgesetzt, ehe ich aus dem Wagen gestiegen war, und damit fühlte ich mich jetzt wie inkognito. Zwar nicht wirklich unsichtbar, aber zumindest geschützt. Doch trotz der dunklen Gläser, die meine Augen verbargen, klammerte ich mich fest an Jakes Arm, während wir uns unter die anderen Trauergäste mischten, die gemächlich in die Kirche strömten.

Wir waren gerade eingetreten, als ich spürte, wie jemand mir von hinten leicht auf die Schulter tippte. Ich blickte mich um und sah in Nicky Wells' reizendes Gesicht. Sie leitete das Pariser Büro von ATN, dem erfolgreichsten amerikanischen Nachrichten-Kabelkanal.

Wir hatten zusammen vom Tiananmen-Platz in Peking berichtet, als 1989 die Studenten gegen die chinesische Regierung demonstrierten. Ich war damals Anfängerin, und Nicky hatte mir sehr geholfen. Sie war fünfzehn Jahre älter als ich und hatte mich oft unter ihre Fittiche genommen, als ich noch grün hinter den Ohren war.

Seit dieser Zeit waren wir befreundet und trafen uns gelegentlich in Paris. Neben Nicky stand Clee Donovan, ihr Mann und ein weiterer bekannter Kriegsfotograf, der vor einigen Jahren die Agentur Image gegründet hatte. Nach der Geburt ihres ersten Kindes hatte Nicky sich aus dem Kriegsgeschäft zurückgezogen, denn sie hielt es für angeratener, im sicheren Paris zu bleiben und Lokalberichterstattung zu betreiben.

Jake und Clee waren schon viele Jahre gute Freunde und durch viele Gemeinsamkeiten verbunden. Beide waren Exilamerikaner und Kriegsfotografen, und beide hatten den Robert-Capa-Preis gewonnen. Diese Auszeichnung war 1955, kurz nach Capas Tod, durch das Magazin *Life* und den amerikanischen Übersee-Presseclub gestiftet worden und wurde verliehen für »die beste Fotoreportage aus dem Ausland, die außerordentlichen Mut und Unternehmungsgeist verlangt«.

Ich wusste, dass beide Männer diesen besonderen Preis als ihren stolzesten Besitz hüteten. Capa war für sie ein Gott, wie für uns alle, die wir als Fotojournalisten aus Kriegsgebieten berichteten.

Wir vier blieben ein wenig zurück und sprachen ein paar Minuten über Tony und den traurigen Anlass unseres Wiedersehens; und wir verabredeten, zusammen zu Abend zu essen, sobald wir uns alle einmal gleichzeitig und für länger als ein paar Tage in Paris aufhalten würden.

Als wir uns wieder in Bewegung setzten, fiel Clee noch etwas ein. »Wir schaffen es nachher nicht mehr zur Totenwache. Nicky und ich müssen nach dem Gottesdienst sofort nach Paris zurück. Geht ihr beiden denn?« Er blickte zwischen Jake und mir hin und her.

Ich war so bestürzt, dass ich kein Wort herausbrachte.

Jake räusperte sich – ziemlich nervös, wie mir schien – und brummte etwas, das ich nicht ganz verstand. »Wir sind in der gleichen Lage wie ihr, Clee«, setzte er dann hinzu. »Auch wir müssen zurück. Verpflichtungen. Aber vielleicht schauen wir auf ein paar Minuten vorbei, nur um unser Beileid auszusprechen.«

Weiter kam er nicht, denn plötzlich wurden wir von der nachdrängenden Menge weitergeschoben. Jakes Hand konnte ich festhalten, aber in dem Gedränge wurden wir von Nicky und Clee getrennt. Und Sekunden später führte ein Kirchenbediensteter uns einen der Gänge hinunter und wies uns in eine Bank.

Sobald wir saßen, packte ich Jake am Arm und zerrte ihn zu mir herüber. »Mir hast du nichts von einer Totenwache erzählt«, zischte ich.

»Ich dachte, das wäre besser so, zumindest, bis wir hier waren«, gestand er flüsternd.

»Und wer gibt den Empfang?«, verlangte ich zu wissen. Ich sprach leise und bemühte mich, meine Wut auf Jake zu zügeln.

»Rory und Moira.« Er warf mir einen schnellen Blick zu und räusperte sich noch einmal nervös. »Ich habe so ein unbestimmtes Gefühl, dass wir nicht gehen, oder, Val?«

»Darauf kannst du wetten«, fauchte ich.

III

Nur gut, dass sich in diesem Moment weitere Gäste in unsere Bank setzten. So konnten wir unser Gespräch nicht fortsetzen, das andernfalls leicht in einen Streit hätte ausarten können.

Ich war wütend auf Jake, weil er mir vorher nichts von der Nachfeier gesagt hatte; gar nicht zu reden davon, dass ich mich selbst schalt, weil ich nicht mit dieser Möglichkeit gerechnet hatte.

Schließlich war Tony Ire gewesen. Andererseits wurde eine Totenwache in der Regel nach dem Begräbnis abgehalten und nicht nach einer Gedenkfeier, oder? Aber die Iren hatten eben ihre Eigenheiten, ihre ganz besonderen Regeln und Rituale. Danach war eine Totenwache am heutigen Tag wohl angemessen, vielleicht weil die Beerdigung in Irland stattgefunden hatte. Eine solche Nachfeier war eine Gelegenheit für Familienangehörige und Freunde zusammenzukommen, einander Trost zu spenden, sich in Erinnerungen zu ergehen und des Verstorbenen zu gedenken. Ich war mir vollständig bewusst, dass ich dieses Treffen nicht verkraften würde. Zuerst der Gedenkgottesdienst und dann das ... damit wurde ich nicht fertig. Ich verstand nur nicht, warum Jake das nicht einsah.

Orgelklänge hallten durch die Kirche, und ich sah mich verstohlen um. Hier und da erblickte ich in der Menge vertraute Gesichter – Kollegen, mit denen wir während der letzten paar Jahre zusammengearbeitet hatten. Auch eine Reihe berühmter Fotografen und Journalisten waren gekommen, und ein paar Prominente. Ich kannte zwar keinen davon persönlich, aber natürlich waren mir ihre Gesichter bekannt.

Ein gewaltiger Auftrieb war das, und Tony wäre zufrieden und erfreut darüber gewesen, dass heute so viele Freunde und Kollegen gekommen waren, um seiner zu gedenken und ihm die letzte Ehre zu erweisen.

In der Hoffnung, Rory zu entdecken, schaute ich weiter um mich. Ich war mir ziemlich sicher, dass ich ihn erkennen würde, da Tony mir so viele Fotos von seinem Sohn und seiner Tochter Moira gezeigt hatte. Die beiden waren nirgends zu sehen, und dennoch mussten sie hier sein. Mir ging auf, dass sie wahrscheinlich in der ersten Reihe saßen, gegenüber dem Altar und somit meinen Blicken entzogen.

Ich lehnte mich zurück, senkte den Kopf und stimmte mich auf die Orgelmusik ein. Die Klänge waren klagend, aber seltsam wohltuend. Einen Moment lang schloss ich die Augen und empfand Erleichterung, weil ich meine Gefühle in Zaum halten konnte. Na ja, zumindest für den Augenblick.

Als die Orgel schwieg, schlug ich die Augen auf und sah, dass ein Priester vor dem Altar stand. Er begann für Tonys Seele zu beten. Wir alle knieten mit ihm, standen dann automatisch wieder auf und nahmen erneut Platz. Der Geistliche sprach weiter über Tony, sein Leben, seine Arbeit und seine Leistungen.

Ich versuchte nicht zuzuhören. Dennoch waren die Tränen gefährlich nahe an die Oberfläche gestiegen und sammelten sich rasch hinter meinen Augen. Verzweifelt rang ich um Beherrschung.

Bald hatte der Priester geendet und glitt an die Seite des Altars, und wie von fern erklang die Stimme eines einzelnen Chorknaben. Eine außerordentliche Stimme, ein hoher Sopran, der direkt aus dem Deckengewölbe der Kirche zu dringen schien. Die Stimme war so rein und überwältigend, dass es mir kalt den Rücken herunterlief, und ich setzte mich gerader und lauschte entzückt.

In den Krieg der kleine Spielmann fährt,
in den Reihen des Todes seht ihr ihn.
Gegürtet hat er seines Vaters Schwert,
die Harfe auf der Schulter geht er hin ...

Der wunderbare Gesang des jungen Chorknaben öffnete bei mir buchstäblich alle Schleusen. Mein Mund begann unkontrollierbar zu zittern und mein Gesicht verzog sich, sodass ich es hinter meiner Hand verbarg. Ich kroch in die Bankecke, um einen Moment später festzustellen, dass ich die Tränen doch nicht unterdrücken konnte. Ungehindert rollten sie mir die Wangen hinunter, drangen unter meiner dunklen Brille hervor und tropften auf meine Hand, die ich in das Revers meiner Jacke gekrallt hatte.

Jake legte den Arm um meine Schultern und zog mich an sich, um mich zu trösten. Dankbar lehnte ich mich an ihn, schluckte heftig, presste die Lippen zusammen und brachte schließlich meine aufgewühlten Gefühle unter Kontrolle. Dann war die Ballade zu Ende, und die schmelzende Sopranstimme verstummte. Ich hoffte, dass nicht allzu viel von solchen Dingen mehr kommen würde, denn das würde ich nicht ertragen.

Aber natürlich kam noch mehr. Zuerst hielt Tonys Bruder Niall eine Ansprache. Ihm folgte Tonys ältester Geschäftsfreund Eddie Marsden, der Fotoredakteur aus Tonys Agentur, der ausführlich redete. Und schließlich trat Rory auf die Kanzel und sah um alles in der Welt aus wie eine jüngere Ausgabe von Tony, stark und mutig in seiner Trauer. Er hatte das attraktive dunkel-irische Aussehen seines Vaters geerbt, ja sogar seine sprachlichen Eigenheiten, und seine Stimme war der Tonys so ähnlich, dass man meinte, den Verstorbenen selbst sprechen zu hören.

Rorys Worte kamen aus tiefstem Herzen, und er sprach wohlgesetzt und bewegend. Er erinnerte uns an Tonys großen Charme und sein Talent als Fotograf, seine Bescheidenheit und zurückhaltende Art, seinen Abscheu vor Gewalt, seine Menschlichkeit und seine Verurteilung der Kriege, aus denen er berichtete. Rory redete von den irischen Wurzeln seines Vaters, seiner Liebe zu seiner Heimat und seiner Familie. So liebevoll sprach er über seinen Vater, dass ich spürte, wie mir von neuem die Tränen die Kehle zuschnürten.

Rory fuhr fort. »Er ist viel zu früh von uns gegangen … und doch starb er bei der Tätigkeit, die er am meisten liebte: die Geschichte im Moment ihrer Entstehung aufzuzeichnen. Und vielleicht gibt es keine bessere Art zu sterben – mitten aus dem herausgerissen, was man am liebsten tut …«

Aber Tony hätte ein langes Leben vor sich gehabt, dachte ich, während die Stimme des jungen Rory weiter an mir vorbeizog. Wäre er nicht so schreckliche Risiken eingegangen, dann bräuchte keiner von uns heute hier zu sitzen und um ihn zu trauern. In dem Moment, als dieser Gedanke in mir aufstieg, hasste ich mich schon dafür. Aber es war die Wahrheit.

IV

Rory erspähte uns, als wir langsam den Mittelgang der Kirche entlangschritten. Er stand am Ausgang, um die Freunde seines Vaters beim Verlassen der Kirche anzusprechen. Als er Jake sah, hellte sein Blick sich auf. Neben ihm erkannte ich Moira, und auf seiner anderen Seite stand eine schlanke Rothaarige, die selbst aus dieser Entfernung sehr attraktiv wirkte. Ich wusste sofort, dass dies Fiona sein musste, Tonys Exfrau. Innerlich begann ich zu zittern.

Jake konnte nicht ahnen, wie es in mir aussah. Doch er fasste meinen Ellbogen, um mich zu stützen, als wüsste er Bescheid.

Fiona lächelte ihm herzlich zu und freute sich sichtlich, ihn zu sehen. Offenkundig waren die beiden alte Freunde. Jake ging auf sie zu und ließ mich erst los, als wir vor ihr standen. Er schloss Fiona in die Arme und drückte sie kräftig, dann umarmte er Moira und Rory.

Dann zog er mich nach vorn, um mich vorzustellen. »Fiona, das ist Val – Val Denning.«

»Hallo, Val«, gab Fiona mit sanfter Stimme zurück, lächelte verhalten und reichte mir die Hand.

Ich nahm sie. »Fiona«, sagte ich und beugte den Kopf, wobei ich versuchte, sie nicht anzustarren. Sie besaß ein hübsches Gesicht mit hohen Wangenknochen, einem Grübchen im Kinn und einer glatten Stirn. Ihre Haut wies jenes blasse Milchweiß auf, mit dem irische Rotschöpfe anscheinend gesegnet sind, aber Nasenrücken und Wangen waren reichlich mit Sommersprossen übersät. Das flammenfarbene Haar trug sie zu kurzen Locken frisiert, und ihre Augen waren dunkel, kohlrabenschwarz. Eine echte Keltin, dachte ich.

»Ich bin so froh, dass ihr nach London kommen konntet«, sagte Fiona in dem singenden Tonfall, der ihre Herkunft verriet, gerade zu Jake. »Um ehrlich zu sein, hatte ich mir schon Gedanken gemacht, ihr könntet beide im Einsatz sein, sodass ihr es nicht zur Gedenkfeier schafft. Danke, dass ihr gekommen seid.« Sie sah mich an und wandte sich dann wieder an Jake. »Ihr begleitet uns doch noch auf einen kleinen Imbiss nach Hause, oder?«

Jake zögerte unsicher und warf mir einen schnellen Blick zu. »Val fühlt sich nicht besonders, seit wir gestern Abend angekommen sind«, meinte er zu Fiona. »Stimmt's, Val?«

Geschickt hatte er mir den Ball zugespielt, und jetzt blieb mir nichts anders übrig, als ihm zuzustimmen. »Ja, wirklich. Ich habe mir wohl irgendetwas eingefangen.«

Fiona zog ein langes Gesicht. »Oh, das ist aber eine Enttäuschung, wirklich, Val. Und dabei wollte ich Ihnen und Jake noch etwas von Tony schenken. Als Andenken, verstehen Sie. Das Haus ist voll von seinen Besitztümern, die er über die Jahre angesammelt hat. Ich dachte, Sie könnten sich etwas aussuchen, Val. Und du, Jake, möchtest vielleicht etwas Persönliches, eine Kamera vielleicht, oder ein Paar Manschettenknöpfe.« Sie hielt inne, schüttelte den Kopf, und ein ironisches Lächeln umspielte ihren Mund. »Ich glaube, was Tony angeht, könnte es nichts Persönlicheres geben als eine Kamera, denn jeder Apparat, den er je besessen hat, war ein Stück von ihm.«

»Wir möchten so gern, dass Sie kommen, Jake. Sie haben so lange mit Dad zusammengearbeitet. Und Sie ebenfalls«, schaltete sich Rory ein und sah mich direkt an. »Das heißt natürlich, wenn Sie sich danach fühlen. Es ist keine richtige Totenwache, verstehen Sie. Eher so eine Art ... nun ja, einfach ein paar Freunde, die meines Vaters gedenken wollen, zusammen mit seiner Familie, in seinem Heim ...«

»Ohne dich wäre es nicht dasselbe, Jake«, warf Fiona ein. »Hör mal, du hast Tony in den letzten paar Jahren so nahe gestanden, dass ihr mir manchmal schon wie siamesische Zwillinge vorgekommen seid. Bitte, komm noch mit zu uns. Das würde mir und den Kindern so viel bedeuten.«

Jake sagte etwas, aber ich hörte nicht zu. Ich starrte Fiona an und erkannte mit absoluter Gewissheit, dass sie nicht Tonys Exfrau war. Fiona war immer noch seine Frau. Genauer gesagt, seine Witwe.

Kapitel 5

I

»Ende Juli ist Tony zu mir gekommen und hat mir erklärt, er sei geschieden. Warum hast du mir nicht verraten, dass das nicht stimmte?«, fragte ich so gelassen wie möglich und versuchte, meine Stimme gleichmütig und beherrscht klingen zu lassen.

»Weil ich es nicht wusste«, antwortete Jake und erwiderte meinen durchdringenden Blick.

»Aber *warum* denn nicht? Du warst sein bester Kumpel, und du scheinst ziemlich gut Freund mit Fiona zu sein. Du musst doch etwas geahnt, etwas mitbekommen haben, was sich zwischen den beiden abspielte!«, rief ich aus, und meine Stimme nahm einen leicht schrillen Unterton an.

Jake gab keine Antwort.

Wir standen einander in meinem Zimmer im Milestone gegenüber. Dorthin waren wir zurückgekehrt, nachdem wir das Brompton Oratory verlassen hatten. Als die Wahrheit mir in der Kirche plötzlich ins Gesicht gesprungen war, hatte ich mich eilig bei Fiona entschuldigt und vage angedeutet, mir sei wirklich nicht gut und ich müsse gehen. Fiona hatte Jake zugesetzt, bis er endlich eingewilligt hatte, zu ihr nach Hause zu kommen, nachdem er mich im Hotel abgesetzt hatte. Auf der Fahrt, im Wagen, hatte er versucht mit mir zu reden, und mich gefragt, warum ich so plötzlich hinausgestürzt sei. Aber ich hatte ihn gebeten zu schweigen und erklärt, wir müssten diese Diskussion unter vier Augen führen.

Jetzt waren wir dabei. Plötzlich streckte Jake die Arme aus, als wolle er mich an sich ziehen. Doch als er auf mich zutrat, tat ich einen Schritt nach hinten. »Versuch mich jetzt nicht zu beschwichtigen«, versetzte ich schnell. »Ich bin nicht in der Stimmung dazu, Jake, und außerdem möchte ich das mit dir ausdiskutieren.« Ich schüttelte den Kopf. »Eigentlich dachte ich, du wärest mein Freund, mein bester sogar, aber jetzt …« Ich ließ den Satz unbeendet im Raum stehen.

Sofort sah ich, dass ich ihn verärgert hatte. Er presste den Mund zu einer schmalen Linie zusammen, und seine strahlend blauen Augen, die für gewöhnlich so gütig dreinblickten, wirkten steinern und kalt. »Wie kannst du es wagen, meine Freundschaft und Loyalität anzuzweifeln!«, rief er aus. »Und lass diesen verdammten anklagenden Ton, Val. Ich habe dir nichts getan; ich bin nur ein unbeteiligter Zuschauer. Jetzt hör mir einen Moment zu.«

»Ich höre.«

Jake holte tief Luft. »Tony und ich standen uns nahe, aber er hat mich nie in sein Privatleben eingeweiht, höchstens einmal Anspielungen gemacht. Ich wusste schon, dass er viele Frauen hatte …« Er unterbrach sich, blickte betreten drein und musterte mich vorsichtig, ehe er weitersprach.

Ich wusste, dass Jake mich nie absichtlich verletzen würde, und ich vermutete, dass er sich jetzt sorgte, seine Bemerkung könnte mir einen Stich versetzt haben. Aber dem war nicht so. »Ist ja okay, Jake, erzähl weiter«, sagte ich und hoffte, dass meine Stimme begütigend klang.

Er nickte. »Val, du musst der Tatsache ins Auge sehen, dass du nicht die Erste warst, dass Tony vor dir noch andere Frauen hatte. Aber er hat Fiona nie verlassen. Im Hintergrund war sie immer anwesend, seine Sandkastenliebe, seine Kindbraut, wie er sie nannte, und die Mutter seiner Kinder. In gewisser Hinsicht war sie unantastbar. Jedenfalls habe *ich* das geglaubt. Wie ich dir schon sagte, haben wir nie über seine Ehe oder seine Affären gesprochen, genau wie ich nicht über mein Privatleben oder meine Scheidung von Sue Ellen geredet habe. Wir haben solche Themen nur ganz am Rande gestreift. Beiläufig. Dann hat Tony im vergangenen Jahr die Beziehung zu dir begonnen, und ich begann das Undenkbare für möglich zu halten, nämlich dass er sich von Fiona trennen würde. Nicht, dass er das jemals gesagt hätte. Und auch über dich hat er nie diskutiert. Aber als er im Juli nach Paris kam, verkündete er aus heiterem Himmel, er sei geschieden …«

»Und du bist aus allen Wolken gefallen«, unterbrach ich ihn leicht säuerlich.

Jake ignorierte meinen Sarkasmus und fuhr fort. »In gewissem Sinne ja. Ich hatte immer gedacht, eine Scheidung käme für ihn nicht in Frage, weil er so stockkatholisch war. Andererseits hatte er etwas getan, das ich nie von ihm erwartet hätte. Er hatte das Muster durchbrochen. Allerdings, Val, habe ich auf einer anderen Ebene verstanden, warum er frei sein wollte. Für dich nämlich. Ja, diesen Aspekt der Sache habe ich sehr gut begriffen.«

»Tony hat uns beide angelogen. Er war nicht geschieden.«

»Das wissen wir aber nicht genau«, gab Jake vernünftig zurück.

»Oh doch. Zumindest ich weiß das.«

»Ich möchte, dass du ein paar Dinge in Betracht ziehst. Denk zuerst einmal über Fiona und ihr heutiges Verhalten nach. Sie spielt nicht die trauernde Witwe. Ein bisschen betrübt kommt sie mir schon vor, zugegeben, aber sie ist nicht am Boden zerstört. Und zum anderen veranstaltet sie nur eine kleine Zusammenkunft in ihrem Haus, für einige wenige Freunde. Mit anderen Worten, sie macht keine große Sache aus der Totenwache.«

»Also, ich finde, das sind keine besonders guten Argumente.«

»Du schließt also, dass die beiden nicht geschieden waren, weil Fiona davon gesprochen hat, Tonys persönliche Habe befände sich in ihrem Haus, und weil Rory so getan hat, als hätte Tony glücklich im Schoße seiner Familie gelebt?«

»Vielleicht.«

»Aber aus diesen Punkten ergibt sich noch lange nicht, dass Tony noch mit Fiona verheiratet war. Denk mal darüber nach, Val. Selbst wenn sie geschieden waren, hätte niemand das ausgerechnet heute angesprochen, und erst recht nicht sein Sohn. Das wäre weder passend noch besonders nett gewesen, und außerdem gab es keinen Grund dazu. Die Gedenkfeier wurde von Menschen ausgerichtet, die Tony liebten, und sein Familienstand hatte damit nicht das Geringste zu tun.«

»Wahrscheinlich nicht«, gestand ich zu. »Andererseits war da Fionas Verhalten mir gegenüber. Wenn eine Scheidung stattgefunden hätte, warum sollte sie dann so nett zu mir sein, so freundlich?«

»Weil sie nicht wusste, dass du mit Tony zusammen warst, deswegen.«

»Verstehe.«

Ich biss mir auf die Lippen und dachte kurz nach. »Wir sollten Fiona einfach fragen, ob sie und Tony geschieden waren. Das scheint mir die beste und vielleicht einzige Möglichkeit, die Wahrheit herauszubekommen.«

»Das würdest du nicht tun!«

»Nein. Aber du könntest sie fragen, Jake.«

»Oh nein, lass mich da heraus. Und ganz bestimmt nicht gerade heute.«

Ich setzte mich in einen Sessel und stützte das Kinn in

die Hände. Nach einer oder zwei Minuten schaute ich eindringlich zu ihm auf. »Jake, ich werde dir eine Frage stellen, und ich möchte, dass du darauf so aufrichtig wie möglich antwortest. Also: Glaubst du wirklich, dass Tony und Fiona geschieden waren?«

Jake ließ seine lange, schlanke Gestalt in den anderen Sessel sinken. »Ja, das tue ich«, antwortete er nach kurzem Überlegen. Und dann schüttelte er langsam den Kopf. Ein zweifelnder Ausdruck flackerte in seinen Augen auf. »Weißt du, Val, wenn ich absolut ehrlich bin, dann weiß ich einfach nicht, ob sie geschieden waren. Aber wenn nicht, warum sollte er sowohl mir als auch dir die Unwahrheit sagen?« In einer hilflosen Geste hob Jake die Hände und schüttelte noch einmal den Kopf. »Warum sollte er so etwas erfinden? Was wollte er damit erreichen?«

»Ich habe keine Ahnung. Aber vertrau meiner weiblichen Intuition. Dem Instinkt der *anderen Frau*. Die beiden waren nicht geschieden.«

II

Am Ende fuhr ich doch mit Jake zu Fiona, in das Haus in Hampstead.

Er war nicht besonders glücklich darüber. Zuerst war er nervös gewesen und hatte sich Sorgen gemacht, ich könnte Fiona attackieren. Aber ich hatte versprochen, nichts dergleichen zu tun, und er wusste, dass ich ein gegebenes Wort niemals brach. Außerdem kannte er mich gut genug, um zu wissen, dass ich nie eine peinliche Szene vom Zaun brechen würde.

Als Jake aufbrach, wusste ich, dass ich ihn begleiten musste. Einen anderen Weg sah ich nicht. Ich musste der Sache auf den Grund gehen, so viel wie möglich herausfinden, ohne direkte Fragen zu stellen.

Auf der Fahrt mit Jake nach Hampstead fiel mir noch etwas ein: Ganz gleich, ob Tony kürzlich ausgezogen war oder nicht, das Haus würde mir auch eine ganze Menge über ihre Beziehung verraten. Und dann waren da noch die Kinder, der achtzehnjährige Rory und Moira, die zwanzig war. Die Erfahrung hatte mich gelehrt, dass Kinder oft viel über ihre Eltern verraten und dabei, ohne das bewusst zu wollen, unweigerlich auch ein paar Geheimnisse ausplaudern. Ich hoffte, das würde heute genauso gehen.

III

Wo war das Ungeheuer? Wo war der Drache? Wo steckte die emotional gestörte Frau, über die Tony so oft geklagt hatte?

Heute war sie nicht zu Hause, soweit ich feststellen konnte – außer Fiona war eine überragende Schauspielerin, oder sie litt an einer gespaltenen Persönlichkeit. War es möglich, dass sie Frau Dr. Jekyll und Mrs. Hyde spielte? Das bezweifelte ich stark. Tatsächlich schien sie eine angenehme Frau zu sein und kam mir vollkommen normal vor.

Ich wusste, dass Fiona vierzig war, aber sie wirkte erheblich jünger. Sie war hübsch, aber das Auffallendste an ihr waren ihre lebhaften Farben. Durch ihr naturrotes Haar und die strahlenden dunklen Augen schien eine Art Leuchten von ihr auszugehen. Sie war mittelgroß und von durchschnittlichem Körperbau, doch als sie sich jetzt durch den Raum bewegte und sich um die Bedürfnisse ihrer Gäste kümmerte, wurde ihre angeborene Grazie offensichtlich. Wir waren insgesamt elf Personen, Fiona und die Kinder eingeschlossen, denn nur Niall, seine Frau Kate und einige ganz enge Freunde und Kollegen waren zu diesem Mittagsbuffet im kleinen Kreis geladen.

Ich saß allein auf dem Sofa, gegenüber den Glastüren,

die in den Garten führten. Jake stand in einer Ecke und war in ein Gespräch mit Rory und Moira vertieft, daher nutzte ich die Gelegenheit, zu Atem zu kommen, mich zu entspannen und die letzten Stunden Revue passieren zu lassen. Der Vormittag war chaotisch verlaufen. Gefühlsgeladen. Verwirrend. Und auf vielerlei Weise bestürzender, als ich vorhergesehen hatte.

Vor den Fenstern breitete sich eine ländliche Szenerie aus, und ich erfreute mich daran, einfach dazusitzen und sie anzuschauen, genoss diese kurze Spanne von Ruhe und Einsamkeit inmitten der Gruppe. Alle unterhielten sich, doch mich störte das nicht; ich war ein Teil des Ganzen und doch für mich allein. Ich hätte mir gut einbilden können, mich irgendwo weit draußen auf dem Land zu befinden und nicht in Hampstead, obwohl ich durchaus gewusst hatte, dass es in diesem Teil Londons idyllische Eckchen gab.

Von meinem Platz auf dem Sofa aus sah ich eine ganze Anzahl hoher Bäume, darunter eine Eiche und einen Ahorn, und eine grüne Wiese, die durch Staudenrabatten begrenzt wurde. Ein alter Springbrunnen sprühte glitzernde, bogenförmige Fontänen, und dahinter erhob sich eine hohe, alte Steinmauer, in die ein schmiedeeisernes Tor mit einem filigranen Schnörkelmuster eingelassen war.

Wie Fiona mir eben erklärt hatte, führte dieses Tor in einen Obstgarten mit Apfelbäumen. »Tonys Lieblingsplatz. Er hat seinen Garten sehr geliebt«, hatte sie hinzugesetzt.

Schweigend hatte ich genickt und kein Wort darauf gesagt. Das klang so unwahrscheinlich. Schnell hatte ich einen Schluck von dem Sherry genommen, den Jake mir vorhin eingeschenkt hatte, und dann schnell noch mehrere. Fionas Worte hatten mich verblüfft. Ich hatte keine Ahnung, was ich darauf sagen sollte, und dann wurde mir klar, dass sie auch gar keine Antwort von mir erwartete.

Wann hatte der Tony, den ich kannte, Zeit gefunden, in einem Garten zu sitzen?, fragte ich mich. Nachdenklich sah ich Fiona nach, die schon wieder davongehuscht war, um neue Drinks zu servieren. Ich überlegte, ob ich ihre Bemerkung für bare Münze nehmen konnte. Andererseits hatte sie keinen Grund, so etwas zu sagen, wenn es nicht stimmte. Was hätte sie dadurch für einen Vorteil gehabt? Keinen natürlich. Und sie hatte es beinahe nebenbei bemerkt, als hätte sie nicht darüber nachgedacht. Trotzdem kam mir die Sache merkwürdig vor.

Beinahe sofort ging mir auf, dass Tony wohl doch jede Menge Zeit für den Garten gehabt hatte. Wenn ein Einsatz zu Ende war, war er immer eilig nach London zurückgekehrt und hatte es Jake und mir überlassen, zusammen nach Frankreich zu fliegen.

Für gewöhnlich hatte Tony immer viele gute Gründe dafür angeführt, überstürzt abzureisen, wohlfeile Ausflüchte, die ihm leicht über die Lippen gingen: er musste sich bei seiner Agentur melden, sich im Büro blicken lassen, seine Kinder sehen, mit seinem Bruder zu Mittag essen, zum Arzt gehen. Nein, er war nie um eine Ausrede verlegen gewesen, um zu erklären, warum ich ihn kaum zu sehen bekam, wenn wir nicht gerade arbeiteten.

Tony hatte den Juni und den größten Teil des Juli in London verbracht und hätte reichlich Zeit gehabt, sich in seinem Garten aufzuhalten. Er war erst in den letzten Julitagen in Paris zu uns gestoßen, kurz bevor wir im August in den Kosovo aufbrachen, um aus dem Krieg zu berichten.

Kennt man einen anderen Menschen jemals wirklich? Noch heute früh hätte ich behauptet, alles über Tony Hampton zu wissen. Aber offensichtlich hatte ich mich geirrt.

• Im Brompton Oratory hatte ich einen ziemlichen Schock erlitten, als mich plötzlich und mit voller Wucht die Erkenntnis traf, dass ich neben Tonys Witwe stand und nicht seiner Exfrau, wie ich geglaubt hatte. Aber die Erschütterung war inzwischen abgeklungen, und ich befand mich wieder einigermaßen im Gleichgewicht.

Als ich aus der Kirche stürmte, war ich außer mir vor Zorn gewesen; aber als der Ärger verflogen war, hatte ich die Tatsache akzeptiert, dass er mich hereingelegt hatte. Und nicht nur das. Ich konnte mir sogar eingestehen, dass Tony es letztes Jahr bewusst darauf angelegt hatte, mich zu verführen. Bezaubert von seinem irischen Charme war ich törichterweise darauf hereingefallen – wenn jemand den sprichwörtlichen Blarney-Stein geküsst hatte, der unwiderstehlichen Charme verleiht, dann Tony. Sein plötzliches und ziemlich intensives Interesse an mir hatte mich buchstäblich umgeworfen – vor allem, weil es so unerwartet kam. Schließlich kannte er mich seit mehreren Jahren und hatte mich immer als Kumpel behandelt. Und mit einem Mal stand ich im Mittelpunkt seines romantischen und sexuellen Interesses, und eine Weile hatte mich das verwirrt. Aber Tony hatte eine starke Ausstrahlung besessen, und natürlich war ich nicht in der Lage gewesen, seinem guten Aussehen, seinem Humor, seiner Intelligenz und seiner erotischen Anziehungskraft zu widerstehen. Ich war leichte Beute gewesen …

Tonys Verhalten Ende Juli gab mir Rätsel auf. Warum hatte er Jake völlig unerwartet erklärt, er sei geschieden? Und warum hatte er mir genau dasselbe erzählt? Ich hatte ihn ganz bestimmt nicht gedrängt, mich zu heiraten. Und gleich eine so faustdicke Lüge! Was hatte ihn dazu bewogen? Wo lag der Grund? Was hatte er damit erreichen wollen?

Noch alle möglichen anderen Fragen wetteiferten in meinem Kopf, während ich in Tonys Haus in Hampstead saß und zusah, wie seine Witwe die Gastgeberin spielte. Ich fuhr fort, an Fionas trockenem Sherry zu nippen und dachte weiter über meine Affäre mit ihrem Mann nach.

Hatte Tony Zeit schinden wollen? Hatte er wirklich vorgehabt, mich zu heiraten, wie er es so oft gesagt hatte, und damit Bigamie zu begehen? Hatte er mich einfach hingehalten und gehofft, Fiona werde ihn verlassen? Oder dass ich des Wartens müde würde? Waren seine Gefühle für mich so tief gewesen, dass er nicht wusste, wie er sich befreien sollte, und hatte er aus diesem Grund die Scheidung erfunden und mir den griechischen Ring geschenkt, damit ich ... stillhielt? Hatte er gehofft, seine Probleme würden sich irgendwie von selbst lösen?

Tony hatte einen Lieblingsspruch, den er häufig zitierte. »Vieles im Leben erledigt sich von allein«, hatte er ständig zu mir und anderen gesagt.

Nun ja, am Ende hatte das Leben tatsächlich alles gelöst. Hatte Tony gewusst, dass er bei einem Kriegseinsatz umkommen würde? Hatte er eine Vorahnung gehabt? Bei diesem Gedanken überlief mich ein eisiger Schauer, und rasch schob ich ihn beiseite. Sonst würde ich noch zu glauben beginnen, dass Tonys Leichtsinn kalkuliert gewesen war. Frustriert und bestürzt erkannte ich, dass ich wohl nie erfahren würde, was in Tonys Kopf vorgegangen war.

IV

Ich mochte mich nicht länger mit dem Rätsel um Tonys Familienstand und dem furchtbaren Spiel beschäftigen, das er mit mir getrieben hatte – falls das wirklich der Fall gewesen war. Lieber richtete ich meinen Blick noch eine Weile auf den Garten. Er war so still, so voll ruhiger Schönheit, dass der Anblick mir ein wenig Frieden schenkte. Und wieder einmal war ich dankbar, dass niemand mich mit müßigem Geplauder störte.

Der Regen hatte lange aufgehört, und die Sonne war herausgekommen; luftige weiße Wolken zogen über einen sanften türkisfarbenen Himmel. Es war einer dieser reizenden Septembernachmittage, wie man sie in England so häufig erlebt.

Plötzlich strömte strahlendes Sonnenlicht in den Raum. Gelb war hier die vorherrschende Farbe, und der Effekt war geradezu magisch: Der ganze Raum wurde von einem Schimmer überzogen, einem warmen, goldenen Glühen, das alles zum Leuchten zu bringen schien. Ich ließ meinen Blick umherschweifen und nahm zum ersten Mal, seit ich hergekommen war, alles richtig wahr.

An den Wänden hingen einige schöne moderne Gemälde, und eine Anzahl hübscher Antiquitäten aus der Zeit von König George waren über den Raum verteilt. Aber im Grunde war dieses Zimmer eher möbliert als eingerichtet, denn der Ausstattung fehlte ein verbindendes Thema. Hier und da standen nette Gegenstände, aber sie wirkten, als wären sie ziemlich wahllos gesammelt und dann aufs Geratewohl aufgestellt worden. Dennoch strahlte das Zimmer Behaglichkeit aus und wies auf einen kultivierten Geschmack hin. Aber von Tony war hier sehr wenig zu spüren. Ich war mir sicher, dass Fiona diese Umgebung allein geschaffen hatte.

Schließlich löste Jake sich aus seiner Ecke, kam zu mir geschlendert und sah auf mich herab. »Du siehst ein bisschen nachdenklich aus. Alles in Ordnung?«, fragte er.

»Mir geht's gut. Ich habe einfach nur hier gesessen und überlegt. Alles noch einmal durchdacht.«

Jake nickte und grinste schief. »Wir reden später darüber. Was hältst du inzwischen davon, ins Speisezimmer zu kommen und einen Happen zu essen? Du solltest versuchen, etwas zu dir zu nehmen, Val, bevor wir zum Flughafen fahren.«

V

Am Ende verriet das Arbeitszimmer mir die wahre Geschichte.

Jake und ich waren eben mit dem Essen fertig, als Fiona zu uns trat. »Kommt, schleichen wir uns davon. Ich möchte, dass ihr euch etwas von Tony aussucht, als Andenken«, flüsterte sie uns zu.

Ich sprang auf, als ich diese Einladung vernahm. Jake und ich folgten ihr aus dem Esszimmer die Treppe hinauf, einen Korridor entlang und dann in den lang gestreckten, geräumigen Raum, der Tonys privates Reich gewesen war.

Als ich eintrat, wusste ich sofort, dass dieses Zimmer niemand anderem hätte gehören können. Tony hatte allem hier seinen eigenen, unverwechselbaren Stempel aufgedrückt.

Als Erstes fiel mir die Baseballkappe ins Auge, und mein Magen tat einen Satz.

Wie hätte ich sie auch übersehen können? Ich hatte sie ihm letztes Jahr gekauft, bei unserem Urlaub in Südfrankreich. An dem antiken Hutständer aus Mahagoni, der neben der Tür stand, hingen auch eine Reihe anderer Kopfbedeckungen, aber meine Baseballkappe war sein Lieblingsstück gewesen. Ich hielt den Atem an, als ich sie dort jetzt ein wenig schief hängen sah. Es war, als hätte er sie gerade eben auf den Haken geschleudert.

Mir wurde schwindlig. Ich wandte den Blick ab und trat weiter in den Raum hinein.

An einer Seitenwand erstreckte sich eine Reihe Einbauschränke bis zum Fenster, und ich vermutete, dass sie Tonys Archiv darstellten. Diese Aktenschränke beherbergten höchstwahrscheinlich Tausende seiner Fotos und seine sämtlichen Aufzeichnungen. Und Gott wusste, was noch. Ich wünschte, ich hätte darin stöbern können. Aber darauf konnte ich natürlich nicht hoffen.

Auf den Schränken waren Zeitschriften- und Bücherstapel sowie eine Auswahl teurer Kameras sorgfältig arrangiert, und die Wand über der lang gestreckten Arbeitsplatte war mit Kork bezogen. Darauf hatte Tony eine Menge Fotos geheftet. Auch ein paar, die ich aufgenommen hatte, wie ich mit einem kleinen Schock erkannte.

Ich trat näher heran, sah sie an und erinnerte mich. So vieles stand mir wieder vor Augen.

Sofort blendete ich die Erinnerungen aus. Leicht gereizt erkannte ich, dass Tony die Aufnahmen als Souvenirs an unseren Urlaub in Frankreich aufgehängt hatte. Alle Bilder waren in Saint Tropez entstanden, wo wir eine Woche gesegelt waren. Meerblicke. Leere Strände. Aufnahmen von dem endlosen Himmel. Nahaufnahmen von Blumen, Bäumen, Vögeln ... Die Natur in all ihren Erscheinungsformen. Wunderschöne Aufnahmen, die für mich nach den Schrecken des Krieges eine Erholung gewesen waren. Er hatte keine Quelle angegeben, aber die Bilder stammten eindeutig von mir.

Dann fiel mein Blick auf die Kamera, die ich ihm geschenkt hatte. Eine Leica.

Automatisch streckte ich die Hand danach aus, nahm sie hoch und dachte an Tony. Plötzlich war ich wieder zornig auf ihn. Ich fühlte mich betrogen und ausgenutzt.

Fiona musste gesehen haben, wie ich den Apparat nahm, denn sie rief aus: »Wenn Sie die Kamera möchten, dann nehmen Sie sie bitte, liebste Val. Rory und Moira haben sich ihre Lieblingsstücke schon ausgesucht. Ich freue mich ja so, dass das Mädchen Tony nachschlägt und in seine Fußstapfen tritt. Sie hat dir doch bestimmt alles über ihre Pläne erzählt, Jake, oder?«

Ich drehte mich herum, damit ich die beiden ansehen konnte.

Fiona stand neben dem großen Doppelschreibtisch in der Mitte des Raumes und schaute zu Jake auf.

»Ja, und sie ist ganz aus dem Häuschen, weil sie nächstes Jahr in Tonys Agentur eintritt.«

Während ich die beiden ansah, fiel mir plötzlich auf, dass Jake sehr müde wirkte, als hätte dieser Tag ihn ebenso stark mitgenommen wie mich. Und ich konnte nicht umhin, mich zu fragen, worüber Moira und Rory mit ihm geredet hatten. Zweifellos über ihren Vater.

Ich nahm die Kamera und trat zu den beiden. Jake legte den Arm um mich und zog mich an sich. Beinahe, als wolle er mich beschützen, dachte ich.

»Danke, Fiona. Ich würde mich über die Kamera freuen«, murmelte ich, obwohl ich den Apparat überhaupt nicht wollte. Aber ich dachte, dass es unhöflich gewirkt hätte, vielleicht sogar merkwürdig, wenn ich nicht etwas von Tony annahm. Schließlich hatten wir zusammengearbeitet.

Mit zufriedener Miene nahm Fiona jetzt eine kleine, lederbezogene Schachtel vom Schreibtisch und klappte sie auf. Sie zeigte uns, was darin war: ein Paar Manschettenknöpfe. »Ich dachte, vielleicht hättest du die gern als Andenken an Tony«, meinte sie mit einem Blick zu Jake. »Es sind gute Stücke, weißt du. Achtzehnkarätiges Gold und Lapislazuli, wie du siehst.«

»Danke«, sagte Jake und nahm sie entgegen. Einen Augenblick lang betrachtete er sie; dann schloss er das Kästchen und steckte es ohne ein weiteres Wort in seine Jackentasche.

»Würdest du dir gern eine oder zwei von Tonys Kameras aussuchen?«

Jake schüttelte den Kopf. »Danke für das Angebot, Fiona, aber ich habe selbst genug.«

Fiona setzte sich an den Schreibtisch, zog die mittlere Schublade auf und nahm ein großes Scheckbuch heraus. Sie blätterte es durch. »Tony muss dir noch Geld geschuldet haben, Jake. Genau gesagt fünfhundert Pfund.« Sie setzte eine fragende Miene auf und fuhr dann fort. »Er hat diesen Scheck auf dich ausgestellt, unterschrieben und datiert. Und dann hat er vergessen, ihn herauszureißen, ehe er Ende Juli nach Paris geflogen ist. Ich habe ihn kürzlich gefunden, als ich endlich den Mut aufbrachte, diesen Schreibtisch durchzusehen.« Offensichtlich verblüfften ihre Worte Jake nicht. Er nickte. »Tony sagte, er hätte den Scheck versehentlich nicht eingesteckt. Ich meinte, er solle die Sache vergessen, das sei nicht so wichtig«, erklärte er und räusperte sich. »Ich habe ihm ein bisschen Geld geliehen, um Filme zu kaufen. Als wir im März in Jordanien waren. Schau, das ist wirklich unwichtig, Fiona.«

»Nein, nein, ich bestehe darauf, dass du ihn nimmst«, rief sie aus, riss den Scheck heraus und reichte ihn Jake. Da ich neben ihm stand, konnte ich nicht übersehen, dass der Scheck auf ein gemeinsames Konto lautete. Ein Konto, das sowohl Fionas Namen trug als auch seinen.

Tja, das sagt ja wohl alles, dachte ich. Sie hatte ein gemeinsames Konto mit ihm. Sie hatte seine Kinder. Sein Haus. Seinen Garten. Ein ganzes Leben mit ihm zur Erinnerung.

Und was blieb mir?

Kapitel 6

I

Auf dem Weg zum Flughafen bekam Jake den Mund nicht auf. Tatsächlich war er nicht nur schweigsam, sondern wirkte ziemlich bedrückt. Ich dagegen sprudelte über vor Gedanken, Theorien und Bemerkungen und wollte unbedingt mit ihm reden. Aber am Ende hielt ich doch den Mund, denn es schien mir klüger, für den Moment zu schweigen.

Für mich war offensichtlich, dass er weder über Tony und Fiona reden wollte, noch über Rory und Moira, mit denen er bei dem Essen viel Zeit verbracht hatte. Und er mochte auch nicht über die Zusammenkunft, die wir gerade verlassen hatten, oder den Gedenkgottesdienst von heute Morgen diskutieren, was ich ihm nicht einmal verdenken konnte. Ich glaube, Jake schmerzte die ganze Angelegenheit inzwischen genauso wie mich.

In Heathrow herrschte der übliche Trubel. Als wir uns einen Weg durch die Massen von Menschen bahnten, die zu allen Ecken der Welt unterwegs waren, hatte ich den starken Eindruck, dass Jake es nicht abwarten konnte, nach Paris zurückzukommen. Ich hetzte neben ihm her, schleppte mein einziges Gepäckstück, einen Kleidersack, der mich schon um den ganzen Globus begleitet hatte, und gab mir die größte Mühe, damit das schwere Teil mir nicht von der Schulter rutschte.

»Hey, Schätzchen, lass dir doch mit deinen Sachen helfen«, meinte Jake plötzlich. Anscheinend hatte er doch bemerkt, das ich Probleme mit der großen Tasche hatte, die ich über eine Schulter geworfen hatte.

»Ich komme schon zurecht, Jake. Mach dir keine Gedanken; du hast selbst genug zu tragen«, gab ich zurück. Aber ich kämpfte immer noch mit dem Kleidersack, und ehe ich weiter protestieren konnte, hatte er mir das Teil schon abgenommen.

»Tut mir Leid, Val, ich hätte das schon die ganze Zeit tun sollen. Ich war mit den Gedanken woanders, aber das ist keine Entschuldigung.« Er warf mir ein leises Lächeln zu. »Ich habe dich sträflich vernachlässigt«, schloss er.

»Bitte, ist ja schon okay!«, rief ich aus. »Ich bin ein großes, starkes Mädchen, das sein Gepäck selbst tragen und jederzeit auf sich selbst aufpassen kann.«

Jake warf mir einen seltsamen Blick von oben zu. »Da bin ich mir gar nicht so sicher, Mädel«, murmelte er.

Ich gab keine Antwort, sondern trottete einfach neben ihm her und versuchte mit seinen langen Schritten mitzuhalten. »Ich weiß schon, was du meinst«, bemerkte ich nach ein paar Sekunden. »Von wegen mit den Gedanken woanders sein. Im Moment habe ich den Kopf auch schrecklich voll.«

Er nickte und warf mir einen kurzen Blick zu. »Allerdings. Du bist völlig überdreht. Das Problem ist, dass uns beiden so viel Unsinn im Kopf herumschwirrt, jede Menge verwirrender und widerstreitender Gefühle. Ich muss einfach einen klaren Kopf bekommen, Val, damit ich … das Ganze so unvoreingenommen wie möglich betrachten kann.«

»Ich verstehe«, antwortete ich. »Schon klar, dass jetzt nicht die richtige Zeit zum Reden ist; schließlich rasen wir wie die Verrückten durch einen Flughafen und versuchen unseren Flieger zu erwischen. Aber irgendwann sollten wir uns hinsetzen und uns in Ruhe unterhalten, Jake. Wir müssen die Sache mit Tony und Fiona verstehen. Wann immer du willst, aber wir müssen das unbedingt hinter uns bringen«, beharrte ich.

Als Jake nicht die geringste Reaktion zeigte, beäugte ich ihn besorgt. »Bei dem Essen hast du gesagt, wir würden später reden, weißt du noch? Und wir müssen einfach einen Sinn in Tonys Verhalten bringen.«

»Ja, wahrscheinlich«, brummte er. Seine Miene verschloss sich, und er presste verbissen die Lippen zusammen. Geschickt manövrierte er unser beider Gepäck, während er weiter auf die Abfertigungshalle zueilte.

Ich unterdrückte ein Seufzen. Das war es dann ja wohl mit dem erhellenden Gespräch, murmelte ich vor mich hin. Dann rannte ich Jake nach, um an Bord des Fliegers nach Paris zu gehen.

II

Der Flug über den Ärmelkanal dauerte nicht lange, nur eine gute Dreiviertelstunde. Den Großteil dieser Zeit verbrachte ich damit, mich zu fragen, warum Jake immer noch so schweigsam und in eigenen Gedanken versunken war. Erfolglos versuchte ich, ein unverfängliches Gespräch mit ihm anzufangen. Er antwortete kaum und schien sich die Worte abringen zu müssen. Und wenn er tatsächlich auf eine gelegentliche Frage oder Bemerkung von mir reagierte, dann fielen seine Antworten kurz und bündig aus.

Hätte ich es nicht besser gewusst, hätte ich glauben können, dass er eingeschnappt war. Aber das passte überhaupt nicht zu Jake. Er war kein launischer Mensch und neigte nicht zu Stimmungsumschwüngen. Wie ich war er für gewöhnlich ausgeglichen. Abgesehen davon hatte ich ihn immer für offen, ehrlich und zuverlässig gehalten. Das Salz der Erde, und außerdem mein bester Freund, auf den ich mich immer verlassen konnte.

Jakes Schweigen, seine unerwartete Zurückhaltung verwirrten mich, und ich überlegte, ob ihn noch etwas anderes außer Tony Hampton bedrückte.

Ich warf ihm einen verstohlenen Blick zu. Er hatte den Kopf an den Sitz gelehnt und die Augen geschlossen, aber selbst in dieser ruhigen Haltung wirkte seine Miene aufgewühlt. Sein Mund war locker, aber sein Gesicht wirkte verspannt und sein Körper gestrafft, obwohl er eingenickt war. Armer Jake, dachte ich, in den Wochen seit Tonys Tod ist er meinetwegen durch die Hölle gegangen. Plötzlich hatte ich ein furchtbar schlechtes Gewissen. Wir beide hatten Tony geliebt, jeder auf seine Weise, und sein Verlust war ein schwerer Schlag für uns gewesen. Tony fehlte uns, und wir hatten miteinander getrauert und versucht, einander beizustehen.

Aber von heute an hatten wir mit einem anderen Tony Hampton zu tun, mussten uns mit einem Menschen auseinander setzen, der weit weniger edel und ehrenhaft gewesen war, als ich geglaubt hatte.

Ich fragte mich, warum ich das nie erkannt, niemals diesen Makel an ihm entdeckt hatte. Selbst empfand ich großen Stolz auf meine Integrität und konnte nur schwer mit Menschen umgehen, denen diese Eigenschaft fehlte. Mein Großvater hatte die Integrität hochgehalten und mir stets die Wichtigkeit dieser Eigenschaft eingeschärft. Immer wieder hatte er mich an den Wert von Ehre, Ehrlichkeit, Vertrauenswürdigkeit und Anstand erinnert. Ich habe versucht, nach Großvaters Regeln und Maximen zu leben, und ich glaube, das ist mir gelungen.

Einmal, vor langer Zeit, hatte mein kleiner, schleimiger Bruder Donald mir erklärt, ich legte zu hohe Maßstäbe an. Ich erwarte zu viel von den Menschen; niemand könne meine hochgestochenen Ansprüche erfüllen. Er könne mir mitteilen, dass die Welt voll verdorbener Menschen sei. »Und die meisten Menschen sind gemein, ganz gleich, was du denkst, Val Denning«, war er aufgebraust. Seine Wut brach sich Bahn. »Sie sind verkommen. Sie betrügen, sie stehlen, sie lügen. Sie begehen Ehebruch und Mord, und sie sind Abschaum! Ja, die ganze Welt ist voll mit beschissenen Leuten, und je eher du das erkennst, desto besser für dich.«

Damals war mir der Mund offen stehen geblieben. Verblüfft hatte ich meinen Bruder angestarrt und mich gefragt, von welchem Stern er wohl stammte, um mich dann angeekelt abzuwenden. Seit vielen Jahren versuchte ich, Konfrontationen mit meinem Bruder möglichst aus dem Weg zu gehen, aber das funktionierte nicht immer. Schon seit meiner Kindheit hasste ich es, mich mit ihm anzulegen, weil er so rechthaberisch war und niemals zuhörte. Ich erinnerte mich nicht mehr, was Donald an diesem speziellen Tag in Rage gebracht hatte. Aber wenn er zu zetern begann, machte ich mich für gewöhnlich aus dem Staub.

Plötzlich fiel mir wieder ein, dass Tony einmal behauptet hatte, ich verlange zu viel von anderen. Wie Donald hatte er mir erklärt, nur wenige Menschen könnten die Erwartungen erfüllen, die ich an sie stellte. Jetzt fragte ich mich, ob er an diesem Tag an sich selbst gedacht hatte. Aber das würde ich natürlich nie erfahren, und Tony würde mir für den Rest meines Lebens ein Rätsel bleiben.

III

Plötzlich erwachte Jake, reckte sich und wandte sich mir zu. »Ich bin wohl heute kein guter Unterhalter, was, Val?« Er zog eine Grimasse. »Tut mir Leid, Süße, aber als wir ins Flugzeug gestiegen sind, habe ich mich ziemlich groggy gefühlt. Ich brauchte einfach eine Mütze voll Schlaf.«

Ich nickte zum Zeichen, dass ich ihn verstand. »Fühlst du dich denn jetzt besser?«

Jake verzog das Gesicht. »Ehrlich gesagt nicht. Die Reise nach London war ein schwerer Brocken, besonders für dich. Ich verspreche dir, wir *werden* über Tony und Fiona sprechen. Aber später, ja? Heute Abend bin ich einfach nicht in der Lage dazu.«

»Aber sobald du kannst, Jake, denn die Sache ist mir sehr wichtig.«

»Ich weiß. Mir ist sie ebenfalls wichtig, und unter mehr Gesichtspunkten, als du dir vorstellen kannst.« Er nahm meine Hand und drückte sie fest. »Ich setze dich in deiner Wohnung ab, und morgen rufe ich dich an, Val.«

»In Ordnung«, murmelte ich enttäuscht. Ich hatte gehofft, heute mit ihm zu Abend zu essen und bei dieser Gelegenheit über Tony zu diskutieren. Aber anscheinend sollte das nicht sein. Egal, ich konnte abwarten, bis die Zeit gekommen war.

Kapitel 7

I

Paris, September – Tony Hampton hatte der Welt eine strahlende Fassade präsentiert. Der unerschrockene Kriegsberichterstatter, einer der brillantesten Fotojournalisten des Jahrzehnts, mutig, charismatisch, ein attraktiver Mann und begnadeter Charmeur, ein geborener Anekdoten-Erzähler, Bonvivant und der großzügigste aller Gastgeber.

Aber er hatte auch eine andere Seite besessen. Er war ein Lügner und Betrüger gewesen und hatte ohne jeden Zweifel ein Doppelleben geführt. Davon war ich jetzt aufrichtig überzeugt, obwohl ich dabei immer noch einzig auf meine Intuition bauen konnte.

Vielleicht würde Jake mir nicht ganz zustimmen, aber ich war mir ziemlich sicher, dass Tony eine viel dunklere Seite besessen hatte. Davon war ich überzeugt, seit ich bei der heutigen Gedenkfeier seine Familie näher kennen gelernt hatte. Und ich war mir jetzt absolut gewiss, dass niemals eine Scheidung von Fiona ausgesprochen wurde. Nach dem Verhalten seiner Familie, nach allem, was sie erzählt hatten, sah ich ihn mitten unter ihnen, bis er London im Juli verlassen hatte. Damals war er nach Paris geflogen, um uns abzuholen und dann in den Kosovo aufzubrechen. Und nach allem, was ich hatte schließen können, hatte er *glücklich* unter ihnen gelebt.

An dem Schreibtisch in meinem Schlafzimmer sitzend, griff ich nach dem Silberrahmen mit Tonys Foto. Ich hielt das Bild in beiden Händen und betrachtete sein Gesicht. Da stand er an Deck der Segeljacht, die vor Saint Tropez ankerte, und blinzelte in den sommerlichen Sonnenschein. So schneidig, so flott … und so rätselhaft …

Unwillkürlich fragte ich mich, was für ein Mensch er wohl gewesen war. Warum hatte er dieses komplizierte Leben geführt? Was hatte er damit letztendlich erreichen wollen?

Tony wäre der Traum jedes Psychiaters gewesen, dachte ich. Gott wusste, was er ausgespuckt hätte, wenn man ihn auf eine Couch gelegt und ihm eine Analyse verpasst hätte. Oder hätte er vielleicht gar nichts gesagt? Psychotiker waren nicht immer mitteilsam.

Psychotisch.

Das Wort stand in der Luft. Lautlos wiederholte ich es in Gedanken, wog es sorgfältig ab und fragte mich, warum mir dieser Begriff so spontan durch den Kopf geschossen war. Und trotzdem schien er zu passen. Tony war tatsächlich ein Wahnsinniger gewesen.

Ich stellte das Foto wieder an seinen angestammten Platz auf dem Schreibtisch, lehnte mich zurück und starrte ins Leere. In einem fernen Winkel meines Bewusstseins hatte ich Tony Hampton den größten Teil des Tages unter einem geistigen Mikroskop betrachtet. Was ich gesehen hatte, gefiel mir nicht, und die Schlüsse, die ich gezogen hatte, begeisterten mich nicht gerade.

Er war nicht bloß ein Lügner, der kleine Unwahrheiten erzählte – taten wir das nicht alle manchmal? Nein, er war ein pathologischer Lügner gewesen, der seiner Umwelt wirklich faustdicke Lügen auftischte. Gefährliche Lügen, die anderen Menschen Schaden zufügen, ihnen großen

Schmerz bereiten und ihr Leben verändern konnten, und dies nicht immer zum Besseren.

Diese tief verwurzelte Unaufrichtigkeit hatte sich bei ihm wahrscheinlich zu einer Lebensweise entwickelt. Er konnte einfach nicht anders. Andererseits hatte er zu seinem eigenen Schutz lügen müssen. Er hatte ein Netz aus Täuschungen gesponnen, aus dem er sich nicht mehr zu befreien vermochte; er hatte sich selbst in seinen komplexen Machenschaften verfangen.

Und dann sein Fremdgehen. Es war zwanghaft gewesen, exzessiv, eine treibende Kraft in seinem Leben und offensichtlich im Laufe der Jahre aus dem Ruder gelaufen. Ich war mir sicher, dass dieses Verhalten zu einer Sucht geworden war.

Jake hätte mir heute nicht mitzuteilen brauchen, dass Tony vor mir schon Beziehungen zu vielen Frauen unterhalten hatte. Ich war mir seiner zahllosen Affären durchaus bewusst; schließlich hatten wir bei vielen Aufträgen zusammengearbeitet und waren gemeinsam gereist.

Natürlich hatte Tony versucht, diese Verhältnisse unter Verschluss zu halten und ein Geheimnis daraus zu machen, weil ihm sein Privatleben heilig war. Seiner Meinung nach ging mich das nichts an. Und Jake ebenso wenig; daher hatte Tony sich um Diskretion bemüht.

Trotzdem war ich wie jeder andere in der Lage gewesen, zwei und zwei zusammenzuzählen. Tony hatte mich immer unterschätzt, genau wie Jake. Nur weil ich nie über Tonys erotische Abenteuer in aller Herren Länder diskutiert hatte, hieß das noch nicht, dass ich nichts davon geahnt hatte. Ich hatte von seinen Frauengeschichten gewusst, aber es war mir gleich gewesen. Schließlich war ich damals nicht in Tony verliebt und daher nicht direkt betroffen gewesen. Mein Wissen hatte damals nichts an meiner Meinung über ihn geändert. Für mich war er ein großartiger Freund und ein guter Mensch, und natürlich bewunderte ich seine Begabung als Fotojournalist. Eigentlich war es sogar mehr als das gewesen: Ich betrachtete es als große Ehre, neben ihm zu arbeiten.

Allein die Idee, dass Jake glaubte, ich hätte nichts von Tonys wild bewegtem Liebesleben geahnt … Lächerlich! Ich war viel klüger, als er dachte, als Tony geglaubt hatte. Am liebsten hätte ich bei dieser Vorstellung laut herausgelacht.

All diese Frauen … und ganz besonders eine, die ich gekannt und verabscheut hatte. Jetzt musste ich wieder an sie denken …

II

Die Geschichte war im April 1996 passiert. Tony und ich reisten damals zu zweit. Jake war nach New York gefahren, um sich von Sue Ellen Jones, dem berühmten Model, scheiden zu lassen, und Tony und ich waren im Auftrag unserer Fotoagenturen in den Nahen Osten geflogen. Wir hielten uns im Libanon auf, um über die von neuem ausgebrochenen Feindseligkeiten zwischen den Israelis und der Hisbollah zu berichten.

Zu dieser Zeit war der lange Bürgerkrieg zu Ende. Die Wunden verheilten, und langsam kehrte Normalität ein. Doch dann waren die Kämpfe unerwartet wieder aufgeflammt.

Zum ersten Mal seit vierzehn Jahren hatten die Israelis Beirut wieder direkt angegriffen und lasergesteuerte Hellfire-Raketen eingesetzt, die von vier Flugzeugträgern abgefeuert worden waren.

Doch die Aggression war im Grunde nicht von den Israelis ausgegangen. Sie hatten damit auf die nur kurz zurückliegenden Bombenangriffe der Hisbollah auf ihr Land reagiert. Und dann war der Zermürbungskrieg in eine neue

Runde gegangen, als die Hisbollah als Vergeltung für den Angriff vierzig Raketen nach Israel geschickt hatte. Und so ging es immer weiter …

An einem wunderschönen Frühlingstag – tatsächlich hatten wir fast schon Abend – saßen Tony und ich in der Bar des Marriott-Hotels im Hamra-Viertel. Ich glaube, diesen Tag werde ich nie vergessen, weil wir schlechte Nachrichten über einen unserer Kollegen erhalten hatten, Bill Fitzgerald von CNS, einem der amerikanischen Kabelsender. Er war vor einigen Tagen verschwunden, und niemand wusste, was aus ihm geworden war. Wir alle waren ein wenig nervös und besorgt und fürchteten um Bill.

Zwei Mitglieder seines Teams, die mit ihm in der Stadt unterwegs gewesen waren, hatten gesehen, wie drei junge Männer ihn packten, in einen wartenden Mercedes stießen und dann mit halsbrecherischer Geschwindigkeit davonfuhren. Die beiden hatten schnell reagiert, waren in ihren Wagen gesprungen und hatten eine rasante Verfolgung aufgenommen. Aber der Mercedes blieb verschwunden, wie vom Erdboden verschluckt.

Seitdem hatte man nichts mehr von Bill gehört, und keine der Terrororganisationen hatte sich zu seiner Entführung bekannt. Wer ihn geschnappt hatte, und zu welchem Zweck, wussten wir nicht.

Aber als wir an diesem Tag in der Bar saßen und mit einer Gruppe von Korrespondenten aus aller Welt tranken, hatte jeder von uns eine Theorie, und die Gerüchteküche brodelte nur so.

»Der Islamische Dschihad«, sagte ich plötzlich und blickte zwischen den Kollegen am Tisch umher. »Die haben ihn.«

»Aber warum sollten die ihn verschleppen?«, fragte Tony. »Und wenn sie es waren, was sollte ihnen das *bringen*, Val? Einen Journalisten zu entführen ergibt einfach keinen Sinn.«

»Vielleicht doch. Sie haben schon früher durch Geiselnahmen etwas erreicht«, schoss ich zurück. »Und vergiss nicht, der Islamische Dschihad ist der terroristische Arm der Hisbollah. Seine Mitglieder sind extrem gefährlich, unberechenbar und durchgeknallt.«

Tony warf mir einen merkwürdigen Blick zu, bemerkte jedoch nichts weiter.

Frank Peterson vom *Time*-Magazin schaltete sich ein. »Da hast du Recht. Der Islamische Dschihad, das sind wirklich ziemliche Spinner. Und auch ich denke, dass sie es gewesen sein müssen. Das sind dieselben Leute, die Terry Anderson und William Buckley entführt haben, und sie sind nicht bekannt dafür, dass sie ihre Gefangenen schnell freilassen.«

»Terry Anderson hat sieben Jahre in Geiselhaft verbracht«, murmelte ich. »Jesus, das ist einfach grauenvoll. Weiß jemand, ob Bills Sender etwas unternimmt, um ihn zu finden?«

»Allzu viel können wir nicht tun, Val.«

Das war Joe Alonzo, der gerade gekommen war. Ich warf einen Blick zu ihm hinüber. Joe war Bill Fitzgeralds Tontechniker und Zeuge von Bills Gefangennahme gewesen. Er setzte sich zu uns an den Tisch und fuhr fort. »Bills Foto ist in ganz Beirut verbreitet worden, sogar im ganzen Libanon. Der Sender übt Druck auf die libanesische und die syrische Regierung aus, und auch auf das Weiße Haus. Aber solange niemand die Verantwortung für die Entführung übernimmt, kann CNS nicht viel anderes unternehmen. Unser Sender weiß nicht, mit wem er es zu tun hat.«

In diesem Moment stürzte Allan Brent in die Bar, der Nahost-Korrespondent von CNN. Er sah sich um und steuerte geradewegs auf unseren Tisch zu. Seine Miene war düster. »Wir haben gerade eine Kurzmeldung hereinbekommen. Über Bill. Es war die Hisbollah. Zumindest behaupten sie, ihn zu haben.«

»Ach du Schande«, meinte Tony und schüttelte bestürzt den Kopf. »Ich kapiere das immer noch nicht ... Warum sollten sie einen Journalisten entführen ...«, murmelte er schwach und verstummte.

Inzwischen war auch der CNS-Korrespondent, der für Bill Fitzgerald eingesprungen war, an unserem Tisch aufgetaucht. Sein Name war Mark Lawrence, und er war offensichtlich tief erschüttert. »Ihr habt es wohl schon von Allan gehört. Der Islamische Dschihad hat erklärt, Bill sei ihr Gefangener.« Er sah aus, als würde er jeden Augenblick in Tränen ausbrechen.

»Diese Gruppe ist so instabil, so fanatisch. Ich glaube, Bill schwebt in großer Gefahr«, murmelte ich düster. Leider sollte meine Vorhersage sich später erfüllen. Bill hat die Sache nicht überlebt.

Während die anderen weiter über Bills üble Lage diskutierten und mit besorgter Stimme über sein Schicksal spekulierten, beugte Tony sich zu mir herüber und starrte mir auf höchst eigenartige Weise ins Gesicht. Ja, er nahm mich sehr intensiv in Augenschein. Ein paar Sekunden lang war mir die Bedeutung dieser Musterung nicht klar, bis mir aufging, dass er mich tatsächlich inspizierte, und zwar höchst beifällig. Es war, als sähe er mich plötzlich anders, objektiv und in einem neuen Licht.

»Was ist los?«, fragte ich ihn irritiert. Ich fühlte mich unwohl, und das gefiel mir gar nicht. So hatte sich Tony noch nie aufgeführt, und ich war verwirrt und wütend auf ihn.

»Gar nichts«, gab er leichthin zurück, lehnte sich zurück und kippelte gefährlich auf den zwei hinteren Stuhlbeinen. »Wo möchtest du heute Abend essen gehen, Val? Ich habe Anne Curtis eingeladen, mit uns zu kommen. Wir könnten gut essen und nachher zum Tanzen in einen Club gehen. Wenn du magst, frage ich Frank, ob er mitkommt. Dann wären wir ein Quartett.«

Wie vom Donner gerührt starrte ich ihn sprachlos an. Ich konnte nicht begreifen, wie er so nonchalant einen geselligen Abend plante, während wir alle niedergeschmettert dasaßen und uns große Sorgen wegen Bills Entführung machten. Wen, zum Teufel, kümmerte das Abendessen, wenn das Leben eines Menschen auf dem Spiel stand, dachte ich empört. Aber ich sprach die Worte nicht laut aus. Sie blieben mir im Hals stecken, wenn auch eher vor Entrüstung denn aus vornehmer Zurückhaltung.

Tony war unsensibel und kaltschnäuzig, und plötzlich war ich sehr, sehr zornig auf ihn. Aber bevor ich die Möglichkeit hatte, ihn wegen seiner Herzlosigkeit zu schelten, kreuzte Anne Curtis in Person auf.

Sie war Engländerin, aber so dunkel, dass ich immer argwöhnte, sie müsse einen Vorfahren aus dem Mittelmeerraum oder dem Nahen Osten haben. Sie gehörte zum BBC World Service und war eine brillante Radiojournalistin. Bei verschiedenen Gelegenheiten hatte sie sich mir gegenüber freundlich gegeben, aber ich war nie so recht warm mit ihr geworden. Sie strahlte etwas aus, das mir unaufrichtig vorkam, obwohl ich das nicht genau hätte begründen können. Das war einfach ein instinktives Gefühl.

Aber ganz offensichtlich hatte sie sich mit Tony angefreundet.

Frank, ganz der Kavalier, zog einen Stuhl für sie heran, und sie quetschte sich zwischen uns beide. Tony gab sich kühl und distanziert, aber Annes Blick verriet mir so einiges.

Ich erriet sofort, dass die zwei eine heiße Affäre hatten; und mein Verdacht bestätigte sich später, als wir am Abend schließlich doch zum Essen ausgingen und Frank Petersen mitschleppten. Anne überließ nur wenig der Fantasie. Die Art, in der sie auf die abstoßendste, kindischste Weise ihre Vernarrtheit in Tony zeigte, sagte mir alles. Auch Frank schien ihre Vorstellung peinlich zu berühren. Aber eines musste ich Tony an diesem Abend lassen. Er zuckte nicht mit der Wimper, ja er gab sich ihr gegenüber vollkommen gleichgültig. Verblüffend, dachte ich, wirklich oscarreif.

Am nächsten Tag begegnete ich Anne im Foyer des Hotels Commodore. Sofort ging sie auf mich los, griff mich auf übelste Weise an und warf mir vor, eine Spielverderberin zu sein. »Du brauchst mir nicht zu sagen, dass du den Abend nicht genossen hast«, verkündete sie und starrte mich böse an. »Das stand dir nämlich ins Gesicht geschrieben. Du hast uns allen die Laune verdorben mit deinem ständigen Gerede über Bill Fitzgerald. Der arme Frank wusste gar nicht, wo er mit sich hinsollte. Er ist Bills bester Freund, verstehst du.«

»Natürlich wusste Frank damit umzugehen«, rief ich aus und erwiderte ihren wütenden Blick. »Ich glaube, vor allem hat ihn dein Benehmen irritiert.«

»Du kriegst ihn nicht, Liebchen«, keifte sie und trat fast drohend auf mich zu. »Tony gehört mir. Er ist mein, und ich habe vor, ihn zu behalten. *Auf Dauer*. Also nimm deine eifersüchtigen kleinen Pfoten von ihm, Valentine. Hast du mich verstanden, Kleine?«

Ich erinnere mich, dass ich sie entgeistert ansah, ihr erklärte, sie verstehe das alles vollkommen falsch, und dann verlegen davoneilte. Nicht nur auf sie war ich wütend, sondern auch auf Tony, der mich in eine so unmögliche Lage gebracht hatte.

Noch eine ganze Weile kochte ich vor Wut, wenn ich an diesen Abend dachte. Über Annes Anschuldigungen machte ich mir keine Gedanken, weil sie vollkommen lächerlich waren. Aber was mich störte, war Tonys Kaltschnäuzigkeit, der Umstand, dass er sich anscheinend überhaupt nicht um Bill Fitzgerald sorgte.

Ich schalt mich selbst, weil ich zu diesem Essen gegangen war und unter diesen Umständen mitgezogen hatte. Aber schließlich ließ ich die Sache auf sich beruhen, und bald stellte ich fest, dass ich Rechtfertigungen für Tony suchte ... Als Kriegsberichterstatter lebten wir ständig mit der Gefahr und gingen enorme Risiken ein, wenn wir uns an der Front oder in Katastrophengebieten ins dichteste Getümmel stürzten. Und so stumpften wir auf gewisse Weise gegenüber dem Tragischen ab, vielleicht, weil wir so viel davon um uns herum sahen. Für Journalisten wie uns waren Tragödien unser täglich Brot, und menschliches Leiden der Normalzustand.

IV

Ich griff noch einmal nach Tonys Bild und warf einen kurzen Blick darauf. Dann öffnete ich eine Schreibtischschublade und legte es hinein. Manchmal kam es mir vor, als folgten mir seine leuchtenden Augen, wenn ich in meinem Schlafzimmer umherging. Ein sehr beunruhigendes Gefühl.

Vielleicht sollte ich das Foto aus dem Rahmen nehmen und zerreißen. Ja, das würde ich tun, beschloss ich. Ich würde jedes einzelne Bild von ihm zerreißen und all die kleinen Zettel, Briefe und Karten vernichten, die er mir im Verlauf des letzten Jahres geschickt hatte. Aber morgen, nicht mehr heute Abend. Ich war viel zu müde, ja erschöpft. Hinter mir lag ein sehr langer Tag, und ich fühlte mich emotional ausgepumpt.

Aber eines konnte ich *sofort* tun.

Ich sah auf meine rechte Hand und nahm den griechischen Ring mit den Aquamarinen ab. Einen Moment lang hielt ich das Schmuckstück in der Hand und betrachtete es. Ich war drauf und dran, es in den Papierkorb zu werfen, doch dann entschied ich mich anders. Morgen würde Janine kommen, um die Wohnung zu putzen. Bestimmt würde sie den Ring finden und mir auf den Schreibtisch legen. Sie konnte ja nicht wissen, dass ich ihn absichtlich weggeworfen hatte.

Daher ging ich in die Küche, warf den Ring in den Mülleimer, kippte den Kaffeesatz darüber und krönte die ganze Schweinerei mit einem Klumpen nasser Papiertücher. So würde Janine den Ring niemals finden, außer sie wühlte meinen Küchenabfall durch, was ich stark bezweifelte.

Ich ging zurück ins Schlafzimmer und setzte mich wieder an den Schreibtisch. Immer noch überschlugen sich meine Gedanken. Tief in meinem Inneren wusste ich, dass meine letzten Schlussfolgerungen über meinen toten Geliebten absolut korrekt waren und den Nagel auf den Kopf trafen.

Außerdem konnte ich mich jetzt damit abfinden, dass er mich benutzt – ja in gewissem Sinn missbraucht – und zum Narren gehalten hatte. Bei unserem ersten richtigen Rendezvous hatte Tony mir anvertraut, er habe die Scheidung von Fiona eingereicht. Aber das war nicht wahr gewesen. Und er hatte nie die Absicht gehegt, mich zu heiraten.

Ein tiefer Seufzer entfuhr mir. Ich wusste, ich musste mich zusammennehmen, von vorn anfangen, mich bemühen, irgendwie weiterzuleben. Aber vorher musste ich jemandem mein Herz ausschütten, mir alles von der Seele reden. Ich musste unbedingt mit Jake sprechen. Niemand sonst würde meine turbulenten Gefühle verstehen, meinen Kummer, meinen furchtbaren Schmerz. Und ganz bestimmt lag niemandem mehr an mir als Jake. Er war schließlich mein bester Freund, oder?

Kapitel 8

I

Wie er es auf unserem Rückflug nach Paris versprochen hatte, rief Jake mich am nächsten Morgen an. Wir verabredeten uns zum Mittagessen.

Ein paar Stunden später traf ich ihn in der Bar des Théâtres auf der Avenue Montaigne, ein paar Schritte entfernt vom Hotel Plaza Athénée. Dies war eines von Jakes Lieblingslokalen, da dort die hinreißenden Models ein und aus gingen, die bei Balmain arbeiteten, dem Haute-Couture-Haus in der nahe gelegenen Rue François Premier.

Als er aufstand, um mich zu begrüßen, fiel mir gleich auf, dass er viel besser aussah als gestern. Die Sonnenbräune, die er sich letzte Woche in Südfrankreich zugelegt hatte, ließ ihn ohnehin gesund aussehen, aber heute blickte er auch ganz anders drein. Seine Augen leuchteten wieder aufmerksam, und er lächelte breit. In London war er so bedrückt gewesen, und dann im Flugzeug so in sich gekehrt, müde und ausgelaugt. Ganz und gar nicht wie der Jake, den ich kannte und der für gewöhnlich offen, energiegeladen und vital war.

Er küsste mich flüchtig auf die Wange. »Du siehst wunderbar aus, Val. Das weiße Kostüm steht dir großartig, viel besser als Schwarz.«

Tja, ich trage schließlich keine Trauer mehr, dachte ich bitter, sagte aber kein Wort. Stattdessen erwiderte ich einfach sein Lächeln. »Du schaust auch nicht übel aus«, meinte ich.

»Was möchtest du trinken?«, fragte Jake, als wir einander am Tisch gegenübersaßen.

»Weiß nicht …«

»Ich hatte daran gedacht, einen trockenen Martini zu bestellen. Möchtest du auch einen?«

Ich zögerte nur kurz. »Warum nicht? Aber dann bin ich am Ende vielleicht betrunken«, setzte ich schnell hinzu.

»Keine Sorge, du weißt, dass ich immer auf dich aufpasse.«

Ich schüttelte den Kopf. »Lieber keinen Martini, Jake, viel zu stark. Stattdessen ein Glas Weißwein, bitte.«

Jake grinste mir zu. »Ich nehme dasselbe; du hast Recht mit dem Martini. Der wäre wirklich zu gehaltvoll, besonders zur Mittagszeit.«

Sobald Jake die Getränke bestellt hatte, wandte er sich mir zu und begann. »Ich weiß, dass du das dringende Bedürfnis verspürst, über Tony zu reden, und ich will dir gern zuhören. Entweder jetzt oder später nach dem Essen; was dir lieber ist.«

»Ja …« Ich legte eine Pause ein und seufzte. »Ich habe eine schlaflose Nacht hinter mir. Immer wieder habe ich mir alles durch den Kopf gehen lassen, jede Einzelheit abgeklopft. Aber wie ich die Sache auch drehe und wende, ich komme immer zu denselben Schlüssen, und …« Kopfschüttelnd unterbrach ich mich.

»Und die wären?«, ermunterte er mich.

»Ich weiß, dass bestimmte Dinge wahr sind; dazu brauche ich niemanden, der mir Informationen beschafft oder mir etwas eingesteht. Tony war ein Lügner, Jake, und er hat tatsächlich ein Doppelleben geführt und andere Frauen gegen Fiona ausgespielt. Die mir im übrigen inzwischen herzlich Leid tut. Er war nicht von ihr geschieden, und er hatte auch nicht die Absicht. Tony wollte das eine, ohne das andere zu lassen. Ich weiß, dass ich mich nicht irre.«

»Ich bin geneigt, dir zuzustimmen. Aber das ist eine typisch männliche Eigenschaft, nicht wahr, Val?« Er sah mich eindringlich an und fuhr dann fort. »Anscheinend wollte Tony eine Ehefrau und eine Geliebte. Das ist nichts Neues, Mätressen gibt es seit Jahrhunderten. Und wenn man eine Frau und eine Freundin haben und ein Doppelleben führen will, dann muss man lügen, und zwar verdammt gut. Denn mir scheint, beides gehört untrennbar zusammen.«

»Das stimmt.« Ich räusperte mich. »Ich möchte, dass du noch etwas anders erfährst, Jake.«

Den Bruchteil einer Sekunde schwieg ich, denn der Kellner brachte unsere Getränke. Aber sobald wir wieder allein waren, fuhr ich fort. »Vor etwas über einem Jahr, ehe Tony und ich zusammenkamen, ja sogar bevor wir zum ersten Mal miteinander ausgegangen sind, hat er sich mir eines Tages beim Mittagessen anvertraut ... Er behauptete, er habe sich soeben offiziell von Fiona getrennt und betreibe die Scheidung von ihr.«

»Ich hatte ja keine Ahnung, dass er so etwas gesagt hat«, gab Jake zurück und wirkte verblüfft. Er nahm sein Glas. »Cheers«, sagte er und nahm einen Schluck von dem Weißwein.

»Cheers«, entgegnete ich und nippte an meinem Sancerre. »Ich glaube inzwischen, dass das eine glatte Lüge war und er die ganze Geschichte erfunden hat. Tony wusste, dass ich niemals mit ihm ausgehen würde, weil er verheiratet war. Er wusste, wie ich dazu stand. Was mich anging, waren Ehemänner tabu.«

»Ja, das war ihm wohl klar. Wir beide wussten das.«

»Letztendlich ist alles eine Frage der Integrität, nicht wahr?« Betrübt schüttelte ich den Kopf. »Tony Hampton war ein Mann ohne Integrität, obwohl ich bis gestern noch das Gegenteil geglaubt habe.«

»Ich auch«, murmelte Jake leise. »Doch, in seiner Arbeit war er natürlich schon integer, aber nicht in seinem Privatleben. Offensichtlich nicht.«

»Korrekt.«

Mit nachdenklicher Miene lehnte Jake sich auf seinem Stuhl zurück.

Ich nippte an meinem Wein und beobachtete ihn aufmerksam, wartend. Er schien mit sich zu Rate zu gehen.

Jake grübelte noch ein paar Augenblicke, dann sprach er endlich weiter. »Deine Intuition hat dich gestern nicht getrogen. Ich meine, im Brompton Oratory, als du plötzlich instinktiv gespürt hast, dass Fiona Tonys Witwe ist und nicht seine Exfrau.«

»Sie hat es dir erzählt!«, rief ich aus. Ich muss gestehen, dass meine Stimme ein wenig triumphierend klang. Erwartungsvoll sah ich ihn an.

»Nein«, korrigierte er mich, »das hat sie nicht, Val. Aber nachdem ich bei dem Essen mit Rory und Moira geredet habe, bin ich mir sicher. Sie konnten von nichts anderem sprechen als von Tony, haben ein Loblied auf ihn gesungen und mir erzählt, was für ein guter Vater er ihnen gewesen sei. Und zwar bis zum Schluss. Rory erklärte mir, sie hätten noch im Juni und Juli, bevor er in den Kosovo ging, sechs wunderbare Wochen mit ihm verbracht. Und Moira war ein paar Sekunden lang den Tränen nahe; sie hat mir erzählt, wie froh sie alle seien, noch diese ganz besondere Zeit mit ihm erlebt zu haben. Und dass Tony sie mit zu seiner Fotoagentur genommen und ihr einen Job besorgt habe. Sie fangt nächstes Jahr dort an.«

Obwohl mir Jake nur bestätigte, was ich bereits zu wissen glaubte, sank ich niedergeschlagen auf meinem Stuhl zusammen. Ich spürte, wie mir Tränen in die Augen traten.

Jake beugte sich nach vorn und nahm meine Hand. »Reg dich nicht auf, Val«, meinte er in besorgtem Ton. »Bitte. Du hast schon genug um ihn geweint. Und er ist es nicht wert.«

»Er war ein Bastard«, flüsterte ich.

II

»Lass uns die Speisekarte ansehen und das Mittagessen bestellen.« Schon winkte Jake dem Kellner, der sofort neben ihm auftauchte.

»Was können Sie uns heute besonders empfehlen, Antoine?«

Der Kellner erläuterte die Tageskarte, und Jake sah mich über den Tisch hinweg an. »Wie wär's mit grünem Salat, Entrecôte und Pommes frites? Hört sich doch gut an.«

Ich fühlte mich nicht besonders hungrig, nickte aber zustimmend, weil ich nicht mit ihm debattieren wollte.

Jake instruierte den Kellner, wie er die Steaks wollte. »Und bitte noch zwei Gläser Wein, Antoine«, setzte er hinzu.

»*Oui*, Monsieur Newberg«, antwortete Antoine, lächelte und eilte davon.

»Du musst zusehen, dass du ein bisschen Fleisch auf die Rippen bekommst«, meinte Jake grinsend.

Ich verzog das Gesicht und nahm einen Schluck Wein. »Du warst gestern Abend im Flieger sehr still«, meinte ich nach einer kleinen Weile. »Mit den Gedanken woanders, hast du gesagt. Lag das an Rory und Moira? An dem, was sie dir über Tony erzählt hatten?«

Jake seufzte. »Ja, das war der Grund. Plötzlich wurde mir klar, dass dein Instinkt dich nicht getrogen hatte; und ich war entsetzt über das, was Tony dir angetan hat.«

»Da ist noch etwas, Jake. Ich glaube, Tonys Wohnung in

der King's Road war für ihn nur ein Ort, um Filme zu entwickeln und Frauen zu verführen. Nie konnte ich ihn dort erreichen. Immer lief der Anrufbeantworter, und ich habe ständig Nachrichten hinterlassen. Natürlich hat er zurückgerufen, aber immer Stunden später. Manchmal habe ich versucht, ihn über sein Handy zu erreichen, aber das war oft abgeschaltet. Ich weiß, dass die Wohnung richtig eingerichtet war und alles, und er bewahrte dort auch Kleidung und andere Gebrauchsgegenstände auf, aber inzwischen denke ich, dass sie nur eine Fassade war. Ich gehe jede Wette ein, dass er mit Fiona in dem Haus in Hampstead gelebt hat.«

Jake schwieg ein paar Minuten. »Wahrscheinlich hast du Recht, Val«, gestand er dann sehr leise. »Stimmt, er hat in seiner Wohnung niemals das Telefon abgenommen. Und im Grunde habe ich dasselbe Problem wie du – ich kann nicht glauben, dass er wirklich dort wohnte. In London konnte ich ihn kaum jemals erreichen, weil sein Handy die meiste Zeit abgeschaltet war. Wenn ich unbedingt mit ihm reden musste, habe ich unzählige Nachrichten bei seiner Fotoagentur hinterlassen.«

»Er hat uns *beide* hinters Licht geführt«, murmelte ich und warf Jake einen harten Blick zu. »Ich bin froh, dass ich zumindest nicht die Einzige bin.«

III

Nach dem Essen gingen wir am Seineufer spazieren. Es war ein schöner, ziemlich milder Nachmittag, und obwohl die Sonne nicht schien, war der Himmel von einem klaren, sanften Blau, getupft mit blassen Wolken.

Wir schlenderten in Richtung Pont des Arts dahin, der einzigen Metallbrücke von Paris. Wir redeten nicht viel, denn jeder von uns war in seine eigenen Gedanken versunken. Aber Jake und ich fühlten uns wohl miteinander, wir brauchten keine ununterbrochene Konversation zu betreiben.

Ich war die Erste, die das freundschaftliche Schweigen brach. Plötzlich blieb ich stehen und wandte mich zu Jake. »Glaubst du, Tony war psychotisch?«

Er blieb ebenfalls stehen und sah mich an. »Val, das ist vielleicht eine merkwürdige Frage!«, rief er aus. »Spontan würde ich antworten, nein, ich denke nicht, dass er psychotisch war. Nach allem, was du und ich über ihn zu wissen *glauben*, will ich dir gern zugestehen, dass er ein Frauenheld und ein gerissener Lügner war, aber krank im Kopf war er nicht. Zumindest nicht so, wie du andeutest. Er hatte seinen Verstand immer beieinander, wusste, was er tat und was er sagte. Ja, Tony war schlau – und sehr verschlagen. Aber psychotisch?« Jake schüttelte den Kopf.

Ich öffnete den schwarzen Rucksack, den ich über der Schulter trug, und zog ein Stück Papier heraus. »Hör dir das an ... Ich hab's heute Morgen im Wörterbuch nachgeschlagen. ›*Psychose* – schwere geistige Störung mit oder ohne organische Ursache, charakterisiert durch eine Persönlichkeitsveränderung und Realitätsverlust.‹ Meinst du nicht, dass Tony den Kontakt zur Wirklichkeit verloren hatte, als er uns beiden vorlog, er sei geschieden, und mir einen Heiratsantrag machte?«

»Das würde nur zutreffen, wenn er an seine eigenen Lügen geglaubt hätte, Val. *Das* wäre ein Realitätsverlust gewesen. Aber ich bin ehrlich überzeugt, dass Tony in der Wirklichkeit lebte. Wie du genau weißt, gibt es nichts Realeres als den Krieg, und er war immer da draußen, hat fotografiert, immer auf der Jagd nach dem besten Bild, genau wie wir. Nein, ich kann nicht behaupten, dass er psychotisch war. Nur ganz einfach ein *Hurensohn*!«

»Ja, das kannst du wohl laut sagen. Aber er muss bis zu einem gewissen Grad gestört gewesen sein, geistig instabil, um mir das alles anzutun. Oh Gott, Jake, er war doch verrückt, wenn er geglaubt hat, damit durchzukommen.«

»Recht hast du. Aber trotzdem kann ich sein Verhalten oder seine Gedankengänge nicht erklären, weil er sich mir niemals anvertraut hat. Vielleicht hatte er wirklich die Absicht, mit dir ein Doppelleben zu führen. Das haben schon viele Männer geschafft. Fiona in London. Du in Paris. Eine Braut in jedem Hafen.«

»Und eine Ehe mit mir, Bigamie? Meinst du das?«

»Vielleicht, Val. Ich weiß es einfach nicht.«

»Wir werden es nie erfahren.«

Jake legte den Arm um mich, und wir gingen schweigend weiter. »Ich habe letzte Nacht auch nicht viel geschlafen«, gestand er nach einer Weile leise, »weil mir all das durch den Kopf gegangen ist. Irgendwann dachte ich sogar, ich sollte noch einmal nach London fahren und Fiona aufsuchen. Um herauszubekommen, wie es um ihre Ehe stand, als Tony umkam. Aber ich habe es mir anders überlegt. Ich glaube, auf Umwegen hätte ich in einem Gespräch nicht viel erfahren, und schließlich kann ich sie nicht ganz offen fragen, ob sie und Tony ...« Er beendete den Satz nicht, sondern zuckte nur leicht die Achseln, verzog das Gesicht und schaute auf mich herab.

»Ach, hör schon auf, Jake! Das ist alles Schnee von gestern!«, rief ich aus und war selbst verblüfft, wie zittrig meine Stimme klang.

»Hey, Val. Schätzchen, ich wollte dich nicht aufregen.« Jake schlang beide Arme um mich und drückte mich fest. »Du hast Recht, das ist jetzt nicht mehr wichtig. Und ich habe eine prima Idee.«

»Was denn?«, flüsterte ich an seiner Schulter und blinzelte die aufsteigenden Tränen weg.

»Lass uns dieses Wochenende nach Cap Ferrat hinunterfahren. In Peter Guiseborns Haus. Er hat es mir überlassen, solange er sich in New York aufhält.«

»Ich weiß nicht, ob ich wegfahren möchte, Jake.«

Er hielt mich ein Stück von sich weg und sah mich eindringlich an. »Das wird uns beiden gut tun. Wir können uns entspannen, sonnenbaden und köstliche Mahlzeiten genießen. Ich sehe dich zwar sonst nie etwas essen, aber dort wirst du nicht widerstehen können. Simone, Peters Haushälterin, ist eine exzellente Köchin. Und was würdest du an diesem Wochenende sonst anfangen, Val? Durch die Straßen von Paris laufen, allein in deiner Wohnung sitzen, an Tony denken und wütend auf ihn sein. Na los, Val, sag schon, dass du mitkommst. Du musst dich jetzt bewegen, an die Zukunft denken.«

»Okay«, gab ich nach, weil ich zu müde war, um mich weiter zu sperren. »Wahrscheinlich wird es mich aufmuntern, mal ein paar Tage aus Paris fortzukommen.«

Jake grinste und drückte mich noch einmal. Dann nahm er meine Hand und ging auf die Treppe neben der Brücke zu. Darüber erreichte man das Quai Malaquais in Saint-Germain-des-Prés, und direkt dahinter lag die Rue Bonaparte, wo ich wohnte.

Als er mich mitzog, fiel mir wieder auf, wie schwer er hinkte. Das machte mir Sorgen, aber ich wagte ihn nicht noch einmal zu fragen, wie seine Verletzungen heilten, denn dann fauchte er mich für gewöhnlich an.

Aber zumindest ist er am Leben, dachte ich dann, und ich auch. Jake hat Recht, ich habe noch meine ganze Zukunft vor mir.

Und ich beschloss, die Toten zu begraben.

Teil zwei

Der Wert der Wahrheit

Kapitel 9

I

Saint-Jean-Cap-Ferrat, September – Das Haus war an einem Hügel errichtet. Vom Hang aus blickte man über Gärten, in denen Blumen in Hülle und Fülle blühten, und dahinter erstreckte sich das tiefblau glitzernde Mittelmeer bis zum Horizont.

Ich saß auf der Terrasse und schaute aufs Meer hinaus, zufrieden damit, meine Gedanken treiben zu lassen, und genoss die vollkommene Stille, die nur von gelegentlichem Vogelzwitschern oder dem leisen Summen einer Biene unterbrochen wurde. Es war ein herrlicher Morgen, sonnig und warm, obwohl ab und zu eine leichte Brise ging. Dann strich der Wind durch die Bäume, brachte die Blätter zum Tanzen und trug einen kühlen Hauch heran.

Das Anwesen hieß Les Roches Fleuries, ein passender Name, da sich so viele Blumen über die Felsen ergossen, auf denen es errichtet war. Das lang gestreckte, weitläufige Haus war aus hiesigem Naturstein gebaut, blassrosa getüncht und besaß das typische provenzalische Dach aus rotem Schiefer und viele Fenster mit grün gestrichenen Läden.

Auf dem Flug nach Nizza am Donnerstag hatte Jake mir alles über die Villa erzählt. Aber so etwas hatte ich dennoch nicht erwartet. Jake hatte eine gute Beschreibung geliefert, aber trotzdem hatte ich ihn aufgezogen. »Stimmt wirklich, was die Leute sagen. Du weißt schon, dass ein Bild mehr sagt als tausend Worte. Mach nächstes Mal lieber einen Schnappschuss mit der guten alten Polaroid.«

»Nur zu wahr, Val«, hatte er gelacht und mich auf eine große Besichtigungstour geschleppt. Das Haus schlug mich sofort in seinen Bann, was Jake gefiel, da er es selbst liebte. Er fühlte sich vom Glück begünstigt und privilegiert, weil er es benutzen konnte, wann immer er wollte. Das Anwesen gehörte seinem alten Freund Peter Guiseborn, der für ein Jahr von Paris nach New York gezogen war, um dort zu arbeiten. Und Peter hatte Jake gebeten, seine Abwesenheit auszunutzen. Außerdem fühlte Jake sich geschmeichelt und gerührt, weil Peter diese Einladung auf keinen anderen seiner Freunde ausgedehnt hatte.

Drinnen war es kühl und ruhig. Alle Räume besaßen weiße Wände, Holzbalken an den Decken und Böden aus Terrakotta-Fliesen. Möbliert waren sie mit wunderbaren provenzalischen Antiquitäten aus polierten dunklen Hölzern. Die Räume waren nicht mit unnötigem Krimskrams zugestellt, was zu der ruhigen Atmosphäre beitrug.

Die kraftvollen modernen Gemälde an den Wänden und die riesigen Blumensträuße, die in fast allen Zimmern in großen Steintöpfen arrangiert waren, schufen starke, leuchtende Farbakzente.

»Am liebsten möchte ich sofort einziehen und für immer hier bleiben«, hatte ich mich begeistert. »Mir geht's genauso«, hatte Jake mir beigestimmt.

Bei unserem Eintreffen hatten uns Simone und Armand Roget herzlich begrüßt. Das Hausmeisterehepaar lebte in einem kleinen Haus auf dem Anwesen. Simone war diejenige, die das Haus so blitzsauber hielt und dafür sorgte, dass die Speisekammer stets gut mit ihren köstlichen Vorräten bestückt war.

Ihr Mann Armand war für die Instandhaltung des Anwesens und die Pflege der Gärten verantwortlich, in denen in verschwenderischer Fülle Bougainvillea, roter Jasmin, Geißblatt, Azaleen, Geranien und viele verschiedene Rosenarten blühten. Umrahmt wurden die Blumengärten von samtgrünem Rasen, und im Hintergrund standen wie Wachposten in einer langen Reihe fünfundzwanzig prächtige Zypressen, die sich dunkel vor dem azurblauen Himmel abhoben.

An unserem ersten Abend hier hatte Jake mir beim Essen die Geschichte des Hauses erzählt, zumindest das Wenige, das er darüber wusste. Les Roches Fleuries war in den dreißiger Jahren von einem französischen Herzog für seine englische Mätresse erbaut worden, die schöne Opernsängerin Adelia Roland. Nach ihrem Rückzug von der Bühne hatte sie die Villa zu ihrem ständigen Wohnsitz gemacht und dort gelebt, bis sie 1990 starb, genauso alt wie das Jahrhundert. In ihrem Testament hatte sie das Anwesen und fast ihren gesamten Besitz ihrem Großneffen Peter hinterlassen, Jakes Studienfreund aus Oxford.

Die Geschichte um Adelia und den Herzog machte mich neugierig, aber Jake wusste nicht viel mehr, als er mir bereits erzählt hatte. Und auch die Rogets hatten nicht allzu viel beizutragen, als ich sie über die Sängerin ausfragte. Sie wohnten seit zwanzig Jahren auf Les Roches Fleuries und arbeiteten jetzt für Peter, seit dieser den Besitz vor acht Jahren geerbt hatte. Während der zwölf Jahre davor waren sie zwar bei Adelia Roland beschäftigt gewesen, aber damals war sie schon eine alte Dame gewesen und der Herzog lange tot. Die beiden beschrieben sie als charmant, aber kühl und zurückhaltend. Und sehr geheimnisvoll.

Als ich heute Früh mit einer Kaffeetasse in der Hand nach draußen geschlendert war, hatte ich Armand entdeckt, der im Garten arbeitete. Ich war zu ihm getreten und hatte begonnen, mit ihm über das Haus und über Adelia zu plaudern. Plötzlich und unerwartet war der Gärtner redselig geworden und gestand mir, Adelia selbst sei der Kopf und die treibende Kraft hinter der Planung und dem Aufbau dieses höchst außerordentlichen Gartens gewesen.

Anscheinend hatte sie mit geradezu religiöser Hingabe darin gearbeitet und sich nicht gescheut, sich zusammen mit den diversen Gärtnern, die ihr im Lauf der Jahre geholfen hatten, ihre Pläne auszuführen, selbst die Hände schmutzig zu machen. Der Garten war während der deutschen Besatzung im Zweiten Weltkrieg zerstört worden, aber sie hatte ihn nach Kriegsende neu angelegt und zu einem exotischen Paradies gemacht.

II

Als ich Schritte hörte, blickte ich mich um und sah, dass Jake an der Terrasse entlangging. Ich winkte ihm zu, er winkte zurück, und einen Augenblick später stand er neben dem Liegestuhl, auf dem ich im Schatten eines Sonnenschirms lag. Er schaute auf mich herunter und lächelte breit.

»Das sehe ich gern!«, rief er aus.

»Was denn?«

»Dass du hier liegst, dich entspannst, dir Ruhe gönnst und zufrieden aussiehst.« Er setzte sich auf den Rand der benachbarten Liege.

»Ich fühle mich wirklich entspannt, Jake. Es ist so wunderschön hier, und einen ruhigeren Ort kann es ja wohl nicht geben.«

Er nickte nur und lächelte noch einmal.

Ich sprach weiter. »Ich fühle mich … nun, *innerlich* friedvoll … zum ersten Mal seit vielen Wochen.« Ich meinte jedes Wort ehrlich. Nach nur wenigen Tagen fühlte ich mich unglaublich viel besser.

Einen Moment lang schwiegen wir. »Ich auch, Val«,

bemerkte Jake dann. »In diesem Haus habe ich mich schon immer gestärkt gefühlt. Es strahlt Güte aus, Liebe und hat gute Schwingungen. Ich kenne eigentlich nur ein anderes Haus, das genau dieselbe Atmosphäre besitzt, nämlich das meiner Großeltern in Georgia. Als Kind habe ich mich immer auf meine Besuche gefreut; ich fühlte mich dort von Liebe umgeben, so sicher und geborgen. Auch heute noch fahre ich gern dorthin.«

Wie ich Jake beneidete! Um die Wahrheit zu sagen, hatte ich mich außer bei meinen Großeltern niemals in meinem Leben sicher oder geborgen gefühlt.

»Wie geht es denn deiner Großmutter, Jake?«, fragte ich, da ich wusste, wie sehr er die alte Dame liebte. Ich glaube, er empfand für sie auf ganz ähnliche Weise wie ich für Andrew Denning.

»Immer noch gut in Form. Sie ist wirklich erstaunlich. Sehr fröhlich, kein bisschen senil und immer noch von großartiger Gesundheit.«

»Und sie lebt allein in dem Haus?«

»Oh ja. Na, sie hat Hilfe. Ein altes Ehepaar, richtige gute Geister, die ihr seit vierzig Jahren oder länger treu ergeben sind. Es wäre schwierig, Großmutter dort wegzubekommen, sie hat fast ihr ganzes Leben in dem Haus verbracht. Ein altes Herrenhaus auf einer Plantage, nicht besonders groß, aber schön. Stammt noch aus der Zeit vor dem Bürgerkrieg und erinnert an den alten Süden, wie er früher einmal war. So etwas bekommst du heute kaum noch zu sehen, außer in ein paar entlegenen Ecken. Aber Großmutters Haus liegt nicht weit von Atlanta entfernt, und meine Eltern fahren inzwischen fast jedes Wochenende dorthin. Sie machen sich Sorgen um sie … aber das brauchen sie meiner Meinung nach nicht.«

»Warum nicht?«

»Neben ihr wirkt jeder andere Mensch, den ich kenne, hinfällig!«

Ich lächelte. »Aber sie ist doch ziemlich alt, oder?«

»Achtundachtzig. Aber fit wie fünfunddreißig! Und sie ist unabhängig, dickköpfig und äußerst lebendig. Sie würde dir gefallen.«

Wieder begann Jake zu lachen, und plötzlich sprühten seine Augen vor Heiterkeit.

»Was hast du?«

»Ich überlege, wie ich dir ihr Äußeres beschreiben soll, aber mir fällt dazu nur eins ein ... Sie erinnert mich an eine alte Filmschauspielerin aus den Dreißiger- und Vierzigerjahren namens Maria Ouspenskaya. Weißt du, wen ich meine?« Er kicherte leise weiter. »Du siehst verwirrt aus, Val.«

»Das bin ich. Ich fürchte, ich kenne sie tatsächlich nicht.«

»Die Ouspenskaya war zierlich, zerbrechlich und weißhaarig, und sie sprach mit einem ganz kleinen Akzent, wahrscheinlich einem russischen, ihrem Namen nach zu urteilen. Oma Hedi, so nennen wir meine Großmutter, hatte früher auch einen leichten deutschen Akzent, aber heute bemerkt man kaum noch etwas davon. Warte, vielleicht kann ich deinem Gedächtnis auf die Sprünge helfen, damit du dich an die Ouspenskaya erinnerst. Hast du je einen alten Film mit dem Titel *Ruhelose Liebe* gesehen?«

Ich schüttelte den Kopf.

»Also, die Ouspenskaya hat darin mitgespielt – eine alte Dame natürlich –, und die Stars waren Charles Boyer und Irene Dunne. Die Geschichte ging um ...«

»Moment mal, den habe ich doch gesehen!«, fiel ich ein, als ich mich plötzlich wieder an den Streifen erinnerte. »Und jetzt weiß ich auch, wie die Ouspenskaya aussah. Sag mal, hat man nach diesem Original nicht später ein Remake mit Cary Grant und Deborah Kerr gedreht?«

»Genau! Und wenn du dir die Ouspenskaya vorstellst, dann weißt du, wie meine Großmutter Hedi aussieht. Sie ist eine ganz außerordentliche Frau, und in jüngeren Jahren war sie so stark und vital. Ein Wunder, wenn ich das als ihr Enkel sagen darf. Sie ist auch sehr kultiviert, belesen und bewandert in Kunst und Musik. Und sie war einem kleinen Jungen und seinen beiden Schwestern eine ganz, ganz wunderbare Großmutter.«

III

Während Jake so liebevoll über seine Großmutter sprach, war mir eine Veränderung in seiner Stimme aufgefallen. Sie war ganz leicht, aber unzweifelhaft vorhanden; ein weicher Südstaatenakzent hatte sich eingeschlichen und über die britische Aussprache gelegt, die er sich während der Jahre in Paris und vorher in Oxford zugelegt hatte.

»Wäre das nicht eine tolle Idee, Val?«, fragte er jetzt. »Wir schauen uns heute Abend ein paar alte Filme an. Peter hat einen ganzen Berg Videos in seiner Bibliothek, eine Riesenauswahl.«

»Ob er wohl *Ruhelose Liebe* hat?«, überlegte ich laut.

»Könnte sein. Ich weiß, dass er *Casablanca* und viele andere von den Klassikern aus den Dreißiger-, Vierziger- und Fünfzigerjahren besitzt. Er hat sogar *Vom Winde verweht*. Ich hätte nichts dagegen, mir den Schinken noch mal anzusehen.«

Ich begann zu lachen.

»Was ist los?«, meinte Jake und zog fragend eine Augenbraue hoch.

Ich kicherte weiter. »Kann es sein, dass du Heimweh nach Atlanta hast, Jake?«

Er fiel ein, dann nickte er. »Ich sehne mich immer auf die eine oder andere Weise nach Georgia. Aber *Vom Winde verweht* ist zufällig ganz einfach ein fabelhafter Film. Lass ihn uns anschauen, okay?«

»Wie du möchtest«, gab ich zurück. Aus dem Augenwinkel sah ich Simone auf uns zukommen. »Wahrscheinlich ist das Mittagessen fertig«, flüsterte ich Jake zu und sah auf die Uhr. Ich konnte gar nicht glauben, dass wir schon nach halb zwei hatten. Mit Jake schien die Zeit in Les Roches Fleuries nur so dahinzueilen. Die vergangenen Tage waren wie im Fluge verstrichen.

Jake hievte sich auf die Beine und streckte mir eine Hand entgegen. Ich nahm sie, und er zog mich von meiner Liege hoch und führte mich über die Terrasse.

»Wir sind unterwegs, Simone«, rief er, und sie lächelte uns zu, drehte sich auf dem Absatz um und ging zurück zu der Laube am anderen Ende der Terrasse. Dieser kleine schattige Bereich lag nur einen Steinwurf von der Küche entfernt, und dort stand die Haushälterin und wartete auf uns.

Sekunden später saßen Jake und ich in der mit Weinreben bewachsenen Laube. »Mademoiselle Denning, Monsieur Jake«, erklärte Simone. »Ich habe heute Morgen auf dem Fischmarkt einen wunderschönen *Rouget* gefunden, einen Rötling. Ich habe ihn für Sie gegrillt, und nun werde ich ihn mit einer Gemüseplatte servieren.«

»Danke, Simone, das klingt köstlich«, antwortete Jake.

Die Haushälterin neigte das Haupt und eilte davon, um den Fisch zu holen. Jake hob die Flasche mit dem eisgekühlten *Vin rosé*, den er gern zum Mittagessen trank, und schenkte davon in die großen Gläser ein.

»Ich habe doch nicht vor, am Donnerstag nach Paris zurückzufliegen«, verkündete Jake plötzlich und sah mich über den Tisch hinweg an. »Hier ist es so ruhig, das Wetter ist herrlich, und ich überlege ernsthaft, die nächste Woche im Haus zu verbringen. Willst du nicht auch bleiben, Val?«

»Oh ja, sehr gern«, antwortete ich sofort. Darüber brauchte ich nicht einmal nachzudenken. »Warum nicht? Ich habe nichts Dringendes zu tun«, setzte ich hinzu.

»Großartig. Ich bin froh, dass du bleibst und mir Gesellschaft leistest.«

»Wozu sind beste Freunde sonst da?«, fragte ich und erwiderte sein Lächeln.

Kapitel 10

I

Und so blieb ich mit Jake auf Les Roches Fleuries.

Die Zeit schien wie im Flug zu vergehen, obwohl wir nichts Besonderes unternahmen. Schon in den ersten paar Tagen unseres Aufenthalts entwickelten wir einen festen Ablauf, ein Muster, das auf einer Anzahl kleiner Rituale beruhte. Und wir stellten fest, dass wir das beide genossen.

Ich glaube, der Grund dafür war, dass wir auf unseren beruflichen Reisen ein so chaotisches Leben führten. Niemals wussten wir, was der nächste Tag bringen oder wo wir landen würden.

Aber in der Villa am Hügel verliefen unsere Tage gleichförmig, und keinem von uns machte dies das Geringste aus. Im Gegenteil, wir empfanden die Ruhe als Segen.

Jeden Morgen frühstückten Jake und ich zusammen an dem runden Tisch in der weinbewachsenen Laube. Das Wetter war immer noch herrlich, und in der schattigen Laube fanden wir Schutz vor der frühmorgendlichen Sonne. Keiner von uns aß viel zum Frühstück, und wir hatten auch keine Lust zum Reden. Wie immer fühlten wir uns wohl und unbefangen miteinander.

Nach dem Frühstück las ich gewöhnlich etwas, während

Jake in der Sonne lag, im Pool schwamm und ab und zu seine Fotoagentur anrief, um zu hören, was es Neues gab. Mitunter schrieb er vormittags auch in seinem Notizbuch.

Manchmal, aber nicht immer, ging ich mit Jake zum Schwimmen. Aber jeden Tag um Punkt elf Uhr begaben wir uns in den Fitnessraum im Keller, wo ich auf dem Stepper trainierte. Jake benutzte das Gerät wegen seiner Verletzungen nicht, aber er stemmte gern Gewichte.

Nach etwa einer halben Stunde im Fitnessraum gingen wir auf unsere Zimmer, um zu duschen und etwas Luftiges aus Baumwolle anzuziehen. Dann nahmen wir den Wagen und fuhren in die kleine Stadt Beaulieu-sur-Mer.

Ich kannte Beaulieu recht gut, denn meine Großeltern waren häufig im La Réserve abgestiegen, einem reizenden rosa-weiß getünchten Hotel in der Stadt. Es lag auf einer Landzunge am Meeresufer und war berühmt für seine Eleganz und sein ausgezeichnetes Restaurant. Wenn meine Großeltern mich im Sommer in Frankreich besuchten, waren sie nach einer Woche in Paris stets in den Süden gefahren. Und sobald die Sorbonne Sommerferien machte, war ich dann in Beaulieu zu ihnen gestoßen.

Auch Jake war durch seine häufigen Aufenthalte in Peters Villa wohl vertraut mit diesem charmanten Städtchen. Wir spazierten gern umher, kauften französische und englische Zeitungen und Zeitschriften, besuchten die Antiquitätenhändler, die wir mochten, und kauften in den Läden diverse Kleinigkeiten für unseren persönlichen Bedarf. Aber unser Lieblingsplatz war der Obst- und Gemüsemarkt, der im Zentrum von Beaulieu unter freiem Himmel stattfand.

Wenn wir stehen blieben, um die Körbe mit Himbeeren, roten Johannisbeeren, Erdbeeren, Brombeeren, Pflaumen und Pfirsichen zu begutachten, lief uns das Wasser im Mund zusammen. Und da waren noch die duftenden Melonen aus Cavaillon – die allerbesten, wie wir beide aus

Erfahrung wussten. Alles an den Marktständen sah köstlich und verführerisch aus, aber wir wagten nie, etwas davon mit nach Hause zu nehmen, damit wir Simone nicht kränkten. Die Haushälterin war stolz darauf, dass sie die Waren, aus denen sie die köstlichen Mahlzeiten für uns zubereitete, mit größter Sorgfalt auswählte.

Beaulieu besaß einen kleinen Hafen, wo in dem ruhigen Hafenbecken Segelboote und Jachten ankerten, ein bezauberndes, malerisches Bild; und um das Wasser scharten sich alle möglichen Bistros, Cafés und Boutiquen. Dort hielten wir uns gern eine Weile auf und vertrieben uns die Zeit damit, an den Kais entlangzuschlendern.

Kurz vor dem Mittagessen gingen wir ins Hotel La Réserve, das in der Nähe des alten Hafens lag, um einen Aperitif zu nehmen. Und wenn wir nicht dort einkehrten, dann landeten wir auf dem Heimweg zur Villa im Grand Hotel du Cap Ferrat. Wir hatten festgestellt, dass man an der Bar auf der kühlen, baumbeschatteten Hotelterrasse ganz wunderbar einen Kir Royal oder eine einfache *Citron pressé* trinken konnte.

Ein solcher geruhsamer Vormittag, ganz ohne Dramatik, Stress und Tod, mit denen wir uns gewöhnlich auseinander zu setzen hatten, war für uns so ungewöhnlich, dass wir einen Riesenspaß daran hatten. »Normal sein, normal leben«, nannte Jake dieses Erlebnis, und er hatte Recht. Unser beruflicher Alltag bestand meist daraus, dass wir zusahen, wie Menschen in die Luft gesprengt, verstümmelt oder getötet wurden.

Nach unserem Besuch im Grand Hotel fuhren wir weiter, hügelauf über die kurvenreiche Straße und durch die Wälder, und kehrten gerade noch rechtzeitig zum Mittagessen nach Les Roches Fleuries zurück.

Nachmittags faulenzten wir.

Jake las und schlief. Ich tat es ihm nach, oder ich hörte Musik. Keiner von uns kam auf die Idee, den Fernseher anzuschalten und CNN einzustellen. Wir wollten keine schlechten Nachrichten sehen, nichts hören von Kriegen, Terror, Erdbeben, Hurrikanen, Flutkatastrophen, Feuersbrünsten oder Hungersnöten.

Solche ruhigen, ereignislosen Zeiten erlebten wir selten, daher waren sie so köstlich ... und wir wollten sie so intensiv wie möglich auskosten. Aus diesem Grund fühlten wir uns niemals versucht, abends auszugehen. Wir hatten nicht die geringste Lust, die schicken Treffpunkte in Monte Carlo, Nizza und Cannes aufzusuchen. Die meiste Zeit rührten Jake und ich uns nicht weit von der Villa fort. Es schien uns, als gäbe es keinen Grund, irgendwo anders hinzufahren. Der außerordentliche Friede dort war unsere Vorstellung vom Glück, und dieses Gefühl genossen wir in vollen Zügen.

II

Am Ende meiner ersten Woche in der Villa wachte ich eines Morgens auf und entdeckte, dass ich mich irgendwie anders als sonst fühlte.

Ich blieb noch einen Moment im Bett liegen, sah zu, wie das Sonnenlicht durch die Schlitze in den hölzernen Fensterladen fiel, und überlegte, was diese eigenartige Empfindung zu bedeuten hatte. Und dann erkannte ich den Grund.

Mehrere Tage lang hatte ich nicht an Tony Hampton gedacht. Und weil ich nicht an ihn gedacht hatte und an das, was er mir angetan hatte, fühlte ich mich weder zornig noch verletzt.

Ich war einfach *ich* ... Valentine Denning. Wieder die Alte. Das war ein großartiges Gefühl.

Sekunden später stand ich vor dem Badezimmerspiegel und betrachtete mich. Zu meinem Erstaunen sah ich sogar anders aus. Die dunklen Ringe unter den Augen waren so gut wie verschwunden, und der graue Schleier auf meiner Haut war einem hübschen Goldton gewichen. Ich hatte mich zwar nicht gesonnt, aber anscheinend doch so viel Licht abbekommen, dass ich mir eine leichte Bräune zugelegt hatte. Selbst mein Haar wies von der Sonne gebleichte Strähnen auf. So gesund hatte ich lange nicht ausgesehen, und das freute mich sehr.

Diese wundersame und unerwartete Verwandlung gab mir enormen Auftrieb, einen richtigen Energieschub. Rasch zog ich mein Nachthemd aus, trat in die Dusche und drehte das Wasser auf. Nachdem ich mich eingeschäumt und mir auch die Haare gewaschen hatte, spülte ich mich ab, trat hinaus und trocknete mich.

Wenig später band ich mein Haar zu einem Pferdeschwanz und zog einen Badeanzug an. Im Schrank fand ich ein dünnes weißes Baumwollhemd. Ich trat in ein paar flache Latschen, setzte meine dunkle Brille auf und ging Jake suchen.

Ich fand ihn am Rand des Swimmingpools, wo er die Füße ins Wasser baumeln ließ. Er presste sein Handy ans Ohr und lauschte aufmerksam. Als er mich die Stufen zum Pool hinunterkommen sah, hob er grüßend die Hand und bedeutete mir, mich zu ihm zu gesellen.

Er hörte noch einen Moment zu. »Alles klar, Jacques, und danke«, sagte er dann. »Ruf mich zurück, wenn du meinst, dass ich mich nützlich machen kann.« Wieder lauschte er und griff dann nach dem Notizblock, der neben ihm lag. »Jawohl, ich hab die Nummer. Bis dann, Jacques.«

Mit einem Tastendruck legte er auf. Ich trat auf ihn zu und gab ihm einen Kuss auf die Wange. »Guten Morgen.«

»Auch dir einen wunderschönen guten Morgen«, antwortete er mit dick aufgetragenem irischem Akzent.

Ich lächelte ihn an. »Hast du heute deinen irischen Tag?«

»Sieht so aus. Vielleicht, weil Fiona versucht hat, mich

in der Fotoagentur zu erreichen. Sie ist in Dublin, im Hotel Shelbourne, und sie möchte, dass ich sie zurückrufe.«

Ich runzelte die Stirn. »Aber warum nur?«

»Das weiß Gott«, brummte Jake und sah zuerst auf sein Handy und dann auf den Notizblock hinunter. Er begann zu wählen. Kurz darauf fragte er nach Mrs. Fiona Hampton. Er wartete ein paar Sekunden. »Vielen Dank«, sagte er dann und legte auf. »Sie ist abgereist, ohne eine Adresse zu hinterlassen«, erklärte er, indem er sich mir zuwandte.

»Vielleicht ist sie nach London zurückgekehrt. In das Haus in Hampstead.«

»Das nehme ich auch an.«

»Hatte Jacques sonst noch etwas auf dem Herzen?«

»Er wollte wissen, ob ich Lust hätte, noch einmal nach Ruanda zu gehen. Um noch eine Story über die Gorillas zu machen. Aber ich habe nein gesagt. Er will Harry Lennox fragen, ob er den Auftrag übernehmen möchte. Ich habe ihm versprochen, bei Harry ein gutes Wort für ihn einzulegen, wenn das nötig sein sollte. Aber ich glaube nicht. Harry ist ehrgeizig, wenn er auch wenig Erfahrungen im Ausland hat, um es mal so auszudrücken. Er wird sofort zugreifen.«

»Wahrscheinlich«, murmelte ich. Ich war mir nicht sicher, ob Jake Harry richtig einschätzte. Ich fand ihn weit weltgewandter, als Jake ihm zutraute. Und meiner Meinung nach war Harry Lennox außerdem verschlagen, vielleicht sogar tückisch. Er hatte mich immer an meinen Bruder erinnert, Donald den Großen.

»Du klingst zweifelnd, Valentine. Wo liegt das Problem?«, fragte er auf seine forsche Art.

»Ich glaube, du unterschätzt Harry Lennox. Er hat die Verstellung zu einer Kunstform entwickelt. Und er ist ein missgünstiger kleiner Scheißkerl. Vor allem auf dich ist er eifersüchtig.«

Jake warf den Kopf zurück und lachte. »Ach, jetzt komm aber, Val. Mach dich nicht lächerlich.«

»Das ist mir vollkommen ernst. Hör mal, ich kenne diesen Typ. Harry ist genau wie mein raffinierter kleiner Bruder ... Ich würde keinem von beiden einen Fußbreit über den Weg trauen. Und das ist eine Tatsache ...« Ich unterbrach mich, denn ich sah, dass Simone die Treppe zum Pool heruntereilte. Sie war kalkweiß im Gesicht und offensichtlich erschüttert.

III

»Simone, was ist los?«, rief Jake, zog die Beine aus dem Wasser und sprang auf.

Die Haushälterin blieb vor uns stehen, und ich sah sofort, dass sie den Tränen nahe war. Ich legte ihr eine Hand auf den Arm. »Was ist denn nur passiert?«, fragte ich.

»Es ist meine Tochter, Françoise«, begann Simone, und dann versagte ihr die Stimme. Einen Moment später hatte sie sich wieder gefangen, und die Worte sprudelten aus ihr heraus. »Sie ist heute Morgen schwer gestürzt. Die Treppe hinunter. Olivier, ihr Mann, hat sie ins Krankenhaus gebracht. Sie machen sich Sorgen um das Baby.«

»Mein Gott, das ist ja schrecklich!«, rief ich aus. »Können wir irgendwie helfen?«

Simone schüttelte den Kopf. Sie wirkte zerstreut und besorgt und wischte sich die Augen. »Olivier hat gerade eben angerufen«, setzte sie hinzu.

»Sie müssen nach Marseille, Simone«, warf Jake ein. »Sie und Armand. Wir kommen hier schon zurecht. Und wenn Sie hier bleiben, sorgen Sie sich nur umso mehr.«

Sie nickte. »Sie haben Recht, das würde ich tun. *Merci,* Monsieur Jake. Bitte kommen Sie jetzt, das Frühstück ist fertig.«

IV

Wir drei gingen zu der mit Wein bewachsenen Laube am anderen Ende der Terrasse, wo Simone durch die Küchentür verschwand.

Jake und ich setzten uns und sahen einander bedrückt an. »Ich glaube, Françoise ist im siebten oder achten Monat schwanger«, erklärte Jake. Seine Stimme klang besorgt. »Ihr erstes Kind. Ich hoffe nur, dass sie und das Baby keinen Schaden davongetragen haben und beide in Ordnung sind.«

»Ich auch ... Aber was hat die Familie in Marseille zu suchen? Ich dachte, Simones Tochter lebt in Cannes.«

»Das ist Solange, die jüngere der beiden Mädchen.«

»Ich verstehe.« Ich nahm den Kristallglaskrug mit dem frisch gepressten Orangensaft, der auf dem Tisch stand, und füllte unsere Gläser. Bevor ich noch etwas bemerken konnte, war Simone schon zurück und brachte einen großen Topf Kaffee und eine Kanne mit heißer Milch für den *Café au lait*, den wir beide am liebsten tranken.

Sie sauste noch einmal in die Küche und war gleich darauf mit einem Korb voll warmer Croissants und Brioches zurück. »Armand telefoniert gerade mit dem Flughafen in Nizza, Monsieur Jake. Um ein Uhr geht eine Maschine nach Marseille. Ich werde mich um die Betten kümmern, in der Küche sauber machen ...«

Jake unterbrach sie. »Das werden Sie schön bleiben lassen, Simone. Ich habe Ihnen doch gesagt, dass wir klarkommen. Gehen Sie und machen Sie sich fertig; ich weiß doch, wie unruhig Sie sein müssen. Sobald Sie gepackt haben, fahre ich Sie zum Flughafen.«

»Aber Monsieur Jake ...«

»Kein Aber«, schnitt er ihr noch einmal das Wort ab. Er hob die Hand zum Zeichen, dass er die Verantwortung übernahm. »Tun Sie, was ich gesagt habe. Wir können aufbrechen, wann immer Sie möchten.«

»Merci, Monsieur Jake, c'est gentil de votre part«, bedankte sich Simone. Sehr freundlich von Ihnen, Monsieur Jake.

»Hast du nicht Lust, mit nach Nizza zum Flughafen zu fahren?«, fragte Jake, als wir allein waren. Er goss Kaffee und heiße Milch in seine Schale und sah mich über den Tisch hinweg an.

»Hmm …« Ich legte den Kopf auf die Seite. »Vielleicht sollte ich lieber hier bleiben. Die Küche putzen, ein bisschen aufräumen und zur Abwechslung mal die Hausfrau spielen.« Ich lächelte ihm zu. »Und ich mache dir einen wunderbaren Lunch.«

Jake nickte. »Okay, aber nur, wenn du mich das Abendessen kochen lässt.«

»Auf Südstaatenart?«, verlangte ich zu wissen.

Er lachte. »Abgemacht.«

V

Nachdem die drei gefahren waren, bestückte ich die Spülmaschine und wischte den Küchenboden; dann machte ich die Betten und räumte unsere Badezimmer auf.

Als das alles erledigt war, ging ich wieder in die Küche und trat in die Speisekammer, die neben dem Kühlschrank lag. Staunend sah ich, wie wunderbar sie geführt wurde. Alles war in perfekter Ordnung aufgestellt, und die Gläser mit eingemachtem Gemüse, Obst und Pickles hatte Simone sorgfältig mit Etiketten versehen und datiert.

Auf den höheren Regalbrettern waren Konserven gestapelt, und auf der langen Arbeitsplatte fand ich den Großteil der Zutaten, die ich für das Mittagessen brauchte: eine Schüssel mit dicken braunen Eiern, ein großes Holzbrett mit verschiedenen Käsesorten aus der Region und einen Weidenkorb mit Tomaten, grünem Salat und Gurken. Diesen nahm ich und trug ihn zum Spülbecken.

Nachdem ich die Salatblätter gewaschen und getrocknet hatte, schlug ich sie in Küchentücher aus Papier ein und legte sie zurück in die Speisekammer. Ich schälte die Hälfte einer langen Gurke und schnitt sie in Scheiben, dann zerteilte ich zwei große Tomaten. Diese Scheiben arrangierte ich auf einer Platte und bedeckte sie mit Frischhaltefolie. Das Gemüse stellte ich ebenfalls in die Speisekammer.

Später brauchte ich die Zutaten nur noch in einer Salatschüssel zu vermischen und Simones berühmte Vinaigrette hinzuzugeben, die direkt vor meinen Augen im Regal stand.

Die Eier für das Omelett konnte ich schlagen, wenn Jake vom Flughafen zurück war. Dann würde ich auch ein Baguettebrot aufbacken und das Käsebrett holen. Alles war zur Hand und wartete darauf, im letzten Moment zusammengestellt zu werden.

Ich ging zum anderen Ende der Küche und öffnete die Tür zum Keller, der sich über die gesamte Länge des Hauses erstreckte. Die ersten sechs Treppenstufen führten zu einem breiten Absatz mit tiefen Steinregalen. Hier lagerten noch mehr Esswaren. Über eine zweite Steintreppe gelangte man in das eigentliche Untergeschoss, das den Weinkeller beherbergte. Jake schätzte ihn sehr, da er einige seltene Jahrgänge enthielt.

Im Keller war es dunkel, und ich knipste das Licht an, ehe ich in die Finsternis hinunterstieg. Ich zitterte leicht, denn es war überraschend kalt. Simone hatte hier alles ebenso ordentlich aufgestellt wie in der oberen Speisekammer. Auf einem der steinernen Borde entdeckte ich kleine Körbchen mit Beeren, Schüsseln mit frischen Feigen, mehrere Melonen – Cavaillon natürlich –, Berge von Gemüse und einen großen Korb voller Äpfel. Die Auswahl war groß, und wir würden ganz bestimmt nicht verhungern, solange Simone in Marseille war.

Die Hand auf das steinerne Bord gelegt, verharrte ich einen Moment und dachte noch einmal an Simones plötzliche und unerwartete Abreise vorhin. Wie bleich und verängstigt sie gewirkt hatte, als sie in die Küche kam, um sich von mir zu verabschieden!

»Ich bin mir sicher, dass alles in Ordnung kommt. Françoise geht es bestimmt gut«, hatte ich beruhigend gemurmelt. Ich hatte sie kurz umarmt und bemerkt, wie angespannt ihr Körper war.

Simone hatte genickt und tapfer, aber ziemlich erfolglos zu lächeln versucht. »*Ma petite fille*, mein kleines Mädchen … Ich muss zu ihr. Sie braucht mich, ich weiß das.«

Ich hatte ihre Hand genommen, sie gedrückt und ihr beigepflichtet. »Ja, Simone, aber Sie sind ja bald bei Ihrer Tochter. Versuchen Sie, sich keine Sorgen zu machen.«

Noch einmal versuchte Simone, mir ein Lächeln zu schenken, aber auch dieses Mal scheiterte sie. Dann ging sie, zusammen mit Jake und mit Armand, der ebenso besorgt wirkte wie seine Frau.

Ich stand an der Küchentür und winkte ihnen nach, als Jake den Wagen rückwärts hinaussetzte. Eine liebende Mutter, eine gute Mutter, dachte ich, während ich mich umdrehte, um wieder nach drinnen zu gehen. Und ich hoffte, dass Françoise das Kind, das sie trug, nicht verloren hatte und die junge Frau selbst nicht in Gefahr schwebte.

Kapitel 11

I

Ich stieg die Kellertreppe hinauf und kehrte in die Küche zurück.

Nachdem ich mir ein großes Glas Wasser eingeschenkt hatte, trat ich auf die Terrasse und ging die Stufen hinunter, zu einer meiner Lieblingsstellen.

Diese lag in einem der kleineren Gärten der Villa, der hauptsächlich aus grünem Rasen bestand, umgeben von blühenden Büschen. Die Wiese erstreckte sich bis zur Spitze des Anwesens, wo steile, zerklüftete Felsen senkrecht zum Meer hin abfielen.

Wenn ich hier auf der schmiedeeisernen Bank saß, die unter einer uralten Zeder stand, kam ich mir immer vor wie auf einem Schiff. Jetzt lehnte ich mich zurück, schloss die Augen und genoss die warme Luft.

Als ich ein paar Minuten später die Augen wieder öffnete, blinzelte ich erstaunt. Heller Sonnenschein erfüllte den blassblauen Himmel mit strahlendem Licht, und das Meer breitete sich vor mir aus wie dunkelblaues, von goldenen Adern durchzogenes Glas.

Ein Boot schob sich in mein Blickfeld. Die weißen Segel blähten sich in der Morgenbrise. Was für ein idyllisches Bild, und wie vertraut … Ein einsames Schiff segelt vor dem blauen Horizont, wo See und Himmel verschmelzen … Wen es wohl trug, und wohin? Häufig hatte ich mich das schon gefragt. Dieses Rätsel schlug eine Saite in meinem Inneren an. Wie oft hatte ich in der Vergangenheit Segelbooten wie diesem nachgeschaut …

II

Eine Flut von Erinnerungen stürmte auf mich ein.

Ich dachte an die Tage, die ich mit meinen Großeltern hier in Südfrankreich verbracht hatte. Wenn die Sorbonne Sommerferien machte, hatte ich mich immer mit ihnen getroffen. Damals war ich noch ein junges Mädchen gewesen.

Cecelia und Andrew Denning … Sie waren so gut zu mir gewesen. Mein ganzes Leben lang, bis zu ihrem Tod. Zu unserer tiefen Trauer war Großmutter als Erste gegangen, und dann mein Großvater. Aber zum Glück hatte ich seine tröstliche Gegenwart noch ein paar Jahre länger genießen können.

Wir waren ein Team gewesen. Drei gegen die Welt, pflegte meine Großmutter mit einem hellen, fröhlichen Lachen zu sagen. Selbst im Alter war sie temperamentvoll und lebhaft gewesen. Oft hatte sie mir erklärt, ich müsse dem Schicksal die Stirn bieten, meinen Rücken gerade wie einen Besenstiel halten, den Kopf hoch tragen und mein Herz weit öffnen, um all das Gute zu empfangen, das mir im Leben begegnen würde.

Die beiden hatten mich sehr geliebt, und – vielleicht noch wichtiger – sie waren in der Lage gewesen, mir diese Liebe auch zu zeigen. Sie hatte mich auch nach ihrem Tod wie ein Schutzschild behütet.

Wie hatten die beiden sich bemüht, die Schwächen ihres Sohnes wettzumachen! »Was für ein Pantoffelheld«, hatte meine Großmutter häufig missbilligend gegrummelt. Dann blitzten ihre scharfen blauen Augen wie Stahl, und sie presste bei dem Gedanken an ihren schwächlichen Sohn angewidert die vollen Lippen aufeinander.

Ich glaube, sie hatte Recht, wenn sie behauptete, mein Vater stünde unter dem Pantoffel. Mein Vater war nie in der Lage gewesen, meiner Mutter Paroli zu bieten. Und da sie sich benahm, als existierte ich nicht, hatte er sich ebenso verhalten.

Ab und zu dachte ich immer noch darüber nach und fragte mich, warum meine Mutter sich so eigenartig benommen hatte. Ihr Verhalten musste doch einen Grund haben. Aber wo sollte der liegen?

Diese Frage hatte mich den größten Teil meines Lebens verfolgt, und ich habe sie mir nie befriedigend beantworten können. Aber tief im Inneren war ich mir sicher, dass ich unschuldig daran war und nichts verbrochen hatte. Was hätte ich als kleines Baby auch anstellen können?

Warum hasste eine Mutter ihr eigenes Kind?

Wieder einmal stand mir diese Frage provozierend vor Augen.

Ich seufzte leise. Vielleicht war *Hass* ein zu starkes Wort. Sie hatte niemals *Interesse* an mir bekundet, aber sie konnte mich doch nicht wirklich verabscheut haben …

Nein, das glaubte ich nicht. Vielleicht abgelehnt. Meine Mutter hatte mich niemals schlecht behandelt oder misshandelt. Jedenfalls nicht körperlich. Auch beschimpft hatte sie mich nie, das war nicht ihre Art. Doch auf gewisse Weise hatte sie mich dennoch missbraucht, denn sie hatte sich verhalten, als ob ich gar nicht da wäre. Kein Wunder, dass ich mich unsicher fühlte und beständig auf der Suche nach einem sicheren Hafen war.

Plötzlich fragte ich mich, warum ich als Fotografin in den Krieg gezogen war, ständig der Gefahr nachlief und das Schicksal herausforderte. Auch darauf wusste ich keine Antwort und würde wohl nie eine finden. Vielleicht hätte nur ein Therapeut mir eine Erklärung dafür liefern können.

Mein Leben wäre wirklich verpfuscht gewesen, wenn ich meine Großeltern nicht gehabt hätte, dachte ich, besonders meinen Großvater. Er hatte mich zu dem Menschen gemacht, der ich war, und er war der beste Teil meiner selbst. Wäre er nicht gewesen, hätte ich nicht immer auf seine Führung, Liebe und Sorge bauen können, dann wäre bestimmt nichts aus mir geworden. Nichts hätte ich erreicht.

Unerwartet kam mir Tony Hampton in den Sinn. Ich hätte beinahe laut herausgelacht. Da suchte ich ständig nach einem sicheren Ankerplatz, und dann war ich ausgerechnet eine Beziehung zu ihm eingegangen. Warum gerade er? Von ihm konnte ich mir ebenso viel Sicherheit und Geborgenheit erwarten wie von einem gewalttätigen Terroristen, der mir eine Waffe an den Kopf hielt. Warum also war ich auf ihn hereingefallen? Weil er mich in eine Affäre gelockt, mich überzeugt hatte, dass er bis über beide Ohren in mich verliebt war. Und weil ich nicht geahnt hatte, dass er ein betrügerischer, doppelzüngiger Don Juan war, der gar nicht wusste, was Wahrheit, Integrität, Treue oder Loyalität bedeuteten.

Ich schob Tonys Bild von mir weg und zermalmte es in Gedanken unter dem Absatz, bis es nicht mehr existierte. Lautlos, wie eine Litanei, sagte ich mir meine Vorsätze auf:

Ich hatte die Toten begraben.

Ich hatte nicht vor, die Toten auferstehen zu lassen.

Ich hatte reinen Tisch gemacht und neu angefangen.

Ich interessierte mich nur für die Zukunft.

Mit geschlossenen Augen räkelte ich mich auf der Bank und ließ mich auf dem Strom meiner Gedanken dahintreiben. Aus heiterem Himmel fiel mir Fiona Hampton ein. Gestern hatte sie Jake in seiner Agentur in Paris zu erreichen versucht. Wieder konnte ich nicht umhin, mich nach dem Grund zu fragen. Vielleicht wollte sie nur Hallo sagen? In Erinnerungen, in der Vergangenheit schwelgen? Alte Freundschaft? Der beste Freund ihres Mannes? Ich war mir nicht sicher. Nicht, dass es darauf angekommen wäre. Wenn sie unbedingt mit Jake sprechen wollte, würde sie wieder anrufen. Das hatte weder etwas mit mir zu tun, noch ging es mich etwas an.

Ohne es zu wissen, hatte Fiona mir ermöglicht, meinen quälenden Kummer abzuschütteln. Und sie hatte mir geholfen, die Toten zu begraben. Den Toten, der zufällig ebenso der ihre war wie der meine.

Durch sie hatte ich einen Augenblick tiefster Einsicht erlebt, hatte alles so gesehen, wie es wirklich war, und nicht so, wie ich es mir vorgestellt hatte.

Ich hatte die Wahrheit erkannt und ihr ins Auge geblickt.

Und plötzlich begriff ich etwas Grundsätzliches über ihr Leben. Und über meines. Sie war die Ehefrau gewesen, ich die Geliebte. Wir hatten uns einen Mann geteilt, ohne davon zu wissen. Beide waren wir belogen und in die Irre geführt worden. Wir waren Seelenschwestern, verbunden durch dasselbe Gefühl, ohne dass eine von uns das geahnt hatte.

Jedenfalls Fiona nicht. Ich wusste es. Jetzt.

Die Begegnung mit Fiona Hampton hatte mein Leben unwiderruflich verändert. Und ich war froh darüber. In gewissem Sinne hatte sie mir eine Zukunft geschenkt.

Die alptraumhafte Gedenkfeier war zum Glück nichts weiter als das gewesen – ein böser Traum. Und wie die meisten Alpträume war er vorübergegangen. Die Bürde war von mir genommen.

Und nun war ich wirklich frei.

Ich öffnete die Augen, hob mein Gesicht und blickte zum blauen, durchscheinenden Himmel auf. Ich war so frei wie dieser einsame Vogel, der dort ganz oben am Himmel schwebte … Höher und höher schien er aufzusteigen, bis er schließlich meinen Blicken entschwand. Ja, ich war so frei wie ein Vogel im Fluge. Bei dem Gedanken fühlte ich mich gleich viel besser.

Ich stand auf, wandte dem glitzernden Meer den Rücken und ging langsam über den Plattenweg zur Villa zurück. Unterwegs überlegte ich, ob ich mich wohl je wieder verlieben und eine gute Beziehung zu einem Mann aufbauen könnte. Würde ich irgendwann, in nicht allzu ferner Zukunft, eine zweite Chance bekommen, ein dauerhaftes Glück mit einem anderen Menschen zu finden? Bei der bloßen Vorstellung lachte ich ironisch vor mich hin. Dazu würde es eines Wunders bedürfen, und an Wunder glaubte ich ganz bestimmt nicht mehr.

III

Als ich zum Haus zurückkehrte, war von Jake nichts zu sehen. Ich blickte auf meine Uhr und sah, dass wir fast halb eins hatten. Er war schon mehrere Stunden fort, und dabei war der Weg nach Nizza nicht besonders weit. Ich sah auf die Küchenuhr an der Wand und verglich die Zeit. Meine Uhr ging fünf Minuten vor, aber das war schon alles.

Er kommt sicher bald, dachte ich achselzuckend. Ich ging zum Spülbecken, wo ich mein Glas abwusch und mir die Hände benetzte. Dann beschloss ich, dass ich ruhig schon mit den Vorbereitungen für das Mittagessen beginnen konnte.

Nachdem ich das Salatpäckchen und die Platte mit den Gurken- und Tomatenscheiben aus der Speisekammer geholt hatte, nahm ich die Salatschale, die aussah wie aus grünen Kohlblättern geformt, eine gläserne Rührschüssel und einen Schneebesen aus dem Schrank und platzierte alles auf dem Tisch neben meinem Salatbündel. Nachdem ich dies geöffnet und die Blätter mit Küchentüchern trockengetupft hatte, zerpflückte ich sie und warf sie in die Kohlblattschüssel. Dann gab ich die Gurken- und Tomatenscheiben zu dem grünen Salat.

Simones Vinaigrette fiel mir ein, und ich lief in die Speisekammer, um sie zu holen. Ich schüttelte das Glas mehrmals, bevor ich den Deckel aufschraubte und das Dressing in Augenschein nahm. Es war vom Stehen in dem kühlen Raum ein wenig eingedickt und musste eine Weile aufwärmen, um wieder flüssiger zu werden. Ich ließ das Glas offen auf dem Tisch stehen, ging noch einmal in die Vorratskammer und holte zuerst die Schüssel mit den Eiern und dann das Holzbrett mit der Käseauswahl. Alles zusammen passte gerade eben noch auf den Tisch.

Zuerst mussten die Eier für das Omelett gequirlt werden. Ich schlug sechs Stück in die Rührschüssel, beschloss dann, dass das nicht reichte, und gab noch zwei dazu. Dann warf ich die Schalen weg, nahm den Schneebesen und begann zu rühren. Als die Masse glatt und cremig aussah, griff ich nach der Pfeffermühle und der Dose mit den Kräutern. Von beidem gab ich reichlich an die Eier, zusammen mit mehreren Prisen Salz.

Plötzlich flog die Tür auf. Schnell blickte ich hoch und sah, wie Jake sich einen Weg in die Küche bahnte. Zumindest nahm ich an, dass es sich bei der Person um Jake handelte, denn das Gesicht war größtenteils hinter den Papiertüten mit Einkäufen verborgen, die er auf den Armen trug. »Hi, Kid«, drang es gedämpft hinter den Tüten hervor.

»Selber Hi«, gab ich zurück und trat auf ihn zu, um ihm mit den Tüten zu helfen. »Konnte nicht alles bekommen, was ich für mein echtes, authentisches Südstaaten-Essen brauche«, erklärte er, während ich ihm einen Teil seiner Last abnahm, »aber auf jeden Fall genug, um dir heute Abend eine Kostprobe zu geben, Süße.«

»Ich habe mich schon gefragt, wo du bleibst«, brummte ich und schaute in die Tüte, die ich neben dem Spülbecken auf die Arbeitsplatte gestellt hatte. »Oh Jake!«, rief ich empört. »Du bist ohne mich Obst kaufen gegangen, und das, nachdem wir so oft davor gestanden haben und uns das Wasser im Mund zusammengelaufen ist!«

Jake grinste und setzte seine Tüten auf der Küchentheke ab. »Sei mir nicht böse. Eigentlich wollte ich das gar nicht, weil ich ja wusste, wie gern du einmal auf dem Markt eingekauft hättest. Aber als mir das einfiel, stand ich schon dort. Alles andere wäre Zeitverschwendung gewesen. Ich konnte wirklich nicht extra zurückfahren und dich holen, Val.«

»Ich weiß. Außerdem hätten wir eigentlich gar kein Obst gebraucht. In der anderen Speisekammer an der Kellertreppe lagert noch alles Mögliche.«

»Das hätte ich mir eigentlich denken können. Schließlich kenne ich Simone.«

»Ich nehme an, die beiden sind gut weggekommen?«

»Klar. Na ja, ich schätze, die Beeren halten sich noch ein bisschen. Ich bin mir sicher, dass Simone und Armand erst in ein paar Tagen zurückkommen. Was ist das?« Misstrauisch betrachtete er meine Schüssel mit der Eiermasse.

»Dein Lunch. *Omelette fines herbes* soll das werden.«

»Herrlich.« Er öffnete die Kühlschranktür und begann den Inhalt der Tüten hineinzuräumen. Ich bemerkte, dass er ein Huhn und andere Dinge auf die Gitter legte, dann wandte ich mich ab und ging eine Bratpfanne suchen.

»Ich hole uns einen Rosé aus dem Weinkeller«, verkündete Jake, nachdem er die Tüten geleert hatte, und ging zur Kellertür. Ein paar Minuten später war er mit zwei Flaschen zurück, die er ebenfalls in den Kühlschrank legte. »Was kann ich jetzt tun?«

»Könntest du mir bitte die Butter reichen?«

»Sicher.« Er nahm sie aus dem Kühlschrank.

»Danke dir.« Ich ging zu dem Steinkrug, der am anderen Ende der Küche auf einer Truhe stand. In diesem gewaltigen Olivenkrug mit seinem Holzdeckel bewahrte Simone ihre Baguettes auf, die sie jeden Tag frisch in der Bäckerei in Beaulieu kaufte. Ich nahm eine der langen Stangen heraus. Das Brot fühlte sich nicht besonders frisch an. Natürlich, Simone war heute Morgen nicht zum Bäcker gegangen, weil der Anruf aus Marseille dazwischengekommen war.

Ich trug das Baguette zum Spülbecken, ließ Wasser darüber laufen und legte es in den Backofen. Sobald das Omelett fast fertig war, würde ich den Ofen auf niedriger Temperatur andrehen, und in fünf, sechs Minuten wäre das Brot warm und wie frisch gebacken. Erst kürzlich hatte Simone mir diesen kleinen Trick verraten, und jetzt war ich froh darüber.

Jake schenkte sich ein Glas Wasser ein, setzte sich auf einen Schemel und sah mir beim Kochen zu. Er sagte nicht viel und wirkte nachdenklich.

»Ich mache mir Sorgen um Simone«, sagte er dann aus heiterem Himmel. Seine Stimme klang seltsam gepresst.

Ich warf ihm einen kurzen Blick zu. »Was meinst du?« Rasch drehte ich mich wieder zu meinem Omelett um, damit es nicht anbrannte.

»Auf dem Weg zum Flughafen hat sie sich sehr merkwürdig verhalten. Sie hat kaum gesprochen und wirkte extrem besorgt und angespannt. Im Auto war sie praktisch starr vor Angst. Zumindest kam sie mir so vor.«

»Nun, sie war ja auch aufgeregt, als sie die Nachricht bekam, Jake. Ein solcher Sturz kann sehr gefährlich für eine schwangere Frau sein, besonders wenn sie schon im siebten oder achten Monat ist«, gab ich zu bedenken.

»Das ist mir durchaus klar. Aber Simones Sorge und Angst schienen ein bisschen unnormal. Irgendwie überzogen.«

»Und Armand? Wie hat er sich verhalten?«

»Er war relativ still, aber er ist ohnehin nicht sehr redselig. Ist schon immer ein ruhiger Bursche gewesen. Simone geht viel mehr aus sich heraus.«

Jake seufzte so tief, dass ich mich mit dem Pfannenwender in der Hand schnell umdrehte und ihn ansah. »Du willst doch auf etwas hinaus, Jake.« Ich schaute ihn aufmerksamer an und bemerkte die aufrichtige Sorge, die ihm ins Gesicht geschrieben stand. Dann fiel es mir wie Schuppen von den Augen. »Oh mein Gott, du glaubst doch nicht, dass Simones Tochter die Treppe *hinuntergestoßen* wurde, oder?«

Er schüttelte nachdenklich den Kopf. »Irgendwie habe ich den Eindruck, dass Simone genau das denkt.«

»Wie kommt du denn bloß darauf?«, fragte ich und spürte, wie sich die Härchen in meinem Nacken und auf meinen Armen aufstellten. »Hat sie so etwas gesagt?«

»Nicht ausdrücklich, Val, nein.« Jake biss sich auf die Lippen. »Aber sie hat einige wirklich eigenartige Bemerkungen fallen lassen. Einmal hat sie Armand etwas über Olivier zugeflüstert. Ganz habe ich sie nicht verstanden, aber es war etwas wie *Wenn er das getan hat, bringe ich ihn um*. Und Armand ist die Kinnlade heruntergeklappt. Er war verblüfft und erschrocken und schüttelte den Kopf, als wolle er ihr bedeuten, in meinem Beisein nicht so zu sprechen. Als wir zum Schalter am Flughafen kamen und Armand damit beschäftigt war, die Tickets zu kaufen, habe ich noch einmal versucht, sie anzusprechen. Sie irgendwie zu beruhigen, Val. Sie war so verkrampft, dass ich dachte, sie müsste gleich explodieren. Am Ende habe ich aufgegeben. Ich wollte nicht, dass sie glaubte, ich steckte meine Nase in ihre Angelegenheiten. Im Übrigen habe ich ihr gesagt, sie solle sich so viel Zeit nehmen, wie sie wollte. Schließlich ist Peter ihr Arbeitgeber, und wir sind hier nur Gäste.«

Ich nickte. »Lass uns beim Lunch weiterreden«, schlug ich vor. »Das Essen ist fertig.«

Kapitel 12

I

Mit Appetit widmete Jake sich seinem Omelett. »Wie bist du darauf gekommen, dass ich glaube, jemand könnte Françoise die Treppe hinuntergestoßen haben?«, fragte er zwischen den Bissen. »Ich meine, was genau habe ich gesagt, um dir diesen Eindruck zu vermitteln?«

»Es war eigentlich nichts, was du gesagt hast, sondern eher dein Gesichtsausdruck, Jake. Plötzlich ging mir auf, dass du vielleicht Vermutungen in dieser Richtung hegst. Gewalt in der Ehe nimmt heutzutage überhand.«

»Sag nicht in diesem Ton *heutzutage*, Val«, wandte Jake ein. »Dass Männer ihre Frauen schlagen, ist nichts Neues. Das hat es immer schon gegeben. Man hört heute nur häufiger davon ... so, wie wir mehr über alles erfahren, von Kriegen und anderen Katastrophen bis zu bestechlichen Politikern. Schreib es der Zeit zu, in der wir leben. Dem Medienzeitalter. Instantkriege ... live im Fernsehen übertragen. Instantnachrichten. Alles gibt es instant im Fernsehen ... und im Internet. Jawoll, das Zeitalter der Information ... und der Desinformation.«

»Wahrscheinlich hast du Recht«, räumte ich ein. »Wird Simone uns heute noch einmal anrufen? Um uns zu berichten, wie es ihrer Tochter geht?«

»Sie hat versprochen, sich zu melden, sobald sie im Krankenhaus war, Françoise gesehen und mit den Ärzten gesprochen hat. Ich habe gehört, wie sie Armand gegenüber erwähnte, sie wolle sie zur Erholung hierher bringen. Und ich muss zugeben, dass mir das seltsam vorkommt.« Er nahm einen Schluck Wein. »Anscheinend will sie Françoise von Olivier fern halten, was meinst du?«, setzte er hinzu.

»Möglich wäre das schon ...« Ich lehnte mich auf meinem Stuhl zurück und überlegte einen Moment, bevor ich weitersprach. »Oder sie möchte sich einfach nur selbst um ihre Tochter kümmern. Wenn Françoise nicht schwerer verletzt ist. Ich meine, man fällt schließlich keine Treppe hinunter, ohne einen Kratzer abzubekommen, oder? Schau, Jake, vielleicht behalten die Ärzte die junge Frau sowieso eine Zeit lang im Krankenhaus. Wegen der Schwangerschaft.«

»Du hast Recht. Und wenn sie das Mädchen entlassen, weil ihre Verletzungen unbedeutend sind, braucht sie vielleicht trotzdem Pflege. Und Olivier ist den ganzen Tag bei der Arbeit.«

»Was macht er beruflich?«

»Er ist ein Cop«, antwortete Jake und warf mir einen viel sagenden Blick zu.

»Ach«, murmelte ich. »Nun, das hat nichts zu bedeuten.« Ich verzog das Gesicht. »Auch Polizisten haben bekanntlich schon ihre Frauen geschlagen, und manche glauben sogar, über dem Gesetz zu stehen.«

»Er könnte dieser Typ sein«, brummte Jake.

»Oh, dann bist du ihm schon begegnet?«

»Kurz, zusammen mit Françoise. Als ich mit Peter hier war. Die beiden waren für ein paar Tage zu Besuch bei Simone und Armand, und Peter hat uns vorgestellt. Er hält große Stücke auf Simone, und natürlich sind Françoise und Solange hier auf Les Roches Fleuries aufgewachsen. Peter kennt sie also seit Jahren.«

»Wie alt ist denn Françoise?«

»Ungefähr sechsundzwanzig, und Solange dreiundzwanzig oder vierundzwanzig. Ich bin mir nicht ganz sicher. Es sind wirklich nette Mädchen.« Jake hob sein Glas und nahm noch einen tiefen Schluck von seinem *Vin rosé*.

»Weißt du, Jake, ich habe mich da noch nie hineindenken können. Gewalt in der Ehe … Wie kann ein Mann sich derart brutal gegenüber der Frau verhalten, die er angeblich liebt und mit der er verheiratet ist? So etwas macht mich einfach sprachlos.«

Jake starrte mich mit großen Augen an und stellte sein Glas ab. »Ich kann nicht glauben, dass ausgerechnet *du* mir das sagst.« Die blauen Augen fest auf mich gerichtet, schüttelte er den Kopf. »Du weißt besser als jeder andere, wie heimtückisch und gemein menschliche Wesen sind. Denk doch an die Gräuel und Grausamkeiten, deren Zeugin du gewesen bist. Du weißt genauso gut wie ich, dass der Mensch böse ist, Val. Allein auf dem Balkan hast du gesehen, wie Menschen einander wahllos niedermähen, Menschen, die einmal Freunde und Nachbarn waren, und zwar, ohne sich Gedanken darüber zu machen. Und was ist mit den Folteropfern und Verstümmelten, die wir fotografiert haben?« Jakes Miene zeigte Verblüffung, sogar Verwirrung.

Ich erwiderte seinen Blick, und ein eisiger Schauer überlief mich. Und dann schaute ich weg; plötzlich konnte ich Jake nicht länger in die Augen sehen. Alles, was er sagte, stimmte. Das Problem war, dass ich mich weder daran erinnern noch darüber nachdenken wollte. Zumindest nicht heute. Ich wollte mich nicht auf den Kosovo konzentrieren und die anderen scheußlichen Kriege, aus denen ich berichtet hatte. Ich konnte es einfach nicht ertragen. Das Ganze machte mich krank, und ich war des Krieges und des ganzen Mordens überdrüssig. Plötzlich fragte ich mich, ob ich unter dem Burn-out-Syndrom litt. Ich runzelte die Stirn und setzte mich gerader. So etwas hatte ich noch nie gedacht. Die Vorstellung, ich könnte ausgebrannt sein, erschreckte mich zu Tode. Und so schob ich die Idee beiseite.

»Die Welt hat sich seit dem Mittelalter nicht verändert, oder? Der Mensch hat nichts dazugelernt, was, Jake?«

»Nein. Und das wird er auch nicht, Val. Die Menschen werden niemals anders sein, außer die Wissenschaft findet eine Methode, uns alle mit einer anderen DNS auszustatten, mit neuen Genen. Denn unsere Erbanlagen machen uns zu dem, was wir sind. Das hat James Watson entdeckt, als er die DNS fand. Und so tut der Mensch seit Menschengedenken immer wieder dieselben Dinge, begeht immer wieder die gleichen Grausamkeiten, die gleichen abscheulichen Verbrechen. Das liegt in unseren Genen, in unserer Natur. Ich glaube nicht, dass der Mensch sich seit Anbeginn der Geschichte, wie wir sie heute kennen, groß verändert hat, seit dem Tag, an dem er sich auf seine zwei Beine stellte und begann, aufrecht zu gehen.«

»Und du glaubst, dass es keine Hoffnung für die Menschheit gibt?«

»Korrekt. Genau das meine ich.«

»Mal sehen, ob ich dich richtig verstehe. Du behauptest, dass wir Menschen als Spezies immer Kriege führen werden, einander umbringen, Morde und alle möglichen abscheulichen Verbrechen begehen, unsere Kinder und Frauen schlagen, unsere Ehepartner betrügen, was auch immer? Glaubst du das, Jake?«

»Absolut. Die Geschichte hat mir immer wieder bewiesen, dass sie zyklisch verläuft ... Sie wiederholt sich einfach ständig, und der *Homo sapiens*, der moderne Mensch, wiederholt sich im Lauf der Jahrhunderte immer wieder ... endlos. Gerade, *weil* wir Menschen sind.«

Ich betrachtete Jake eingehend. Er war Rhodes-Stipendiat, hatte Geschichte in Oxford studiert und mit ausgezeichneten Noten abgeschlossen. Geschichte war sein Ein und Alles, und er nahm sie sehr wichtig. Daher wusste ich, dass er jedes Wort ernst meinte.

»Das ist schrecklich ...«, sagte ich schließlich und verstummte dann. Ich war ratlos, wusste nicht, was ich sonst noch hätte sagen können.

Jake lächelte mir zu. »Es ist einfach so, Val, und das war schon immer so. Und wird es immer sein. Du kannst nichts daran ändern. Ich kann nichts dagegen tun. Niemand kann das. Wir sind, was wir sind.«

»In was für einer furchtbaren Welt wir doch leben, wenn man richtig darüber nachdenkt.«

»Das stimmt, aber wir können nirgendwo anders hin. Ich fürchte, wir sitzen auf dem Planeten Erde fest. Und außerdem ist das Leben hier immer noch besser als die Alternative.«

»Und die wäre?«, fragte ich.

»Gar nicht am Leben zu sein, Val.«

II

Jake wechselte das Thema und begann mir von dem wunderbaren Abendessen zu erzählen, das er kochen würde. Später half er mir, die Teller abzuräumen.

Wir beluden gerade zusammen die Spülmaschine in der Küche, als das Telefon klingelte. Jake nahm ab, und ich wusste sofort, dass Simone am Apparat war.

Ich stand neben der Spülmaschine und sah zu Jake.

»Hallo?«, meldete er sich und lauschte den Bruchteil einer Sekunde. »Das ist ja großartig, Simone!«, rief er dann aus und reckte zum Zeichen für mich den Daumen hoch. »Wir haben uns Sorgen gemacht«, fuhr er fort. »Beruhigend zu wissen, dass Françoise nicht ernsthaft verletzt ist.«

Ich lehnte mich gegen die Arbeitsplatte und spürte, wie eine große Spannung von mir wich. Mir ging auf, wie besorgt ich um Françoise gewesen war, ein Mädchen, dem ich nie begegnet war und das ich nicht kannte. Aber ich hatte ihre Mutter ins Herz geschlossen, seit ich in die Villa gekommen war, und fühlte mit Simone. Außerdem wühlte Gewalt gegen Frauen mich auf und machte mich zornig. Dabei wusste ich nicht einmal genau, ob in diesem Fall überhaupt Gewalt im Spiel gewesen war. Aber anscheinend hegte Simone gewisse Vermutungen.

Jake hörte noch zu, verabschiedete sich dann aber bald. »Ja, das mache ich. Und hetzen Sie bitte nicht gleich zurück, Simone. Tun Sie, was Sie tun müssen. Kümmern Sie sich jetzt nur um Françoise und fahren Sie erst, wenn Sie sich sicher sind, dass Ihre Tochter in Ordnung ist. *Au revoir.*«

Er legte auf und sah zu mir herüber. »Simone hat mich gebeten, dir zu danken, weil du heute Morgen so freundlich gewesen bist«, erklärte er.

Ich nickte. »Wie ich höre, geht es Françoise gut, und sie hat das Baby nicht verloren. Gott sei Dank.«

»So ist es, und nein, sie hat keine Fehlgeburt gehabt. Françoise hat allerhand Prellungen abbekommen und sich den Knöchel verstaucht. Aber ganz so schlimm war der Unfall doch nicht. Simone dachte, sie sei aus der ersten Etage die Treppe hinuntergefallen, aber da muss sie Olivier missverstanden haben. Françoise ist auf den drei Stufen, die in ihre Speisekammer führen, gestolpert und mit dem Kopf gegen die Wand geschlagen. Aber sie hat keine Gehirnerschütterung davongetragen, sondern nur eine dicke Beule an der Stirn und noch ein paar andere blaue Flecke. Nichts ist gebrochen, und Mutter und Kind sind vollkommen in Ordnung.«

»Da hat sie Glück gehabt«, meinte ich. »Und wie klang Simone?«

»Eigenartig, das muss ich zugeben. Nervös. Ich hatte das Gefühl, dass sie sich immer noch Sorgen macht.«

»Aber das ist unter diesen Umständen doch nur natürlich, Jake. Außerdem ist immer schwer festzustellen, was sie empfindet. Ich habe bemerkt, dass ihr Englisch sehr … *präzise* ist. Ja, das ist wahrscheinlich das beste Wort dafür. Aber manchmal ist es auch ein bisschen putzig. Sie drückt sich nicht immer gut aus.«

»Gestelzt klingt sie«, meinte Jake lachend. »Simone hat ihr Englisch vor vielen Jahren von Adelia Roland gelernt, und ich glaube, deshalb klingt sie manchmal … na ja, ein bisschen altmodisch. Putzig, wie du sagst. Aber um auf Françoise zurückzukommen, vielleicht reagiert Simone ja übertrieben. Möglicherweise mag sie ihren Schwiegersohn nicht.«

»Hat sie so etwas angedeutet?«

Er schüttelte den Kopf. »Nein. Sie sagte nur, sie hätte Olivier missverstanden, und der Sturz sei nicht schwer gewesen. Armand und sie wollten ursprünglich heute Abend zurückkommen, aber wie du gehört hast, habe ich sie gebeten, sich nicht zu hetzen. Sie ruft morgen noch einmal an.«

III

Wir räumten die Küche fertig auf, und Jake setzte sich an die Theke und rief seine Agentur in Paris an, um seine Nachrichten abzufragen und über Geschäfte zu diskutieren. Jacques Foucher war Jakes Partner, zusammen mit Harvey Robinson in New York und Matt Logan im Fernen Osten. Die vier Fotografen hatten Photoreal vor ungefähr neun Jahren gegründet. Jacques, der mittlerweile nicht mehr gern von vor Ort berichtete, leitete das Pariser Büro. Er und Jake waren seit etwa zwölf Jahren eng befreundet, und Jake verließ sich darauf, dass Jacques die geschäftlichen Angelegenheiten der Pariser Agentur regelte. Das

Büro beschäftigte noch vier weitere Fotografen, aber Jake war der unbestrittene Star.

Während er telefonierte, saß ich am Küchentisch und blätterte in der Pariser Ausgabe der *New York Herald Tribune*, die Jake vom Flughafen in Nizza mitgebracht hatte. Aber ich war nur halbherzig bei der Sache. Eigentlich interessierten die Meldungen mich nicht. Nach den Schlagzeilen zu urteilen, waren die meisten ohnehin schlechte Nachrichten.

Ich genoss meinen Aufenthalt in Les Roches Fleuries. Auf gewisse Weise versteckte ich mich, aber zum jetzigen Zeitpunkt brauchte ich diesen Rückzug aus der turbulenten, gefährlichen und bedrückenden Welt, in der ich die meiste Zeit meines Lebens verbrachte. Ich glaube, das galt für uns beide. Außerdem beunruhigte mich der Gedanke, dass Jake wieder einen Auftrag bekommen könnte. Äußerlich schienen seine Verletzungen verheilt zu sein, aber manchmal hinkte er noch stark, für mich ein Anlass zur Sorge. Ich hatte noch nicht gewagt, ihn auf dieses Thema anzusprechen, aber das wollte ich in den nächsten Tagen nachholen, sobald sich die Gelegenheit ergab.

Schließlich legte Jake auf. »Nichts Besonderes los in der Agentur, Val. Da kann ich mich ruhig noch ein bisschen hier erholen. Hmm, vielleicht sollte ich Fiona in London anrufen.« Er wählte bereits die Nummer. Lange ließ er es klingeln. »Hallo, Fiona. Hier ist Jake. Ich wollte dich zurückrufen. Du erreichst mich in Cap Ferrat«, sagte er dann. Er hinterließ die Nummer der Villa, verabschiedete sich munter und legte auf.

Er sah zu mir herüber. »Schon wieder ein Anrufbeantworter. Langsam fange ich wirklich an, diese Dinger zu hassen. Ach übrigens, hast du mit Mike Carter gesprochen?«

»Ja, kürzlich, als ich beschloss, hier bei dir zu bleiben. Ich wollte ihm die Nummer geben. Er sagt immer noch, ich solle mir Zeit lassen und nicht so schnell wieder an die Arbeit gehen.«

»Recht hat er. Der Kosovo ist weiter unruhig, aber ansonsten gibt es im Moment nicht so viel für uns zu berichten. Also können wir es genauso gut ruhig angehen lassen, solange wir noch können.«

Kapitel 13

I

»Ich wusste gar nicht, dass es hier so steil hinuntergeht«, meinte Jake und spähte über die zerklüfteten Felsen, die ins Meer abfielen. »Das ist ja fantastisch! Absolut senkrecht.«

»Geh nicht so nah an den Rand, das ist gefährlich!«, rief ich aus. »Hier sollte man ein Geländer bauen, sonst könnte leicht einmal jemand über den Rand fallen.«

»Yup, da hast du Recht, Val«, meinte Jake, drehte sich um und setzte sich zu mir auf die schmiedeeiserne Bank, meinen Lieblingsplatz. Nach einem ausgedehnten Mittagessen waren wir durch den Garten geschlendert und schließlich hier gelandet.

»Aber ich glaube nicht, dass Peter sich jemals in diesen Teil des Gartens verirrt«, bemerkte Jake jetzt, »und auch sonst wohl niemand. Nur du, Kleines, also schwebt niemand in Gefahr, von der Klippe zu stürzen. Aber eine fabelhafte Aussicht hat man hier.«

»Ja, man kann meilenweit sehen.« Ich rutschte auf der Bank herum, lehnte mich nach vorn und fuhr fort. »Tony liebte die Gefahr, fühlte sich unwiderstehlich von ihr angezogen ...« Abrupt unterbrach ich mich. Ich fragte mich, warum ich Tonys Namen erwähnt hatte, und war wütend auf mich selbst deswegen.

Jake nickte nur, sagte aber nichts, als fragte er sich ebenfalls, warum ich Tony angesprochen hatte. Plötzlich fehlten mir die Worte. Ich sah in sein schmales, ausdrucksvolles Gesicht und zwang mich zu einem kleinen Lächeln.

Ich wollte das Thema wechseln und platzte mit meinem Anliegen heraus. »Jake, ich mache mir Sorgen um dich. Ich meine wegen deines Hinkens. Solltest du nicht zum Arzt gehen, sobald wir wieder in Paris sind?«

»Ich war noch vor meiner Abreise beim Doktor. Er sagte, mir gehe es gut, und alles sei nur eine Frage der Zeit. Die Sache ist ... nun, ich schätze, der Heilungsprozess geht eben langsam vonstatten ... im Inneren des Beins, meine ich. Außerdem ziehe ich das Bein nicht immer nach. Nur gelegentlich.«

»Du hinkst oft«, verbesserte ich ihn und warf ihm einen strengen, wissenden Blick zu.

»So viel auch wieder nicht, nur wenn das Bein sich ein bisschen empfindlich anfühlt.« Er nahm meine Hand und hielt sie fest. »Wie eine jüdische Mama«, lachte er. »Bitte, mach nicht so einen Wirbel, Val, Schätzchen. Ich bin ehrlich okay. Fit und erholt und in Topform.«

Ich schüttelte den Kopf. »Ich kann nicht anders, schließlich liegt mir etwas an dir. Du bist mein bester Freund und die einzige Familie, die ich habe.«

»Freut mich, dass ich dir wichtig bin. Ich habe dich nämlich auch sehr gern.«

Bei diesen Worten trat ein zärtlicher Ausdruck in seine Augen, und er sah mich so liebevoll an, dass ich verblüfft und erschrocken zugleich war. Ich vermochte nur schweigend zu nicken.

»Ich hoffe, *du* bist auf dem Weg der Besserung«, fuhr Jake schließlich fort, »und beschäftigst dich nicht mehr mit Tony und seinen krummen Tricks. Er ist es nicht wert.«

»Natürlich grüble ich nicht mehr über ihn oder das vergangene Jahr nach! Glaub mir, ich möchte vergessen. Und hier zu sein war wunderbar, etwas ganz Besonderes und unglaublich erholsam für mich. Seit Beirut habe ich nichts mehr so genossen. Wir haben immer so viel Spaß miteinander gehabt, und es ist großartig, mit dir zusammen zu sein, Jake.«

»Gleichfalls, Val. Mir geht's genauso.« Er stand auf, reckte sich ein paar Mal und beugte und streckte die Arme. »Diese Art von trägem Luxusleben ist Sucht erzeugend. Ich könnte mich leicht daran gewöhnen«, verkündete er.

»Nicht du, mein Freund«, konterte ich, blickte zu ihm auf und schüttelte wissend den Kopf. »Du bist Fotoreporter mit Leib und Seele. Dir würde die Action zu sehr fehlen, und wenn etwas süchtig macht, dann die Action.«

»Ach, ich weiß nicht …« Er beendete seinen Satz nicht, sondern zuckte nur die Achseln und lehnte sich an die Zeder.

»Glaub mir, *ich* weiß es.« Den Kopf zur Seite gelegt, nahm ich ihn in Augenschein. »Warum bist du Kriegsberichterstatter geworden, Jake? Ich bin neugierig.«

»Weil ich die Geschichte aufzeichnen wollte … in dem Moment, in dem sie tatsächlich geschieht, in dem Geschichte gemacht wird. Ich wollte nicht nachher davon erfahren, sondern in gewissem Sinn daran *teilhaben*, vermute ich. Und ich wollte die Wahrheit auf meinem Film einfangen. Ich wollte, dass meine Bilder nicht nur Informationen liefern, sondern ich hatte das Bedürfnis, ihnen auch eine *Bedeutung* zu verleihen. Das klingt vielleicht komisch, aber ich dachte, es sei wichtig, in den Menschen *Gefühle* über den Krieg zu erwecken, ihnen seine Grausamkeit und Bösartigkeit bewusst zu machen und das ganze Ausmaß seiner Unmenschlichkeit zu erklären. Ich hoffte, die Menschen würden Mitgefühl für die Toten empfinden, wenn sie meine Bilder sahen. Das heißt, sie sollten starke Gefühle für tote *Fremde* spüren, Menschen, die sie nie gekannt hatten. Ich schätze, ich wollte, dass diese Menschen ihnen etwas *bedeuteten*. Kannst du das verstehen, Val?«

»Vollkommen. Du wolltest also beweisen, dass deine Bilder eine Bedeutung besitzen, dass sie Menschen anrühren und bewegen können. Ich hoffe, dass wir dies beide erreichen, Jake, denn sonst wäre unser Beruf nicht der Mühe wert, oder?«

»Nein. Und wie sieht's bei dir aus? Ich glaube, ich weiß alles über dich, aber warum *du* beschlossen hast, Kriegsfotografin zu werden, das weiß ich nicht. Das hast du nie erzählt.«

»Ich wollte dort sein, wo etwas los ist, mittendrin. Ich dachte, das wäre aufregend. Geben wir doch ruhig zu, dass da immer dieser Adrenalinstoß ist, wenn wir mitten im Kampfgetümmel stecken. Aber als Kind habe ich einfach gern durch eine Kamera gesehen. Vielleicht habe ich mich ja dahinter versteckt, verstehst du, getan, als wäre ich jemand anderes. Das ist komisch, Jake, aber meine Kamera ist für mich immer mein drittes Auge gewesen. Christopher Isherwood schrieb *Ich bin eine Kamera*, und ich glaube, so empfinde ich mich noch heute. Ich bin eine Kamera, und mein drittes Auge ist immer das schärfste gewesen. Es zeichnet die Wahrheit auf. Wahrscheinlich bin ich im Grunde auf der Suche nach der Wahrheit, so wie du. Mein Großvater erzählte, als Kind sei ich eine sehr gute Beobachterin gewesen, und auch als ich größer war, sei mir nichts entgangen. Bestimmt hatte er Recht«, schloss ich und lehnte mich zurück.

»Durch eine Kamera zu sehen und Bilder von allen zu machen muss dir als Kind doch ein gewaltiges Machtgefühl vermittelt haben«, meinte Jake und betrachtete mich aufmerksam. In seinen Augen stand ein nachdenklicher Ausdruck.

»Findest du?« Ich erwiderte seinen Blick und runzelte die Stirn bei dieser Vorstellung.

Er nickte. »Klar. Hast du die Sache noch nie unter diesem Gesichtspunkt betrachtet?«

»Nein«, sagte ich kopfschüttelnd. »Niemals.« Das stimmte, ich hatte die Fotografie noch nie als etwas angesehen, das einem Macht über andere verlieh, sondern nur daran gedacht, dass man damit großen Einfluss auf die Öffentlichkeit ausüben konnte.

»Du hast mir immer erzählt, in deiner Jugend hätten deine Eltern, besonders deine Mutter, dich nicht beachtet. Sie hätten sich nicht um dich gekümmert oder das, was du tatest. Das muss ein ziemlich mieses Gefühl gewesen sein, Val.«

Wieder sah er mich eindringlich an, und tiefes Mitgefühl malte sich auf seinem Gesicht. Ich war gerührt über sein Einfühlungsvermögen und seine Sorge. Wirklich, er war ein wahrer Freund und ein guter Mensch. Plötzlich fragte ich mich, was ich in meinem Leben ohne ihn angefangen hätte.

Unterdessen sprach Jake weiter. »Denk doch, wie *mächtig* du dich als Kind mit der Kamera in der Hand gefühlt haben musst. Jeden aufzunehmen, *ihre* Bilder auf *deiner* Filmrolle zu haben. Das hat dir doch einen Vorteil verschafft, meinst du nicht, Val?«

»Wahrscheinlich. Ja, da hast du wohl Recht, aber ich habe nie auf diese Weise daran gedacht.« Ich lachte. »Stimmt schon, dass ich nie ohne meine Kamera anzutreffen war, Jake. Ich habe einfach alles geknipst: den Hund, der auf den Teppich kotzte, Donald den Großen, wie er Zigaretten aus der Schachtel meines Vaters stibitzte …«

Abrupt unterbrach ich mich und blickte auf. Ein dicker Regentropfen war gerade auf meinen Arm geklatscht. Ich sah sofort, dass der Himmel ein kaltes Stahlgrau angenommen hatte, doch hinter diesem Grauschleier herrschte ein seltsames Leuchten. Ein unheilschwangerer Himmel, der ein Unwetter verhieß. Ich überlegte, ob wohl der Mistral aufzog, als es in Strömen zu regnen begann.

»Ich habe das Gefühl, wir kriegen ein höllisches Gewitter«, schrie ich und sprang auf. »Komm schon, Jake, wir verschwinden hier besser.«

Zusammen liefen wir den Weg durch den Garten entlang, und nach ein paar Sekunden rannten wir, so schnell wir konnten. Der Regen kam in Sturzbächen herunter; ein schwerer, prasselnder Regen, der uns bis auf die Haut durchnässte. Als wir am Swimmingpool vorbei und die Stufen zur Terrasse hinaufrannten, krachte ein lauter Donnerschlag. Blitze zuckten über den verdüsterten Nachmittagshimmel, und während wir weiter auf die Villa zustolperten, fühlte ich den kühlen Hauch des Mistral auf meinem Körper.

II

Als Jake mich in die Küche zog, waren wir bis auf die Haut durchnässt. Das Wasser rann an uns hinunter und sammelte sich um unsere Füße zu Pfützen auf dem Terrakotta-Boden.

Er schnappte sich das Geschirrtuch und tupfte mein Gesicht damit ab.

»Hey, stopp!«, schrie ich. »Das Tuch ist schmutzig!«

»Tut mir Leid.« Er begann zu lachen, griff nach der Rolle mit den Küchentüchern, riss ein paar herunter und ging wieder auf mich zu.

Mit erhobenen Händen wich ich zurück und fiel in sein Gelächter ein. »Wir brauchen richtige Handtücher«, erklärte ich und schob mir das nasse Haar aus dem Gesicht. »Wir sind ja beide völlig durchweicht.«

Wortlos stürzte Jake aus der Küchentür. Ich kämpfte mich aus meinem triefenden Voile-Hemd, warf es auf den

Boden und schüttelte meine ruinierten Sandalen ab. Jetzt trug ich nur noch meinen Badeanzug von heute Morgen.

Kurz darauf war Jake zurück. Er hatte einen Stapel Handtücher auf dem Arm. Zuerst hüllte er mich in ein großes Badetuch, dann nahm er ein kleineres und begann, mein Haar zu frottieren. Ich schnappte mir auch ein Handtuch, beugte mich vor und tat dasselbe bei ihm. Beim Abtrocknen verhedderten wir uns zu einem Knäuel aus Armen und Handtüchern. Jake konnte nicht aufhören zu lachen, ebenso wenig wie ich.

III

In exakt demselben Moment hörten wir beide auf zu lachen.

Plötzlich waren Jake und ich sehr nüchtern. Reglos, schweigend standen wir mitten in der Küche und sahen einander tief in die Augen. Es war, als hätte uns einer der Blitze getroffen, die draußen vor den Fenstern zuckten. Vielleicht war ja genau das passiert.

Nach einem langen Moment völligen Schweigens tat Jake einen unsicheren Schritt nach hinten und schien etwas sagen zu wollen. Dann besann er sich wohl anders, denn er blieb stumm. Doch sein durchdringender Blick verriet alles.

Jake brauchte mir nichts zu sagen, denn was er dachte, stand nicht nur in seinen Augen, sondern über sein ganzes Gesicht geschrieben. Begehren und Sehnsucht malten sich dort … Und zum ersten Mal in unserer Freundschaft begriff ich endlich, wie viel ich ihm als Frau bedeutete.

Mich beschlich das eigenartige Gefühl, eine alte Haut abzustreifen, mein altes Ich für immer abzuwerfen. Selbst die Ereignisse des vergangenen Jahres fielen von mir ab, als hätten sie nie stattgefunden. Ein Gefühl unglaublicher Befreiung erfüllte mich.

Wie angewurzelt stand ich da, hypnotisiert von dem festen Blick aus Jakes blauen Augen. Unerwartet flammte Begehren in mir auf, und verblüfft erkannte ich, dass ich Jake Newberg ganz neu sah, so wie ich ihn nie zuvor wahrgenommen hatte. Nicht als meinen Waffenbruder oder besten Freund, sondern als einen Mann, der mich erregte und mit dem ich leidenschaftlich gern schlafen wollte.

Ich tat einen Schritt auf ihn zu. Ich begehrte ihn jetzt mit jeder Faser meiner selbst und war mir sicher, dass Jake ebenso empfand.

Als hätte er meine Gedanken gelesen, bewegte er sich auf mich zu und streckte mir die Hände entgegen.

Ich trat in seine Arme. Und da erkannte ich, dass ich hierher gehörte, immer zu ihm gehört hatte. Er umschlang mich, und ich klammerte mich an ihn und fragte mich, ob er das laute Pochen meines Herzens hören konnte.

Schließlich hob er mein Gesicht dem seinen entgegen und sah mir tief in die Augen. Sein Blick schien mich zu durchdringen. Und wieder sagte seine Miene mir alles, was ich wissen musste, und bestätigte mir, was ich für ihn empfand. Er senkte seinen Mund auf meine Lippen und küsste mich, sanft und zärtlich zuerst. Doch beinahe sofort wuchs seine Leidenschaft, und er begann mich heftiger zu küssen, so fordernd, dass er mich noch mehr entflammte.

Ich stellte fest, dass ich mit stürmischer Leidenschaft auf ihn reagierte. Meine Hände pressten sich auf seinen Nacken und wanderten in sein Haar. Mein Körper schmiegte sich an seinen; ich spürte, wie seine Zunge zart die meine berührte, suchend, forschend. Er ließ die Hände meinen Rücken hinab bis auf meine Hüften gleiten, zog mich näher an sich heran, presste mich an seinen Leib, immer fester, immer näher. So aneinander geschmiegt teilten wir einen Moment vollständiger, totaler Nähe, wie ich sie nie zuvor erlebt hatte.

Da wusste ich, dass ich sein war, für immer ihm gehören würde.

Plötzlich wurde Jake ganz still. »Komm, Val, komm mit mir«, flüsterte er dann. »Lass uns zusammen sein.«

IV

Eng umschlungen verließen wir die Küche, stiegen die Treppe hinauf und gingen in Jakes Schlafzimmer. Der Himmel vor dem großen Fenster war dunkel, fast nachtschwarz, und der Wind trieb den Regen klatschend gegen die Scheiben.

Ohne mich loszulassen, schloss Jake mit einer Hand die Tür und führte mich zum Bett. »Zieh das aus«, flüsterte er und zupfte an meinem nassen Badeanzug. Er trat von mir fort und warf rasch seine triefenden Hosen und das Hemd ab.

Er wickelte sich das Badetuch, das er mit nach oben genommen hatte, um die Hüften. Dann nahm er das Tuch, das ich auf den Boden hatte fallen lassen, und schlang es um meinen Körper wie eine Toga. Ohne ein Wort legten wir uns nebeneinander. Mein Herz raste.

Jake stützte sich auf den Ellbogen und blickte auf mich herunter.

Erwartungsvoll sah ich ihn an.

»Nie hätte ich geglaubt, dass dies geschehen würde. Ich habe so lange auf dich gewartet, Val«, sagte er leise. Seine Stimme klang bewegt, und auf seinem Gesicht malte sich Begehren.

»Oh Jake, ich ...«

Er unterbrach mich. »Sag nichts. Nicht jetzt.«

Sein überwältigendes körperliches Verlangen nach mir war offensichtlich. Ich empfand ebenso. Wir umklammerten einander, verschlangen uns mit den Lippen. Unsere

Zungen glitten aneinander vorbei, berührten sich zärtlich und hielten dann still. Unerwartet löste Jake sich von mir und zupfte an dem Knoten des Handtuchs, das er mir umgelegt hatte. Es glitt herab, und er senkte den Mund auf meinen Hals und dann auf meine Brust. Er saugte an ihr und streichelte zugleich die Innenseite meiner Schenkel.

Ich spürte seine wachsende Erregung. Sein Herz hämmerte an meinem, und ich hielt ihn fester, presste die Hände auf seinen Rücken und seine Schulterblätter. Meine Finger glitten höher und gruben sich in seinen Nacken.

Keuchend, atemlos lösten wir uns schließlich voneinander.

»Meine wunderschöne Val«, flüsterte er, beugte sich über mich und erforschte meinen Körper mit den Händen. Als er mich zwischen den Beinen berührte, erstarrte ich. »Vertrau mir, Schatz, lass dich von mir lieben«, wisperte er. Er rutschte im Bett nach unten, legte den Kopf an meinen Schenkel und machte sich nicht nur mit den Fingern, sondern auch mit dem Mund auf die Suche nach dem Zentrum meiner Weiblichkeit. Wie er gesagt hatte, entspannte ich mich und öffnete mich ihm vollständig. Ich fühlte mich von den Wogen einer Ekstase davongetragen, wie ich sie noch nie erlebt hatte. Und in diesem Moment beugte er sich über mich und kam zu mir. »Du bist mein«, sagte er. »Jetzt gehörst du mir.«

Lange liebten wir uns, gingen vollständig ineinander auf. Ich fühlte mich wie trunken vor Staunen, verblüfft über die starken erotischen Empfindungen, die er in mir erweckte und die ich unsagbar genoss.

Endlich war unser Begehren gestillt; glücklich und erschöpft lagen wir auf dem Bett. Halb stöhnend, halb seufzend glitt Jake von mir herunter und ließ sich in die Kissen sinken. »Oh Gott, Val«, murmelte er. Dann griff er nach meiner Hand, drückte sie fest und zog sie dann an die Lippen, um zärtlich meine Finger zu küssen.

Dann warf er sich plötzlich wieder über mich, schlang ein Bein um meinen Körper und zog mich an sich. »Ich werde dich niemals gehen lassen. Nie wieder, Val.«

V

Ich gab keine Antwort darauf.

Noch staunend über unser wunderbares Erlebnis, lag ich einfach neben Jake. Ich fühlte mich euphorisch und rekelte mich in dem Gefühl des Staunens und der Freude, das er in mir erweckt hatte.

»Wer hätte je gedacht, dass wir beide so heftig aufeinander reagieren?«, flüsterte ich endlich.

»Ich«, antwortete Jake schnell. »Ich habe es von Anfang an gewusst. Zumindest wusste ich, wie *meine* Gefühle aussahen!«

»Wirklich?«, fragte ich verblüfft.

»Klar. Als ich dich in Beirut kennen lernte, dachte ich: Wer zum Teufel ist diese süße Frau, die da so einfach in mein Leben spaziert? Dieses große, langbeinige, blauäugige Wesen mit dem sonnengesträhnten Haar und dem Gesicht eines Engels? Mich hat es sofort erwischt, ich war wie vom Donner gerührt.« Er unterbrach sich, um mir zuzugrinsen.

»Von mir?«

»Natürlich von dir. Wem sonst?«

»Aber du hast es nicht gezeigt, nie etwas davon gesagt!«, rief ich aus und sah ihn forschend an.

»Wie hätte ich das denn anstellen sollen? Außerdem ist das nicht meine Art. Damals war ich noch verheiratet, schon vergessen? Kämpfte immer noch mit Sues emotionalem Schock nach ihrer Fehlgeburt, wehrte ihre Forderungen ab, ich sollte nach New York zurückkehren und dort mit ihr leben, meinen Beruf als Kriegsberichterstatter aufgeben, damit ich den Babysitter für sie spielen konnte, während sie ihre Model-Karriere verfolgte und ich meinen Beruf auf Eis legte … Val, du weißt doch, wie ich diese Jahre erlebt habe. Ich bin durch die Hölle auf Erden gegangen. Im Rückblick ist mir klar, dass Sue Ellen in mancherlei Hinsicht ziemlich daneben war und wirklich nicht für die Ehe geschaffen. Jedenfalls nicht für eine Ehe mit mir. Unsere Heirat war ein großer Fehler. Diese Jahre waren schlimm für mich, und ich war der Meinung, ich dürfte keine Beziehung zu dir anknüpfen, ehe ich nicht mein persönliches Chaos gelöst hatte. Aber irgendwann hatte ich alles in Ordnung gebracht. Plötzlich war ich endlich frei – geschieden, wieder zu haben. Und du? Zu meiner Bestürzung hattest du dich mit Tony eingelassen.« Er seufzte. »Ich stand im Regen und konnte nicht allzu viel dagegen unternehmen.«

»Ach Jake, hätte ich das doch nur gewusst!«

»Was für einen Unterschied hätte das gemacht?«

»Einen großen, glaube ich. Wenn ich vorher gewusst hätte, wie du empfindest, dann hätte ich Tony bestimmt keinen zweiten Blick geschenkt. Wir beide hatten … na ja, einige Probleme, als wir zusammen waren, und unsere Beziehung ließ allerhand zu wünschen übrig. Aus einer Vielzahl von Gründen … von denen wir inzwischen einige kennen.«

»Ja, das stimmt. Ich war mir durchaus bewusst, dass es zwischen euch nicht immer gut lief. Aber trotzdem renne ich nicht herum und stelle dem Mädchen meines besten Freundes nach. Ist einfach nicht meine Art.«

Ich nickte. »Aber ich hatte immer ein bisschen … eine Schwäche für dich, Jake«, gestand ich leise. Plötzlich fühlte ich mich ihm gegenüber ein wenig befangen. »Du hast mit Sue in einer so verzwickten Situation gesteckt, dass ich einfach nur versucht habe, dir eine Freundin zu sein, und mich ansonsten zurückgehalten habe.«

»Ich wünschte, das hättest du nicht getan«, murmelte er bedauernd.

»Ich auch.« Ich musste daran denken, wie anders mein Leben verlaufen wäre, wenn Jake und ich damals zusammengekommen wären. Wie viel Kummer und Schmerz hätte ich mir erspart! Ich war mir sicher, dass ich mit Jake viel glücklicher geworden wäre als mit Tony. Er besaß viel mehr Mitgefühl und Anstand, und im Gegensatz zu Tony war er integer. Auf jeden Fall war er ehrlich und offen. Im Wesentlichen meinte Jake, was er sagte, und handelte danach.

»Hör mal, das war damals, und heute ist heute. *Qué será, será, whatever will be, will be* … Jetzt ist unsere Zeit gekommen. Zumindest hoffe ich das, Valentine Denning.« Aus seinen strahlend blauen Augen musterte er forschend mein Gesicht. »Oder?«

»Oh ja, Jake!« Ich legte die Arme um seinen Hals und zog ihn zu mir herunter, damit er mich küsste. Es war ein inniger Kuss, und lange Zeit lagen wir eng umschlungen da und genossen es, einander einfach in den Armen zu halten.

Draußen tobte der Sturm. Der Regen trommelte gegen die Fenster wie mit Nägeln, ein durchdringendes, metallisches Prasseln auf dem Glas; und der Wind wehte so stark, dass ich wusste: der Mistral war aufgezogen. Aber ich fühlte mich sicher bei Jake, geborgen in seinen Armen. Ich glaubte nicht an Wunder, aber in diesem Moment erkannte ich, dass mir eben eines geschehen war. Mein Wunder trug den Namen Jake Newberg.

VI

Viel später duschten wir, zogen lange Hosen und Pullover an und gingen in die Küche hinunter.

Vorhin hatte Jake eine Flasche Dom Pérignon in den Kühlschrank gelegt. Er öffnete sie und schenkte zwei Gläser ein. »Auf uns, Liebling.«

Wir ließen die Gläser aneinander klingen, und während ich einen Schluck Champagner nahm, verkündete Jake: »So, und jetzt werde ich dich schwer beeindrucken.«

»Das hast du gerade schon. Und wie. Aber ich würde mich freuen, wenn du es noch mal tun würdest.«

Jake lachte, drückte mir einen Kuss auf die Stirn und trat an den Kühlschrank. »Jetzt setz dich hin wie ein braves Mädchen, während ich das Südstaaten-Dinner koche, das ich dir versprochen habe.«

»Ich werde mich keinen Millimeter von der Stelle rühren«, gab ich zurück und bezog auf einem der hohen Schemel Stellung. »In diesem Fall habe ich nichts dagegen, dass du den Boss spielst.«

»Ich und kommandieren?« Er drehte sich um und hob eine Augenbraue. »Niemals. Ich trete nur entschieden auf.«

»Unsere alten Wortklaubereien«, grummelte ich und lachte mit ihm.

Jake arbeitete schnell und geschickt und wusste genau, was er tat. Das erkannte ich bald, während ich zusah, wie er sich rasch und elegant durch die Küche bewegte. »Ich konnte nicht alles bekommen, was ich brauchte«, erklärte er zwischendurch. »Keine Okra-Schoten, also muss ich dafür Zucchini an den Gumbo tun. Hast du schon einmal Gumbo gegessen, Val?«

Ich schüttelte den Kopf. »Nein. Ich weiß nicht mal genau, was das ist.«

»Ein Schmortopf aus Reis, Tomaten und Okra. Aber mit Zucchini wird er genauso gut schmecken, da bin ich mir sicher. Auch die Zutaten für Maisbrot konnte ich nicht auftreiben, also kann ich uns keine Hush Puppies machen – das ist gebratenes, rundes Maisbrot, Val. Das würde dir schmecken. Aber wir essen es in Georgia, wenn ich dich mit nach Hause nehme, damit du meine Leute kennen lernst«, schloss er und widmete sich weiter fachmännisch den Nahrungsmitteln, die er auf dem Arbeitstisch ausgebreitet hatte.

Ich sagte kein Wort und erwiderte nichts auf seine Bemerkung, sondern saß einfach da, schlürfte Champagner und beobachtete Jake. Schon jetzt wusste ich, dass ich mich hoffnungslos in ihn verlieben würde. Ein bisschen war ich das schon, ja eigentlich war ich immer schon in Jake verschossen gewesen. Wie wenig wir uns doch selbst kennen, ging es mir unerwartet durch den Kopf, wie wenig wir unsere wahren Gefühle, unsere wirklichen Empfindungen verstehen! Wir verbargen so vieles, weil wir fürchteten, uns zum Narren zu machen oder zurückgewiesen zu werden. Zumindest galt das für mich.

VII

»Wenn du einmal keine Lust mehr hast, als Kriegsfotograf zu arbeiten, kannst du dich immer als Chefkoch bewerben«, witzelte ich später. Wir saßen an dem Tisch im Esszimmer und verzehrten Jakes wunderbares Abendessen. »Das schmeckt alles ganz großartig, köstlich.«

»Ich habe schon jetzt keine Lust mehr auf diese Arbeit«, gab Jake zurück. Ich war verblüfft.

»Dann willst du nicht zurück in den Kosovo?«

»Nein. Du wirst nicht gehen, und ich möchte dort sein, wo du bist, Val. Meine Val.«

»Mir geht's genauso«, antwortete ich leise und lächelte ihm zu.

Er erwiderte mein Lächeln. »Freut mich, dass du meine Küche aus dem Süden magst. Und es ist prima, dich ausnahmsweise einmal ordentlich essen zu sehen.«

»Tja, weißt du, Bewegung macht hungrig«, schoss ich zurück und warf ihm ein anzügliches Grinsen zu.

»Ich habe auch ordentlich Appetit bekommen«, antwortete er mit einem leisen, selbstzufriedenen Lächeln und tat sich noch Kartoffelpüree und gebratene grüne Tomaten auf.

»Du bist viel zu selbstgefällig, Newberg«, verkündete ich, nahm ein Stück Brathuhn und biss hinein. »Du musst mir beibringen, ein paar von diesen Gerichten zu kochen. Dein Süßkartoffelkuchen ist himmlisch.«

»Warte, bis du das Dessert kostest … den Pfirsichkuchen kriege ich so gut hin wie meine Mutter. Aber darüber solltest du dir selbst ein Urteil bilden.«

Ich hob eine Augenbraue. »Ist das wirklich dein Ernst? Willst du mich tatsächlich mit nach Georgia nehmen und deinen Eltern und deiner Großmutter vorstellen?«

»Darauf kannst du wetten«, gab er grinsend zurück und sah zum Kamin. »Ich bin froh, dass du daran gedacht hast, ein Feuer anzuzünden, Val, sonst wäre uns ganz schön kalt geworden. Das Wetter ist heute Abend lausig. Der Mistral.« Er stand auf, nahm die Flasche mit dem Saint-Émilion, kam herüber und schenkte mir ein Glas ein, wobei er es fertig brachte, mich nebenbei auf den Kopf zu küssen. »Du bist etwas ganz Besonderes«, flüsterte er in mein Haar hinein. »Vergiss das niemals.«

Ich drückte seine Hand, die auf meiner Schulter lag, sagte jedoch nichts. Er blieb dicht neben mir stehen, bis ich schließlich zu ihm aufblickte. Seine Miene wirkte derart besorgt und aufgewühlt, dass ich erschrak. »Was ist denn nur los, Jake?«, rief ich aus.

Stumm stand er da und schaute zu mir herab. Endlich stieß er einen langen Seufzer aus. »Ich möchte nicht, dass etwas zwischen uns steht«, erklärte er, »und erst recht nicht Tony. Du wirst doch nicht zulassen, dass die Erinnerung dich verfolgt, oder?«

Ich schob meinen Stuhl zurück, stand auf und legte die Hände auf Jakes Schultern. Tief sah ich ihm in die Augen und antwortete leise, aber bestimmt. »Er wird mich nicht verfolgen, Jake, das verspreche ich dir. Er war eine Ratte; warum also sollte ich das zulassen?«

»Ich weiß nicht; manche Frauen würden so reagieren. Und die Erinnerung an einen schneidigen Liebhaber, der in der Blüte seines Lebens niedergestreckt wurde, kann sehr machtvoll sein.«

»Um Tony brauchst du dir keine Gedanken zu machen; nicht nach allem, was er mir angetan hat«, erinnerte ich Jake.

Er nickte. »Wir werden wohl nie erfahren, was in seinem Kopf vorging, Val, oder warum er sich dir gegenüber so benommen hat. Er ist tot; er kann es uns nicht sagen. Niemand kennt die Wahrheit.«

VIII

Nach dem Abendessen saßen wir vor dem Kamin im Wohnzimmer, tranken jeder einen großen Cognac und plauderten endlos über Gott und die Welt. Wir erzählten uns von unserer Kindheit und den Jahren, in denen wir einander noch nicht gekannt hatten, sprachen über unsere erste Begegnung in Beirut und all die verpassten Gelegenheiten, zueinander zu finden.

»Jetzt ist wirklich die perfekte Zeit für uns. Genau der richtige Zeitpunkt, Jake, wie du vorhin gesagt hast. Ich bin viel erwachsener und reifer als damals, besser für dich.«

»Du warst immer die Beste für mich, Val, besser als jeder andere Mensch. Wir sind füreinander bestimmt, weißt du das nicht?«

»Doch, ich weiß«, sagte ich ehrlich, denn ich wusste, dass er jedes Wort ernst gemeint hatte. Ich lehnte den Kopf an seine Schulter und schloss die Augen. Doch bald zog er mich in die Arme, hielt mich fest und streichelte mein Haar. Und ich wusste, dass ich endlich meinen sicheren Hafen gefunden hatte, den Ort, an den ich für den Rest meines Lebens gehörte. Zum ersten Mal seit Jahren fühlte ich Ruhe und Frieden in mir.

Kapitel 14

I

Zwei Tage nachdem sie nach Marseille geflogen waren, kehrten Simone und Armand nach Les Roches Fleuries zurück. Wie Simone am Tag zuvor telefonisch angekündigt hatte, trafen sie am späten Vormittag ein. Und sie brachten ihre Tochter Françoise mit.

Ich hielt mich zufällig in der Küche auf, bereitete eine Kanne Kaffee und überlegte, was ich Jake zum Mittagessen kochen sollte, als Simone in der Tür stand. Sie zog Françoise hinter sich her.

»*Mademoiselle Denning, bonjour!*«, rief sie.

»*Bonjour,* Simone. Ich bin froh, dass Sie zurück sind. Sie kommen gerade recht, um mir zu helfen.« Ich grinste. »Ich habe mich eben umgeschaut, um mich inspirieren zu lassen – ich überlege, was ich Monsieur Jake zu Mittag kochen soll.«

»*Ah, Mademoiselle, ce n'est pas nécessaire maintenant.* Nicht nötig, dass Sie kochen. Ich bin doch jetzt hier.« Auf ihre gewohnte gutmütige Art lächelte sie herzlich. Dann nahm sie die Hand ihrer Tochter und zog sie nach vorn.

Das Mädchen hatte gezögert und sich hinter Simone gehalten. Zuerst dachte ich, sie sei ein wenig schüchtern. Aber als sie in die sonnige, von hellem Licht erfüllte Küche trat, erkannte ich, dass ihr Gesicht mit dicken Blutergüssen übersät war. Daher mochte sie sich vielleicht nicht gern vor einer Fremden zeigen. Françoise war eine hübsche junge Frau, schlank und hellhäutig, mit blondem Haar und hellgrauen Augen.

»Meine Tochter«, stellte Simone vor. »Françoise, das ist Mademoiselle Denning.«

»Ich freue mich, Sie kennen zu lernen«, antwortete Françoise leise und in ausgezeichnetem Englisch und schüttelte meine Hand.

Ich lächelte ihr zu. »Und ich bin froh, Sie zu treffen.«

Françoise versuchte zurückzulächeln, doch das fiel ihr schwer. Zweifellos, weil nicht nur auf der Stirn und den Wangenknochen, sondern auch um den Mund herum blaue Flecke zu sehen waren.

»Ich freue mich so, dass Sie in Ordnung sind und dass Ihnen und dem Baby bei dem Sturz nichts Ernsthaftes zugestoßen ist«, bemerkte ich in dem Wunsch, ihr die Befangenheit zu nehmen.

»Ich hatte Glück« gab sie mit derselben leisen Stimme zurück.

Ich hatte das Gefühl, die beiden Frauen würden sich wohler fühlen, wenn ich die Küche räumte. »Ich komme gleich zurück und hole den Kaffee«, erklärte ich mit einer Geste in Richtung Kaffeemaschine.

»Nein, nein, *restez tranquille.* Lassen Sie nur. Ich bringe ihn in einer Minute zu Ihnen und Monsieur Jake. *Avec du lait.* Mit Milch.«

»*Merci,* Simone. Und ich berichte Monsieur Jake, dass Sie zurück sind.« Ich ging hinaus und spazierte die Terrasse entlang, um mit Jake zu sprechen, der sich in einem Liegestuhl unter einem Sonnenschirm entspannte. »Simone ist da«, verkündete ich, »und sie hat Françoise mitgebracht.« Ich lehnte mich gegen den Tisch und sah Jake an. Dann zog ich mir einen Stuhl heran und setzte mich.

Erstaunt blickte Jake zu mir auf und legte das Buch beiseite, in dem er gelesen hatte. »Merkwürdig, dass sie nichts davon erwähnt hat, als sie mich gestern anrief. Sieht man Françoise etwas an?«

»Ihr Gesicht ist voller Prellungen. Aber sie ist ein hübsches Mädchen, nicht?«

»Eine Schönheit. Vielleicht haben Simone und Armand ja beschlossen, es sei klüger, sie mit hierher zu nehmen. Um sie vor Olivier zu schützen.«

»Oder auch, damit sie sich von ihrem Sturz erholen kann«, warf ich vorsichtig ein. »Es muss ja nicht unbedingt stimmen, dass ihr Mann sie schlägt.«

»Nein. Aber du sagtest, sie hätte Blutergüsse im Gesicht. Und ich bin mir nicht so sicher, ob man sich das Gesicht aufschlägt, wenn man eine Treppe hinunterfällt.«

»Ja, schon möglich, dass sie verprügelt worden ist. Die Wahrheit kennt wohl nur sie selbst, und vielleicht ihre Mutter.«

»Simone würde uns nie etwas verraten. Aber wie ich sie kenne, ist sie eine kluge Frau, und sie wird ihr Möglichstes tun, um Françoise vor Olivier zu schützen, falls das notwendig sein sollte«, meinte Jake.

»Da hast du sicher Recht …«, begann ich und unterbrach mich dann, als ich sah, dass Simone mit einem Tablett auf uns zukam. »Da ist sie«, setzte ich *sotto voce* hinzu.

Als Simone neben uns auftauchte, erhob sich Jake von seinem Liegestuhl. Die Haushälterin stellte das Kaffeetablett auf den Tisch, an dem ich saß. »*Bonjour, Monsieur Jake*.«

»Hallo, Simone«, gab er zurück und schüttelte ihr die Hand. »Ich habe schon gehört, dass Françoise bei Ihnen ist.«

»*Oui, Monsieur*. Es wird ihr gut tun, sich hier bei uns ein paar Tage zu entspannen, um sich von ihrem … Sturz zu erholen.«

»Sie haben vollkommen Recht. Das Anwesen ist genau der richtige Platz dafür, und wir freuen uns, dass Sie und Armand Ihre Tochter bei sich haben. Und wenn ich etwas für Sie tun kann, Simone, oder für Françoise, dann lassen Sie es mich einfach wissen. Danke übrigens, dass Sie den Kaffee gebracht haben.«

Mit einem Nicken und einem leisen, erfreuten Lächeln verschwand Simone über die Terrasse.

»Simone und Armand haben hartnäckig darauf bestanden, am Flughafen ein Taxi zu nehmen«, meinte Jake langsam und nachdenklich. »Sie wollten nicht, dass ich sie abholte, vielleicht, weil Françoise bei ihnen war ...« Er sah mich an und zog eine Grimasse. Dann setzte er sich an den Tisch, griff nach der Kaffeekanne und schenkte uns beiden ein. »Ich schätze, jeder handelt so, wie er es für richtig hält.«

»Das stimmt, und gerade wir haben kein Recht, uns einzumischen. Schließlich lebt die Familie seit zwanzig Jahren hier. Die Mädchen sind auf Les Roches Fleuries aufgewachsen, das Anwesen ist ihr Heim. Wir sind nur Peters Gäste, aber Simone und Armand *gehören* hierher.«

»Da wir gerade davon sprechen, dass wir hier zu Gast sind ... Wann möchtest du eigentlich abreisen, Val?«

»Niemals«, antwortete ich, lächelte ihm zu und nahm über den Tisch hinweg seine Hand. »Les Roches Fleuries ist der schönste Ort, an dem ich je gewesen bin, Jake.«

»Und was glaubst du, warum das so ist?«

»Weil du hier bist, und weil wir zusammen sind, im besten Sinne des Wortes.« Ich warf ihm einen koketten Blick zu. »Aber mit dir wäre es überall wunderschön. Trotzdem, das Haus ist fabelhaft.«

Jake lachte leise. »Ich mag dieses Haus genauso gern wie du. Und ich bete *dich* an, und auch ich möchte nicht fort. Les Roches Fleuries hat so etwas ganz Besonderes ... sehr romantisch; vielleicht macht das den Reiz aus.«

»Hier herrscht eine heitere Atmosphäre«, bemerkte ich.

»Und ich glaube, dass sie auf Adelia Roland zurückgeht. Schließlich ist sie außer Peter die einzige Person, die hier längere Zeit gelebt hat. Sie hat eine einzigartige Villa und außerordentliche Gärten geschaffen. Und ich habe immer geglaubt, dass Menschen, die ein Haus bewohnen, ihm eine gewisse Ausstrahlung verleihen, entweder *gut* oder *schlecht*. Meinst du nicht auch?«

Jake nickte. »Ja.«

»Vielleicht lädt Peter uns ja irgendwann noch einmal ein.«

»Wann immer du möchtest.«

»Dann werden wir wohl *bald* aufbrechen müssen. Wieder an die Arbeit gehen und unseren Lebensunterhalt verdienen. Wie sehen denn nun deine konkreten Pläne aus?«, fragte ich. »Wann fahren wir?«

»Weiß ich noch nicht genau. Hmm, das stimmt nicht ganz, Val. Um ehrlich zu sein, denke ich daran, für ein paar Wochen nach New York zu gehen.«

»Oh.« Wie vom Donner gerührt starrte ich ihn an.

»Schau nicht so erstaunt«, sagte er schnell. »Ich wollte schon länger mit dir über etwas reden. Ein Buch, das ich schreiben möchte. Deswegen will ich möglicherweise nach New York. Um mit einem Verleger zu sprechen. Harvey Robinson kennt da jemanden. Er hat ihm die Idee sogar schon unterbreitet, und der Verlag ist sehr interessiert. Die Leute haben Harvey gesagt, dass sie mich sehen möchten.«

»Und du hast mir nie ein Sterbenswörtchen verraten!«, rief ich aus und sah ihn leicht vorwurfsvoll an.

»Ich erzähle es dir ja jetzt.«

Mir wurde klar, dass ich gerade kindisch beleidigt geklungen hatte; daher bemühte ich mich, positiv und erwachsen zu klingen, als ich weitersprach. »Ich finde das großartig, Jake. Ein wunderbares Projekt.«

»Das wird es, wenn du mit mir an dem Buch arbeitest, Val.«

Wieder hatte er mich verblüfft, und ich schwieg einen Moment. »Wovon handelt das Buch?«, fragte ich dann. »Und wozu brauchst du mich dabei?«

»Um den ersten Teil der Frage zu beantworten, es geht um den Krieg. Und ich brauche deine Mitarbeit, weil ich auf deine Bilder angewiesen bin, und deine Hilfe beim Texten. Du bist eine großartige Journalistin, Val, die Allerbeste, und du schreibst so gut. Viel besser als ich.«

Das Kompliment erfreute mich natürlich. »Nett, dass du das sagst, aber was das Buch angeht, ich weiß nicht.« Ich runzelte die Stirn. »Und was genau verstehst du unter einem *Buch über den Krieg*?«, setzte ich hinzu.

»Nicht über den Krieg an sich. Eher über die Kinder im Krieg. Und auch nicht über die Kinder, die dabei umkommen, sondern die Überlebenden, die die Zukunft ihres Landes darstellen, die Blumen ihres Landes, in gewissem Sinne die Blumen des Krieges, aus denen Hoffnung für die Welt erwächst. Du besitzt Unmengen dramatischer Aufnahmen von Kindern – vor und während der Kampfhandlungen, und auch über die Nachwirkungen des Krieges. Das ist immer deine Spezialstrecke gewesen, aber weder meine noch Tonys.« Er beugte sich zu mir. »Komm schon, Liebes, sag, dass du mitmachst.«

»Das ist ein guter Titel«, sagte ich stattdessen, um ein paar Sekunden zu schinden.

»Wie bitte?«

»*Die Blumen des Krieges*«, verkündete ich nachdrücklich.

»Jessas, du hast Recht! Siehst du, ich brauche dich wirklich.«

»Das will ich doch hoffen«, murmelte ich und hauchte ihm einen Kuss zu.

»War das ein Ja, Val?«, drängte er und sah mir fest in die Augen.

Ich setzte ein rätselhaftes Lächeln auf. »Schon möglich … Kommt darauf an …«

»Worauf?«, verlangte er zu wissen.

»Wie gut du mich behandelst.«

»Ich liebe dich für immer und ewig«, gelobte er.

»Dann sind wir im Geschäft.«

Jake war offensichtlich erfreut, dass ich zugestimmt hatte. »Und das wird ein richtiges Geschäft«, rief er aus, »du weißt schon, wir sind Partner und machen *fifty-fifty*. Jeder Vorschuss und sämtliche Tantiemen werden gerecht aufgeteilt. Wie klingt das?«

»Großartig, Jake.«

»Wir werden eine Menge Spaß haben.« Jake strahlte. Er sah aus wie ein kleiner Junge, der gerade das schönste Geschenk seines Lebens bekommen hatte.

II

Wie immer bereitete Simone ein herrliches Mittagessen.

Wir begannen mit Vichysoise – einer kalten Suppe –, gefolgt von einem außerordentlichen Niçoise-Salat, zu dem feiner Aufschnitt und warme Baguettes serviert wurden. Zum Dessert kredenzte Simone uns unsere geliebte Cavaillon-Melone, gekrönt mit einem Fruchtpüree aus roten Johannisbeeren und Himbeeren.

Und während des ganzen Essens, während wir das köstliche Mahl verzehrten und *Vin rosé* tranken, erzählte Jake von seinem Buch, das jetzt *unser* Buch war. Seine Aufregung war ansteckend.

Mir gefiel die Idee auch, weil die Arbeit an dem Projekt Jake hindern würde, in den Kosovo zurückzukehren. Er hatte zwar behauptet, ohne mich wolle er nirgendwohin gehen. Aber dennoch spürte ich ein wenig Sorge, Jacques könnte ihn unter Druck setzen, wieder aus dem Krieg zu berichten. Und wenn nicht aus diesem speziellen Krieg auf dem Balkan, dann aus einem anderen, irgendwo. Heutzutage tobten überall Auseinandersetzungen, von denen man berichten konnte. Und schließlich war Jake Fotograf, genau wie ich. Aber ich hatte den Geschmack an dieser dunklen Seite des Journalismus verloren, zumindest für den Augenblick. Ich betete darum, dass Jake genauso empfand.

Und so redeten wir über die Bilder, die wir geschossen hatten, den Inhalt unserer Archive, darüber, welche Fotos unser Anliegen am besten zum Ausdruck brächten. Wir gingen sogar daran, einige der Kapitel zu skizzieren. Jakes Begeisterung ließ das Projekt aufregend erscheinen, eine Herausforderung. Als wir mit dem Mittagessen fertig waren, stellte ich fest, dass ich mich ebenso für das Projekt engagierte wie er.

III

Wir gingen nach oben, um ein Mittagsschläfchen zu halten. Aber als wir allein in meinem Zimmer standen, schien Ruhe das Letzte zu sein, das Jake im Sinn hatte. Ganz langsam entkleidete er mich, zog mir das Hemd aus, den BH und die Baumwollshorts. Dann zog er sich aus, führte mich zum Bett und drückte mich sanft darauf nieder. Er legte sich neben mich und nahm mich in die Arme.

»Oh Val, meine allerliebste Val«, flüsterte er an meinem Hals und streichelte mein Haar. »Was für ein Glück, dass wir einander gefunden haben … wir haben so viel gemeinsam.«

»Ja, ich weiß.«

Er kam noch näher und küsste mich sanft. Ich hielt ihn ganz fest, die Arme um seinen Hals geschlungen. »Ich bete dich an, Val«, sagte er endlich leise. »Ich habe dich vom ersten Tag an geliebt, aber jetzt empfinde ich noch stärker.«

»Ich fühle dasselbe, Jake.«

»Wir dürfen das nicht verlieren ... lass uns versuchen, es zu erhalten, so lange wir können ...« Jakes Stimme wurde immer kehliger und verstummte ganz. Er sah mir tief in die Augen, als blicke er bis in meine Seele, und in den seinen, die jetzt tiefblau erschienen, spiegelten sich seine Liebe und sein Begehren.

»Für immer. Wir wollen es für immer festhalten«, gab ich zurück.

»Wenn wir das schaffen«, flüsterte er. »Die Ewigkeit ist eine lange Zeit ... Aber wir können es versuchen, oder?« Ohne auf eine Antwort zu warten, küsste er mich noch einmal und begann dann, mich unsagbar zärtlich und sanft zu erregen.

Doch wie üblich flammte unsere Leidenschaft rasch auf, und wir umklammerten einander, verschlangen uns gegenseitig und konnten nicht genug voneinander bekommen. Und nachher schliefen wir eng umschlungen ein, ganz ruhig und zufrieden, denn wir wussten, dass wir zusammengehörten.

Kapitel 15

I

Jake ging nach unten, um wie jeden Tag seine Fotoagentur anzurufen. Er setzte sich an den gewaltigen wunderschönen antiken Schreibtisch, nahe dem Fenster, von dem man über die Gärten blickte, und sprach lange mit Jacques Foucher. Da er einer der Eigentümer der Pariser Agentur war, hielt Jake sich gern auf dem Laufenden darüber, wie die Geschäfte gingen, welche Aufträge hereinkamen, und von welchen Magazinen und Zeitungen.

Ich wusste, dass er längere Zeit beschäftigt sein würde, daher unternahm ich, wie oft am späten Nachmittag, einen Spaziergang durch die Gärten. Der heftige Sturm von vorgestern hatte ein verheerendes Chaos angerichtet. Viele Grünpflanzen und Blumen waren durch Regen und Wind beschädigt. Heute Vormittag hatte ich Armand umhergehen sehen. Der Gärtner wirkte niedergeschlagen; düster und sorgenvoll hatte er den Schaden in Augenschein genommen, den besonders die Azaleen und Rosenbüsche erlitten hatten.

Auch das Wetter hatte sich seit dem Gewitter geändert. Es war nicht mehr so sonnig, und auch die Luft war kühler. Selbst der Himmel sah anders aus. Das strahlende Blau war verblasst, und heute Nachmittag war er ausgezehrt und bleich. Die schönen Sommertage, die wir fast zwei Wochen lang genossen hatten, waren endgültig vorüber und hatten einem fast schon herbstlichen Wetter Platz gemacht. Doch mich kümmerte die Abkühlung nicht, ich war nur glücklich, mit Jake auf Les Roches Fleuries zu sein.

Auf dem Weg zu meiner Lieblingsstelle unter der Zeder bog ich um den Rand der Rosenbeete. Doch dann blieb ich wie angewurzelt stehen, als ich Françoise sah. Sie stand am Rand der Klippe, so gefährlich nah, dass sie jeden Augenblick hinunterstürzen konnte. Vor Angst begann mein Herz wie wild zu pochen. Ich wusste nicht, was ich tun sollte.

Ich spürte Panik in mir aufsteigen, kämpfte das Gefühl jedoch nieder. Jetzt musste ich einen kühlen Kopf behalten und ganz klar denken. Ich wagte nicht, mich schnell oder abrupt zu bewegen. Das hätte sie erschrecken können, und das würde möglicherweise böse ausgehen.

So blieb ich einfach stehen, beobachtete das Mädchen und versuchte, die Ruhe zu bewahren. Ich überlegte, was ich als Nächstes unternehmen sollte. Nach ein paar Minuten beschloss ich, ein paar unauffällige Laute zu erzeugen, leise Geräusche, die vielleicht Françoises Aufmerksamkeit wecken würden, ohne sie zu ängstigen.

Wenn sie einen falschen Schritt tat, einen einzigen nur, dann würde sie über den Rand fallen. Ich konnte nicht umhin, mich zu fragen, was sie überhaupt dort trieb. Ich betete zu Gott, dass sie nicht vorhatte, eine furchtbare, unwiderrufliche Tat zu begehen. Wieder überlegte ich, ob ihr Mann sie tatsächlich schlug, wie Jake anscheinend glaubte.

Mit einem Mal bewegte sich Françoise.

Ich hielt die Luft an und kniff unwillkürlich die Augen zu. Sofort riss ich sie wieder auf. Glücklicherweise war das Mädchen noch da. Mein Herz raste schneller denn je, und ich spürte, wie sich eine entsetzliche Furcht in meiner

Magengrube breit machte. Wie sollte ich Françoise am Springen hindern, falls sie das tatsächlich vorhatte? Mein Mund war wie ausgedörrt.

Unter Aufbietung all meiner Kraft nahm ich mich zusammen und schüttelte den nächstbesten Busch, aber das Rascheln der Blätter machte sie nicht aufmerksam. Sie schien ihre Umgebung überhaupt nicht wahrzunehmen. Immer noch reglos wie eine Statue, stand sie mit dem Rücken zu mir da und starrte auf die Felsen hinunter.

Ganz vorsichtig und verstohlen ging ich rückwärts, fort von der Zeder, bis ich hinter der Hecke nicht mehr zu sehen war. Dann drehte ich mich um und eilte die Wiese hinunter. Inmitten der Grasfläche blieb ich stehen, holte tief Luft und begann zu singen. Nicht allzu laut, denn das hätte die junge Frau erschreckt, aber gerade so laut, dass sie mich hörte und meine Anwesenheit aus einiger Entfernung wahrnahm, wusste, dass ich es war und niemand anderes. Ich hoffte, eine leise Stimme würde sie aus ihrer Betrachtung des steilen Felssturzes reißen, ohne sie so zu erschrecken, dass sie übereilt handelte.

Ich stimmte einen alten Klassiker von Charles Aznavour an, den einzigen Popsong, dessen Text ich kannte.

Noch einmal wiederholte ich den Refrain und bewegte mich dabei immer schneller, ging über die Wiese zurück zu Françoise. Als ich zwischen den blühenden Rosenbüschen hervortrat, sah ich zu meiner Erleichterung, dass die junge Frau sich umgedreht und mich bemerkt hatte. Doch sie stand noch immer wie angewurzelt auf derselben Stelle am Rand der Klippe und sah mir aufgewühlten Blickes und verdutzt entgegen.

Ich blieb stehen, erwiderte ihren Blick und bemühte mich, normal zu wirken, beiläufig und unbesorgt aufzutreten.

»Hallo, Françoise, hallo!«, rief ich leise aus. »Ich hoffe, mein grässlicher Gesang hat Sie nicht erschreckt.« Mühsam zauberte ich ein Lächeln auf meine Lippen und sprach weiter. »Ich fürchte, meine Stimme ist nicht besonders gut.« Noch einmal lachte ich auf und hoffte, damit die Situation zu entschärfen.

Aber das Mädchen reagierte nicht. Sie stand einfach weiter da und starrte mich an, als erkenne sie mich nicht. Aber Gott sei Dank hatte sie keinen falschen Schritt getan. Wahrscheinlich war es am klügsten, wenn ich mich ihr gegenüber ganz unverfänglich verhielt. Daher ging ich langsam auf die schmiedeeiserne Bank unter der Zeder zu.

»Wissen Sie, Françoise, das ist mein liebstes Fleckchen«, sprach ich im Plauderton weiter. »Ich finde es wunderschön hier. Und was für ein Zufall – das ist anscheinend auch Ihr Lieblingsplatz.«

Die junge Frau blinzelte und schien endlich aus ihrer Trance zu erwachen. »Ich bin oft mit Madame Adelia hergekommen«, sagte sie langsam, zögernd. »Als ich ein Kind war.«

»Setzen Sie sich doch bitte zu mir, Françoise, und erzählen Sie mir von der alten Dame. Ich finde die Geschichte faszinierend«, erklärte ich, um einen normalen Ton bemüht.

Das Mädchen zögerte. Sie wandte den Kopf, blickte auf die Felsen und das Meer hinunter, das tief unter ihr lag, und schwankte leicht.

Noch einmal hielt ich den Atem an und erbebte innerlich. Vor Angst zog sich meine Kehle zusammen. Aber ich sagte nichts, rührte mich nicht, sondern saß einfach ruhig da.

Unvermittelt fuhr das Mädchen herum, und mein Magen tat einen Satz angesichts der ruckartigen Bewegung. Und dann trat Françoise zu meiner großen Erleichterung tatsächlich vom Rand des Abgrunds zurück und kam langsam auf mich zu. Meine Angst verebbte, und ich fühlte mich ganz schwach.

»War Madame Adelia Ihre Freundin?«, fragte ich und schluckte.

Jetzt stand Françoise vor mir. Sie nickte. »Ja … Sie war eine ganz besondere Frau.«

Ich stand auf und nahm das Mädchen bei der Hand. »Bitte setzen Sie sich doch und erzählen Sie mir von ihr.« Und als ich sie zu der eisernen Bank führte, leistete sie keinen Widerstand. Aber sie sagte nichts weiter, sondern setzte sich einfach neben mich und sah ins Leere. Und immer noch wirkte ihr Blick glasig und verstört.

Ich beschloss, mich zurückzuhalten.

Schließlich brach Françoise das Schweigen. »Ich fühle mich hier sicher«, gestand sie.

»Sie meinen, speziell in diesem Teil des Gartens?«

»*Oui, oui.* Madame Adelia ist hier … ihr Geist ist hier. Ich bin ihr nahe. Sie beschützt mich.«

»Möchte Sie mir von Ihren Problemen erzählen, Françoise?«, fragte ich behutsam.

Sie sah mich eingehend an, durchdringend. »*Probleme?*«, wiederholte sie stirnrunzelnd und schien mich nicht zu verstehen.

Ich nickte.

Françoise sagte kein Wort.

»Manchmal fällt es leichter, mit einem Fremden zu reden. Tennessee Williams, ein amerikanischer Dramatiker, hat einmal geschrieben: *Ich habe immer auf die Freundlichkeit Fremder gebaut.* Warum probieren Sie das nicht einmal?«

Ein tiefer Seufzer entrang sich ihr. Sie blickte in die Ferne, und mir kam es vor, als sehe sie dort etwas, das ich nicht wahrnahm, sie aber tief beunruhigte. »Ich … ich … will nicht zurück«, murmelte sie endlich. »Ich habe … große Angst.«

»Vor Ihrem Mann?«

Sie antwortete nicht und wandte sich ab.

»Fürchten Sie sich vor Olivier?«, fragte ich behutsam.

Sie nickte, aber immer noch wich sie meinem Blick aus.

»Dann müssen Sie hier bleiben, auf Les Roches Fleuries.«

»Nein, nein, ich kann nicht. Ich muss fort. Weit weg.«

»Weil er herkommen und Sie suchen wird, oder, Françoise? Wollen Sie mir das sagen?«

»Ja.«

»Sie müssen mit Ihrer Mutter reden. Ich bin mir sicher, dass Simone weiß, wie Olivier mit Ihnen umspringt. Oder dass sie zumindest den Verdacht hegt, dass er Sie misshandelt.«

»*C'est possible*«, stimmte sie zu. Schon möglich. Plötzlich stiegen Tränen in ihre hübschen, klaren grauen Augen. »Ich bin hergekommen, um nachzudenken. Um Madame Adelias Stimme zu lauschen. Aber dann hatte ich solche Angst, dass ich sie nicht hören konnte.«

»Wir müssen ganz ruhig bleiben und unseren Verstand gebrauchen«, sagte ich und nahm von neuem ihre Hand.

Françoise wandte sich wieder mir zu und schenkte mir einen langen, traurigen Blick. »Genau das hätte sie zu mir gesagt.« Noch ein Seufzer. »Madame Adelia ist hier gestorben.«

»Sie meinen, genau an dieser Stelle?«, fragte ich verblüfft.

»*Oui*. Hier stand eine hölzerne Chaiselongue, auf die mein Vater jeden Morgen viele Kissen legte. Madame Adelia ruhte sich hier aus. Dies war der Ort, an dem sie ihre Erinnerungen pflegte. Das hat sie mir erzählt. Und eines Tages ist sie gestorben. Genau hier. Sie ist zum Herzog gegangen.«

»Ihre Seele, meinen Sie«, sagte ich und überlegte, warum ich selbst mich so zu dieser Ecke des Gartens hingezogen gefühlt hatte.

»Ja«, antwortete Françoise, »ihr Geist. Ich will nicht zurück nach Marseille. Ich habe Angst. Besser, ich wäre tot. Und das Baby auch.«

»Nein, so etwas dürfen Sie nicht sagen!« Ich fasste Françoises Hand fester. »Und Sie dürfen sich nicht angewöhnen, dort am Rand der Klippe zu stehen. Die Stelle ist gefährlich. Vorhin hatte ich solche Angst um Sie. Wie leicht hätten Sie einen falschen Schritt tun und über den Rand stürzen können! Es ist wirklich höchst gefährlich, dort herumzuspazieren.«

»Ja, ich weiß.« Sie sah mir in die Augen, erforschte mein Gesicht, und in ihrem Blick stand ein Flehen. »Mademoiselle Denning, sagen Sie bitte *Maman* nicht … dass ich am Rand des Felsens gestanden habe. Das würde ihr Angst einjagen, und sie würde sich Sorgen machen.«

»In Ordnung, ich verrate nichts.«

»Versprochen?«

»Ich verspreche es. Aber Sie müssen mir auch etwas versprechen.«

»Was denn?«

»Dass Sie nicht einmal daran denken, sich oder dem Baby etwas anzutun.«

»Aber ich kann nicht zu ihm zurück. Wenn er trinkt, ist er wie wahnsinnig. Eines Tages wird er mich totschlagen. Wieso soll ich so lange warten? Warum leiden? Besser, ich bringe mich jetzt um. *Maintenant.* Und das Kind auch. Ich glaube, das wäre weniger schmerzhaft. Meinen Sie nicht?«

»Nein, das dürfen Sie nicht einmal denken. Wir müssen einen Plan schmieden. Mir wird schon etwas einfallen, eine Idee, wohin Sie sich wenden können, wo Sie in Sicherheit sind.«

Ein Hoffnungsschimmer huschte über Françoises Gesicht und verschwand dann so schnell, wie er gekommen war. »Er wird mich finden. Er ist ein *Flic* … ein Polizist, Mademoiselle Denning.«

»Ich weiß. Hätten Sie etwas dagegen, wenn ich mit Monsieur Jake darüber spreche?«

Sie wirkte verängstigt und schüttelte den Kopf. »Nein!

Das dürfen Sie nicht. Er wird mit *Maman* reden und ihr alles sagen.«

»Nein, nicht, wenn ich ihn darum bitte, Françoise«, beruhigte ich sie. »Er wird Ihre Wünsche respektieren. Jake ist ein integrer Mensch … ein Mann von Ehre, und er besitzt viel Mitgefühl. Das müssen Sie mir glauben.«

Die Hände im Schoß gefaltet, saß Françoise einige Augenblicke da und schien die Welt um sich herum nicht wahrzunehmen. Sie versuchte, zu einer Entscheidung zu gelangen. »Einverstanden«, erklärte sie schließlich. »Sie können Monsieur Jake davon erzählen. Aber tun Sie mir den Gefallen und bitten Sie ihn, meiner Mutter kein Wort zu sagen.«

»Das werde ich. Und Sie können ihm genauso trauen wie mir. Ich habe auch schon eine Idee, Françoise. Lassen Sie mich nur darüber nachdenken, alles überlegen. Und jetzt kommen Sie, wir sollten nach drinnen gehen. Ihre Mutter wird sich schon fragen, wo wir stecken.«

II

Als ich die Bibliothek betrat, stand Jake neben dem Schreibtisch. Er fuhr herum. »Hi, ich wollte gerade losziehen und dich suchen …«, begann er. Dann unterbrach er sich und runzelte die Stirn. »Was ist los? Du schaust so komisch drein.«

»Jake, du hattest Recht mit deinem Verdacht, dass Françoise von ihrem Mann misshandelt wird«, erklärte ich, stürmte durchs Zimmer und ließ mich neben dem Kamin auf einen Stuhl fallen. »Gerade hat sie mir alles gestanden. Sie hat Angst vor Olivier und will ihrem Leben lieber jetzt ein Ende setzen, statt darauf zu warten, dass er sie irgendwann umbringt. Und bis dahin zu leiden.«

Jake sog scharf den Atem ein und starrte mich an. Nach

einer kurzen Schrecksekunde platzte er heraus. »Jesus, Val! Wie zum Teufel ist das alles so plötzlich ans Licht gekommen?« Sichtlich verblüfft und erschrocken ließ er sich auf den Stuhl gegenüber sinken.

Rasch berichtete ich ihm, was im Garten vorgefallen war, während er mit seinem Büro in Paris telefoniert hatte. Wie immer lauschte er mir aufmerksam, und ich konnte an seiner Miene ablesen, dass er entsetzt über das war, was er hörte.

Nachdem ich ihm die Geschichte in allen Einzelheiten erzählt hatte, sagte er zunächst nichts, sondern verharrte in tiefem Schweigen. Ich nahm die Stille wahr, die in ihm herrschte und sich auf seine ganze Umgebung übertrug. Das kannte ich inzwischen; diese innere Ruhe war eine der Eigenschaften, die ich an Jake am meisten liebte. Er besaß die Fähigkeit, in Zeiten der Unruhe oder Krise zu tiefer Ruhe und Konzentration zu finden. Jake verfiel nie in Panik oder ging an die Decke. Er war ein besonnener Mensch, der immer einen kühlen Kopf behielt.

III

Ich sah, dass Jake tief in Gedanken versunken war, daher lehnte ich mich zurück, wartete und versuchte, dieselbe Geduld an den Tag zu legen wie er. Endlich meldete er sich bedächtig zu Wort. »Sag Françoise, dass ich Simone nichts verraten werde. Obwohl ich mir sicher bin, dass ihre Mutter weiß, dass sie verprügelt und zusammengeschlagen worden ist. Simone lässt sich nichts vormachen, und außerdem wissen Mütter so etwas doch instinktiv, oder?«

»Woher soll ich das wissen? Ich hatte nie eine.«

Ich sah ihn zusammenzucken, aber ich hatte das einfach sagen müssen und würde es ganz bestimmt nicht zurücknehmen. Die Bemerkung war mir automatisch herausgerutscht, und außerdem entsprach sie zufällig der Wahrheit.

»Oh Gott, Val, das hätte ich fast vergessen! Vor ein paar Minuten hat Mike Carter angerufen, kurz bevor du hereingekommen bist. Dein Bruder hat sich telefonisch bei ihm gemeldet. Heute Nachmittag. Er sucht dich. Mike wollte ihm diese Nummer nicht geben, aber er hat versprochen zu versuchen, dir etwas auszurichten. Dein Bruder will, dass du ihn zurückrufst. Er hat Mike erklärt, er müsse dringend mit dir sprechen; es sei wichtig.«

Das war mir ziemlich gleich, und ich hatte nicht den geringsten Wunsch, Donalds Anruf zu erwidern. »Ich möchte wissen, was er von mir will«, brummte ich dennoch.

»Wahrscheinlich hat er Mike nichts weiter gesagt, Val. Die Nummer habe ich auf dem Block neben dem Telefon notiert«, meinte Jake.

»Danke«, antwortete ich, machte aber keine Anstalten, mich zu erheben.

Jake stand auf, trat an die gläsernen Türen und blickte auf die Terrasse und den Park dahinter hinaus. Nach ein paar Sekunden drehte er sich zu mir um. »Du hast Françoise gesagt, du hättest schon eine Idee … Worum geht es dabei?«

»Mir ist eingefallen, dass sie bei mir in Paris in Sicherheit wäre. Sie könnte in meine Wohnung einziehen. Du weißt ja, dass in meinem Arbeitszimmer eine Liege steht. Außerdem werde *ich* wahrscheinlich beruflich unterwegs sein, oder bei dir. Ich meine, ich könnte mich zur Not doch bei dir einquartieren, oder?«

»Darüber müsste ich nachdenken.«

Ich lächelte, denn ich wusste, dass er mich auf den Arm nahm. »Olivier kennt mich nicht«, fuhr ich fort. »Und solange Simone und Armand dichthalten, findet er Françoise nie. Sie wäre in Sicherheit.«

Jake seufzte. »Du hast Recht. Aber er wird die beiden bestimmt unter Druck setzen.«

»Ihre Eltern werden ihm nie verraten, wo sie steckt!«, rief ich aus. »Simone ist willensstark und belastbar, sie kann es mit jedem aufnehmen, sogar mit einem *Flic*«, versetzte ich leicht gereizt.

Jake nickte. »Das meine ich auch, und Armand ist auch kein Mensch, der sich leicht überfahren lässt. Im Zweiten Weltkrieg, während der deutschen Besatzung, hat er in der Résistance gekämpft, das hat er mir einmal erzählt. Natürlich war er damals noch fast ein Kind, aber er sagt, diese Zeit habe ihn hart gemacht, und er habe damals eine Menge über das Leben und die Menschen gelernt.« Aus seinen strahlend blauen Augen sah Jake mich fest und unverwandt an. »Warum willst du Françoise Unterschlupf gewähren, Val? Einfach so?«, fragte er und schnippte mit den Fingern. »Es ist sehr nett, dass du dieses Angebot machst, aber sie ist eine Fremde. Du bist ihr heute zum ersten Mal begegnet, und ihre Eltern kennst du auch kaum.«

»Ich mag Simone«, entgegnete ich. »Ich habe sie richtig ins Herz geschlossen. Sie ist so mütterlich: Mutter Erde, das Salz der Erde, was weiß ich. Simone und Armand, und natürlich Françoise, stecken in einer scheußlichen Klemme. Was für eine Tragödie für sie alle! Und eine schwangere Frau zu schlagen ist absolut unerhört. Wenn ich meine, den dreien helfen zu können, warum sollte ich nicht? Du und ich, wir sehen so viel Leid und Schmerz, Jake, und wir können nichts dagegen tun. Jedenfalls nicht viel. Überleg doch, wie oft wir Mütter und Kinder und schwangere Frauen aus schlimmen und gefährlichen Situationen gerettet haben, und anschließend mussten wir sie sich selbst überlassen. Ich will dieses Mädchen retten, ein einziges Mal eine Sache zu Ende führen. Und ich kann den Gedanken nicht ertragen, dass diese wunderschöne junge Frau eines Tages totgeschlagen wird. Und genau das wird passieren, wenn wir sie nicht aus Oliviers Klauen befreien und aus dieser schrecklichen Ehe herausholen.«

»Du hast Recht – alles, was du sagst, stimmt, und ich finde es ganz bewundernswert, dass du Françoise helfen willst. Du weißt, dass ich mit anpacken und tun werde, was ich kann. Yep, wir sollten die Sache in Angriff nehmen.«

»Danke, Jake. Ich bin ja so froh, dass du meiner Meinung bist.«

»Allerdings ... Da ist noch etwas anderes, das ich gern wissen möchte.«

»Heraus damit.«

»Was hat dich darauf gebracht, Geräusche zu erzeugen, sozusagen hinter den Kulissen? Wie bist du darauf gekommen zu singen? Woher wusstest du, dass dein kleiner Trick funktionieren würde?« Fragend hob er eine seiner geschwungenen Augenbrauen und schüttelte den Kopf. »Ich glaube, mir wäre so etwas nie eingefallen.«

»Ich weiß ehrlich nicht, warum ich mich so verhalten habe. Gesunder Menschenverstand, schätze ich. Mir war klar, wenn ich sie erschreckte, würde sie womöglich über den Rand der Klippe stürzen. Oder sie wäre kurz entschlossen gesprungen. Ich wollte sie ablenken, von ihrem Vorhaben abbringen, aber behutsam. Deshalb habe ich versucht, mich so normal wie möglich zu benehmen. Alles andere hätte sie vielleicht buchstäblich zu Tode erschreckt.«

»Und du glaubst das wirklich? Dass sie springen wollte?« Jake wirkte plötzlich beunruhigt.

Ich dachte einen Moment über seine Frage nach und nickte dann. »Ja, Jake. Sie hat mir erzählt, sie sei an diese Stelle gegangen, um Madame Adelias Stimme zu lauschen. Aber sie hätte sich so vor Olivier gefürchtet, dass sie sie nicht hören konnte. Ich bin mir ziemlich sicher, dass sie sich heute Nachmittag umgebracht hätte, wenn ich nicht vorbeigekommen wäre.«

»Oh Jesus«, stieß Jake hervor und setzte sich auf den

Stuhl neben meinem. »Du hast dem Mädchen das Leben gerettet.«

»Ich denke schon, und ich möchte noch mehr für sie tun. Sie aus Oliviers Klauen reißen und sie sicher nach Paris bringen. Das Baby kann sie ja dort zur Welt bringen.«

»Der Mann ist ein Cop, Val. Simone und Armand werden in vielen Dingen sehr vorsichtig sein müssen. Vor allem beim Telefonieren.«

Ich starrte ihn an und runzelte leicht die Stirn, denn ich begriff nicht, worauf er hinauswollte. »Wieso beim Telefonieren?«

»Na ja, ich weiß nicht, ob französische Polizisten Fernsprechleitungen anzapfen dürfen, aber in den Vereinigten Staaten können sie das auf jeden Fall. Ich muss die beiden warnen. Sie werden öffentliche Telefonzellen benutzen müssen, und meist wird Françoise diejenige sein, die sich bei ihnen meldet. Ach, da wir gerade von Anrufen sprechen … findest du nicht, du solltest deinen Bruder zurückrufen?«

»Wahrscheinlich«, stimmte ich zögernd zu, stand auf und ging zum Schreibtisch. Ich setzte mich auf den Stuhl und nahm den Zettel, auf dem Donalds Nummer stand. Während ich die Ziffern überflog, wurde mir klar, wie sehr ich die Vorstellung hasste, ihn anzurufen. Denn tief in meinem Inneren wusste ich, dass die Sache etwas mit Margot Scott Denning zu tun hatte, meiner so genannten Mutter.

IV

Ich brauchte eine Ewigkeit, um den Hörer abzunehmen, doch endlich rang ich mich durch. Während ich wählte, hoffte ich, dass Donald der Große nicht zu Hause war und ich glimpflich davonkommen würde. Dann konnte ich einfach eine Nachricht hinterlassen. Doch das Glück war mir nicht hold. Donald selbst hob ab. »Okay, schieß los, Eliane«, rief er aus.

»Ich bin's, Val.«

»Oh Mann! Hi, Val. Ich dachte, das wäre Eliane, eine meiner Informantinnen. Gerade eben musste ich sie abhängen, und sie meinte, sie würde mich gleich zurückrufen. Und wie geht's dir, Schwesterlein?«

»Gut. Ich höre, du hast heute Früh versucht, mich zu erreichen. Die Sache sei dringend und sehr wichtig.«

»So ist es. Du musst nach Hause kommen. Sofort. Augenblicklich. Mom muss mit dir reden«, sprudelte er los.

»Ich glaube nicht, dass ich kommen kann, Donald. Nicht ausgerechnet jetzt und weil es dir gerade so einfällt. Oder ihr. Außerdem ist New York nicht mein Zuhause, und weiterhin hege ich nicht den Wunsch, einer Frau zuzuhören, die seit dem Tag meiner Geburt keinen Pfifferling um mich gegeben hat. Was hätte ich ihr wohl zu sagen?« Oder dir, dachte ich, sparte mir die Bemerkung jedoch.

»Sei doch nicht so giftig. Mutter ist sehr krank gewesen!« Mein Bruder klang leicht hysterisch.

»Ach, tatsächlich?« Ich fasste den Hörer etwas fester und schürzte die Lippen.

»Ja, Schwesterherz, sie hatte gerade einen zweiten Herzanfall. Du musst nach Hause kommen. Als ich dich vor ein paar Wochen gebeten habe, hast du nicht auf mich gehört, und wenn du den Besuch wieder auf die lange Bank schiebst, könnte es zu spät sein.«

»Glaubst du, dass sie sterben könnte, Donald?«

»Allerdings, und es geht um ihr Testament, ihren letzten Willen. Das betrifft uns beide gleichermaßen.«

Ich lehnte mich zurück und warf Jake einen Blick zu. Er beobachtete mich mit düsterer Miene, und ich erkannte, dass er meine Familie niemals wirklich verstehen würde, zumindest nicht mein Verhältnis zu meinen Eltern und zu Donald, weil seine Familie so ganz anders war.

Am anderen Ende der Leitung plapperte Donald weiter. »Ich sage dir, es steht viel auf dem Spiel, und wenn du nicht so bald wie möglich deine Hufe hier herüberschwingst, kriege ich Ärger. Und wenn sie den Löffel abgibt, ehe wir diesen Mist geklärt haben, sitze ich dick in der Scheiße.«

»Mit deiner ungehobelten, vulgären Sprache kommst du auch nicht weiter, Donald. Und wer ist *sie*? Die Katzenmutter? Oder deine Mom, wie du sie sonst zu nennen pflegst? Für gewöhnlich spielst du doch den ergebenen Sohn.«

»Ach, komm schon, geh mir nicht auf die Nerven, Val. Entspann dich. Was du wirklich brauchst, ist jemand, der dich mal ordentlich …«

»Donald«, unterbrach ich ihn scharf. »Sag es nicht, sonst lege ich sofort auf.«

»Okay, okay. Jetzt gib mir eine Chance. Die Sache ist wichtig. Blut ist schließlich dicker als Wasser.«

»Tatsächlich? Wie kommt es dann, dass ich eine solche Bekundung zum ersten Mal von einem Mitglied der Familie Denning höre?«

»Der alte Knabe hat dir *alles* hinterlassen«, hielt er dagegen. »Ich habe nichts gekriegt … und jetzt bin ich an der Reihe.«

»Wie kannst du nur behaupten, du wärest leer ausgegangen? Großvater hat dir einen sehr schönen Treuhandfonds hinterlassen.« Ich wusste, dass diese Bemerkung wie ein rotes Tuch auf Donald wirken würde, daher holte ich tief Luft und sprach schnell weiter, ehe er etwas einwerfen konnte. »Deinen Worten entnehme ich, dass es bei dieser Angelegenheit um Margot Scott Dennings Testament geht. Ich kann mir nicht vorstellen, wozu du mich dabei brauchst, denn ich bin mir sicher, dass du darin bedacht bist und ich nicht. Sie hat mir einunddreißig Jahre lang kaum Beachtung geschenkt. Warum sollte sie das jetzt auf einmal tun?«

»Hör mal, Val, ich verstehe ehrlich auch nicht, was das Ganze soll«, meinte Donald. »Ich weiß nur, dass mein Erbe irgendwie mit deinem zu tun hat, dass beides zusammenhängt. Warum sagst du nicht einfach, wann du kommst, damit ich Mom Bescheid geben kann?«

»Donald, ich muss jetzt Schluss machen. Ich rufe dich zurück.«

»Aber wann? *Wann?* Du kannst mich doch jetzt nicht hängen lassen.«

»Ich rufe morgen um die gleiche Zeit noch einmal an.«

»Okay, in Ordnung. Bis dann also.«

Er knallte den Hörer auf. Ich saß noch lange auf dem Stuhl, hielt den Hörer in der Hand und starrte darauf. Langsam legte ich ihn auf die Gabel zurück, und dann erzählte ich Jake alles. Ich muss zugeben, dass das Gespräch mit meinem Bruder mich ein wenig traurig gemacht hatte. Genau wie meine Mutter hatte er sich nie viel aus mir gemacht. Bis jetzt.

Kapitel 16

I

New York, Oktober – Hätte mir jemand prophezeit, dass ich eine Woche nach meinem Gespräch mit Donald mitten in Manhattan sitzen würde, hätte ich dieser Person ins Gesicht gelacht.

Aber trotzdem saß ich jetzt an dem alten Schreibtisch meines Großvaters und blickte über den East River zu der gigantischen Pepsi-Cola-Werbung auf der anderen Seite des Flusses hinüber.

Wir hatten einen wunderschönen Oktobertag gehabt. Jetzt, am späten Nachmittag, trödelte ich herum und wartete darauf, dass Jake von seinem Treffen mit dem Verleger zurückkehrte. Ein Lektor bei einem renommierten Verlag war daran interessiert, die *Blumen des Krieges* – so der vorläufige Titel unseres Bildbandes – herauszubringen. Es war inzwischen beschlossene Sache, dass das Buch ein gemeinschaftliches Projekt von uns beiden werden sollte: Ich würde einen Teil des Textes verfassen sowie eine Auswahl meiner Fotos beisteuern.

Heute Früh hatte Jake mich gebeten, ihn zu dem Treffen mit Harvey zu begleiten, aber ich hatte abgelehnt. Er war Jakes Kontakt, nicht meiner, und er war viel bekannter als ich. Außerdem brauchte ich etwas Zeit, um Luft zu holen und einen Tag lang zu entspannen. Ich betete aufrichtig, dass die beiden sich einig würden, denn ich wusste, wie sehr Jake das Buch am Herzen lag. Außerdem würde das Projekt ihn an den Schreibtisch fesseln und davon abhalten, gleich wieder in den Kosovo oder andere gefährliche Gegenden auf dieser Welt zu sausen, und diese Vorstellung gefiel mir außerordentlich.

Als ich jetzt so dasaß und über den Fluss schaute, der in der verblassenden Nachmittagssonne schimmerte, wurde mir erst richtig klar, wie viel in den letzten acht Tagen geschehen war.

Nachdem ich Jake Françoises Geschichte erzählt hatte, hatten wir uns lange mit dem Mädchen unterhalten, und ich hatte sie eingeladen, zu mir nach Paris zu ziehen. Zuerst war sie ziemlich scheu gewesen und hatte gezögert. Aber sie hatte sofort zugestimmt, als Jake vorschlug, ihre Eltern ins Vertrauen zu ziehen, was uns beide erstaunte. Simone und Armand hatten zunächst etwas zurückhaltend auf meinen Vorschlag reagiert, doch dann hatten sie schnell den Sinn eines solchen Schachzugs eingesehen und ihre Tochter überredet, darauf einzugehen. Und so waren wir am nächsten Tag zusammen mit Françoise nach Paris zurückgeflogen.

Bevor wir Les Roches Fleuries verließen, hatte Jake ein ernstes Gespräch mit den Rogets geführt und ihnen erklärt, sie dürften Françoise in Paris nicht anrufen, weder aus ihrem Häuschen noch der Villa. »Als Polizist kann Olivier vielleicht beide Telefonleitungen anzapfen und die Nummer in Paris zu einer Adresse zurückverfolgen«, hatte er ihnen auseinander gesetzt. »Es ist sicherer und klüger, wenn Françoise Sie anruft.« Die beiden hatten ihm zugestimmt und den Sinn der Maßnahme eingesehen. Aber als wir Saint-Jean-Cap-Ferrat verließen, hatte ich mir plötzlich Sorgen um Simone und Armand gemacht. Doch Jake hatte mich immer wieder beruhigt und mehrmals daran erinnert, wie stark die beiden waren. Diese zwei waren hart im Nehmen, hatte er gesagt, und ließen sich nicht so leicht einschüchtern.

Jake und ich waren erst einen Tag in Paris gewesen, als bereits Harvey Robinson aus New York anrief und ihm mitteilte, der Herausgeber brenne darauf, sich mit ihm zusammenzusetzen und über das Buch zu sprechen. Und zwar so bald wie möglich. Und Harvey hatte noch eine weitere Überraschung für Jake: Eine bekannte Kunstgalerie in SoHo wollte eine Ausstellung mit seinen Kriegsbildern veranstalten, und auch diese Leute wollten mit ihm persönlich reden.

»Lass uns fliegen, Val. Nächste Woche«, hatte Jake an diesem Abend gebeten, sichtlich aufgeregt ob dieser Aussichten. Aber ich hatte mich nicht besonders für die Vorstellung begeistern können, so Hals über Kopf nach New York zu reisen. »Wenn ich einmal dort bin, fühle ich mich vielleicht verpflichtet, Donald zu sehen, und dazu habe ich keine Lust«, hatte ich geknurrt und dann bemerkt, dass ich verdrossen klang, was eigentlich nicht meine Art war.

»Warum triffst du ihn nicht? Und warum besuchst du nicht gleich deine Mutter?«, hatte Jake vorgeschlagen. »Geh dieser ganzen Geschichte mit dem Testament auf den Grund. Und du solltest dich mit ihr aussprechen, Val. Stell dich ihr, finde den Grund für ihre Haltung heraus, und warum sie dich all die Jahre so behandelt hat. Bring es ein für alle Mal hinter dich. Wahrscheinlich fühlst du dich dann um Längen besser, Liebes.«

Ich stand diesen Plänen zwiespältig gegenüber und konnte mich einfach nicht durchringen, nach New York zu fliegen. Außerdem bereitete mir der Gedanke, Françoise allein und sozusagen schutzlos zurückzulassen, ein wenig Sorge. Als ich am nächsten Morgen zum ersten Mal seit Ende August zu Gemstar ging, erwähnte ich die Sache Mike Carter gegenüber. Und Mike hatte mein Problem gelöst, indem er sich aus heiterem Himmel bereit erklärte, das Mädchen im Auge zu behalten. Er hatte mich überredet, zu Hause anzurufen und Françoise zu einem gemeinsamen Mittagessen einzuladen. »Damit wir uns kennen lernen«, hatte er erklärt.

Beim Essen hatte Mike sein herzliches, lässiges Wesen an den Tag gelegt, und Françoise hatte sich in seiner Gegenwart entspannt. Im Restaurant wurde sie sogar richtig lebhaft, und zum ersten Mal war der traurige, bedrückte Ausdruck aus ihren hübschen grauen Augen gewichen. Zumindest für eine kurze Zeit.

An diesem Abend verkündete Jake beim Abendessen, dass er unsere Tickets besorgt habe und wir in ein paar Tagen abreisen würden. Wie üblich übernahm er auf seine machohafte Art das Kommando. Trotzdem stellte ich fest, dass sein Charme und seine Begeisterung mich mitrissen. Außerdem war mir klar, dass er um jeden Preis entschlossen war, zu fahren und diese Verträge abzuschließen, und ich wollte bei ihm sein. Wir waren uns in Südfrankreich so nahe gewesen, und ich wollte nicht, dass Trennung und räumliche Distanz die euphorische Stimmung zwischen uns zerstörten.

II

Jake und ich logierten bei meiner Tante im Zentrum von Manhattan, in einer traditionellen, weitläufigen Wohnung, nur einen Katzensprung von der First Avenue entfernt.

Tante Isobel hatte sie von meinem Großvater geerbt, und eines Tages würde sie mir gehören, so hatte er das in seinem Testament festgelegt. Das hieß, falls ich sie überlebte.

Mein Großvater hatte sich seiner Tochter gegenüber korrekt verhalten wollen, aber er hatte sich auch gewünscht, dass ich ein Zuhause in New York hatte, selbst wenn ich es selten benutzte, und meine Tante war seiner Meinung gewesen. Großvater hatte diese Wohnung mein Sicherheitsnetz genannt, einen Zufluchtsort für den Fall, dass ich es jemals überdrüssig würde, an den Fronten der Welt meine Kamera zu zücken.

Meine Tante war die einzige Tochter meines Großvaters und die ältere Schwester meines Vaters. Ihren Hauptwohnsitz hatte sie zweieinhalb Autostunden entfernt, in den höher gelegenen Regionen von Connecticut, und dort lebte sie auch den größten Teil der Zeit. In der Wohnung hielt sie sich nur gelegentlich auf. Sie übernachtete dort höchstens ein- oder zweimal im Monat und hatte mich wiederholt aufgefordert, sie zu benutzen, wann immer ich wollte. Unterdessen trug sie die laufenden Kosten.

Isobel Denning Cox war eine renommierte Innenarchitektin mit Büros in Greenwich und New York und Kunden in der ganzen Welt. Großvater pflegte sie die »Blumenkönigin« zu nennen, weil sie in vielen der Ausstattungen, die sie entwarf, eine ausgesprochene Vorliebe für Chintzstoffe zeigte. Ihre Spezialität waren englische Antiquitäten aus der georgianischen Zeit, und zusammen mit den geblümten Stoffen schuf sie damit den beliebten behaglichen, leicht überladenen englischen Landhausstil. Sie hatte sich diese Richtung zu Eigen gemacht, so wie Mario Buatta, ein anderer großer Designer, der diesen Stil ebenfalls zur Vollendung ausgefeilt hatte.

Aber sie war auch Expertin für französische Möbel und Kunstwerke aus dem achtzehnten Jahrhundert, und manche ihrer Kompositionen wirkten, als seien sie vom ersten bis zum letzten Nagel aus mehreren Schlössern an der Loire herangeschafft worden. Ich hatte meine Tante immer für ihre Brillanz und ihr Talent bewundert, ihre Fähigkeit, für ihre Kunden so ganz unterschiedliche, aber wunderschöne und geschmackvolle Ensembles zusammenzustellen.

Tante Isobels Mann, James Mallard Cox, war Bankier im Ruhestand und inzwischen arg gebrechlich. Leider war ihr einziges Kind – Johnny, ein Playboy, der nie geheiratet hatte – vor acht Jahren bei einem tragischen Unfall umgekommen, als das kleine Flugzeug, das er selbst steuerte, bei einem Gewitter in den französischen Alpen abgestürzt war.

Wir beide sahen einander nicht sehr oft; höchstens, wenn sie zu einer Shopping-Tour nach Paris kam und ich nicht irgendwo einen Krieg auf Film bannte. Dann trafen wir uns zum Lunch oder zum Abendessen.

Tante Isobel und ich mochten einander und waren immer Freundinnen gewesen. Meine Mutter hatte Isobel zur Weißglut getrieben, und meist hatte sie sich gegen sie gestellt und auf Großvaters Seite geschlagen.

Meine Tante war eigensinnig und nahm kein Blatt vor den Mund; sie war der selbstsicherste Mensch, dem ich je begegnet bin. Stets hatte sie farbige Aussprüche auf Lager; einmal beschrieb sie meinen Vater so: »Er ist ein rückgratloser Hohlkopf, dem man einmal das Gehirn durchspülen sollte, am besten mit Desinfektionsmittel, und ihn anschließend in einer scharfen Brise zum Trocknen aufhängen.«

Jedes Mal, wenn ich an Tante Isobel dachte, schmunzelte ich und erinnerte mich an diese Beschreibung, durch die sie mir für immer ans Herz gewachsen war. Mein Großvater jedenfalls hatte tagelang darüber gekichert.

So lange ich denken konnte, hatte meine Tante weißes Haar gehabt, glatt und dicht. Sie war eine hoch gewachsene, stattliche Frau, gut aussehend und elegant, mit dem allerfeinsten Geschmack sowohl für Kleider als auch für Antiquitäten und Kunst. Sie besaß einen wunderbaren Sinn für Humor und war sehr geistreich; aber sie stand auch mit beiden Beinen auf der Erde und strahlte echte Herzenswärme aus, was sie in meinen Augen zu einem ganz besonderen Menschen machte. Tante Isobel war eine Frau, zu der ich aufschaute und die ich bewunderte.

Sobald ich beschlossen hatte, mit Jake nach New York zu fliegen, hatte ich daher meine Tante in ihrem Büro in Greenwich angerufen, wo sie die meiste Zeit arbeitete.

Man stellte mich zu ihrer Sekretärin durch, die mir erklärte, meine Tante halte sich in New York auf und sei am Beekman Place zu erreichen. Und dort hatte ich sie ein paar Minuten später erwischt. Tante Isobel war hocherfreut, dass ich in der Wohnung Quartier beziehen wollte.

»Ich werde wahrscheinlich die nächsten paar Wochen nicht herkommen, Val, also komm bitte und fühl dich wie zu Hause.« Sie brach in Gelächter aus. »Was rede ich da nur? Die Wohnung ist dein Zuhause. Und wenn ich für eine Nacht dort absteigen muss«, hatte sie hinzugesetzt, »dann ist bestimmt genug Platz für uns alle. Du hast doch deinen Schlüssel noch, oder?«

Ich versicherte ihr, dass dem so war. Und sie erklärte mir, sie würde Molly, die Haushälterin, bitten, dreimal statt wie üblich zweimal die Woche zu kommen, solange wir bei ihr logierten.

Als wir gestern Abend angekommen waren, war offensichtlich gewesen, dass Molly morgens da gewesen war. Alles blitzte und blinkte, die Kissen waren aufgeschüttelt, und Blumen schmückten die vielen Vasen. Sogar den Kühlschrank hatte sie für uns gefüllt.

Jake war umhergewandert, hatte unterdrückt gepfiffen und beeindruckt gewirkt. Er meinte, er habe das Gefühl, gerade in ein englisches Landhaus in den Cotswolds geschlendert zu sein, und verkündete dann, eigentlich gefalle ihm das Ganze recht gut.

»Dieser Look ist Tante Isobels Markenzeichen«, hatte ich erklärt und mit ihm gelacht. Und wir waren uns einig gewesen, dass die Einrichtung sowohl behaglich als auch charmant wirkte und eine angenehme Atmosphäre ausstrahlte.

»Und ganz bestimmt besser, als in einem Hotel zu wohnen«, hatte Jake gemurmelt und sich auf einem Polstersofa niedergelassen. Es war mit einem Druckstoff bezogen, der rote Rosen und grüne Blätter zeigte, ein Muster, das meine Tante bei ihren Innendekorationen oft bevorzugte.

Dann war er plötzlich wieder aufgesprungen, zu dem großen Erkerfenster geeilt und hatte seine Bewunderung über das Panorama und das Leben auf dem Fluss geäußert. Denn in diesem Moment zogen eine Anzahl von Lastkähnen und Schiffen langsam die Wasserstraße entlang. »Hier herrscht immer reger Verkehr«, erklärte ich. »Daran erinnere ich mich noch gut aus meiner Kindheit.«

III

Natürlich steckte die Wohnung für mich voll nostalgischer Erinnerungen, und da meine Großeltern bis zu ihrem Tod vierzig Jahre darin gelebt hatten, hatte ich hier einige sehr glückliche Kindertage verbracht. Im Grunde waren das die einzigen wirklich glücklichen Zeiten während meiner elenden Jugendjahre in New York, an die ich mich erinnerte.

Sobald Jake und ich am Abend zuvor ausgepackt hatten, waren wir spazieren gegangen. Nachdem wir so lange im Flugzeug eingesperrt gesessen hatten, brauchten wir dringend frische Luft. Jake hatte sich lobend über Beekman Place ausgelassen, diese ruhige, baumbestandene Enklave, für die ich schon immer eine Schwäche gehabt hatte und die ich aus den lang vergangenen Tagen meiner Jugend so gut kannte.

Später waren wir die First Avenue hinaufgewandert und waren in Neary's Pub auf der Siebenundfünfzigsten Straße Ost eingekehrt. Jimmy Neary, der Eigentümer und Wirt, hatte mich empfangen wie ein verloren geglaubtes

Kind. Da er selbst drei Töchter hatte, war er ein sehr väterlicher Typ und hatte mich mit einem breiten Lächeln begrüßt, das herzlich, echt und sehr ehrlich war.

Nachdem mein Großvater sich aus der von ihm gegründeten Architekturfirma zurückgezogen hatte, war er mehrere Male in der Woche zum Mittagessen zu Neary's gegangen, und oft hatte er meine Großmutter hierher zum Abendessen ausgeführt. Und so hatte Jimmy die beiden viele Jahre lang gut gekannt. Als wir einen Drink an der Bar genommen hatten, gab Jimmy uns einen gemütlichen Zweiertisch in einer Ecke, wo wir zu Abend aßen.

»Für dich ist das sicher wie ein Heimatabend«, meinte Jake, als wir nach einem herzhaften Abendessen aus hausgemachtem Irish Stew und einer Flasche gutem Rotwein Arm in Arm über die First Avenue schlenderten. Wir waren glücklich, in dieser linden Nacht zusammen zu sein, unter dem hohen, samtdunklen Himmel, an dem die Sterne glitzerten wie Diamantsplitter. *Lucy in the sky with diamonds*, summte Jake leise, als wir in Richtung Beekman Place spazierten. Noch nie hatte ich eine so angenehme Rückkehr nach New York erlebt; und am schönsten war der Moment, als wir später an diesem Abend in das riesige, alte Himmelbett meiner Großeltern kletterten und uns liebten.

IV

Das Telefon bimmelte und unterbrach meinen Gedankengang. Aus meinem Tagtraum gerissen, fuhr ich hoch und griff schnell nach dem Hörer. »Hallo?«

»Ich bin's, Françoise«, meldete sich die leise, melodische Stimme, die ich inzwischen gut kannte.

»Hallo, Françoise, hallo!«, rief ich aus. Wie nah sie klang, dachte ich. »Ist alles in Ordnung? Fühlen Sie sich gut?«

»Alles in Ordnung, Mademoiselle«, antwortete sie. »Mir

geht es gut. Aber wir haben Probleme mit Olivier. Er ist bei meinen Eltern auf Les Roches Fleuries gewesen …«

»Oh mein Gott, sind sie in Ordnung?«, fiel ich besorgt ein. »Hat er sie belästigt?«

»*Oui* … Aber sie sind stark. Sie werden ihm nicht verraten, wo ich bin …«

Plötzlich verstummte Françoise, und ich hörte gedämpfte Worte. Da war noch eine andere Stimme an ihrem Ende der Leitung. Ich nahm an, dass sie von meiner Wohnung aus anrief. Und da es in Paris ungefähr halb elf Uhr abends war, fragte ich mich, wer da bei ihr sein mochte.

»Françoise, Françoise«, rief ich in den Hörer. »Sind Sie noch da? Ist alles okay?«

Immer noch gab sie keine Antwort.

Gerade wollte ich noch einmal ihren Namen sagen, da hörte ich Mike Carters Stimme. »Hi, Val, ich bin's, Schätzchen«, rief er aus.

»Mike, ist Françoise sehr durcheinander? Ist bei ihren Eltern alles in Ordnung? Bestimmt ist dieser Olivier eine Plage, und das ist noch milde ausgedrückt.«

Mike lachte leise. »Da hast du Recht, *Plage* ist ein zu schwaches Wort, um diesen Schweinehund zu beschreiben. Lass uns einfach sagen, dass er ihren Eltern ziemlich zugesetzt hat, aber sie halten sich gut. Die ganze Sache ist gestern passiert, als Françoises Mann in der Villa in Cap-Ferrat aufkreuzte. Um diese Zeit seid ihr gerade über den Atlantik geflogen. Ich glaube, die Eltern haben alles ganz gut im Griff. Sie haben Françoise versichert, es gehe ihnen gut. Ich habe dann die junge Dame heute Nachmittag zu mir geholt. Sie soll bei uns wohnen.« Er lachte. »Meine Mädchen finden sie schrecklich nett, und die drei haben sich schon angefreundet.«

»Was für eine Erleichterung, sie in Sicherheit zu wissen, Mike. Und tausend Dank, dass du den … hmm, na ja, Schutzengel für sie spielst.«

»Ich bin froh, dass ich dem armen Kind helfen kann«, gab Mike zurück. »Sie hat es nicht leicht.«

»Nein, wirklich nicht. Jedenfalls habe ich jetzt ein viel besseres Gefühl, weil ich weiß, dass sie bei dir und den Mädchen wohnt. Ehrlich gesagt, hatte ich mir schon Sorgen gemacht, weil ich sie allein in meiner Wohnung gelassen habe.«

»Das kann ich dir nicht verdenken, Liebes. Ich bezweifle zwar, dass ihre Eltern Olivier verraten würden, wo sie steckt; aber für den Fall, dass sie unter Druck doch noch auspacken, ist sie nicht länger dort.« Sein tiefes Lachen klang aus dem Hörer. »Sie hat sich einfach in Luft aufgelöst.«

»Wissen ihre Eltern, dass sie bei dir ist? Wenn bei mir niemand ans Telefon geht, werden sie sich Sorgen machen.«

»Sie hat ihnen mitgeteilt, sie werde zu einem Freund ziehen, aber sie hat nicht gesagt, zu wem. Wir haben es für klüger gehalten, ihre Eltern im Unklaren zu lassen ... Was sie nicht wissen, können sie nicht ausplaudern.«

»Sehr raffiniert von dir.«

»Ich dachte, wir melden uns besser bei dir, Val, damit du erfährst, wo Françoise ist. Nur für den Fall, dass du sie anzurufen versuchst und niemand abnimmt.«

»Ich bin froh, dass du das getan hast.«

»Und wie steht's im guten alten New York?«, fragte Mike und klang plötzlich wehmütig. New York war seine Lieblingsstadt, das hatte er mir unzählige Male erzählt.

»Großartig, ganz prima, und wir haben herrliches Wetter ... Altweibersommer.«

»Dann genieß es. Ich rufe dich im Lauf der Woche wieder an. Und hier kommt noch einmal Françoise«, schloss er, jetzt wieder forsch und nüchtern.

»Machen Sie sich bitte keine Sorgen, Mademoiselle Denning«, begann Françoise.

»Das werde ich nicht. Aber ich habe Sie doch gebeten, mich Val zu nennen.«

Ein leises Lachen. »*Oui* ... Val. Bei Mikes Familie fühle ich mich sicher. Hier wird Olivier mich niemals finden. Weil kein Mensch weiß, wo ich bin ... außer Ihnen, Mademoiselle ... Val, meine ich.«

»Und ich werde niemandem etwas verraten.«

»Es wird wohl besser sein, wenn Sie *Maman* nicht anrufen.«

»Das verstehe ich, Françoise. Ich werde nichts dergleichen tun. Aber Sie können mich jederzeit anrufen. Ich werde mich noch eine gute Woche in New York aufhalten, vielleicht sogar zwei.«

»Okay. Danke für alles, und machen Sie sich meinetwegen keine Sorgen, Mademoiselle Denning.«

»Ich heiße *Val*«, schimpfte ich, und wir lachten beide.

»*Au revoir,* Val«, verabschiedete das Mädchen sich leise.

»Gute Nacht, Françoise, und lassen Sie es sich gut gehen.«

V

Nachdem ich aufgelegt hatte, stützte ich die Ellbogen auf den Schreibtisch, legte den Kopf in die Hände und überlegte. Françoises Anruf hatte mich in die Realität zurückgeholt und aus meinem Tagtraum von meiner Liebesnacht mit Jake gerissen. Mein Leben nahm plötzlich wieder schärfere Konturen an, und ich dachte über Jakes Rat von vorhin nach.

Bevor er zu seinem Termin aufgebrochen war, hatte er mir vorgeschlagen, meinen Bruder Donald anzurufen. »Bring es ein für alle Mal hinter dich«, hatte er mit einem strengen Blick aus seinen blauen Augen gemeint. »Mach reinen Tisch und vergiss die Sache dann.«

Ich wusste, dass er Recht hatte, doch ich konnte einfach

nicht anrufen. Jedenfalls noch nicht; schließlich war ich erst einen Tag hier. Im Flugzeug hatte ich mich gefragt, ob ich in Wirklichkeit nach New York flog, um Donald und meine Mutter zu sehen … und nicht einfach, weil ich mit Jake zusammen sein wollte, wie ich glaubte.

Nun nahm ich diesen Gedanken noch einmal unter die Lupe und kam zu einem Schluss: *Nein,* erklärte die Stimme aus meinem Inneren lautlos, aber unmissverständlich. Ich war wegen Jake hier in der Stadt meiner Geburt, und das war die Wahrheit.

VI

Donald und meine Mutter bedeuteten mir aus offenkundigen Gründen sehr wenig. Nichts, *nada,* null Komma null, brummte ich halblaut. Sie hatten mir nichts gegeben, und ich hegte nicht die Absicht, zu diesem Zeitpunkt meines Lebens nach ihrer Pfeife zu tanzen.

So gesehen hatte Jake völlig Recht. Ich sollte all das alte Gepäck loswerden, die Last abwerfen und ohne die Bürde meiner Vergangenheit von vorn anfangen. Aber dazu musste ich mich den beiden – besonders meiner Mutter – stellen, und ich hatte vor langer Zeit geschworen, nie mehr mit ihr zu sprechen oder sie wiederzusehen. Das hatte ich ihr ins Gesicht gesagt und mich seitdem daran gehalten. Und jetzt hatte ich keine Lust dazu. Ich war nicht im Entferntesten neugierig darauf, was diese plötzlichen Avancen zu bedeuten hatten.

Die Wahrheit war, dass ich wegen Jake Newberg nach New York gekommen war, weil er mich an seiner Seite wissen wollte. Und dort wollte ich sein: bei ihm, in seinen Armen, in seinem Bett, in seinem Leben und seinem Herzen. Ich wollte alles mit ihm teilen – Arbeit, Freizeit, unsere Reisen, den Schlaf. Tag und Nacht, so lange ich lebte.

Kapitel 17

I

Als Jake eine Stunde später hereinkam, konnte ich ihm nicht vom Gesicht ablesen, wie das Treffen mit dem Herausgeber verlaufen war. Er hatte ein Pokerface aufgesetzt, und auch seine Augen verrieten nichts.

Nachdem er den Aktenkoffer auf einem Stuhl abgestellt hatte, kam er zu mir, umarmte mich fest und küsste mich auf die Wange. »Hi, Schätzchen«, begrüßte er mich. »Jetzt brauch ich erst mal eine Cola.« Und er ging in Richtung Küche davon.

Ich sah ihm nach und dachte unwillkürlich, wie gut er heute aussah in dem grauen Nadelstreifenanzug, dem blassblauen Hemd und dem dunkelblauen Schlips mit Tupfen. Alles an ihm blinkt, dachte ich, als er mit der Coladose in der Hand zurückgeschlendert kam, von seinem blond gesträhnten Haarschopf bis zu den auf Hochglanz polierten braunen Halbschuhen. Ich empfand einen Anflug von Stolz auf ihn. Er war den ganzen Tag fort gewesen, und seit wir zusammen waren, war ich immer erstaunt, wenn ich ihn nach nur wenigen Stunden Trennung wiedersah. Er war eine so angenehme Erscheinung, so attraktiv und gut gebaut, dass es immer ein kleiner Schock für mich war, wenn er – so wie jetzt – lässig hereinschlenderte. Er war der einzige Mann für mich, der Einzige, den ich wollte.

Jake setzte sich neben mich auf das Sofa. »Warum gehen wir am Abend nicht aus?«, fragte er. »Ich finde, du solltest heute nicht kochen.«

»Ganz wie du möchtest«, antwortete ich und sah ihn forschend an. »Wie ist es im Verlag gelaufen? Was für ein Mensch ist der Herausgeber?«

Jakes Miene hellte sich auf. »Ein prima Bursche, Val. Er wird dir gefallen. Ich wünschte, du wärest bei dem Treffen dabei gewesen, aber ich werde euch beide in allernächster Zeit zusammenbringen. Sein Name ist Bill Forrest, und er ist sehr gut informiert, sehr beschlagen. Er weiß, was er will, wie das Buch aussehen soll, welche Botschaft der Text und die Fotos ausdrücken sollen. Bill ist ganz begeistert von dem Projekt.«

»Das heißt, wir haben einen Vertrag«, schloss ich.

»Noch nicht. Aber ich glaube, so gut wie. Harvey ist da meiner Meinung. Aber bevor wir an den Punkt kommen, braucht Bill ein Exposee. Wir müssen das Buch also nach Kapiteln und Inhalt gliedern und ihm noch ein paar Bilder zeigen, und ich glaube, dann wird er einschlagen. Ich habe ihm gesagt, wir könnten ihm nächste Woche eine kleine Präsentation abliefern.«

»Werden wir denn bis dahin fertig?«, fragte ich und zog eine Augenbraue hoch.

»Klar. Wenn du mir hilfst, ist das ein Klacks.«

»Mit deinen Schmeicheleien erreichst du wohl alles.«

»Das will ich doch hoffen. Denn ich will alles von dir.«

»Das hast du doch schon, Dummkopf.«

Er lächelte, sagte nichts weiter und nahm einen tiefen Schluck aus der Coladose. Dann stellte er sie auf dem Couchtisch ab. »Wir könnten das ganze Wochenende durcharbeiten«, murmelte er, »die Bilder sortieren und die Details besprechen. Das haut schon hin.«

»Wahrscheinlich …« Ich unterbrach mich und warf ihm einen kurzen Blick zu. *»Jake?«*

Er wandte sich zu mir und sah mich an. »Was ist los? Du klingst besorgt. Und du siehst auch so aus.«

»Das bin ich auch ein bisschen. Wegen Françoise. Sie hat heute Nachmittag angerufen, und sie ist in Mike Carters Wohnung gezogen.«

»Warum? Was ist passiert? Sag nichts, ich kann es mir denken! Olivier ist aufgetaucht.«

»Nicht in Paris, sondern auf Les Roches Fleuries.«

»Ja, das meinte ich auch. Wahrscheinlich hat er ihre Familie bedrängt, stimmt's, Val?«

»Sieht so aus. Soweit ich verstanden habe, haben die beiden ihn ziemlich auflaufen lassen. Aber trotzdem hat Mike beschlossen, das Mädchen lieber aus meiner Wohnung herauszuholen.«

»Verstehe. Das war klug von Mike. Ein gewiefter Cop könnte zwei und zwei zusammenzählen. Wir beiden sind schließlich dort gewesen; also könnte er seine Schlüsse ziehen und auf die Wahrheit kommen. Warum sollten du oder ich ihr nicht irgendwie geholfen oder ihr Zuflucht gewährt haben? Ein scharfsinniger *Flic* könnte sich das leicht ausrechnen. Und wir beide sind bekannt, wir wären in Paris leicht aufzustöbern. Ein Polizist hätte kein Problem, früher oder später unsere Adressen herauszufinden.«

Ich nickte. »Genau. Und ich glaube, Mike mag sie … ich meine, ich habe das Gefühl, dass er sich zu Françoise hingezogen fühlt.«

Einen Moment lang schien Jake verblüfft, doch dann änderte sich seine Miene, und er grinste mich an. »Warum auch nicht? Françoise ist eine hübsche junge Frau, und sie scheint ein sehr nettes Wesen zu besitzen. Und Mike ist schon Witwer seit … wie lange, zehn Jahre?«

»Ja, Sarah kam bei diesem schrecklichen Autounfall vor zehn Jahren ums Leben; da war Lisa vier und Joy zwei.

Jetzt sind die beiden Teenager und ziemlich erwachsen für ihr Alter. Mike hat mir erzählt, die Mädchen seien sehr angetan von Françoise; er meint, sie hätten sich alle schon angefreundet.«

»Das ging aber schnell.« Jake lachte.

Ich fiel ein, sagte aber nichts dazu.

»Ja, ich schätze, bei Mike ist sie gut aufgehoben. Dort kann Olivier sie schwerlich aufspüren.«

»Ich hoffe, du hast Recht. Schließlich arbeite ich für Mike – wenn Olivier diese Verbindung herstellt, könnte er bei Gemstar aufkreuzen.«

»Yeah, das stimmt; aber bei Mike Carter erreicht er auf keinen Fall etwas.«

»Ich weiß, Mike ist ein zäher Bursche, der es mit jedem aufnehmen kann«, gab ich zurück.

»In was für einer lausigen Welt wir doch leben«, brummte Jake, nahm noch einen großen Schluck Cola und knallte die Dose dann auf den Couchtisch.

Ich sah, dass seine tiefblauen Augen zornig blitzten, und er hatte die Lippen zu einer schmalen Linie zusammengepresst. Er war wirklich ein guter Mensch und so mitfühlend.

Er sprach weiter. »Wohin man sieht, haben die Menschen so schreckliche Probleme. Nimm Françoise – eine unschuldige, liebevolle junge Frau, geschlagen und verprügelt von einem knallharten Cop, der zum Berserker wird, wenn er trinkt. Das ist doch nicht fair, oder?«

»Allerdings nicht. Ich hoffe nur, dass sie die Geburt gut übersteht und nichts schief geht. Sobald das Kind auf der Welt ist, kann sie entscheiden, was sie tun will. Ich persönlich bete ja, dass sie in Paris bleibt. Vielleicht hat sie ja eine Zukunft mit Mike.«

Jake warf mir einen langen, nachdenklichen Blick zu, lehnte sich dann zurück und runzelte leicht die Stirn. »Wie kommst du jetzt darauf?«

»Keine Ahnung … nein, ich weiß es doch. An dem Tag, als Mike uns zum Mittagessen ausgeführt hat, war da so eine Art … *Verbindung* zwischen den beiden, und sie war so unbekümmert, richtig *froh*. Ich konnte es kaum glauben, und ich weiß, dass es etwas mit Mike zu tun hatte. Und er sah … ich vermute, er hat ebenso empfunden. Er war ebenfalls *glücklich*. So lange ich ihn kenne, habe ich noch nie einen solchen Gesichtsausdruck bei ihm gesehen, und das sind immerhin schon sieben Jahre.«

»Aha, dann hat es bei den beiden also gefunkt. Aber das heißt noch nicht, dass sie eine Zukunft haben. Hör mal, sie ist verheiratet, und zwar mit einem Irren, von dem sie ein Kind erwartet … Immer langsam mit den jungen Pferden, Liebling.«

»Ich weiß, ich weiß. Aber es wäre doch nett, wenn die beiden …« Ich unterbrach mich und zuckte die Achseln. »Du weißt schon … irgendwie zusammenkommen würden.«

Jake beugte sich vor und küsste mich auf die Nasenspitze. »Aus dir spricht eine wahre Romantikerin, Val. Und ich stimme dir zu, das wäre schön für Françoise. Mike ist ein guter Junge.«

II

Jake wollte in einem netten Restaurant in der Nachbarschaft essen, daher nahm ich ihn später mit ins Le Périgord in der Zweiundfünfzigsten Straße. Ich wusste, dass es ihm gefallen würde, weil er französisches Essen liebte – natürlich an zweiter Stelle nach seiner geliebten Südstaaten-Küche. Und ich hatte mich nicht geirrt.

Das Périgord war ein weiteres von Großvaters alten Stammlokalen. Zwanzig Jahre lang hatte er mich bei vielen besonderen Gelegenheiten dorthin ausgeführt.

Georges Briguet, der Besitzer, begrüßte uns und gab uns einen Tisch, und ehe wir auch nur zwinkern konnten, standen zwei Gläser perlenden Champagners vor uns. Den Perrier-Jouët spendiere er uns als Willkommensgruß, erklärte Georges.

Jake ließ sich schnell von der heiteren Atmosphäre anstecken, und ich ließ mich mitreißen, weil ich glücklich war, *ihn* ausnahmsweise einmal so froh und sorglos zu erleben. Den ersten Gläsern Champagner folgten weitere. Jake bestellte Austern für uns und anschließend gebratene Ente, begleitet von einer Flasche Saint-Émilion, seinem Lieblingsrotwein. Wir beendeten das Mahl mit üppigen Schwimmenden Inseln in Vanillesauce.

»Ich weiß ja, dass ich vorher zu dünn war«, meinte ich irgendwann zu Jake. »Aber wenn ich weiter so esse, werde ich aufgehen wie ein Hefeteig. Ich muss Diät halten.«

»Ich finde dich prima, wie du bist, genau richtig, danke«, brummte Jake. »Bohnenstangen kann ich nicht leiden.«

Ich sagte nichts dazu, denn in diesem Moment fiel mir ein, wie dünn, beinahe magersüchtig seine Exfrau, das berühmte Model, gewesen war, ein Umstand, der Jake über alle Maßen beunruhigt hatte. Einen Moment lang dachte ich an Sue Ellen, überlegte, wie es ihr wohl gehen mochte und was sie tat. Soweit ich wusste, arbeitete sie immer noch als Topmodel. Die beiden waren jetzt seit fast zwei Jahren geschieden. Gott, die Zeit verging wirklich wie im Fluge!

»Hast du eigentlich Donald angerufen?«, fragte Jake.

Aus meinen Gedanken gerissen, blinzelte ich mehrmals. »Ähem, hmm, nein.«

»Du musst, Val.« Jake sah mich eindringlich an und legte seine Hand über die meine. »Nicht nur um deinet-, sondern auch um unsertwillen. Ich will nicht, dass diese Sache wie ein Damoklesschwert über dir hängt. Ich weiß so gut wie du, dass deine Vergangenheit dir immer eine schwere

Last gewesen ist. Ich möchte, dass du sie ein für alle Mal abschüttelst und dich davon löst. Du musst frei sein, Liebling.«

»Ehrlich, das will ich auch, Jake, aber ...«

»Kein Aber, das akzeptiere ich nicht«, unterbrach Jake mich scharf. »Greif einfach zum Telefonhörer und mach einen Termin mit Donald. Allein. Dann geh an einem anderen Tag zu deiner Mutter. Lass uns die Sache erledigen, solange wir hier in New York sind, Val. Das ist die beste Gelegenheit.«

»Ach Jake, ich weiß einfach nicht ...«

»Aber ich, und ich werde dir helfen. Ich bin für dich da, ich werde dich sogar zu ihm begleiten, oder wir laden ihn in die Wohnung ein. Du kannst allein mit ihm sprechen, wenn du willst, aber ich werde im Nebenzimmer warten, damit du dich sicher fühlst. *Bitte*, Val«, beharrte er leise.

»Ich denke darüber nach ...«

»Du wirst sehen, so schlimm wird es nicht. Ruf ihn morgen Früh an und triff ihn im Lauf des Tages. Je eher, desto besser.«

»Morgen kann ich nicht. Ich habe mich mit Muffie zum Lunch verabredet.«

»Ach ja, das hatte ich ganz vergessen. Aber ein Mittagessen dauert nicht den ganzen Tag, Val. Wie steht's mit dem Nachmittag? Oder triff deinen Bruder am Abend. Okay?«

»Ich weiß nicht.«

»Dann mach einen Termin für das Wochenende«, schlug Jake vor, entschlossen, die Angelegenheit beizulegen.

»Ich dachte, wir wollten an unserem Buch arbeiten.«

»Das werden wir auch. Aber du wirst doch sicher höchstens eine Stunde mit Donald verbringen wollen. Länger kann das Gespräch ja wohl nicht dauern, oder?«

»Bei Donald dem Großen weiß man das nie.«

»Ich habe mich schon oft gefragt, warum du deinen Bruder so nennst.« Fragend hob Jake die blonden Brauen und sah mich aus seinen strahlend blauen Augen an.

»Weil meine Mutter ihn für das Größte hielt, das die Welt je gesehen hat. Das Größte seit der Erfindung des geschnittenen Brots, pflegte meine Großmutter zu erklären. Meine Mutter sagte ständig: ›Donald ist hierin groß, Donald kann dieses großartig‹, und ich hatte einfach die Nase voll. Ich glaube, das galt für uns alle. Und eines Tages sagte ich: ›Da kommt ja Donald der Große‹. Großvater hat sich amüsiert wie ein Schneekönig, und der Name ist einfach hängen geblieben.«

»Das haben Spitznamen so an sich. Aber länger als eine Stunde kann es ja wohl nicht dauern, stimmt's?«, hakte Jake noch einmal nach.

»Woher zum Teufel soll ich das wissen?«, murmelte ich und sank auf der Bank immer weiter zusammen. Mir wurde immer mulmiger. Die bloße Vorstellung, meinem Bruder zu begegnen, war fast mehr, als ich ertragen konnte. Donald war für mich mit zu vielen schmerzlichen Erinnerungen verbunden.

»Du versuchst doch tatsächlich, dich zu drücken, Val«, meinte Jake, »und ich finde, das solltest du nicht, Liebling. Und auch deiner Mutter darfst du nicht länger ausweichen. Sieh ihr direkt ins Auge. Du kannst das, Val.«

»Kann ich nicht.«

»Warum? Du fürchtest dich doch nicht etwa?«

»Doch, ich glaube schon«, flüsterte ich.

»Vor ihr? Oder vor dem, was sie zu sagen hat?«, fragte Jake behutsam und nahm wieder meine Hand. Er versuchte, mich zu beruhigen.

»Eher Letzteres«, gab ich zu. Und dann setzte ich mich ein wenig gerader. Ich fühlte mich mit einem Mal besser, weil ich ihm das eingestanden hatte – und, genauso wichtig, mir selbst.

»Ach Val, hab doch keine Angst. Das alles geht von deiner Mutter aus, verstehst du. Ich wette, es hat nicht das Geringste mit dir zu tun. Wie sollte das auch möglich sein? Als das Ganze anfing, warst du noch ein Baby, jedenfalls nach dem, was dein Großvater dir erzählt hat. Das stimmt doch, oder?«

Ich nickte.

»Hör mir jetzt einmal zu … Wir beide haben vieles gemeinsam. Aber eines der wichtigsten Dinge ist unsere Integrität, unser Ehrgefühl und unsere Liebe zur Wahrheit. Wahrheit auf allen Gebieten. Ich halte nichts von Lügen, Val, und du ebenso wenig. Ich werde dir immer die Wahrheit sagen. Und ich weiß, dass du mir gegenüber immer aufrichtig sein wirst. Korrekt?«

»Ja«, antwortete ich, den Blick fest auf seine Augen geheftet.

»Okay. Was ich dir jetzt sage, ist die Wahrheit, Val. Du hast nichts zu befürchten, brauchst vor nichts Angst zu haben. Was immer deine Mutter dir zu sagen hat, das hat nichts mit irgendeinem Fehler zu tun, den *du* begangen hättest. Die ganze Sache geht um *sie*. Verstehst du denn nicht? *Sie hat ein Problem, nicht du.*«

Ich stieß einen tiefen Seufzer aus.

»Soll ich mitkommen, wenn du deine Mutter besuchst?«

»Ich weiß nicht, ob ihr das gefallen würde. Unter diesen Umständen wird sie vielleicht nicht offen sprechen.«

»Das ist natürlich möglich, ja«, räumte Jake ein. »Aber das werden wir nie erfahren, solange wir ihr keinen Besuch abstatten. Anders finden wir es nicht heraus.«

Ich musste ihm zustimmen. »Lieb von dir, dass du anbietest, mit mir zu kommen, Jake, wirklich.«

»Du bist mir halt wichtig.«

»Und du mir, und ich weiß, dass alles stimmt, was du sagst. Ich werde Donald morgen anrufen, versprochen, und ich werde mich mit ihm verabreden. Ich glaube, ich möchte lieber hören, was er von mir will, ehe ich wegen meiner Mutter etwas unternehme.«

»Geh die Sache langsam an, immer einen Schritt nach dem anderen«, meinte Jake, beugte sich zu mir und küsste mich auf die Wange.

III

In unserem stillen, verdunkelten Schlafzimmer, in dem riesigen Himmelbett, das einmal meinen Großeltern gehört hatte, liebten wir uns wie noch nie zuvor. Aufreizend langsam, wollüstig brachten wir einander an den Rand der Ekstase. Und dann plötzlich hörten wir auf, uns zu küssen und zu berühren und ruhten aneinander geschmiegt aus, um wieder zu Atem zu kommen.

»Ich möchte, dass dies niemals endet, dass es für immer dauert«, flüsterte Jake in mein Haar hinein. »Ich auch«, wisperte ich zurück und ließ meine Hände langsam seinen Leib hinaufgleiten und auf seiner Brust ruhen.

Jake stützte sich auf den Ellbogen und küsste meine Lider, meine Wangen, meine Lippen, meinen Hals. Er ließ seinen Mund auf meinen Lippen verweilen und küsste mich heftig, und dann liebkoste er meine Brüste. Langsam glitten seine Lippen abwärts, bis sie endlich zwischen meinen Schenkeln ruhten. Rasch und sicher erregte er mich von neuem zu höchster Lust. Meine Beine zitterten, mein ganzer Körper bebte unter seinen Berührungen, und ich sehnte mich, eins mit ihm zu werden. Als hätte er meine Gedanken gelesen, kam er im nächsten Moment zu mir. Wie immer fanden wir sofort zu unserem Rhythmus und stiegen zusammen immer höher.

»Ich liebe dich, Val«, stieß Jake gepresst hervor, als wir uns dem Gipfel der Leidenschaft näherten. Und ich sagte ihm, dass ich ihn liebte.

Viel später lagen wir erschöpft und eng umschlungen da. »Für immer … das ist für immer. Es muss so sein«, flüsterte ich Jake zu.

»Das wird es«, antwortete Jake. Er zog mich an sich, barg mich in seinen Armen und küsste mein Haar.

Kapitel 18

I

Es wurde doch kein so schöner Tag. Der helle Sonnenschein vom frühen Morgen war einem stumpfen, blassen Himmel voll weißlicher Wolken gewichen, aber regnen würde es nicht. Zumindest hatte Jake mir das versichert, der seit mehreren Stunden CNN eingeschaltet hatte.

Und so beschloss ich, zu Fuß zum Hotel Carlyle zu gehen, wo ich meine alte Freundin Muffie Potter Aston zum Mittagessen treffen wollte. Das erwähnte ich Jake gegenüber, als ich ins Arbeitszimmer ging, um mich mit einem Kuss von ihm zu verabschieden.

Jake saß an dem alten Schreibtisch am Fenster, der einmal Großvater gehört hatte, machte sich Notizen auf einem gelben Block und trank Cola aus der Dose.

»Ich bin weg«, murmelte ich und küsste ihn auf den Kopf. »Bis später dann.«

»Du gehst aber früh.«

»Ich habe beschlossen zu laufen.«

»Die ganze Strecke?«

»Das sind doch nur fünfundzwanzig Blocks«, erwiderte ich lachend.

»Und über die Erste, Zweite, Dritte, Lexington, Park und Madison«, erläuterte Jake und grinste.

»Ich brauche Bewegung«, konterte ich. »Ich fühle mich wie eine dieser Enten, die die Franzosen für ihre *Foie gras* stopfen, und das liegt an all den Mahlzeiten, mit denen du mich gefüttert hast, Jake Newberg.«

»Mmh. Hübsch und mollig, und umso besser zu rupfen.« Er warf mir einen anzüglichen Blick zu.

»*Mistkerl*. Und ich bin *nicht* mollig.«

Er setzte das ihm eigene rätselhafte Lächeln auf. Oder grinste er heute Morgen eher selbstgefällig? Ich war mir nicht sicher. »Gehst du später in die Agentur?«, fragte ich.

Er nickte. »Ich muss an das Archiv, das Harvey seit Jahren führt. Ich weiß, dass er dort eine Menge von meinen Fotos hat, und die könnten nützlich für das Buch sein. Ich schwinge mich gegen ein Uhr dorthin, esse einen Happen mit Harvey und mache mich dann an die Arbeit. Das ist eine Sache, bei der man nicht viel zu überlegen braucht. Ich muss die richtige Akte finden, dann brauche ich die Bilder nur noch zu ziehen.«

»Ich komme nach dem Mittagessen nach Hause zurück«, meinte ich, während ich mich aus dem Raum entfernte.

»Und du wirst Donald anrufen«, erinnerte mich Jake und warf mir einen strengen Blick zu.

»Ja, das mache ich. Bye.«

»Heute Abend lade ich dich zum Chinesen ein«, rief er mir nach.

»Ich werde keinen Hunger haben, also nein danke«, rief ich zurück und lächelte in mich hinein. Dann eilte ich durch die Diele und aus der Eingangstür, ehe Jake noch etwas sagen konnte.

II

Seit Jahren hatte ich in New York keinen Schaufensterbummel mehr gemacht. Daher ging ich die Siebenundfünfzigste Straße Ost hinunter und steuerte auf die Madison Avenue zu. Als ich in diese berühmte Modemeile einbog, war ich erstaunt, so viele neue Läden und Boutiquen zu sehen. Es war ein Vergnügen, gemächlichen Schrittes dahinzuschlendern und die neuesten Kleider, Schuhe und Taschen in den Auslagen zu betrachten.

Nicht, dass mir alle modischen Richtungen gefallen hätten, im Gegenteil. Ich neigte dazu, einfache, klassische Kleidungsstücke in dunklen Farben auszuwählen. Ich wusste, dass sie mir standen, und außerdem waren sie am praktischsten für mein Leben als Kriegsfotojournalistin. Meine gesamte Garderobe war auf Schwarz, Marineblau und Grau aufgebaut – ein wenig düster, zugegeben, aber die Farben sind gut zu kombinieren und die Accessoires kein Problem. Wenn mich gelegentlich der Übermut packte, erwarb ich auch einmal ein Teil in Weiß oder Cremefarben, aber niemals leuchtende Farben, da ich mich darin nicht sehen mochte.

Heute hatte ich einen leichten Wollblazer in Schwarz angezogen, der so geschnitten war, dass er einer Safarijacke ähnelte, ein Stil, den ich besonders mochte; und dazu eine weiße, seidene Hemdbluse und schwarze Gabardine-Hosen. Darunter trug ich schwarze, hochhackige Stiefel und dazu eine dunkelgrüne Handtasche, die Jake mir zu Weihnachten geschenkt hatte. Wie üblich bestand mein Schmuck nur aus Perlenohrringen und Armbanduhr, einem hübschen alten Stück von Cartier. Sie war die Lieblingsuhr meiner Großmutter gewesen, und sie hatte sie mir hinterlassen.

Im Gehen dachte ich an die einzigartige und sehr liebevolle Cecelia Denning, der ich äußerlich so ähnelte.

Ohne sie – und natürlich Grandpa – wäre aus mir ein menschliches Wrack geworden, neurotisch und rettungslos verpfuscht, daran zweifelte ich nicht. Und Großmutter hatte mich auch meiner besten Freundin Muffie Potter vorgestellt, seit fünfzehn Jahren meine treue Verbündete, mit der ich über alles sprechen konnte.

Muffie war ein paar Jahre älter als ich. Als wir Teenager waren, wohnte sie in Washington, D.C., aber wir trafen uns, wenn sie ihre Großeltern besuchte, die in Scarsdale lebten. Diese wiederum waren Freunde meiner Großeltern Denning und zufällig auch mit Tante Isobel bekannt, so dass unsere Freundschaft allenthalben mit Wohlwollen betrachtet wurde.

Obwohl wir verschiedene Lebenswege eingeschlagen hatten, waren wir seit unserer Jugend Freundinnen geblieben. Während ich mit meiner Kamera an den Fronten kämpfte, hatte Muffie einen leitenden Posten bei Van Cleef & Arpels angetreten, dem berühmten französischen Juwelier auf der Fifth Avenue.

Kürzlich hatte sie Sherrell Aston geheiratet, den bekannten Schönheitschirurgen. Zu meiner großen Enttäuschung hatte ich nicht einmal zu Muffies Hochzeit kommen können, denn ich hatte in irgendeinem grässlichen Loch in einer gottverlassenen Ecke dieser Welt festgesessen und wieder einmal menschliches Leid auf Zelluloid gebannt.

Im Lauf der Jahre hatten wir stets den Kontakt gehalten – über Briefe, Karten, Faxe und Telefon –, und wenn wir uns in derselben Stadt aufhielten, trafen wir uns zum Dinner, zum Lunch oder auf ein Glas, was immer wir zu Stande brachten. Ich war froh, eine so treue beste Freundin zu haben, und ich weiß, das Muffie ebenso empfand.

Sie hatte etwas ganz Besonderes. Ich nannte sie mein *Goldmädchen*, weil sie wirklich golden war, von innen wie von außen, aber besonders ihr Charakter. Sie war sonnig und unbekümmert, zumindest kam sie mir so vor.

Muffie war blond, blauäugig und sehr hübsch. Aber sie besaß auch eine ernste Seite und war viel lebensklüger als die meisten anderen Menschen, die ich kannte. Sie verfügte über eine treffsichere Art, ihre Meinung über alles abzugeben, einschließlich des Lebens ihres Gesprächspartners. Falls man so weise war, ihren Rat zu erbitten.

Aber nur dann. Sie war viel zu klug, um unerwünschte Kommentare abzugeben.

Ich hatte sie gestern angerufen, um ihr mitzuteilen, dass wir angekommen waren, und für heute eine Verabredung zum Mittagessen zu treffen. Und als sie gestern Abend nach Hause gekommen war, hatte sie mich angerufen, damit wir länger reden und einander auf den neuesten Stand bringen konnten.

Nachdem ich aus Belgrad nach Paris zurückgekehrt war, hatte ich Muffie in New York angerufen, um ihr von Tonys Tod zu erzählen. Daher wusste sie alles über meinen Kummer, und auch über meine Gefühle später, nach dem alptraumhaften Gedenkgottesdienst in London. Nachdem sie sich über die Transatlantikleitung meine Bekenntnisse angehört hatte, hatte sie mir beigepflichtet, dass Tony Hamptons Verhalten wirklich außerordentlich gewesen sei. Und dann hatte sie mir geraten, die Vergangenheit hinter mir zu lassen und weiterzumachen.

Als Jake und ich in Südfrankreich eine romantische Beziehung begannen, hatte ich Muffie aus Les Roches Fleuries angerufen, um ihr von unserer frisch erblühten Liebe zu erzählen und ihr zu gestehen, dass unsere Freundschaft sich auf einer anderen Ebene weiterentwickelt hatte.

Ich wollte sie wissen lassen, dass ich ihrem Rat gefolgt war, die Vergangenheit hinter mir gelassen, die Toten begraben und weitergemacht hatte.

Muffie war froh gewesen, dass ich ihren Rat beherzigt hatte. Und sie freute sich darüber, dass Jake und ich zusammengekommen waren, denn die beiden hatten sich gleich verstanden, als sie sich vor zwei Jahren kennen gelernt hatten. Sie hatte ihn sehr gemocht und war froh, dass mein Leben diese neue Wendung genommen hatte.

Und so hatten wir gestern Abend eine Weile über Jake geplaudert, meine Empfindungen für ihn und die Möglichkeit einer gemeinsamen Zukunft.

III

Seit Ewigkeiten hatte ich meine beste Freundin nicht getroffen, und ich freute mich wirklich darauf, Muffie zu sehen. Als ich ins Carlyle-Hotel trat und durch das Foyer zum Restaurant ging, wurde mir richtig klar, wie sehr sie mir gefehlt hatte.

Ich war die Erste, aber nur ein paar Minuten früher als sie.

Gerade hatte man mich zu einem Platz geführt, da rauschte hinter mir auch schon Muffie inmitten einer Parfümwolke herein und strahlte glücklich in alle Richtungen. In ihrem Kostüm in weichem Blaugrau sah sie fantastisch aus.

Wir umarmten einander, tauschten liebevolle Begrüßungsworte aus und ließen uns dann auf der Bank nieder. Muffie betrachtete mich aufmerksam und mit prüfender Miene.

»Du siehst großartig aus, Val!«, rief sie aus, nachdem sie mich ein paar Sekunden lang genau in Augenschein genommen hatte. »Wusste ich doch, dass Jake gut für dich sein würde!«

»Ja, das ist er. Und im Rückblick ist er das immer gewesen. Bei unseren Aufträgen war er nie weit fort. Er hat auf mich aufgepasst, mich beschützt, dafür gesorgt, dass mir nichts zustieß. Anscheinend war er schon damals in mich verliebt ...« Ich beendete den Satz nicht, sondern warf meiner Freundin einfach einen langen, vielsagenden Blick zu und hob eine Braue.

Muffie lachte. »*Männer*«, meinte sie kopfschüttelnd. »Hätte Jake sich doch nur früher erklärt, dann hättest du dich niemals mit Tony eingelassen und dir all den schrecklichen Kummer seinetwegen erspart.«

»Wie wahr. Und übrigens, du siehst selbst auch großartig aus.«

»Eine glückliche Ehe wirkt Wunder«, murmelte sie, lächelte mir zu und beugte sich über den Tisch zu mir herüber. »Weißt du noch, was ich dir einmal erklärt habe?«

»Du hast mir im Lauf der Jahre vieles erzählt, Muffie. Was genau meinst du?«

«Dass das Leben manchmal überraschende Wendungen nimmt und man nie weiß, was als Nächstes geschieht. Niemals. Manchmal passieren auch schlimme Dinge, aber nicht immer. Gelegentlich erlebt man auch wunderbare Zeiten. Schau dich doch an. Als du nach der Gedenkfeier nach Paris zurückgekehrt warst, warst du unglücklich, niedergeschlagen und zornig. Jetzt bist du wunderschön, blühend, strahlend gelaunt und nicht mehr wütend.«

»Ein bisschen zornig bin ich schon noch, Muffie. Tief im Inneren.«

»Das solltest du nicht, Val«, sagte sie leise, nahm meine Hand und drückte sie. »Das ist die Sache nicht wert. Lass einfach los. Zorn ist nur gut, wenn man ihn zum Ausdruck bringen und loswerden kann. Und das kannst du nicht, denn du hast niemanden, dem du deine Wut zeigen kannst – Tony ist tot.«

»Ich weiß, und du hast bestimmt Recht. Aber ...« Als ich Muffies Miene sah, unterbrach ich mich. Ich wusste, dass es keinen Sinn hatte, weiterzusprechen; außerdem hatte Muffie den Trick heraus, mir das Gefühl zu vermitteln, dass ich genauso lamentierte wie Donald. Ich hasste

Jammerlappen, warum also sollte ich mich selbst so benehmen? Und so behielt ich ausnahmsweise meine Gedanken für mich.

Wir bestellten Mineralwasser und tranken, während wir die Speisekarte studierten. Wie schon so oft beschlossen wir, das Gleiche zu bestellen, und entschieden uns für Spargelvinaigrette, gegrillte Seezunge und grüne Bohnen. Keine Kartoffeln, kein Brot, keinen Wein.

»Ich muss abnehmen«, erklärte ich Muffie grinsend und nahm noch einen Schluck Wasser. »Jake isst schrecklich gern, und er hat mich in letzter Zeit richtig gemästet. Zumindest kommt mir das so vor. Wenn wir mit einem Auftrag unterwegs sind, gibt es meist nichts Besonderes zu essen, und außerdem haben wir kaum Zeit, etwas zwischen die Zähne zu bekommen.«

»Du siehst nicht dick aus, sondern … göttlich.«

»Aus dir spricht eine wahre beste Freundin, Muffie.«

Eine Zeit lang plauderten wir über unser so unterschiedliches Leben. »Äußerst merkwürdig, Val«, bemerkte Muffie dann aus heiterem Himmel. »In letzter Zeit bin ich häufig deinem Bruder begegnet.«

»Donald?«, rief ich aus und starrte sie an.

Muffie nickte. »Donald dem Großen, wie du ihn zu nennen pflegst. Er kommt immer herüber und sagt hallo. Tatsächlich scheint ihm das besonders am Herzen zu liegen, was ich komisch finde. Denn ich weiß ja, dass ihr beiden euch nicht besonders nahe steht.«

»Um es vorsichtig auszudrücken!«

Muffie nickte und lachte dann. »Aber er ist ein ziemlich gut aussehender junger Mann geworden, und meist hat er dieses wunderschöne Mädchen am Arm. Wie ich höre, ist er bei der Zeitschrift ganz erfolgreich.«

Ich stieß einen langen Seufzer aus. »Als Klatschkolumnist, der über die Stars schreibt, ist er in seinem Element. Donald ist im Schweinehimmel, was dachtest du?

Wenn eines sicher ist, dann, dass *er* den Job seiner Träume hat.«

»Wann hast du ihn eigentlich zuletzt getroffen?«

»Vor ungefähr sieben Jahren, als er in Paris war. Nein, das stimmt nicht. Danach habe ich ihn noch einmal gesehen, auf Großvaters Beerdigung, wo er sich absolut fürchterlich aufgeführt hat. Weißt du noch, Muffie, wie er ohne Unterlass wegen des Testaments gezetert hat?«

»Allerdings erinnere ich mich, und ich sehe auch noch deine Mutter vor mir. Meine Mutter hat immer gesagt, an Margot Denning ist weniger, als man auf den ersten Blick glaubt. Aber da irrt sie sich. Hinter Margot Denning steckt viel *mehr*, und da liegt der Ursprung deines Problems mit ihr.«

»Was meinst du?«, fragte ich mit zusammengezogenen Brauen, den Blick auf Muffies Gesicht geheftet.

»Seit dem Begräbnis, als ich sie zum letzten Mal gesehen habe, Val, habe ich eine Menge über deine Mutter nachgedacht. Ich glaube, dass sie eine Vergangenheit hat.«

»Wie sollte das möglich sein? Sie hat meinen Vater mit dreiundzwanzig geheiratet, und ich kam zur Welt, als sie fünfundzwanzig war.«

»Nun ja, vielleicht ist *Vergangenheit* ja das falsche Wort. Eigentlich wollte ich nur zum Ausdruck bringen, dass sie etwas zu verbergen hat.« Muffie setzte eine nachdenkliche Miene auf und zog die blauen Augen ein wenig zusammen. »Meine Eltern und die meisten anderen Menschen halten deine Mutter für oberflächlich«, fuhr sie langsam fort. »Aber ich glaube das ganz und gar nicht. Sicher, sie gibt viel auf ihr Aussehen, Kleider, Schmuck und diesen ganzen Kram, aber sie ist auch eine vielschichtige Persönlichkeit.«

Ich starrte Muffie an. »Du bist ganz bestimmt die Einzige, die das glaubt! Meine so genannte Mutter ist so oberflächlich wie nur jemand, und kalt wie Eis. Du weißt, dass

Großvater sie Eisberg-Aggie zu nennen pflegte, oder die Eiskönigin.«

»Keine Frage, sie ist eine kalte Frau. Aber das heißt nicht, dass sie dumm wäre. Margot Scott Denning lässt sich von niemandem zum Narren halten. Wirst du sie besuchen, solange du hier bist?«

»Das glaube ich nicht.«

»Ich habe gehört, sie hätte einen Schlaganfall gehabt … ach nein, eine Herzattacke. Meine Eltern haben mir davon erzählt.«

»Donald behauptet, es seien zwei Herzanfälle gewesen.«

»Aber so alt ist sie doch noch gar nicht.«

»Nein, erst sechsundfünfzig.«

»Ist sie wirklich krank?«

»Donald glaubt, dass sie kurz davor steht, den Löffel abzugeben, aber vielleicht dramatisiert er ja nur, was seinem normalen Verhalten entspricht, falls du dich erinnerst.«

»Ja, so war er schon immer, ziemlich theatralisch. Wie alt ist er jetzt? Fünfundzwanzig oder so?«

»Sechsundzwanzig, benimmt sich aber wie ein Vierjähriger. Reichlich infantil.«

Muffie lachte.

Ich fiel ein. Meine Freundin hatte immer schon so auf mich gewirkt: Sie brachte die leichtere Seite von Valentine Denning ans Licht, die nicht alles so ernst nahm. Das liebte ich so an Muffie, ihre aufmunternde Wirkung auf mich.

»Wirst du sie sehen?«, fragte Muffie, den Kopf auf die Seite gelegt. »Ich weiß, wie du für sie empfindest, aber ich dachte nur …« Sie wurde immer leiser und verstummte dann ganz. Wahrscheinlich hatte sie bemerkt, dass meine Miene sich verdüsterte.

»Donald sagt, sie wolle mich sehen, aber ich habe nicht vor, seinen Schmeicheleien zu erliegen.«

Muffie warf den Kopf zurück und lachte schallend. »*Erliegen*, was für ein wunderbares Wort, Val, wirklich herrlich.«

Ich grinste ihr zu. »Klingt wohl ein bisschen altmodisch, aber das Wort kam mir so in den Kopf. *Muffie?*«

»Ja …«

»Ich möchte dich etwas fragen …«

»Dann schieß los; du weißt doch, dass du mich alles fragen kannst; und wenn ich kann, dann gebe ich dir eine Antwort.«

»Wolltest du andeuten, Margot Denning sei *komplexer*, als die meisten Menschen denken?«

»*Genau*. Außerdem glaube ich, dass sie krank ist. Psychisch krank. Und während ihrer ganzen Ehe hat dein Vater ihr die Stange gehalten. Was immer es gewesen ist, das sie besorgte, sie bekümmerte, dein Vater hat sie unterstützt und beschwichtigt. Weil er nicht die Kraft oder die Willensstärke besaß, gegen sie zu kämpfen. Ihr Paroli zu bieten, meine ich.«

»Schon möglich. Meine Großmutter hat ihn immer für einen Waschlappen gehalten. Das Wort hat sie ständig gebraucht, wenn die Rede auf ihren Sohn kam. Und Großvater hat sich ewig über ihn empört – Tante Isobel ebenfalls. Sie glaubten, er stehe unter dem Pantoffel meiner Mutter, und sie hatten Recht. Und das war Tatsache.«

Muffie nickte. »Ich habe es ja mit eigenen Augen gesehen, Val, mich brauchst du nicht zu überzeugen. Und natürlich hat er bei Lowell's für sie gearbeitet.« Sie rümpfte die Nase. »Schon eine komische Situation, wenn ich jetzt darüber nachdenke. Findest du nicht auch?«

»Ja. Aber ihm gefiel das. In diesem Sinne hat mein Vater eine ruhige Kugel geschoben. Ich glaube nicht, dass er selbst allzu viel Geschäftssinn besaß, und meine Mutter hat ihm einen großartigen Job zugeschustert – Vizepräsident von Lowell's Cosmetics, gegründet 1898, exakt vor hundert Jahren. Vorstandsvorsitzende war meine Großmutter Violet Scott, falls du dich erinnerst. Sie hat ein strenges Regiment geführt, genau wie meine Mutter heute.«

Ich holte Luft, stieß einen langen Seufzer aus und fuhr fort. »Als ich vor acht Jahren diesen fürchterlichen Streit mit meiner Mutter hatte, sagte ich ihr, ich würde nie wieder mit ihr reden. Dann habe ich es doch wieder getan, bei Großvaters Beerdigung. Aber ich habe kaum ein Wort mit ihr gewechselt, obwohl sie versuchte, die Sache wieder ins Lot zu bringen. Keine Ahnung, warum sie das wollte.«

»Bei *der* Szene war ich dabei«, rief Muffie bissig.

»Da ist noch etwas, Muffie. Als Tante Isobel vor anderthalb Jahren in Paris war, sagte sie, die Scott-Frauen seien alle Tyrannen. Und sie machte eine gehässige Bemerkung über Violet Scott.«

»Was hat sie gesagt?«

»Meine Großmutter Violet Scott sei ein hartes Miststück gewesen, und meine Mutter schlage ihr nach. Du weißt ja, wie unverblümt Isobel sich ausdrückt.«

Muffie schmunzelte. »Allerdings.« Dann wurde sie wieder ernst. »Du brauchst ja nicht auf deinen Bruder zu hören, Val. Wenn du deine Mutter nicht sehen willst, dann *geh nicht*. Um des Himmels willen, die Frau hat noch nie etwas für dich getan. Jedenfalls nicht, dass ich wüsste.«

»Sie hat mir nichts gegeben, *nada*, null Komma null.« Ich warf Muffie einen vielsagenden Blick zu. »Meinst du nicht, das wäre ein bisschen scheinheilig von mir … sie zu besuchen, meine ich?«

Muffie überlegte einen Moment. »Ja, ich schätze schon.« Sie nahm einen Schluck Wasser, bevor sie weitersprach. »Warum denkst du überhaupt darüber nach? Wegen ihrer Herzanfälle?«

»Eigentlich nicht. Was könnte ich für Gefühle ihr gegenüber hegen, einer Frau, die niemals das leiseste Interesse für mich gezeigt hat? Sieh mal, sie wusste, dass ich im Kosovo angeschossen worden war ... In den Zeitungen stand allerhand über Tonys Tod, und dass Jake und ich gleichzeitig verletzt wurden. Auch das Fernsehen hat berichtet. Aber sie hat nicht ein einziges Mal Kontakt zu mir aufgenommen, um sich nach mir zu erkundigen. Aber das ist halt typisch. Nicht das geringste Interesse. Jake ist derjenige, der mich drängt, sie zu treffen.«

»*Jake*? Wieso denn das, Val?«, Muffie klang verblüfft.

»Er findet, ich müsste die Konfrontation ein für alle Mal hinter mich bringen. Meine Mutter direkt fragen, warum sie mich derart behandelt hat, und besonders in meiner Kindheit.«

»Du wirst nichts herausbekommen«, erklärte Muffie überzeugt. »Sie wird sich dir nie anvertrauen. *Falls* es überhaupt etwas zu gestehen gibt.«

»Aber du hast gesagt, du glaubtest, sie habe eine Vergangenheit.«

»Ja, ich glaube, dass da etwas ist, etwas in der Tiefe ihrer Seele, das sie zu ihrem Verhalten bewogen hat, und zwar mit Billigung deines Vaters. Aber was soll's? Mir dir kann es schließlich nichts zu tun haben. Dieses Etwas hat sie dazu bewogen, sich eigenartig zu verhalten, aber du warst ganz bestimmt nicht der Grund. Wie sollte das möglich sein?«

»Das glaube ich auch nicht.«

»Dann schütze dich vor ihr, setz dich nicht weiterem Schmerz aus. Sie hat dir das Herz gebrochen, als du ein Kind warst. Und du kannst so gutmütig sein, ich kenne dich doch.«

»Nicht ihr gegenüber! Ich habe keine echten Gefühle für sie!«, rief ich aus. »In gewisser Weise ist sie wie eine Fremde für mich. Sie hat sich in meiner Kindheit von *mir* entfremdet.«

Muffie nickte, sagte jedoch nichts weiter, denn der Kellner servierte gerade unsere Spargelgerichte. Wir begannen zu essen. Und unwillkürlich wandte sich das Gespräch anderen Themen zu. Wie ich zu Muffie sagte, hatten wir über Wichtigeres als meine Mutter und Donald zu reden.

Kapitel 19

I

»Wer ist denn das Kevin-Costner-Double?«, fragte mein Bruder Donald, als er mir in das Wohnzimmer der Wohnung am Beekman Place folgte.

»Das ist mein bester Freund, Jake Newberg«, antwortete ich, ohne mich umzudrehen. »Ich stelle ihn dir später vor. Er ist Fotojournalist. Wir arbeiten oft zusammen.«

»Und ich wette, ihr schlaft auch oft miteinander«, konterte Donald.

Ich fuhr herum. »Du regst mich schon auf, Donald«, rief ich wütend aus, »und dabei bist du erst ein paar Minuten hier! Wir wollen doch nicht vergessen, dass du nicht gekommen bist, um über meine Beziehungen zu diskutieren, sondern über dein Verhältnis zu deiner Mutter.«

»Sie ist auch deine Mutter, Val«, erwiderte er, um dann rasch und beinahe entschuldigend fortzufahren. »Und du brauchst gar nicht ärgerlich zu sein. Ich habe bloß einen Blick auf den Mann erhascht, als ich am Arbeitszimmer vorbeiging, und er sieht wirklich aus wie Costner.«

Ich seufzte, setzte mich und gab keinen Kommentar ab.

Donald ließ sich auf dem Sofa nieder und saß da. Er starrte mich über den Couchtisch hinweg an und sagte ebenfalls kein Wort, als hätte er mich nie zuvor gesehen.

Ich erwiderte seinen Blick.

Muffie hatte die Wahrheit gesagt, mein Bruder hatte sich zu einem sehr gut aussehenden jungen Mann entwickelt. Er schlug nach meiner Mutter und besaß das gleiche schwarze Haar, die fein gemeißelten Züge, die vollkommene Nase, die hohen Wangenknochen, die glatte hohe Stirn und die hellgrünen Augen. Aber er war nicht groß und gertenschlank wie sie; diese speziellen Eigenschaften hatte ich von ihr geerbt. Aber das war auch unsere einzige körperliche Gemeinsamkeit; ich war durch und durch eine Denning.

Donald dagegen war ein Scott, Margot Scotts männlicher Klon. Er war ihr wie aus dem Gesicht geschnitten, bis hin zu dem spitzen Haaransatz, der ein so hervorstechendes, verblüffendes Merkmal bei ihnen beiden war. Aber er war nicht gebaut wie sie; von der Statur her ähnelte er eher meinem Vater. Donald war nur mittelgroß und feinknochig wie mein verstorbener Vater.

Donald studierte mich so genau, dass ich mich unbehaglich zu fühlen begann. »Was ist los?«, fragte ich. »Wieso siehst du mich so prüfend an? Du scheinst dir jede Einzelheit meines Gesichts einprägen zu wollen.«

Er grinste mir zu, und seine perfekten, perlweißen Zähne, um die ich ihn immer beneidet hatte, blitzten. »Ich hab dich eben lange nicht gesehen … Aber dein Gesicht brauche ich mir nicht ins Gedächtnis zu rufen, das kenne ich gut …« Er stieß einen langen Seufzer aus. »Früher hast du mich geliebt, Val, als ich klein war«, sagte er leise, fast unhörbar.

Einen Moment lang war ich sprachlos. Nicht nur Donalds Worte machten mich betroffen, sondern auch sein unerwartet zugängliches Verhalten. Für gewöhnlich benahm er sich mir gegenüber immer so aggressiv.

»Das stimmt doch, oder?«, beharrte er.

»Ja, du hast Recht«, gestand ich. »Damals habe ich dich sehr geliebt.«

»Und warum hast du damit aufgehört?«

»Das habe ich eigentlich nie«, murmelte ich und runzelte die Stirn. »Es lag an deiner Mutter. Sie hat sich eingemischt, sich sozusagen zwischen uns gestellt. Deine Mutter hat dich für sich beansprucht und damit mich verdrängt.«

»Sie ist auch deine Mutter«, sagte Donald.

»Das sagst du jetzt zum zweiten Mal innerhalb von ein paar Minuten! Nein, Donald, sie ist nicht meine Mutter. Sie hat mich vielleicht zur Welt gebracht, aber sie ist mir niemals eine Mutter gewesen oder hat mich je geliebt wie eine Mutter.«

»Das weiß ich«, gestand er leise.

Schon wieder hatte er mich verblüfft. Ich konnte nicht glauben, dass er in einer Sache, die unsere Mutter anging, mit mir übereinstimmte. Aber ich sagte kein Wort. Trotzdem fragte ich mich, woher dieser jähe Umschwung rührte, und war sofort misstrauisch.

»Worum geht das alles, Donald?«, fragte ich.

Er schüttelte den Kopf, schwieg aber weiter.

»Komm schon, heraus mit der Sprache.«

Donald lehnte sich zurück und schüttelte noch einmal den Kopf. »Ich verstehe es selbst nicht richtig, weil sie mir nichts sagen will. Aber im Wesentlichen hat die Sache mit dem Testament zu tun. Ihrem letzten Willen. Aber Mutter will mir keine Einzelheiten mitteilen.«

»Was soll das heißen, sie will dir nichts verraten? Du hast mir doch erzählt, dein Erbteil sei irgendwie mit meinem verknüpft. Das begreife ich nicht.«

»Ich auch nicht, weil sie sich nicht darüber auslässt. Aber nach ihrem ersten Herzanfall hat sie von mir verlangt, dich anzurufen, dich zu bitten, nach Hause zu kommen. Ich sollte dich nach New York holen. Aber du hast dich geweigert. Sie war nicht besonders erbaut darüber, und dann hatte sie eine zweite Herzattacke. Als es ihr wieder besser ging, hat sie mir richtig zugesetzt. Ich sollte dich überreden, nach New York zu kommen. Sie hat mir erklärt, sie müsse dich *unbedingt* sehen und es gehe dabei um eine Menge Geld. Mehr weiß ich auch nicht.«

»Verstehe. Die ganze Sache geht also um Margot Scott Denning und ihr Geld.«

»Stimmt.«

»Ich bin nicht an ihrem Geld interessiert. Du kannst meinen Anteil haben. Alles, Donald.«

»Danke, das ist nett, und ich nehme es gern«, gab Donald zurück. »Aber zuerst musst du mit ihr reden, zu ihr gehen. Sie will dich sehen, und es eilt. Komm, Schwesterherz, sag, dass du es tust. Bitte, für mich.«

»Donald, warum musst du mich ständig ärgern, obwohl du angeblich meine Hilfe brauchst?«

Er runzelte die Stirn und wirkte verwirrt.

»Du weißt sehr wohl, dass ich es hasse, wenn du mich Schwesterherz nennst«, erinnerte ich ihn.

»Tut mir Leid, *Val.*«

»Also, steht sie nun auf der Schwelle des Todes oder nicht?«

»Nein«, gestand er. »Nicht wirklich. Im Moment nicht. Sie scheint sich viel besser zu fühlen, und der Arzt meint, sie könnte nächste Woche wieder arbeiten, aber nicht voll, nur ein paar Stunden täglich. Sie muss alles behutsam angehen und häufig ruhen.«

»Das wird ihr aber gar nicht gefallen. Ich habe sie immer für hyperaktiv gehalten, so wie sie herumgelaufen und von Pontius zu Pilatus gerannt ist, als wir klein waren. Nie konnte sie einen Moment stillsitzen, und sie war fast nie zu Hause, sondern immer in ihrem Büro bei Lowell's.«

»Das stimmt. Selbst als wir noch Kinder waren, stand wahrscheinlich die Arbeit immer an erster Stelle. Und seit Dads Tod hat sie sich erst richtig ins Geschäft gestürzt. Sie ist ein Workaholic.«

»Ach.«

»Nun ja, er fehlt ihr, Val.«

»Er ist seit zehn Jahren tot, Donald! Gibt sie etwa jetzt die trauernde Witwe?«

Donald antwortete nicht, sondern blickte einfach ins Leere, auf irgendeinen Punkt über meinem Kopf.

Das Schweigen zog sich in die Länge.

Donald wirkte so unglücklich und beunruhigt, dass er mir Leid tat. Wie hatte ich ihn früher schikaniert! Und jetzt schaute er mich ganz ähnlich an wie als Kind. Er war ein netter kleiner Junge gewesen, bis Margot Scott gekommen war und ihn verdorben hatte. Aber ich hatte ihn geliebt, da hatte er Recht. Bis das Ungeheuer, das uns beide zur Welt gebracht hatte, ihn mir wegnahm.

Ich holte tief Luft und brach das Schweigen. »Muffie hat mir erzählt, dass sie dich zur Zeit öfter sieht und dass da immer ein wunderschönes Mädchen bei dir ist. Jemand Besonderes?«

»Hmm, ja, irgendwie schon ... Sie ist ein ganz prima Mädchen, und ich habe sie sehr gern ...« Donald unterbrach sich, lehnte sich zurück und blinzelte gegen die Sonne, um mich anzusehen. »Du hast dich also mit Muffie Potter getroffen.«

»Ja, gestern zum Mittagessen.«

»Hör mal, Val, du musst sie wirklich sehen. Mutter, meine ich!«, rief er plötzlich mit Nachdruck aus. »Ehe sie mit dir gesprochen hat, wird sie sich mir nicht anvertrauen. Das hat sie nicht ein Mal, sondern zwei Dutzend Mal erklärt. Ich muss wissen, was diese ganze Sache mit dem *Testament* auf sich hat, und nur du kannst das herausbekommen. Val, es geht um meine Zukunft.«

»Ich hatte weder vor, sie zu sehen, noch dich, Donald. Ich bin geschäftlich mit Jake hier, und er hat mich gedrängt, eine Verabredung mit dir zu treffen. Er hat das Gefühl, ich müsste der Sache auf den Grund gehen. Herausfinden, warum sie mich in meiner Kindheit so scheußlich behandelt hat.«

»Wahrscheinlich solltest du das, Schwesterherz. Val, meine ich«, verbesserte er sich rasch. Offensichtlich gab er sich große Mühe, netter zu mir zu sein als üblich, und sich einzuschmeicheln. Nun ja, er wollte ja auch etwas von mir. Aber unerwartet stand ein so flehentlicher Ausdruck auf seinem Gesicht, dass ich einlenkte. »Ich kann dir nicht zusichern, dass ich sie vor meiner Abreise besuche, Donald, aber ich werde darüber nachdenken. Und das ist ein Versprechen.«

Erfreut strahlte er mich an. »Danke. Ich weiß das sehr zu schätzen. Schließlich sollten wir doch beide wissen, was sie auf dem Herzen hat, oder?«

»Das stimmt«, gab ich zu.

»Wann willst du denn zu ihr gehen?«

»Ich habe nicht gesagt, dass ich sie besuche. Aber okay, ich rufe sie an. Bevor ich aus New York abreise. Und jetzt lass uns die Geschichte für den Moment vergessen. Hör auf zu quengeln, sonst überlege ich es mir vielleicht anders«, drohte ich und erkannte augenblicklich, dass ich wieder in meinen alten, tyrannischen Ton verfallen war.

Donald dachte offensichtlich dasselbe, denn er lachte. »Das ist nur fair. So, und wann stellst du mir nun diesen Costner-Klon vor?«

»Redet hier jemand von mir?«, fragte Jake von der Tür aus.

Ich schaute hinüber und sah ihn nonchalant am Türpfosten lehnen. Er sah unglaublich attraktiv aus, gekleidet in makellose Bluejeans und einen weißen Baumwollpullover. Und ich gestand mir ein, dass er wirklich ein bisschen wie der Schauspieler aussah.

»Komm doch herein, Jake«, sagte ich und stand auf. »Ich möchte dir meinen Bruder Donald vorstellen, der heute richtig lieb ist und gar nicht so widerlich wie sonst immer.«

Donald lachte und erhob sich ebenfalls.

Die beiden Männer gingen aufeinander zu. In der Mitte des Zimmers trafen sie sich und schüttelten einander die Hände. »Hätten Sie gern eine Tasse Kaffee oder einen Drink, Donald?«

»Im Moment nicht, aber vielleicht später. Danke, Jake.«

Jake setzte sich in den Sessel neben mir und warf mir einen langen, fragenden Blick zu. »Jetzt erzählt mal, habt ihr die Probleme der Welt gelöst?«

»Nein«, antwortete ich schnell. »Aber ich habe Donald versprochen, Kontakt mit seiner Mutter aufzunehmen, bevor ich New York verlasse.«

Jake nickte. »Warum nicht sofort? Verabrede dich so bald wie möglich mit ihr. Wir sollten diese Familienangelegenheiten aus der Welt schaffen. Schließlich haben wir beide genug mit dem Buch zu tun.«

»Ihr schreibt ein Buch?«, fragte Donald, und seine Miene leuchtete auf. »Wovon handelt es?«

Bevor ich ihn stoppen konnte, erzählte Jake Donald alles über die *Blumen des Krieges*. Seine Aufregung und Begeisterung waren größer denn je. Ich wusste nicht, wie ich seinen Wortschwall eindämmen sollte, und natürlich sog Donald begierig alles auf, den Blick eindringlich auf Jake gerichtet. Er war fasziniert.

Ich stand auf und durchquerte den Raum. »Ich gehe mir etwas Kaltes zu trinken holen«, erklärte ich von der Tür aus. »Möchte einer von euch etwas?«

Beide warfen mir einen Blick zu und gaben keine Antwort, sondern schüttelten nur den Kopf und wandten sich wieder ihrem Gespräch zu. Ich zuckte die Achseln und eilte durch den Korridor in die Küche. Als ich die Schwingtür aufstieß und eintrat, konnte ich mich des Gedankens nicht erwehren, dass Donald sich ein wenig gebessert hatte. Zumindest war er nicht so eklig wie sonst. Ja, er benahm sich beinahe zivilisiert. Wunder gibt es immer wieder, murmelte ich halblaut. Und dann fragte ich mich instinktiv, was für ein Spiel Donald da abzog.

II

Später an diesem Abend, als wir uns zum Essen umzogen, wandte Jake sich zu mir. »Ruf deine Mutter doch jetzt an, und mach ein Treffen für morgen aus.«

»Morgen!«, rief ich entsetzt aus. »Das ist viel zu *früh*.«

»Zu früh wofür?«

»Um sie zu sehen, Jake. Ich brauche Zeit, um mich vorzubereiten, bevor ich mich auf ihr Territorium wage. Und ich muss sofort zu ihr gehen, nachdem ich sie angerufen habe, sonst …« Ich unterbrach mich und starrte ihn an.

»Oder du könntest den Mut verlieren? Wolltest du das sagen?«

Ich nickte.

Mit ein paar Schritten durchquerte Jake den Raum, legte die Arme um mich und zog mich in seine warme, liebevolle Umarmung.

»Hör mal, Liebes, sie kann dir jetzt nichts mehr tun. Nie mehr. Du bist kein kleines Mädchen mehr, das ihr auf Gedeih und Verderb ausgeliefert ist. Du bist eine erwachsene Frau, eine Kriegsberichterstatterin, eine Frau, die jeder Art von Gefahr ins Auge geschaut und sie besiegt hat. Du kannst *jederzeit* zu ihr gehen, Val, du brauchst dich nicht vorzubereiten. Das ist töricht. Nimm einfach diesen Telefonhörer, wähl ihre Nummer und erzähl ihr von Donalds Besuch heute …«

»Darüber wird sie schon Bescheid wissen!«, rief ich aus und unterbrach ihn. »Er hat ihr bestimmt Bericht erstattet.«

»Okay. Kann sein. Dann sag ihr einfach, dass du sie morgen sehen möchtest. Wenn du willst, begleite ich dich.«

»Ja bitte«, gab ich zurück und kam mir gleich etwas dumm vor wegen meiner Äußerungen von eben. Was konnte Margot Scott Denning mir schon tun? Natürlich nichts. Ich hatte einfach nur so viele böse Erinnerungen an sie, dass ich mich bei der Aussicht, ihr persönlich gegenüberzutreten, immer nervös fühlte. Und dabei hatte ich sie nach dem Begräbnis meines Großvaters nicht mehr gesehen.

»In Ordnung«, stimmte ich ihm zu. »Ich mache es gleich.«

»Braves Mädchen.«

Ich ging zum Telefon, nahm den Hörer und wählte die Nummer der Wohnung in der Park Avenue.

»Hier ist Val«, sagte ich, als sie sich meldete. »Donald sagt, dass du mich sehen willst.«

»So ist es«, antwortete sie ruhig. »Wie geht es dir, Valentine?«

Wie es mir geht, dachte ich. Was für eine verdammte Unverschämtheit. Dies war praktisch das erste Mal in meinem ganzen Leben, dass sie sich nach meinem Befinden erkundigte. Augenblicklich wuchs mein Misstrauen; ich war alarmiert. »Wann können wir uns sehen? Wie wär's mit morgen?«

»Nun, ich …«

Kalt schnitt ich ihr das Wort ab. »Am besten wäre morgen Nachmittag. Gegen vier. Das ist wirklich der einzige Termin, den ich freihabe.«

»Na schön«, antwortete sie. »Ich sehe dich um vier.«

»Gut«, gab ich zurück und legte auf.

Kapitel 20

I

Obwohl ich nervös wegen des Treffens mit meiner Mutter war und ursprünglich Jake gebeten hatte, mich zu begleiten, wurde mir im letzten Moment klar, dass ich lieber allein zu ihr gehen wollte.

Früh am Sonntagmorgen war mir aufgegangen, dass ich wahrscheinlich bessere Chancen hatte, mehr herauszufinden, wenn ich allein in ihre Wohnung ging. Das erklärte ich Jake beim Frühstück und hoffte, er werde meine Beweggründe verstehen.

Fürsorglich wie immer, schien er zuerst ein wenig verunsichert über meine Entscheidung zu sein, ließ sich dann aber rasch überzeugen.

Er nickte. »Okay, Val, dann geh allein«, sagte er und klang schon zuversichtlicher, »wenn dir das angenehmer ist. Solange du kühl und unbeteiligt bleibst, wird alles gut gehen. Sei einfach nur sachlich und nüchtern.«

Das versprach ich, denn ich war einer Meinung mit ihm, dass dies die beste Art war, mit der Situation umzugehen. Meine Mutter hatte um das Treffen gebeten, und ich hatte eingewilligt. Also würde ich mir einfach anhören, was sie zu sagen hatte.

Aber dies war ausschließlich meine Entscheidung, und

ich konnte gehen, wann immer ich wollte. So einfach war das. Und sehr beruhigend.

Als ich später auf die First Avenue trat und mich nach einem Taxi umsah, sagte ich mir, dass ich den Besuch kurz und bündig hinter mich bringen musste, um meiner selbst willen.

Länger in der Wohnung zu verweilen, in der ich eine so unglückliche Kindheit verlebt hatte, würde nur den Zorn verstärken, den ich tief im Inneren spürte. Auf keinen Fall wollte ich, dass er sich Bahn brach, denn wenn ich die Fassung verlor, wäre ich nicht mehr in der Lage, mich mit meiner Mutter auseinander zu setzen.

Nach dem Tod meines Vaters hatte sie weiter in der weitläufigen, traditionellen Wohnung in der Park Avenue gelebt. Offenkundig hing sie an diesen Räumen, die mein Vater und sie nach ihrer Heirat 1965 bezogen hatten.

Als das Taxi von der Siebenundfünfzigsten Straße Ost stadteinwärts auf die Park Avenue einbog, bat ich den Fahrer unvermittelt, anzuhalten und mich hinauszulassen.

Ich zahlte und stieg aus, erleichtert, im Freien und an der frischen Luft zu sein. Im Taxi war mir plötzlich furchtbar warm gewesen, und ich hatte mich eingesperrt gefühlt. Abgesehen davon, dass ich schrecklich nervös war.

Ich atmete tief durch und ging über die Park Avenue in Richtung Dreiundsiebzigste Straße, wo die Wohnung lag, während ich versuchte, der Übelkeitsgefühle Herr zu werden, die sich in meiner Magengrube angesiedelt hatten. Den Bruchteil einer Sekunde glaubte ich, mich übergeben zu müssen, doch dann wurde mir bewusst, dass ich in Wirklichkeit eine wachsende Beklemmung bei der Aussicht empfand, meiner Mutter gegenüberzutreten. Bei ihr hatte ich nie gewusst, was mich erwartete, wie sie auf mich reagieren oder was sie sagen würde. Daher rührte die Angst, die ich in ihrer Gegenwart empfand.

Nachdem ich zehn Blocks weit kräftig ausgeschritten

war, wich meine Übelkeit langsam, und auf einmal fühlte ich mich viel wohler.

Jake hatte gestern gesagt, meine Mutter könne mir nichts mehr anhaben, und das stimmte. Ich war nicht mehr das kleine Mädchen, das sie grausam vernachlässigte und durch ihren Liebesentzug so leicht hatte verletzen können, sondern eine erwachsene Frau von einunddreißig Jahren. Eine Frau, die in ihrem Beruf fast täglich den größten Gefahren ins Auge sah, finanziell unabhängig und auf niemanden angewiesen. Eine Frau, welche die volle Verantwortung für sich selbst und ihr Leben übernahm. Ich brauchte keine Mama mehr, diese Mutter, die sich mir entzogen hatte, die ich mir als Kind immer gewünscht und niemals bekommen hatte.

Meine Mutter hatte während der letzten vierzehn Jahre keine Rolle in meinem Leben gespielt. Warum also versetzte die Vorstellung, ihr gegenüberzutreten, mich in derartige Anspannung? Wegen der Vergangenheit natürlich, gab ich mir selbst die Antwort. Als kleines Mädchen hatte ich mir nichts mehr gewünscht als ihre Aufmerksamkeit, Liebe und Anerkennung. Und die hatte sie mir vorenthalten. Den Grund hatte ich nie verstanden, begriff ihn bis auf den heutigen Tag nicht ... Und so war dies eine Frage – von vielen – geblieben, die ständig in einem Winkel meines Bewusstseins an mir nagte.

Trotz meiner Anspannung und meinen vagen Befürchtungen fühlte ich mich plötzlich und unerwartet viel zuversichtlicher angesichts dieses Wiedersehens. Ich suchte meine Mutter Donald zu Gefallen auf, weil er mich angefleht hatte, aber wenn ich ehrlich war, ging ich auch, weil *ich* sie sehen musste. *Um meinetwillen*. Jake hatte Recht ... mach reinen Tisch, hatte er mir geraten. Ich hoffte, wenn ich ihr gegenübertrat, könnte ich die Dämonen töten, die mich verfolgten, so lange ich denken konnte.

II

Sie sah genauso aus wie immer.

Margot Scott Denning. Die große amerikanische Schönheit.

Und schön war sie tatsächlich immer noch. Das schwarze Haar mit dem dramatischen spitzen Ansatz über der stolzen, breiten Stirn, hellgrüne Augen unter geschwungenen, pechschwarzen Brauen, Züge wie gemeißelt, eine perfekte Nase. Und dann der breite Mund, der sich blutrot von ihrem blassen, makellosen Teint abhob. Ein Gesicht, das Männer überwältigt hatte und dies vielleicht immer noch tat.

Groß. Gertenschlank. Elegant in einem perfekt geschnittenen grauen Flanellrock, über dem sie einen roten Kaschmirpullover trug und dazu die passende Cardigan-Jacke, die sie um die Schultern geschlungen hatte, wie die Frauen ihres Schlages es heute trugen. Die einfachen Perlen-Ohrstecker waren an ihrem Platz wie immer, ebenso wie die obligatorische Perlenkette. Lange, schlanke, wohlgeformte Beine in ganz feinen perlgrauen Strümpfen. Schmale Füße in tadellosen grauen Wildlederpumps.

Meine Mutter.

Vor vierzehn Jahren hatte ich zum letzten Mal die Tür dieser Wohnung hinter mir geschlossen und war nach Beekman Place zu meinen geliebten, warmherzigen Großeltern gezogen, die mich gern, bereitwillig und mit viel Liebe aufgenommen hatten.

Und in all der Zeit seit diesem Tag hatte sie sich nicht verändert, sondern sah exakt gleich aus. Das war nicht nur unheimlich, sondern beinahe erschreckend. Und sie wirkte auch nicht, als ob sie krank gewesen wäre. Soweit ich nach ihrem Aussehen urteilen konnte, erfreute sie sich blühender Gesundheit.

Sie ließ mich selbst ein und begrüßte mich mit dieser

leisen, kühlen Stimme, an die ich mich so gut erinnerte. Aber sie unternahm keinerlei Anstalten, mich zu umarmen, was mich nicht im Mindesten überraschte. Sie hatte anderen Menschen niemals Zärtlichkeit gezeigt. Ich ging natürlich auch nicht auf sie zu, sondern erwiderte nur mit neutraler Stimme ihren Gruß.

Ich folgte ihr in den Salon.

Der weiträumige, elegante Raum ging auf die Park Avenue hinaus und hatte sich genau wie meine Mutter nicht im Geringsten verändert.

Einen Augenblick lang hatte ich das Gefühl, die Zeit laufe rückwärts, und fühlte mich plötzlich in meine Kinderjahre versetzt … die Leiden, die ich ausgestanden hatte, ihre Vernachlässigung, die mich tief verletzt hatte, meine Einsamkeit, das schreckliche Gefühl, abgelehnt zu werden. Alles, was ich je empfunden hatte, schien auf mich einzustürzen, ein Strudel von Emotionen in dem blassen, nachmittäglichen Sonnenlicht, das den wunderschönen Raum erfüllte.

Die Jahrzehnte fielen von mir ab … längst verstummte Stimmen, lange vergessene Gesichter holten mich plötzlich ein, Echos und Bilder aus der Vergangenheit, die zwischen den in der Luft schwebenden Staubkörnchen um die Vorherrschaft kämpften. Eine Sekunde lang fühlte ich mich schwindlig und wehrlos und dachte schon, ich würde zusammenbrechen.

Blitzschnell zwang ich mich, in die Gegenwart zurückzukehren und drängte das Unglück und den Schmerz meiner Kindheit weg. Ich wollte nie wieder zurückblicken. Die bösen Geister vergangener Tage zu rufen war unnütz. Mein Blick war fest nach vorn gerichtet, in die Zukunft.

III

Meine Mutter setzte sich auf ihren gewohnten Platz, eine französische *Bergère*, einen mit perlmuttfarbenem Satin bezogenen Ohrensessel. Das Möbel stand in der Nähe des Kamins neben einem Louis-quinze-Sofa in perlgrau und burgunderrot gestreifter Seide.

Ich ging nicht in die Falle, mich auf den Stuhl zu setzen, den man mir als Kind immer angewiesen hatte, sondern blieb neben dem Kamin stehen, eine Hand auf den Sims gelegt.

Ein paar Sekunden lang musterte sie mich, ganz ähnlich wie Donald gestern.

Ich erwiderte ihren Blick unverwandt und setzte eine undurchdringliche Miene auf.

Ich wusste, dass ich gut aussah in meiner schwarzen Jacke, dem weißen Seidenhemd und den schwarzen Gabardinehosen, und das gefiel mir. Nun, da ich wirklich hier war, fühlte ich mich nicht mehr bang. Alle Nervosität, die ich zuvor empfunden hatte, war wie weggeblasen, und ich war vollkommen ruhig, gelassen und beherrscht.

»Du siehst gut aus, Val«, sagte sie endlich in ihrer wohlmodulierten Oberschichtstimme.

Ich nickte. »Du ebenfalls. Aber ich glaube kaum, dass wir zusammengekommen sind, um unser Äußeres oder unsere Gesundheit zu diskutieren. Donald ist sehr aufgeregt. Er sagt, seit deinem ersten Herzanfall spieltest du ständig auf dein Testament und seinen Erbteil an. Aber du wolltest nicht mit ihm darüber sprechen. Nicht, bevor du mit mir geredet hättest jedenfalls. Hier bin ich also, sozusagen in Donalds Angelegenheit. Können wir jetzt zur Sache kommen?«

Sie sagte kein einziges Wort.

Stattdessen saß sie einfach da und starrte das Gemälde über dem Kamin an, das immer schon dort gehangen hatte – ein wunderbarer Boudin, der von einem ganz außerordentlichen Licht erfüllt war. Ich erinnerte mich, wie sehr das Bild mich als kleines Mädchen fasziniert hatte. Damals wie heute zog der Himmel meine Aufmerksamkeit auf sich, der ein beinahe perfektes, atemberaubendes Blau aufwies.

Ich riss mich von dem bemerkenswerten und äußerst wertvollen Gemälde los, sah zu meiner Mutter hinüber und kam zum Thema.

»Ich kann mir nicht vorstellen, welche Verbindung zwischen Donalds und meinem Erbe bestehen soll. Aber ich sollte dir gleich zu Beginn unseres Gesprächs mitteilen, dass ich das meine nicht will. Hinterlass einfach alles Donald.«

Ganz offensichtlich aus ihren Gedanken gerissen, setzte sie sich gerader auf. »Das ist nicht möglich!«, rief sie aus.

»Natürlich ist es das. Ich trenne mich gern davon. Schreib deinen letzten Willen neu, und mach ihn zum Alleinerben.«

»Das kann ich nicht. Und auch du kannst nichts daran ändern. Du musst Lowell's erben. Das ist eine unabänderliche Tatsache.«

»Warum ist daran nicht zu rütteln?«

»Weil du eine Nachfahrin der Gründerin bist, und nur eine Frau kann die Firma erben. Das ist die Tradition, die von deiner Ururgroßmutter Amy-Anne Lowell begründet wurde. Sie eröffnete 1898 eine Apotheke in Greenwich Village und rief damit Lowell's ins Leben. Amy-Anne verfügte, dass nur ihre weiblichen Nachkommen ihre Firma erben durften. Und so ist es seither gehalten worden. Amy-Anne hinterließ die Firma ihrer Tochter Rebecca, und diese vererbte sie ihrer Tochter Violet, meiner Mutter und deiner Großmutter. Ich habe den Betrieb von meiner Mutter geerbt und muss ihn an dich weitergeben, wenn die Zeit gekommen ist. So verlangt es unsere Familientradition.«

Ich war so vom Donner gerührt, dass ich einen Moment lang kein Wort herausbrachte. Schließlich fand ich meine Stimme wieder. »Und was wäre passiert, wenn du keine Tochter bekommen hättest? Nur Donald? Oder ich ein Junge geworden wäre?«

»Dann würde die Frau des ältesten Sohnes die Firma erben. Sie würde wahrscheinlich nur dem Namen nach an der Spitze stehen. Das Tagesgeschäft würden Fachkräfte mit der richtigen Ausbildung erledigen. Aber sie wäre Eigentümerin und Aufsichtsratsvorsitzende. Dieser Fall ist jedoch noch nicht eingetreten, nicht in hundert Jahren, denn es hat immer weibliche Abkömmlinge von Amy-Anne Lowell gegeben.«

Ich musste ihre Worte erst einmal verdauen. »Hast du immer davon gewusst? Wusstest du über diese Amy-Anne-Tradition Bescheid, als ich ein Kind war?«

»Ja.«

»Warum hast du mich dann in meiner Kindheit so schlecht behandelt?«

Sie warf mir einen entsetzten Blick zu und runzelte die Stirn. Die schön geschwungenen Brauen zogen sich zusammen und bildeten eine gezackte schwarze Linie, die sie plötzlich hässlich wirken ließ. Sie beugte sich leicht vor. »Ich habe dich nicht schlecht behandelt!«, schrie sie. »Wie kannst du nur so etwas Schreckliches sagen? Du hattest hübsche Kleider, gutes Essen und wurdest in dieser wunderschönen Wohnung gut versorgt. Du hattest ein eigenes Zimmer, und zwar ein sehr schönes, wenn ich dich daran erinnern darf. Du hast die besten Schulen besucht, herrliche Ferien verlebt.« Ablehnend schüttelte sie den Kopf. »Du redest absurdes Zeug. Und du bist undankbar, sehr undankbar. Nach allem, was ich für dich getan habe. *Also wirklich*, Valentine!«

»Komm mir nicht in diesem *Also-wirklich*-Ton, oder mit dem Wort *undankbar*. Was du gesagt hast, stimmt vollkommen, über die Kleider, diese Wohnung, das Essen oder die Schulen. Aber du hast mich vernachlässigt, und zwar schändlich. Du hast mich abgelehnt, du hast mir deine Mutterliebe verweigert und mich so vollständig, so schreiend gleichgültig behandelt, dass einige Menschen aus deiner Umgebung das damals als geradezu kriminell betrachtet haben.«

»Wie kannst du es wagen, so mit mir zu reden? Ich bin deine Mutter, und du schuldest mir Respekt!«

Ich warf ihr einen verächtlichen Blick zu und fuhr mit kalter Stimme fort. »Mich erstaunt nur, dass du die ganze Zeit wusstest, dass ich Lowell's von dir erben würde. Ich kann es einfach nicht glauben. Diese Unverfrorenheit ist wohl kaum zu überbieten ... Wie konntest du auch nur auf die *Idee* kommen, ich würde die Firma unter diesen Umständen haben wollen, nach allem, was du mir angetan hast? *Du hast meine Kindheit ruiniert.* Und wenn meine Großeltern Denning nicht gewesen wären, dann säße ich heute in einer Irrenanstalt. *Das* hast du getan.«

Stattlich, schön und kalt wie Eis saß sie kerzengerade in ihrem Sessel. Großvater hatte sie die Eiskönigin genannt. Wie gut der Name passte! Sie hatte etwas Unmenschliches an sich.

An dem kalten Blick ihrer hellgrünen Augen und den fest aufeinander gepressten Lippen konnte ich zweierlei ablesen: Sie war zornig, und sie hatte mich nicht verstanden. Margot Scott Denning war sich keiner Schuld bewusst. Abscheulich, dachte ich, sie besitzt wirklich kein Gewissen. Und augenblicklich fiel mir ein, was Muffie kürzlich gesagt hätte. Sie war der Meinung, meine Mutter sei psychisch labil. Vielleicht hatte sie Recht. Auf jeden Fall war sie ernsthaft gestört, das wusste ich tief in meinem Inneren. Denn nur eine Frau, die nicht normal war, konnte ihr eigenes Kind so schlecht und gefühllos behandeln, wie sie das getan hatte.

Ich warf ihr einen durchdringenden Blick zu. »Erwartest du etwa, dass ich meinen Beruf als Fotojournalistin aufgebe?«, fragte ich ruhig. »Soll ich hierher zurückkommen und bei Lowell's anfangen? Willst du darauf hinaus?«

Sie nickte. »Ja natürlich, Val. So, wie sich das gehört. Ich habe bereits zwei Herzanfälle gehabt, und ich finde, jetzt ist es Zeit für dich, das Geschäft kennen zu lernen, die Firma, die eines Tages dir gehören wird.«

Jetzt sprach sie in gelassenem Ton; und wieder ging mir auf, dass meine Worte für sie bedeutungslos waren. Sie hatten sie nicht erreicht. Vielleicht hatte sie wirklich keine Vorstellung davon, wie sehr sie mich als Kind verletzt hatte.

Ich holte tief Luft. »Aber ich habe dir gerade erklärt, dass ich Lowell's nicht will. Gib die Firma Donald. Er war sowieso immer dein Liebling.«

»Ich kann Lowell's nicht Donald hinterlassen. Ich muss der Tradition folgen. Das ist in unserer Familie immer so gewesen … ein *Gesetz.*«

Plötzlich verstand ich einiges und lachte ironisch auf. »Donald ist nicht verheiratet, also gibt es keine Frau im engsten Familienkreis. Das heißt außer *mir*. Nur die gute alte Val. Aber so hattest du nicht gewettet, stimmt's?« Ich schüttelte den Kopf. »Du warst zutiefst überzeugt, Donald würde inzwischen verheiratet sein, nicht wahr, Mutter?«, schloss ich bissig.

Als das Blut ihr den langen Hals hochschoss und in ihr Gesicht kroch, wusste ich, dass ich den Nagel auf den Kopf getroffen hatte. Ihre Miene wirkte peinlich berührt.

»Du hast immer deine ganze Hoffnung auf Donald gesetzt. Du warst dir immer so sicher, dass er früh heiraten und eine gute Partie machen würde, und um mich hast du keinen Pfifferling gegeben. Aber du hast dich verrechnet. Nie hättest du gedacht, dass du mit sechsundfünfzig im Abstand von ein paar Monaten zwei Herzanfälle bekommen würdest. Du hast dich immer für unsterblich gehalten. Aber du kannst sterben, genau wie wir alle. Und du hättest nie damit gerechnet, dass Donald mit sechsundzwanzig noch Junggeselle sein könnte.«

»Du täuschst dich in Donald. Er hat eine hübsche junge Freundin, Alexis Rayne, und soweit ich weiß, ist die Beziehung ziemlich eng. Ich bin mir sehr sicher, dass dein Bruder sich in nächster Zukunft verloben wird.«

»Ganz bestimmt, sobald er die Vorteile kennt«, rief ich aus. »Da wird er nicht widerstehen können. Wenn es sein muss, wird er seine Freundin gefesselt zum Altar schleppen, nur um das Geld in die Finger zu bekommen.«

»Wie ordinär du bist«, zischte sie schockiert und warf mir einen ärgerlichen Blick zu. »Aber du warst schon immer gemein zu Donald.«

»Nein, das war ich nicht. Aber du warst abscheulich zu mir. Und ich habe nie verstanden, was dich zu deinem Verhalten bewogen hat. Also frage ich dich jetzt: *Warum?*«

»Mach dich doch nicht lächerlich, Valentine. Ich habe dich niemals schlecht behandelt. Nicht ein Mal in deinem Leben. Dieser ganze Unsinn entspringt deiner blühenden Fantasie. Außerdem besitzt du einen außerordentlichen Hang zur Übertreibung. Besonders, was deine Kindheit anbelangt, die vollkommen normal verlaufen ist.«

Ich ignorierte ihre Bemerkungen und überlegte, ob ich weiter nachhaken, sie noch ein Mal drängen sollte, mir ihr Verhalten zu erklären. Doch mir wurde klar, dass das sinnlos war, zumindest im Moment. »Wie ist denn nun Donalds Erbteil mit dem meinen verknüpft?«, fragte ich stattdessen.

»Das ist er nicht, nicht wirklich. Das war nur eine Art Umschreibung von mir, als ich mit ihm gesprochen habe. Ich wollte Donald nicht die Tradition erklären, oder mein Testament, ehe ich eine Gelegenheit gehabt hatte, mit dir zu reden.«

»Und woraus genau besteht nun Donalds Erbteil?«, fragte ich mehr aus Neugierde.

»Für Donald ist in meinem letzten Willen gut gesorgt«, antwortete meine Mutter. »Er erhält ein großes Aktienpaket von Lowell's. Wenn er wünscht, kann er dort eine führende Position übernehmen. Außerdem hinterlasse ich ihm diese Wohnung mit ihrer gesamten Ausstattung, die Kunstgegenstände, alles.« Sie sah sich um und wedelte lässig mit der Hand.

Damit hätte ich rechnen können, dachte ich und betrachtete sie nachdenklich. Ihr ganzer Besitz ging an Donald. Ich sollte Lowell's nur erben, weil ihr nach der kuriosen Familientradition nichts anderes übrig blieb.

Ich wusste, dass ich mich wiederholte. »Ich finde, du solltest Lowell's an Donald geben«, erklärte ich dennoch, »genau wie alles andere. Ich will es jedenfalls nicht, unter keinen Umständen.«

»Nein, das kann ich nicht; das habe ich dir doch eben auseinander gesetzt!«

»Jetzt hörst du mir zu. Ich will die Firma nicht! Und wenn du sie mir doch vermachst, dann überschreibe ich sie Donald. Augenblicklich. Lowell's bedeutet mir nichts. Du hast mir als Kind nie davon erzählt oder mir die so genannte Tradition erklärt. Und auch deine Mutter nicht, meine Großmutter. Und dabei war ich nach dir die nächste Anwärterin darauf. Ich begreife nicht, warum man mir nie erklärt hat, was Lowell's für mich bedeutete.«

»Du warst noch zu jung.«

»Verstehe. Und wie kommst du darauf, dass die Firma mich jetzt interessieren könnte? Und was diese Familienregel angeht, so kommt mir die ziemlich dämlich vor.«

»Amy-Anne dachte das nicht«, gab meine Mutter langsam zurück. »Und das würdest du auch nicht, wenn du ihre Jugend hinter dir hättest.«

IV

Ein Schlüssel drehte sich im Schloss, dann schlug die Tür zu. Das konnte nur Donald sein.

So war es.

»Ah, da bist du ja, Donald«, begrüßte ich ihn. »Komm herein und spitz die Ohren. Deine Mutter hat mir eben ihr berühmtes Testament erklärt. Danach soll ich Lowell's erben. Das ist eine alte Familientradition, die bis auf das Jahr 1898 zurückgeht, auf Amy-Anne Lowell. Nur Mädchen kriegen die Firma, verstehst du. Aber ich will sie nicht, daher schenke ich sie dir, Donald.«

»Das kannst du nicht tun!«, keifte meine Mutter wütend und fuhr aus ihrem Sessel hoch. Ihr Gesicht lief plötzlich rot an.

Donald blickte zwischen mir und seiner Mutter hin und her. Verblüffung malte sich auf seinen attraktiven Zügen.

»Das verstehe ich nicht«, sagte er, an sie gerichtet. »Bekomme ich keinen Anteil an dem Geschäft? Meint Val das?«

»Aktien, Donald. Du wirst ein Aktienpaket bekommen, und auch all meine anderen Investitionen gehen an dich«, antwortete sie beschwichtigend. »Diese Wohnung, die Kunstgegenstände, mein gesamter persönlicher Besitz werden dir gehören, wenn ich sterbe.« Sie klopfte auf das Sofa. »Komm, setz dich zu mir, und ich erzähle dir alles über das Testament.«

Er warf mir einen Blick zu und tat wie ihm geheißen.

Langsam und äußerst geduldig erklärte Mutter Donald alle Einzelheiten ihres Testaments und ging dann ausführlich auf DIE TRADITION ein. So, wie sie das Wort von Anfang an ausgesprochen hatte, war mir klar, dass sie es in Großbuchstaben schrieb. Aber schließlich hatten alle Lowell-Frauen vor ihr ebenso gedacht. Was ich zu ihr gesagt hatte, war mir ernst gewesen. Das war wirklich eine blöde Familienregel. Und wenn ein Mal eine Generation keine weiblichen Nachkommen hervorbrachte? Wenn die Männer nicht heirateten oder keine Töchter bekamen? Was wurde dann aus der Firma?

Ich dachte daran, ihr die Frage zu stellen, änderte aber sofort meine Meinung. Ich brannte darauf zu flüchten. Es gab keinen Grund zu bleiben, denn ich hatte meinen Standpunkt klar gemacht. Und es war eindeutig, dass meine Mutter mir keine Erklärung dafür liefern würde, wie sie mich behandelt hatte. Ich konnte weder reinen Tisch machen, wie Jake vorgeschlagen hatte, und auch die Dämonen nicht erschlagen. Daher konnte ich ebenso gut gehen.

Nachdem er meine Mutter angehört hatte, wandte Donald sich an mich. »Du hast gesagt, du willst Lowell's nicht, Val. War das dein Ernst?«

»Natürlich. Ich lebe nicht in New York, sondern in Paris, und ich habe nicht vor umzuziehen. Außerdem habe ich einen Beruf. Einen neuen brauche ich nicht, und an Lowell's habe ich nun wirklich kein Interesse. Ich wüsste nicht einmal, was ich mit einer Kosmetikfirma anfangen sollte.«

»Du könntest lernen, sie zu leiten«, warf Margot Denning ein.

»Da kannst du lange warten!«, konterte ich. Ich sah Donald an. »Besser, du heiratest schnell. Heirate dieses Mädchen. Und wenn ich dann irgendwann Lowell's erbe, gebe ich es einfach an sie weiter. So simpel ist das.«

»Wirklich?« Donald sah seine Mutter fassungslos an.

»So etwas ist in der Geschichte von Lowell's noch nicht vorgekommen, aber wahrscheinlich könnte Val das ... Sie würde ihr Erbe ja an ein weibliches Familienmitglied überschreiben ...« Sie wurde leiser und verstummte.

»Aber warum muss immer eine Frau das Erbe antreten?«, wollte Donald wissen.

»Diese Regel hat die Begründerin der Firma eingeführt,

eure Ururgroßmutter Amy-Anne Lowell. Sie hatte eine schreckliche Jugend. Ihr Vater und ihr Bruder haben sie entsetzlich misshandelt. Wenn die beiden betrunken waren, prügelten sie das Mädchen halb tot. Mit vierzehn lief sie aus Boston weg, wo die Lowells wohnten, und gelangte schließlich nach New York, wo sie meist als Hausmädchen bei den reichen Leuten der Stadt arbeitete. Als sie siebzehn war, fand sie eine Stelle als Zofe bei einer unverheirateten alten Dame und wurde deren Begleiterin und Sekretärin.

Die alte Frau mochte Amy-Anne und war sehr freundlich zu ihr, und als sie drei Jahre später starb, hinterließ sie ihr etwas Geld. Aber noch wichtiger war etwas anderes, das sie dem Mädchen vererbte: ein handgeschriebenes Buch mit Rezepturen für Cremes, Lotionen, Seifen und Kerzen. Amy-Anne wusste, dass die Produkte ausgezeichnet waren, denn die alte Dame – eine gewisse Miss Mandelsohn – hatte sie nach ihren Anweisungen herstellen lassen. Und auch Amy-Anne hatte sie benutzt und wusste, dass sie gut waren.

Miss Mandelsohn hatte das Buch aus Deutschland mitgebracht, als sie als junges Mädchen nach Amerika ausgewandert war. Schließlich eröffnete Amy-Anne ihre Apotheke in Greenwich-Village, aber das ist eine lange Geschichte, auf die ich jetzt nicht eingehen will. Aber als sie das geschafft hatte, gelobte sie sich etwas. Sie schwor, kein Mann solle jemals wieder Macht über sie besitzen, noch über ihre Töchter oder ihre eventuellen weiblichen Nachkommen.

Mit ihrem Gatten hatte Amy-Anne eine glückliche Wahl getroffen, denn er war ein guter Mensch und ihr und den drei Töchtern aufrichtig zugetan. Außerdem war er Apotheker und hat ihren Erfolg sehr befördert. Trotzdem blieb die Regel bestehen. Das war das Familiengesetz: Nur Frauen erben Reichtum und Macht. Daher ist die Firma immer von der Mutter an die Tochter weitergegeben worden. Das ist DIE TRADITION.«

Kapitel 21

I

»Jetzt kennst du die ganze Geschichte«, meinte ich zu Jake und lehnte mich in das geblümte Sofa im Salon der Wohnung am Beekman Place zurück.

»Das ist einfach erstaunlich ... ich meine, dass sie ihr Verhalten während deiner Kindheit abstreitet«, murmelte er düster und schüttelte den Kopf. »Wahrscheinlich hast du Recht, Val. Sie muss ernstlich gestört sein, um dich überhaupt so zu behandeln. Und noch etwas ... Wo war eigentlich dein Vater, als das alles geschah?«

»Ach, vergiss ihn, der war ein Waschlappen!«, schnaubte ich. »Stand vollständig unter ihrem Pantoffel. Er war vernarrt in sie, absolut gaga. Mir war das klar, und Tante Isobel hat mir meinen Eindruck vor ein paar Jahren noch einmal bestätigt. Sie sagte, meine Mutter hätte ihn untergebuttert, und Vater hätte sich nie gewehrt. Tante Isobel hat durchblicken lassen, dass meine Mutter Affären mit anderen Männern hatte, und ich bin mir sicher, dass das stimmt. Irgendwie tut es mir Leid, dass du ihr nicht begegnet bist, weil sie wirklich ganz außerordentlich ...«

»Darauf könnte ich wetten«, warf Jake ein.

»Ja, sie ist wirklich ein harter Brocken, kein Zweifel«, stimmte ich ihm zu. »Aber ich meinte, dass sie auch sehr,

sehr schön ist. Eisig, wohlgemerkt, aber immer noch schön. Und weißt du was – sie scheint nicht älter geworden zu sein, seit ich siebzehn war. Sie sieht ganz genauso aus. Die Zeit hat an ihr keine Spuren hinterlassen.«

»Ich dachte, sie war krank.«

»Scheinbar hat sie sich schnell von ihren Herzattacken erholt. Ich kann nur sagen, dass sie äußerlich fantastisch aussieht. Kein Anzeichen von Krankheit. Und keine einzige Falte.«

»Nichts geht über ein scharfes Skalpell, das von einem brillanten Chirurgen geführt wird«, meinte Jake, griff nach seiner Bierflasche und nahm einen schnellen Schluck.

»Keine Ahnung, ob sie Schönheitsoperationen hinter sich hat, Jake. Aber ich bezweifle das. Ich denke, sie hat gute Erbanlagen, und natürlich hat sie sich immer sehr gepflegt ... sie war fast besessen von sich und ihrem Äußeren.«

Er nickte. »Auf der Welt leben eine Menge eitler Frauen. Aber hey, Val, du hast dein Bestes getan, hast versucht, deinem Problem mit ihr auf den Grund zu gehen, wenn auch ohne Erfolg. Deine Mutter leugnet alles; sie wird nie mit dir über deine Kindheit reden. Da du nun doch keinen reinen Tisch machen kannst, finde ich, du solltest diesen ganzen Müll einfach aus dem Fenster werfen. Natürlich nicht im wörtlichen Sinn. Mach dich frei davon und lass uns unser Leben weiterführen.«

»Wie immer hast du Recht, Jake. Genau das werde ich.«

»Noch eines, ehe wir das Thema abschließen. Diese Regel ... dass nur Frauen die Familienfirma erben dürfen ... Das ist das Schrägste, das ich je gehört habe, meinst du nicht auch?«

»Ich finde es ... blöde. Aber andererseits ist Amy-Annes ganze Geschichte auch ziemlich haarsträubend. Dass sie als Kind den Prügelknaben für die männlichen Lowells abgeben musste, hat sie seelisch und körperlich wahrscheinlich fast zerstört, bis an die Grenzen ihrer Leidensfähigkeit gebracht. Wer könnte ihr übel nehmen, dass sie nie wieder einem Mann Macht über sich zugestehen wollte? Sie hat offensichtlich erkannt, dass Geld Macht bedeutet und daher den besten Schutz für eine Frau.«

Jake stand auf, kam herüber und setzte sich zu mir auf das Sofa. Er nahm meine Hand, warf mir einen langen Blick zu, der seltsam traurig wirkte, und räusperte sich dann mehrere Male.

»Stimmt etwas nicht?«, fragte ich, doch ich kannte die Antwort schon. Ich war empfänglich für Jakes Stimmungen und Gefühle und konnte in ihm lesen wie in einem offenen Buch. Ich war überzeugt, dass ihn etwas ganz anderes umtrieb als meine Familienprobleme.

Endlich antwortete er. »Während du bei deiner Mutter warst, hat Mike angerufen und wollte dich sprechen. Er möchte, dass du dich bei ihm meldest. Er sagt, er bleibt auf und wartet auf deinen Rückruf.«

»Da ist doch etwas passiert! Was hat er dir erzählt?«

Jake seufzte und verzog traurig den Mund. »Es ist Françoise. Sie hat gestern Wehen bekommen, viel zu früh. Und sie hat das Baby verloren.«

»Oh nein! *Nein, Jake*! Wie schrecklich für sie.« Ich spürte, wie mir die Tränen in die Augen stiegen, und meine Kehle war wie zugeschnürt. »Arme Françoise, ach, das arme Mädchen. Sie hat doch schon so viel gelitten. Und jetzt auch noch eine Fehlgeburt.«

Ich schüttelte den Kopf und sah Jake forschend an. »Davon hättest du mir gleich erzählen sollen, als ich nach Hause gekommen bin. Das ist doch viel wichtiger als meine Mutter und meine Problemchen mit ihr.«

»Ich wollte, dass du dir alles von der Seele redest; das Ganze quält dich schon so lange.« Er beugte sich zu mir herüber, küsste mich auf die Wange und ließ meine Hand los. »Von hier aus kannst du ohnehin nicht viel für Françoise tun. Und deswegen habe ich dich erst einmal über Lowell's erzählen lassen. Aber jetzt rufst du besser Mike an, Schatz. Er wartet, und in Paris ist es schon spät.«

II

»Jake hat mir gerade erzählt, was passiert ist, Mike«, erklärte ich meinem Chef in Paris, sobald wir einander begrüßt hatten. »Es tut mir so schrecklich Leid.«

»Yeah, ich weiß ... Françoise macht eine schwere Zeit durch, Val. Und danke für deinen Rückruf, das ist sehr lieb von dir.«

»Wo ist sie denn? In welchem Krankenhaus? Und noch wichtiger, wie hat sie es aufgenommen?«

»Ihr geht's gut, wirklich, sie ...«

Ich wartete darauf, dass Mike seinen Satz beendete, doch er sagte nichts weiter. »Mike, bist du noch da?«, fragte ich.

»Yeah, yeah, tut mir Leid«, gab er zurück. Er klang niedergeschlagen und seufzte. »Da ist noch etwas, das ich Jake nicht verraten habe«, sagte er kaum hörbar. »Das Baby wurde tot geboren ... das kleine Mädchen ist höchstwahrscheinlich schon vor Tagen gestorben, vielleicht sogar früher ...«

»O mein Gott, Mike! Françoise muss ja niedergeschmettert sein, und außer sich vor Kummer.«

»Sie ist todunglücklich, und sie gibt sich selbst die Schuld, denn sie sagt, sie hätte Olivier schon vor langer Zeit verlassen müssen. Sie ist überzeugt, dass er das Baby verletzt hat, als er sie in Marseille die Treppe hinunterstieß. Wenn sie ihn verlassen hätte, so glaubt sie, wäre dem Kind nichts geschehen. Wer weiß ... ich habe ihr gesagt, sie solle sich nicht damit quälen.« Noch einmal seufzte er matt. »Der Tod des kleinen Mädchens hat Françoise das Herz gebrochen.«

»Das kann ich mir vorstellen. Kann ich sie erreichen? In welcher Klinik liegt sie?«

»Ich habe sie in ein Privatkrankenhaus gebracht.«

»Das war sehr klug von dir. Und in welches?«

»Ich sag's dir gleich. Aber du solltest noch etwas anderes wissen. Ich bin mir verdammt sicher, dass dieser Schweinehund Olivier deine Wohnung hier beschattet hat. Auf jeden Fall ist er im Büro von Gemstar aufgekreuzt und hat nach dir gefragt ...«

»Du machst wohl Witze!«, unterbrach ich ihn energisch. Ich war entsetzt. »Da bin ich ja froh, nicht in Paris zu sein. Wie sieht er aus?«

»Ganz gut, aber ich halte ihn für einen ziemlichen Schlägertypen. Ich glaube, er würde ... vor nichts zurückschrecken. Adam Macklin hat mit ihm gesprochen – ich saß in einem Meeting –, aber ich konnte einen Blick auf ihn werfen, als er ging. Jedenfalls weiß er nicht, dass du dich in den Staaten aufhältst. Ich hatte Adam angewiesen zu sagen, du seiest im undurchdringlichen Regenwald von Bwindi, Uganda. Spezialauftrag. Ich bezweifle stark, dass er *dort* nach dir suchen wird.«

»Du meinst also, dass er zwei und zwei zusammengezählt hat? Willst du darauf hinaus, Mike?«

»Das ist mehr als wahrscheinlich. Deshalb habe ich Françoise auch nicht ins hiesige amerikanische Hospital gebracht. Zu offensichtlich. Und das wäre der erste Ort, an dem er suchen würde, wenn er eine Ahnung oder einen Verdacht hegte, dass sie eine Frühgeburt hatte.«

»Wieso glaubst du, dass er mich ins Visier genommen hat und sich auf mich konzentriert?«

»Du bist eine ziemlich offensichtliche Verbindung. Françoise hat mir erzählt, dass ihre Mutter dich in Marseille einmal erwähnt hat. An diesem Tag hat Olivier deinen Namen gehört. Er wusste, dass du zusammen mit Jake auf Les Roches Fleuries warst und dass du dich noch dort aufgehalten hast, als Françoise mit ihren Eltern nach Saint-Jean-Cap-Ferrat zurückkehrte. Sehr wahrscheinlich hat er die Fluglinien überprüft, sich die Passagierlisten geben lassen, als sie verschwand. Dort hat er deinen und Jakes Namen gesehen, und natürlich ihren. Ich bin mir sicher, dass ihre Eltern ihm nichts verraten haben. Er hat sich das alles selbst zusammengereimt – wir dürfen nicht vergessen, dass er bei der Mordkommission arbeitet und gewöhnt ist, komplizierte Ermittlungen zu führen, Dinge ausfindig zu machen. Und wie Françoise erzählt, ist er darin ein richtiges Ass.«

»Kann ich Françoise morgen anrufen, Mike?«, fragte ich, denn ich mochte nichts mehr über Olivier hören. Der Mann jagte mir Angst ein.

»Klar. Ich habe sie in eine Privatklinik in Saint-Germain-en-Laye gebracht, in der Nähe von Paris. Dort ist sie ziemlich sicher, bis sie sich kräftig genug fühlt, um in die Stadt zurückzukehren.«

»Was wird denn nun aus ihr, Mike? Wie sehen ihre Pläne aus, jetzt, da sie ihr Kind verloren hat?«

»Ich glaube nicht, dass sie bestimmte Pläne hat. Noch nicht. Und ich weiß ehrlich nicht, was sie in Zukunft anfangen will. Sie hatte nur den einen Wunsch, das Kind auszutragen ... Sie hatte starke Schmerzen und andere körperliche Beschwerden, und um die Wahrheit zu sagen, war ich nicht allzu erstaunt, als plötzlich die Wehen einsetzten. Und es überrascht mich auch nicht, dass sie das Baby verloren hat ... bei dem körperlichen und seelischen Stress, unter dem sie stand.«

»Zu Olivier kann sie jedenfalls nicht zurück«, erklärte ich. »Das wäre ihr Todesurteil.«

»Du hast Recht, und sie glaubt das auch. Aber wir müssen den Tatsachen ins Auge sehen, er ist ihr schon auf der Spur.«

»Ihr müsst vorsichtig sein, Mike, und ich wohl auch ...

weil ich eine Verbindung zu Françoise darstelle, zumindest glaubt Olivier das. Sie sollte herkommen, sobald sie reisen kann. Olivier glaubt, dass ich in Uganda bin, und von dieser Wohnung kann er nichts wissen. Françoise könnte hier bleiben, bis sie sich vollständig erholt hat. Und gleichzeitig in Ruhe nachdenken, entscheiden, was sie tun möchte, und Pläne für die nächsten Monate schmieden.«

Am anderen Ende der Leitung herrschte Schweigen.

»Bist du noch da, Mike?«, fragte ich. *»Hallo?«*

»Tut mir Leid, Val, ich wollte dich nicht anschweigen, ich habe nur über deinen Vorschlag nachgedacht. Gar keine üble Idee, das Mädchen in die Staaten zu holen. Aber ich hatte gehofft, du würdest bald wieder arbeiten kommen. Auf dich warten alle möglichen Aufträge.«

»Das habe ich auch vor, Mike. Jake und ich wollen nicht mehr lange hier bleiben. Dieses Wochenende haben wir ein paar von unseren Bildern zusammengestellt und versucht, die Präsentation für den Verleger vorzubereiten. Sobald wir das hinter uns haben, werden wir schleunigst nach Frankreich verduften. Aber Françoise kann auch ohne mich hier wohnen, das ist kein Problem. Dies hier ist die alte Wohnung meines Großvaters, sehr geräumig und komfortabel, und mehrmals die Woche kommt eine Zugehfrau. Das Mädchen wird sich hier wohl fühlen. Außerdem lebt meine beste Freundin in New York, Muffie Potter Aston. Und Muffie wird gern ein Auge auf Françoise halten. Hier wäre sie in *Sicherheit*, Mike, ganz bestimmt.«

»Ich glaube dir ja, und vielleicht ist das ja genau die Lösung, die das Mädchen braucht. In ein paar Tagen spreche ich mit ihr darüber. Im Moment ist sie wie gesagt viel zu aufgewühlt, Liebes, unglücklich, weil sie ihr Baby verloren hat.«

»Dieser Olivier ist ein Bastard ...«

»Allerdings ... Du hast nach ihren Zukunftsplänen gefragt. Die Sache ist, ich möchte gern, dass sie ein Teil *meiner* Zukunft wird, und die Mädchen wünschen sich das auch. Sie haben sie wirklich sehr ins Herz geschlossen, und ich habe den starken Verdacht, dass Françoise das auch will. Aber na ja … du weißt ja, zuerst muss sie diesen Wahnsinnigen von einem Ehemann loswerden, und das wird bestimmt nicht einfach.«

»Da hast du Recht. Aber lass mich einfach ein paar Tage über meine Idee nachdenken. Wenn du mir die Nummer der Privatklinik gibst, rufe ich Françoise an.«

»Klar doch«, gab er zurück und diktierte mir die Ziffern.

III

Während ich mit Paris telefonierte, hatte Jake sich im Esszimmer beschäftigt. Zuvor hatten wir die Bilderstapel auf dem Tisch ausgebreitet und versucht, sie zu ordnen. Nun saß er da und machte sich Notizen auf einem gelben Block, und als er mich eintreten hörte, drehte er sich um.

»Mike ist ziemlich durcheinander, was?«, fragte er.

Ich lehnte mich an den Türrahmen und nickte. »Ja, er macht sich große Sorgen um Françoise. Ich vermute, in den letzten paar Wochen hat er sich kräftig in sie verguckt. Ich kann es ihm nicht übel nehmen – sie ist hübsch und hat ein sanftes Wesen. Aber ihr Ehemann stellt ein gewaltiges Problem dar.«

»Und wie«, pflichtete Jake mir bei. »Er ist ein Rüpel und …«

»Mike hat ihn einen Schlägertypen genannt«, warf ich ein.

»Das ist er höchstwahrscheinlich auch, und er könnte gefährlich werden.«

»Ich habe Mike vorgeschlagen, sobald Françoise reisefähig ist, könnte sie herkommen und in dieser Wohnung unterkriechen.«

Jake blickte erstaunt drein. »Also, ich weiß nicht, ob das so eine gute Idee war, Val«, rief er aus.

»Wir fliegen doch ohnehin bald nach Paris zurück, und es gibt keinen Grund, warum sie nicht hier wohnen sollte. Tante Isobel wird nichts dagegen haben, und Muffie könnte sie im Auge behalten.«

Jake stieß einen langen Seufzer aus. »Sieht aus, als hättest du das Mädchen adoptiert.«

»Das nun wieder nicht, aber sie tut mir schrecklich Leid. So, wie sie mir erzählt hat, war ihre Ehe mit Olivier Bregone ein Albtraum.«

»Und du hast ihr an jenem Tag in der Villa wahrscheinlich das Leben gerettet. Fühlst du dich deshalb jetzt für sie verantwortlich?«

»So hatte ich das noch gar nicht gesehen«, meinte ich.

»Dieser Olivier Bregone ist nach allem, was wir über ihn gehört haben, ein ziemlich übles Subjekt, Val. Und ich fürchte, wenn er Françoise nicht findet, dann läuft er Amok, und ich möchte nicht, dass du dabei zur Zielscheibe wirst. Ich will nicht, dass dir etwas zustößt.«

Ich gab keine Antwort, sondern stand einfach nur an der Tür und sah ihn an. »Als Olivier bei Gemstar auftauchte und mich suchte, haben die ihm gesagt, ich sei mit einem Auftrag in Uganda unterwegs«, erklärte ich.

»Er war bei Gemstar!«, schrie Jake. »Jesus! Schon das verheißt Ärger. Du kannst dich nicht so weit hineinziehen lassen, Val. Aber sag mir, was ist passiert?«

»Mike war in einer Sitzung, aber er hat Adam Macklin angewiesen zu behaupten, ich sei außer Landes. Und Olivier kann unmöglich herausbekommen, dass ich hier in den Staaten bin.«

»Würdest du darauf wetten?«

»Hmm, wahrscheinlich kann ein guter Polizist alles erfahren, wenn er wirklich will«, gab ich kleinlaut zu.

»Ich finde es keine gute Idee, Françoise herzuholen, Val,

wirklich nicht. Bitte sei vernünftig. Sie muss ihre Probleme mit ihrem Mann lösen, sich Polizeischutz besorgen, die Scheidung einreichen und alles Nötige in die Wege leiten. Und wenn du meinst, dass Mike sich da emotional engagiert, dann soll er sie auch dabei unterstützen. Du kennst das Mädchen doch kaum.«

»Ja, das stimmt wohl …«

Jake sprang auf. Er stürzte durchs Zimmer, packte mich und zog mich in seine Arme. »Manchmal bist du wirklich zu gut für diese Welt, Valentine Denning! Ich muss dich im Auge behalten und auf dich aufpassen, weil du das Kostbarste in meinem Leben bist.«

»Oh Jake, Liebling«, flüsterte ich an seiner Schulter. »Ich danke dir. Ich empfinde genauso für dich … ich liebe dich.«

Er hielt mich ein Stückchen von sich fort und sah mir in die Augen. »Und ich liebe dich, Val. Sehr.«

IV

Jake zog mich ins Esszimmer und rückte mir einen Stuhl neben seinem zurecht. »Ich habe hier mit dem ersten Schwung Fotos ein Thema angefangen«, erklärte er, jetzt sachlicher. »Schau.« Er begann sie ordentlicher auszulegen.

Nachdem er die Bilder einen Moment lang herumgeschoben hatte, sprach er weiter. »Hier haben wir eine Menge deiner Aufnahmen von Kindern. Kinder, die nicht verletzt worden sind … Siehst du, da sind Kinder mit kleinen Blumensträußen, mit Haustieren, mit ihren Geschwistern. Sieh dir das hier an, den kleinen Jungen, der ein Stück Brot so fest an die Brust presst, als hätte er Angst, jemand könnte es ihm wegnehmen. Das geht einem an die Nieren … Die Bilder sagen alle so viel, und sie sind sehr ergreifend.«

»Ja, das sind sie«, pflichtete ich ihm bei. Bei den meisten erinnerte ich mich, wo und wann ich sie aufgenommen hatte; besonders rührend fand ich die Gesichter der Kinder. Sie wirkten so traurig, so Mitleid erregend, ja sogar herzzerreißend, und doch strahlten sie etwas wie Hoffnung aus … Hoffnung auf die Zukunft. Meine Kehle war wie zugeschnürt, und ich bekam kein Wort heraus. Wenn die Bilder schon auf *mich* so wirkten, dann würden sie gewiss auch andere Menschen bewegen. Ich wollte, dass das Buch ein Erfolg wurde, ganz besonders um Jakes willen.

Kapitel 22

I

Ich hatte mich meiner Mutter gestellt und nichts herausgefunden. Daher beschloss ich, Jakes Rat zu beherzigen und den Familienmüll über Bord zu werfen.

Ein weiteres Mal mit meiner Mutter zu reden hätte keinen Sinn gehabt. Wie mein Großvater zu sagen pflegte, kommt nichts dabei heraus, wenn man ein totes Pferd prügelt, und das stimmte. Meine Mutter leugnete ihr Verhalten mir gegenüber und würde das wahrscheinlich immer tun.

Mir fiel keine Möglichkeit ein, sie zu überzeugen, dass sie falsch an mir gehandelt hatte; also konnte ich nur eines tun, nämlich nichts. Ich musste mir das Ganze für immer aus dem Kopf schlagen und weiterleben.

Deswegen stürzte ich mich voll und ganz in das Buchprojekt. Da Jake wollte, dass ich den Großteil der Texte schrieb, begann ich an den Titeln für die Bilder zu arbeiten, die wir für die Präsentation bei dem Herausgeber am Freitag verwenden wollten. »Ich übe für das Buch«, erklärte ich Jake täglich, wenn ich den Kopf über meinen Notizblock beugte und die Zeilen entwarf, die meiner Meinung nach am besten das Gefühl übermittelten, das hinter jedem der Bilder stand.

Nach ein paar Tagen entdeckte ich, wie viel Spaß es mir machte, die ziemlich langwierigen Bildunterschriften zu verfassen, und ich fühlte mich äußerst geschmeichelt, wenn Jake sie abends las und mich lobte.

Während ich schrieb, brachte Jake die meiste Zeit damit zu, seine – und auch meine – Bilder zu sortieren und zu katalogisieren. Mike hatte uns erlaubt, meine Fotos aus dem Gemstar-Archiv in New York zu nehmen. »Solange du sie nur kopierst und das Original zurückschickst«, hatte er mich aus Paris telefonisch gemahnt.

Am Mittwochmorgen arbeiteten wir fleißig an dem Tisch im Esszimmer, als das Telefon klingelte. Jake nahm ab und lauschte einen Moment lang. »Oh, hi, Marge«, sagte er dann. »Ja, okay. Eine Minute, ich muss mir einen Stift suchen.«

Automatisch stand ich auf, reichte ihm meinen Schreiber und legte ihm meinen Notizblock auf das Beistelltischchen, auf dem das Telefon stand.

Ich setzte mich wieder und betrachtete die Gruppe von Bildern, die ich vor mir ausgelegt hatte. Eines sah ich mir genauer an. Es zeigte einen zerlumpten, schmutzigen kleinen Jungen. Er hockte neben seinem Bruder und seiner Mutter, die tot oder sterbend auf einer staubigen Dorfstraße irgendwo auf dem Balkan lagen. Schuttberge umgaben sie.

Die Bilder, die ich im vergangenen Jahr auf Film gebannt hatte, erzählten ihre eigene Geschichte. Für die Bildunterschrift wollte ich den Hintergrund benutzen, die Geschichte hinter dem Foto. Der Zusammenhang musste stichhaltig dargestellt werden, und ich musste genau die richtigen Worte wählen. Die Idee war, dass die Untertitel den Leser ebenso bewegen sollten wie die Bilder selbst.

»Okay, klar. Ich rufe gleich an«, hörte ich Jake, dann legte er auf und sah zu mir herüber. »Du errätst nie, wer in

New York ist und gerade versucht hat, mich in der Agentur zu erreichen.« Er sah mir in die Augen und stand da, immer noch leicht verwirrt.

Ich zerbrach mir den Kopf, denn mir war klar, dass es sich um jemanden handeln musste, den wir nicht erwarteten, dessen Auftauchen völlig unwahrscheinlich war. »Olivier«, antwortete ich, weil mir sonst niemand einfiel.

»Sei nicht makaber! Nein, Gott sei Dank nicht Olivier. Fiona.«

»Fiona!«, wiederholte ich.

»Allerdings. Fiona Hampton.«

»Ich frage mich, was sie hier zu suchen hat«, überlegte ich stirnrunzelnd.

»Das werden wir gleich erfahren«, gab Jake zurück, und ehe ich ein weiteres Wort einwerfen konnte, wählte er schon die Nummer.

»Hey, warte doch, lass uns nichts überstürzen«, rief ich, aber er fragte bereits nach Fiona.

Das Nächste, was ich hörte, war seine fröhliche Begrüßung. »Hallo, Fiona! Wie geht's dir? Und was machst du in New York?«

Den Hörer ans Ohr gepresst, lehnte er an der antiken Mahagoni-Anrichte, nickte ab und zu und lauschte aufmerksam. Offensichtlich interessierte ihn jedes Wort, das sie zu sagen hatte.

»Einen winzigen Augenblick, ich will Val fragen«, sagte er dann und sah zu mir herüber.

Ich setzte mich gerader und richtete meine Aufmerksamkeit auf ihn. »Was will sie?«, fragte ich, indem ich lautlos die Lippen bewegte.

»Fiona würde gern mit uns zu Mittag oder zu Abend essen. Was wäre dir lieber, Schätzchen?«

»Geht es um heute?«

»Ja.«

»Dann zum Dinner, denn ich bin hier mit den Bildunterschriften gerade gut in Schwung und würde gern noch ein bisschen weiterarbeiten.«

Er nickte mir zu. »Abends wäre günstiger für uns, Fiona«, sprach er in den Hörer. »Warum treffen wir uns nicht ... mal überlegen ...« Er sah mich an und hob fragend eine Augenbraue.

»Im Le Périgord in der Zweiundfünfzigsten Ost. Um acht«, schlug ich vor.

Jake wiederholte Fiona meine Worte. »Ja, ich freue mich auch sehr, dich zu sehen. Dann bis heute Abend«, setzte er noch hinzu.

II

»Und, was führt Fiona nun nach New York?«, fragte ich Jake, sobald er aufgelegt hatte.

»Sie sagt, sie macht ein paar Tage Ferien mit einem Freund. Den sie übrigens zum Essen mitbringt.«

»*Aha*. Also spielt sie nicht länger die trauernde Witwe.«

»Ich habe nie geglaubt, dass sie wirklich getrauert hat«, brummte Jake, kehrte zum Esstisch zurück und setzte sich mir gegenüber. »Sicher, bei der Gedenkfeier wirkte sie betrübt, aber findest du im Rückblick nicht auch, dass sie merkwürdig gefasst war?«

Ich nickte. »Du hast Recht, Jake, und sie hat weder bei den Ansprachen noch während der Messe allzu viele Tränen vergossen. Hmm. Na, wir werden ja sehen, oder?«

»Klar.« Er begann die Fotos herumzuschieben.

»Übrigens, woher wusste sie eigentlich, dass du in New York bist?«

»Erinnerst du dich noch, dass sie mich zu erreichen versucht hat, als wir auf Les Roches Fleuries waren? Ich meine im Büro in Paris. Ich habe ständig versucht, sie zurückzurufen, zuerst in Dublin und dann in London. Aber in

London lief immer nur der Anrufbeantworter, und schließlich habe ich eine Nachricht hinterlassen, ich würde nach New York fliegen. Die hat sie wohl bekommen und nach ihrer Ankunft bei der Agentur angerufen.«

Von neuem beugte ich mich über das Papier und begann zu schreiben, versuchte mich auf die Bildunterschrift zu konzentrieren, an der ich vor Fionas Anruf gearbeitet hatte. Aber Fiona drängte sich in meine Gedanken, tauchte beharrlich immer wieder auf.

Während unserer ein Jahr währenden Beziehung hatte Tony mir eingeredet, Fiona sei ein Drachen und eine schwierige Frau. Aber als ich sie endlich traf, hatte ich entdeckt, dass ganz das Gegenteil der Fall war. Seit diesem Tag hatte ich häufig überlegt, ob sie wohl von mir gewusst hatte, die Vorstellung dann aber immer weit von mir geschoben. Verheiratete Männer pflegten ihren Gattinnen nicht von ihren Geliebten zu erzählen. Oder doch? Tony Hampton bestimmt nicht, denn dazu hatte es im Laufe der Jahre zu viele Frauen in seinem Leben gegeben. Eine solche Anhäufung von Geständnissen hätte doch bestimmt zu einem Bruch zwischen den Eheleuten geführt.

Ich fasste meinen Stift fester und begann zu schreiben, aber Minuten später drängte Fiona sich wieder dazwischen, und meine Konzentration war dahin. Verdammt, dachte ich, warum musste auch ausgerechnet sie in New York auftauchen? Das konnte ich gerade noch gebrauchen, eine Erinnerung an Tony Hampton und sein Doppelspiel, seine Lügen, seinen Betrug, den Schmerz, den er mir bereitet hatte. Und Fiona wahrscheinlich auch.

III

Da in meiner Garderobe Schwarz dominierte, trug ich auch Schwarz zum Dinner, womit ich mich den New Yorkerinnen anpasste, die abends nie eine andere Farbe trugen.

Aber statt meines üblichen Hosenanzugs hatte ich mich zu einem Kleid aufgeschwungen, und als ich um Punkt halb acht in den Salon trat, stieß Jake einen bewundernden Pfiff aus.

»Junge, Junge, was siehst du großartig aus«, rief er. »Mit deinen herrlichen Beinen solltest du öfter Kleider tragen.«

»Danke«, gab ich zurück, erfreut über seine Reaktion. Das Kleid war ganz simpel geschnitten, ein einfaches, gerades Futteralkleid aus Wolle, aber elegant; dazu trug ich hauchdünne schwarze Strümpfe und hochhackige schwarze Pumps. Die Perlenohrringe, die meine Großeltern mir geschenkt hatten, und eine goldene, perlenbesetzte Brosche, die Muffie mir vor zwei Jahren zum Geburtstag gekauft hatte, setzten genau die richtigen Akzente.

»Möchtest du noch einen Drink, bevor wir aufbrechen?«, fragte Jake.

»Nein, danke. Und du siehst heute Abend auch sehr schick aus«, sagte ich, musterte ihn von oben bis unten und grinste gespielt lüstern.

Er begann zu lachen, zog mich an sich und hielt mich fest. »Wenn du nicht aufpasst, landen wir noch im Schlafzimmer statt im Restaurant«, flüsterte er in mein Haar.

Sacht schob ich ihn weg und fiel in sein Gelächter ein. Dann nahm ich seine Hand. »Komm, lass uns gehen. Ein paar Minuten brauchen wir zu Fuß schon bis zum Le Périgord, und wir sollten auf jeden Fall vor den beiden da sein.«

»Dann mal los«, meinte Jake.

In der Diele nahm ich mein schwarzes Umschlagtuch und eine kleine schwarze Abendtasche und warf mir den

Schal über die Schulter. Dann verließen wir die Wohnung und gingen zum Aufzug.

Für Anfang Oktober war der Abend herrlich; ein wenig kühl, aber nicht wirklich kalt, und nachdem ich den ganzen Tag drinnen an den Bildunterschriften gearbeitet hatte, fand ich die Luft erfrischend.

Jake äußerte sich ähnlich, als wir Beekman Place überquerten und uns in Richtung First Avenue wandten. Ihm ging das Gleiche durch den Kopf wie mir. Wir waren beide nicht daran gewöhnt, so lange ans Haus gefesselt zu sein wie in letzter Zeit, da wir für gewöhnlich mit unseren Kameras im Feld unterwegs waren.

Ich hakte mich bei Jake ein. »Was weißt du eigentlich über Alexander St. Just Stevens, den Maler?«

»Nicht besonders viel. Heißt es nicht, er sei der Picasso unserer Zeit?«

»Ja, richtig, das ist er wohl.«

»Wie kommst du auf ihn?«

»Mike möchte, dass ich mich mit ihm treffe und einen Blick auf seine Arbeiten werfe. Anscheinend hat er eine neue Bilderserie zur Hälfte abgeschlossen und bereitet eine große Ausstellungseröffnung in Paris vor. Mike hat mehrere Zeitschriften an der Hand, die sich für Bildberichte über ihn und seine Gemälde interessieren.«

»Ich wusste gar nicht, dass der Mann in New York lebt. Ich dachte, er sei Engländer.«

»Ist er auch, aber wie Mike sagt, besitzt er auch ein Loft in New York und ein bombastisches Anwesen in Mexiko. Ich glaube, er lebt schon seit Jahren nicht mehr in England. Gestern meinte Mike, er sei augenblicklich in dem Loft in New York und male, und er möchte, dass ich ihn aufsuche, um mir eine Meinung über seine Kunst zu bilden.«

»Dabei kann ich dir leider nicht besonders behilflich sein, Val. Ich habe einige seiner Arbeiten gesehen, und ich erinnere mich, dass sie sehr kraftvoll sind, eine starke Aussage haben. Ich weiß, dass man manche seiner Kriegsbilder mit Picassos *Guernica* vergleicht. Du weißt schon, Picasso hat das Bild in den Dreißigerjahren gemalt, während des Spanischen Bürgerkriegs, und Robert Capa hat es fotografiert. Möchte Mike denn, dass du Aufnahmen von den Gemälden machst?«

»Nein, das glaube ich nicht. Er möchte, dass ich Kontakt mit dem Künstler aufnehme, herausbekomme, wann die Serie abgeschlossen sein wird, und hoffentlich irgendeine Zusage ergattere. Mike möchte, dass wir die neuen Bilder als Erste fotografieren.«

»Du. Ich bin mir sicher, dass er dir die Berichte zuschustern will. Warum sollte Mike sonst nicht jemanden von Gemstar in New York schicken, um sich die Bilder anzusehen?«

Ich zuckte die Achseln. »Keine Ahnung … Wahrscheinlich möchte er meine Meinung über die Kunst selbst hören.«

»Na, bestimmt wird dieser Alexander St. Just Stevens die Gelegenheit beim Schopfe packen. Künstler lieben Publicity, wie alle anderen Menschen auch. Das hilft ihnen beim Verhökern ihrer Waren«, meinte er schmunzelnd.

Wir waren fast bei dem Restaurant in der Zweiundfünfzigsten Straße angelangt, als ich ein wenig abrupt stehen blieb und Jake ansah. »Plötzlich habe ich so ein komisches Gefühl dabei, Fiona gegenüberzutreten. Glaubst du, sie weiß, dass Tony und ich ein Verhältnis hatten?«, fragte ich beunruhigt.

»Ich bin mir sicher, dass sie nichts ahnt, also fühl dich nicht befangen, Val. Sie war doch auch bei der Gedenkfeier sehr freundlich zu dir. Du kannst mir glauben, dass Fiona eine sehr liebe Frau ist, und sehr freimütig«, antwortete er mit beruhigender Stimme. »Bei ihr weiß man immer, woran man ist, also sei bitte locker, Val.«

»Ich werd's versuchen. Heute Nachmittag kam mir

plötzlich der Gedanke, dass sie etwas wissen könnte. Aber du hast Recht, sie ist ziemlich direkt. Das ist mir gleich aufgefallen.« Ich holte tief Luft. »Okay, komm, lass uns hineingehen.« Lachend hakte ich ihn unter. »Wenn sie mich im Verdacht hätte, würde sie sich wohl kaum mit uns treffen wollen.«

»Genau«, pflichtete Jake mir bei, als wir an der Tür des Restaurants standen.

Wie immer begrüßte uns Georges, der Eigentümer, und führte uns zu einem hübschen Tisch für vier Personen in einer ruhigen Ecke. Jake und ich hatten uns gerade niedergelassen, als Fiona eintraf, begleitet von einem gut aussehenden Mann mit frühzeitig ergrautem Haar und kräftiger, gesunder Gesichtsfarbe.

Jake und ich standen auf, umarmten Fiona und ließen uns David Ingham vorstellen, den ich nach seinem Akzent sofort als Engländer einordnete.

Sobald wir alle saßen und Drinks bestellt hatten, ergriff Fiona das Wort. »Nett, dass ihr euch heute zum Essen mit uns treffen konntet. Wir sind gestern angekommen, und heute ist unser einziger freier Tag in New York. Was für ein Glück, dass ihr Zeit hattet.«

Jake lächelte. »Und wohin reist ihr weiter?«

»Connecticut«, erklärte Fiona. »Davids Tochter ist mit einem Amerikaner verheiratet. Die beiden leben in Greenwich. Wir fahren morgen Abend dort hinauf.«

»Meine Tochter Pamela und ihr Mann Frank besitzen ein wunderschönes Haus am Wasser«, schaltete sich David ein. »Fiona wird das Wochenende bestimmt genießen.«

»Greenwich ist eine hübsche Stadt«, bemerkte ich und warf Fiona einen Blick zu. »Wie geht es übrigens Moira und Rory?«

»Oh, danke der Nachfrage, Val, die beiden kommen gut zurecht, sehr gut sogar. So langsam finden sie sich mit Tonys Tod ab.«

»Ich habe damals versucht, dich in dem Hotel in Dublin zu erreichen, Fiona«, sagte Jake, »aber als ich anrief, warst du schon abgereist.«

»Ach, mach dir darüber keine Gedanken, Jake. Ich wollte nur anrufen, um hallo zu sagen und zu hören, wie es dir geht. Aber ihr seht beide wunderbar aus, wirklich. Und was macht ihr hier in New York?«

»Ich hatte geschäftlich mit einem Herausgeber zu tun«, begann Jake, warf mir einen fragenden Blick zu und nahm meine Hand, die auf dem Tisch lag. »Und ich wollte unbedingt, dass Val mitkommt … Sie und ich …«

»Oh nein, sag nichts, Jake … ihr beide … das ist ja wunderschön. Dann seid ihr also ein Paar?«

»Das könnte man wohl so sagen«, antwortete Jake lachend, winkte dem Kellner und bestellte eine zweite Runde.

»Ich vermute, man könnte auch sagen, dass Fiona und ich ein Paar sind«, meldete sich David zu Wort, sah uns an und schenkte Fiona ein zärtliches Lächeln.

Einen Moment lang wirkte sie verlegen, aber vielleicht bildete ich mir das ja nur ein, weil sie sofort darauf Jake und mich anstrahlte. »David ist ein ganz alter Freund«, gestand sie, »und er hat mich in den letzten Jahren, als Tony so viel auf Reisen war, ganz wunderbar unterstützt. Jedenfalls hat er mir einen Antrag gemacht, und ich habe angenommen. Aber wir wollen erst nächstes Jahr heiraten. Im Moment ist mir das alles noch zu früh, und wir haben beschlossen, noch zu warten. Wir dachten, das wäre nur anständig, obwohl Moira angesichts der Umstände nicht damit einverstanden ist.«

Jake starrte sie an. Ein verwirrter Ausdruck huschte über sein Gesicht. »Was meinst du mit ›Umständen‹?«

Fiona zuckte leicht mit den Achseln und verzog den hübschen Mund zu einem leisen Lächeln, das augenblicklich wieder verschwand. »Nun, Jake, du weißt bestimmt, dass Tony und ich während der letzten Jahre nur noch auf dem Papier verheiratet waren …« Sie beugte sich über den Tisch und sprach *sotto voce* weiter. »Ich konnte nicht mit all seinen anderen Frauen konkurrieren. Und um die Wahrheit zu sagen, hatte ich auch keine Lust dazu.«

Ich sank auf meinem Stuhl zusammen, und meine Hand glitt zu Jakes Knie. Aufs Neue fühlte ich mich unwohl und verlegen. Jake nahm meine Hand und drückte sie. Ich wusste, dass er mich zu trösten versuchte, aber in dem Moment, als Fiona die *anderen Frauen* erwähnte, hatte es mich kalt überlaufen. Zählte sie mich zu ihnen? Bestimmt nicht, sagte ich mir und beäugte sie verstohlen. Ihre Miene war herzlich und gütig; ich entschied, dass diese charmante, hübsche Frau mit dem feuerroten Schopf nichts Hinterhältiges im Schilde führte. Ich spürte, dass Jake sie richtig einschätzte.

Jake hatte sich ganz auf Fiona konzentriert. »Um dir die Wahrheit zu sagen«, erklärte er jetzt, »ich habe mich nicht allzu viel um Tonys Privatleben gekümmert; ich hatte selbst genug Probleme zu bewältigen. Ich hatte keine Ahnung, nicht die geringste, Fiona, dass eure Ehe nur noch auf dem Papier bestand. Er hat mir nie davon erzählt.«

»Oh nein, das hätte er nicht, das war typisch Tony«, gab Fiona gelassen zurück. »Er liebte es, mit allen seine Spielchen zu treiben. Immer behauptete er, sie seien harmlos, aber das waren sie nicht. Tonys Spiele waren wirklich gefährlich.«

Zum Glück trat in diesem Moment der Kellner an unseren Tisch und reichte die Speisekarten herum. Einigermaßen erleichtert schlug ich meine auf und versteckte mich dahinter, denn ich hatte keine Lust, in diese Unterhaltung hineingezogen zu werden. Ich fürchtete mich davor, wohin das Gespräch noch treiben würde. Was Fiona als Nächstes verkünden würde.

IV

Glücklicherweise nahm das Gespräch über Tonys Frauen ein Ende, als alle ihre Speisekarten studierten. Unter dem Tisch drückte Jake sein Bein gegen meines, und als ich zu ihm aufblickte, lächelte er und schickte mir einen beruhigenden Blick.

Man diskutierte ein wenig über einige der Gerichte, und da ich das Restaurant besser kannte als jeder andere am Tisch, sprach ich ein paar Empfehlungen aus. Ich selbst entschied mich, wie auch Fiona, für Austern und gegrillte Seezunge; Jake und David bestellten beide Räucherlachs, und als Hauptgericht den Rindfleischtopf auf Gutsherren-Art.

Als wir unsere Bestellungen aufgegeben hatten, studierte Jake die Weinkarte und orderte je eine Flasche Pouilly-Fumé und seinen geliebten Saint-Émilion. Dann wandte er sich an Fiona. »Tut mir Leid, dass eure Reise so kurz ausfällt.«

»Wir haben leider sehr wenig Zeit. David muss nach England zurück. Wir reisen am Dienstag ab, bleiben also weniger als eine Woche. Bis Montagnacht bleiben wir bei Pamela, und am nächsten Morgen fliegen wir. Direkt nach Manchester.«

»*Manchester*«, wiederholte Jake. »Was in aller Welt wollt ihr denn da?«

Er hatte den Namen der nordenglischen Stadt so abschätzig ausgesprochen, dass Fiona in Gelächter ausbrach. »So schlimm ist Manchester nun auch nicht. Allerdings regnet es in Lancashire ziemlich viel. Und in den Norden fliegen wir, weil ich ein Haus in Yorkshire gekauft habe und dabei bin, es einzurichten.«

»Ziehst du aus London weg?«, fragte Jake. Er klang erstaunt und sah auch so aus. »Du willst doch nicht das wunderschöne Haus in Hampshire verkaufen, oder?«

»Aber nein, das würde ich nie tun. Das Haus ist etwas

Besonderes und ein Teil von mir. Aber im Sommer, wenn das Wetter besser ist, werde ich in Yorkshire wohnen. Verstehst du, ich habe dort auch einen Betrieb gekauft.«

»Meine Güte, Fiona, Sie stecken ja voller Überraschungen«, rief ich aus und sah sie über den Tisch hinweg neugierig an. »Und in welcher Branche?« Fiona faszinierte mich; danach, wie Tony von ihr gesprochen hatte, hatte er sie sein Leben lang unterschätzt. Dummkopf.

»Ein Restaurant mit Bar«, antwortete sie. »David ist seit ewigen Zeiten im Wein- und Delikatessengeschäft tätig, und wenn er in Pension geht, wird er das Lokal zusammen mit mir führen. Bis dahin wird sein Sohn Noel mich unterstützen ... Noel ist ein exzellenter Koch.«

»Wo liegt denn dieses Haus? Und das Restaurant?«, wollte Jake wissen.

»In Middleham. Das ist ein charmantes Städtchen, Jake, wirklich. Du musst einmal mit Val kommen, bei mir wohnen und das Essen im *Pig on the Roof* kosten – so heißt das Lokal. Noel besitzt das Cordon-bleu-Diplom, weißt du ...«

»Und er ist ein großartiger Koch«, warf David ein, »wenn ich das als sein Vater sagen darf. Seine Spezialität ist die gute, altmodische englische Hausmannskost. Sie wissen schon: Fleischpastete mit Nierchen, gebratene Lammkeule, Lammeintopf, Roastbeef mit Yorkshire-Pudding, Wild-, Fleisch- und Fischpasteten, Würstchen mit Kartoffelbrei ... All die Gerichte, die so schmackhaft sind, wenn man sie richtig zubereitet. Ich glaube, Fiona wird großen Erfolg haben.«

»Das denke ich auch! Ich liebe diese Art von Essen«, gestand ich. »Das sind wirklich meine Leibgerichte. Gut, dass ich nicht in England lebe, sonst wäre ich fett wie ein Walfisch! Und wo genau liegt nun Middleham?«

»Im Norden von Yorkshire, direkt bei Ripon«, erklärte mir David, »einer wunderschönen Domstadt in den Dales. Middleham besitzt eine berühmte Burgruine, die man einst das Windsor des Nordens zu nennen pflegte. Und genau das war sie auch. Die Burg war die Festung des großen Magnaten Richard Neville, des Grafen von Warwick, der Richard den Dritten erzog und die Plantagenets wieder auf den englischen Thron setzte.«

»Hört sich wunderschön an«, meinte ich.

»Oh, das ist es auch«, lachte David. »Nein, wirklich – falls Sie menschenleere hügelige Hochmoore lieben, wo Heidekraut und Stechginster wachsen, einen endlosen, leeren Himmel, Schafherden und malerische alte Stein-Cottages. Allzu viel haben wir dort leider nicht zu bieten …«

»Außer jeder Menge Pferde«, warf Fiona ein. »In der Umgebung von Middleham befinden sich eine Reihe sehr berühmter Gestüte, und viele der berühmtesten Rennpferde Englands sind dort ausgebildet worden. Sie sehen schon, Yorkshire ist ein echtes Pferdeland, Val. Und falls Sie es noch nicht erraten haben, David ist seiner Heimat mit Leib und Seele verbunden.«

»Dann stammen Sie aus Middleham«, meinte ich.

»Nein, nicht ganz«, gab David zurück. »Ich kenne die Stadt sehr gut, aber ich komme aus Harrogate, das natürlich nicht weit entfernt liegt. Nächstes Jahr werde ich in den Vorruhestand treten, nach Middleham ziehen und mit Fiona in dem Restaurant arbeiten.«

»Als mein Geschäftspartner und Lebensgefährte«, betonte Fiona noch einmal nachdrücklich.

V

Der erste Gang kam, und wir verstummten alle, als der Kellner die Teller vor uns hinsetzte und den Weißwein einschenkte. Ich vertilgte meine sechs Austern rasch, was mir leicht peinlich war, bis ich bemerkte, dass auch Fiona schnell aufgegessen hatte.

Während des Hauptgangs wandte das Gespräch sich diversen Themen zu. Fiona stellte Jake und mir viele Fragen über unser Buch, und wir erklärten ihr, was wir vorhatten. Dann tauschten wir Frauen uns über die besten Geschäfte in Manhattan aus, während die Männer sich in eine Diskussion über Sport stürzten.

Plötzlich war es schon Zeit, in die Dessertkarte zu schauen. Fiona und ich bestellten nur Kamillentee; Jake nahm wieder eine Schwimmende Insel, wie immer hier im Le Périgord, und David schloss sich ihm an.

Und als wir so dasaßen und auf das Dessert warteten, ließ Fiona ihre erste Bombe platzen.

Aus heiterem Himmel und völlig unvermittelt kam sie noch einmal auf Tony zu sprechen. »Tony war charmant«, bemerkte sie zu Jake. »Ein kleiner Gauner, wie wir alle wissen, aber ein sehr liebenswerter, meint ihr nicht auch?«

Sie sah Jake und mich an. Ich nickte, denn ich hatte Angst, auch nur ein Wort zu sagen. Jake antwortete für uns beide. »Du hast Recht, Fiona; ich habe immer behauptet, Tony hätte den Blarney-Stein geküsst ... Ich glaube nicht, dass ich je einem charmanteren Menschen als ihm begegnet bin. Und er war mein bester Freund, ich habe ihn sehr gern gehabt.«

»Er mochte dich auch«, erwiderte Fiona. »Aber er war auch sehr eifersüchtig auf dich, Jake. Er wollte immer das, was du hattest oder von dem er glaubte, dass du es dir wünschtest. Er konnte es nicht ertragen, wenn du der Erste warst.«

Mein Blick war auf Jake gerichtet, und ich sah, wie verblüfft er war. Er saß da und starrte Fiona wortlos an.

Scheinbar ohne Hintergedanken sprach sie schnell weiter. »Nimm den Robert-Capa-Preis ... du hast ihn bekommen, er nicht, und darüber ist er nie hinweggekommen. Er hatte immer das Gefühl, ihr wäret ihm einen Schritt voraus, du und Clee Donovan.«

Endlich fand Jake seine Stimme wieder. »Aber Tony hat andere Preise gewonnen, jede Menge, und er war als Fotograf weltberühmt, Fiona«, meinte er begütigend.

»Oh, ich weiß, aber er sah dich als Konkurrenten und war daher natürlich eifersüchtig, weil einige deiner Auszeichnungen bedeutender waren als seine.«

Jake war sichtlich ratlos und wusste nicht, was er sagen sollte. So schüttelte er nur den Kopf, lehnte sich zurück und trank seinen letzten Schluck Rotwein. Ich kannte Jake inzwischen gut und vermochte seine Stimmungen und Gefühle zu ahnen, aber den Ausdruck, der jetzt in seinen Augen stand, konnte ich nicht deuten. Undefinierbar.

»Ich erzähle euch das alles nicht, um Tony schlecht zu machen oder in euren Augen herabzusetzen, sondern weil ich möchte, dass ihr die Wahrheit kennt.« Sie sprach mit sanfter Stimme, und dann warf sie mir einen Blick zu. »Mit Ihnen war es dasselbe, Val«, sagte sie im gleichen ruhigen Tonfall. »Er war schrecklich eifersüchtig auf Sie … Berufsneid.«

»Oh«, gab ich leise zurück, erleichtert, dass sie das Wort *Beruf* hinzugesetzt hatte. »Ich kann mir gar nicht vorstellen, warum. Tony war ein viel besserer Fotograf als ich.« Mein Herz hämmerte, und ich fragte mich, was wohl als Nächstes kommen würde.

»Auf manchen Gebieten schon«, entgegnete Fiona. »Action. Kampfhandlungen. Aber Ihre Kinderbilder sind sehr bewegend, und Ihre Stillleben finde ich meisterhaft. Haben Sie in Tonys Arbeitszimmer nicht ein paar Ihrer Arbeiten wiedererkannt … am Tag des Gedenkgottesdienstes?«

»Ja, ich wusste, dass sie von mir waren«, brachte ich gerade noch heraus. Dann sank ich, genau wie Jake eben, gegen die Lehne und nahm einen Schluck Wasser.

In diesem Moment schob David seinen Stuhl zurück, entschuldigte sich und verschwand in Richtung Toilette.

Sobald wir drei allein waren, ließ Fiona ihre zweite Bombe platzen.

Sie wandte den Blick von mir zu Jake. »Und als deine Scheidung von Sue Ellen bevorstand und du bald wieder ein freier Mann gewesen wärest, da hat Tony sich an Val herangemacht.«

Ziemlich erfolglos versuchte ich ein Keuchen zu unterdrücken.

Jake reagierte scheinbar völlig gelassen. »Das hatte ich mir auch schon gedacht«, meinte er und nickte.

Fiona wandte sich wieder an mich und sprach leise, mit gedämpfter Stimme weiter. »Ich wusste alles über Tony und Sie, Val, und ich möchte Ihnen nur eines sagen … Ich fühle mich weder verletzt noch traurig und bin es nie gewesen. Sie haben mir nur Leid getan, weil ich wusste, dass er seine üblichen Spielchen mit Ihnen trieb. Wie mit so vielen anderen Frauen vorher. Er konnte einfach nicht anders, und das ist die Wahrheit, Val.«

Kapitel 23

I

»Warum hast du Fiona und David eigentlich noch auf einen Schlummertrunk eingeladen?«, fragte ich und warf Jake einen scharfen Blick zu.

Er erwiderte ihn ebenso durchdringend. »Stört dich etwas daran, Val?«, entgegnete er mit leichtem Stirnrunzeln.

Ich schüttelte den Kopf. »Nein, schon gut. Seit Fiona vor einer Stunde ihre zweite Bombe hat platzen lassen, war sie schrecklich nett zu mir. Und ich glaube ihr ... Ich weiß, dass sie nicht zornig oder ärgerlich auf mich ist, ganz im Gegenteil. Ich habe mich nur gefragt, warum du den Abend noch nicht beenden willst. Wir haben schon halb elf.«

»Weil Fiona offensichtlich noch etwas auf dem Herzen hat. Außerdem würde ich ihr gern noch ein paar wichtige Fragen stellen«, gab er zurück, während er den Kühlschrank öffnete und eine große Flasche Sprudelwasser herausnahm.

»Wenn ich recht überlege, ist da auch einiges, was *ich* noch von ihr wissen möchte«, pflichtete ich ihm bei und leerte zwei Eiswürfelbehälter in den kleinen silbernen Kühler, der auf der Arbeitsplatte stand.

»Warum fragst du Fiona dann nicht, Val? Sie wird dir bestimmt die Wahrheit sagen, Schatz. Wie ich dir schon sagte, Fiona war schon immer grundehrlich.«

»Ich überleg's mir «, antwortete ich unverbindlich. Wir verließen die Küche und gingen über den Flur ins Wohnzimmer.

Fiona und David standen an dem großen Fenster und sahen auf den East River hinaus, doch als wir eintraten, wandten sie sich um.

»Wir haben gerade die Aussicht bewundert«, erklärte Fiona. »Und am beeindruckendsten sind die wunderschönen Metallbrücken, die mit ihren Lichtern wie smaragdgrüne Perlenschnüre wirken. Wie hübsch sie bei Nacht aussehen!«

»Wenn man wirklich auf einer solchen Brücke steht, sind sie weiß, wie alle anderen Leuchtstoffröhren. Durch die Atmosphäre erscheinen sie aus der Entfernung grün«, erklärte ich. »Das Smaragdgrün ist nur eine optische Täuschung.«

»Wie so vieles andere im Leben, was, Val?«, bemerkte Fiona treffend und warf mir einen demonstrativen Blick zu. »Wir sind von Illusionen umgeben.«

»Ein wahres Wort«, stimmte ich ihr zu. Ich trug den Eisbehälter zu dem Konsoltischchen, auf dem Gläser sowie Flaschen mit hochprozentigen Getränken und Likören arrangiert standen.

Jake stand bereits auf dieser Seite des Raums, und so reichte ich ihm das Eis und setzte mich dann auf das geblümte Sofa.

»Was hättest du gern zu trinken?«, fragte Jake, an Fiona gerichtet.

»Ich glaube, ich nehme einen Bonnie Prince Charlie, bitte, Jake.«

Er sah sie stirnrunzelnd an und wirkte verblüfft. »Ich glaube nicht, dass wir ...«

»Ach, was bin ich dumm!«, rief sie, lachte auf und schüttelte ihre rostroten Locken, wie um sich selbst zu tadeln. »Das ist nur ein Spitzname. Ich meine natürlich Drambuie. Das ist ein wunderbarer schottischer Likör. Du solltest ihn irgendwann einmal probieren; er besitzt ein herrlich würziges Aroma.«

Jake kramte zwischen den Flaschen herum. Dann blickte er auf, lächelte triumphierend und schwenkte den Drambuie. »Da hast du aber Glück! Wir haben tatsächlich eine Flasche, Fiona.«

»Oh gut. Dann hätte ich gern einen winzigen Tropfen mit ein paar Eiswürfeln, Jake. In einem Whiskybecher, keinem Likörglas.«

Der Drink hatte meine Neugier geweckt. »Woher kommt der Name Bonnie Prince Charlie?«

»Dieser Bonnie Prince Charlie war der älteste Sohn von Charles dem Ersten, der geköpft wurde. Die Legende besagt, als der Prinz nach Schottland floh, habe ihm ein Mitglied des MacKinnon-Clans aus Skye geholfen«, erklärte Fiona mir. »Zur Belohnung gab Prinz Charlie dem Mann das Rezept für seinen persönlichen Likör, und dieses Rezept ist über die Generationen überliefert worden. Es wird seit dreihundert Jahren oder länger geheim gehalten, und nur die MacKinnons wissen, was in den Drambuie gehört. Aber was immer die Zutaten sein mögen, das Getränk ist köstlich.« Sie schenkte mir ein Lächeln. »Nehmen Sie doch auch einen, Val, er wird Ihnen schmecken.«

»Na schön, das mache ich.« Ich sah zu Jake. »Ich hätte auch gern ein Glas Wasser dazu, bitte. Soll ich dir helfen?«

»Ach nein. Vielen Dank, aber ich komme schon klar. Und was kann ich Ihnen anbieten, David?«

»Einen Cognac, Jake, danke.«

II

Jake bestand nicht nur darauf, den Barkeeper zu spielen, sondern auch den Kellner. Er brachte Fiona und David ihre Drinks und reichte mir dann mein Glas.

Verstohlen beobachtete ich, wie er sich leichtfüßig durchs Zimmer bewegte, und bemerkte, dass sein Hinken kaum noch wahrzunehmen war. Sein Bein war im Lauf der vergangenen Wochen immer besser geworden. Kürzlich allerdings hatte ihm die alte Verletzung wieder große Schmerzen bereitet, sodass ich mir Sorgen gemacht hatte. Daher sah ich erleichtert, wie mühelos er heute Abend ging.

Unwillkürlich dachte ich, wie gut ihm der dunkelblaue Anzug, das weiße Hemd und die blau-grau gestreifte Krawatte standen. Mir gefiel die Eleganz, die Jake plötzlich an den Tag legte, seit wir in New York waren. Der Stil passte zu ihm.

Nachdem er sich einen kleinen Cognac eingeschenkt hatte, setzte er sich zu mir aufs Sofa. Er hob das Glas und schaute in die Runde. »Prost allerseits.«

»Prost », wiederholten wir alle und tranken.

Der Bonnie Prince Charlie schmeckte mir gleich. Der Likör war dicklich und süß mit einem etwas scharfen – wie Fiona gesagt hatte, beinahe würzigen – Beigeschmack. Ich nippte noch einmal daran, beschloss, dass ich leicht süchtig danach werden könnte, und stellte das Glas auf dem Couchtisch ab, was wahrscheinlich sehr weise war.

Nach kurzem Schweigen wandte Jake sich an Fiona, die immer noch mit David am Fenster stand. »Ich wollte noch einmal auf das zurückkommen, was du vorhin im Restaurant erzählt hast. Dass Moira findet, ihr beiden solltet eure Hochzeit nicht aufschieben ... Wenn du meine Meinung hören willst, Fiona ... ich neige dazu, ihr zuzustimmen. Ich wollte nur, dass du das weißt.«

»Sie haben vollkommen Recht«, pflichtete David ihm bei. »Ich finde es albern zu warten ... wirklich töricht.«

Fionas Blick huschte zu David, und sie schenkte ihm ein zärtliches Lächeln. Dann sah sie wieder Jake an. »Tony ist erst ein paar Monate tot, und ...«

Jake unterbrach sie. »Aber eure Ehe hat seit Jahren nicht mehr existiert. Zumindest hast du uns vorhin im Restaurant diesen Eindruck vermittelt. Nach dem, was du sagtest, glaube ich, dass eure Ehe schon seit Rorys Geburt nur noch eine Farce war, oder jedenfalls ungefähr seit dieser Zeit.«

Fiona trat vom Fenster weg und kam zu uns; sie setzte sich in einen Sessel neben dem Sofa. David folgte ihr und ließ sich auf einem anderen Sessel in der Sitzgruppe nieder.

Kurz herrschte Schweigen, während Fiona Platz nahm, sich sammelte und einen Schluck Drambuie trank. »Die Probleme begannen drei Jahre nach Rorys Geburt, als Moira fünf war«, begann sie schließlich. »Damals waren wir ungefähr sieben Jahre verheiratet, und ich dachte, wir erlebten das verflixte siebte Jahr, wie man das damals nannte. Doch das stimmte nicht ... das war nichts Vorübergehendes. Und ich weiß, dass dieses Etwas immer da gewesen ist. Es wurde nur schlimmer, je älter er wurde.

Verstehst du, Jake, es ist furchtbar schwer, mit einem Mann verheiratet zu sein, der die Finger nicht von anderen Frauen lassen kann. Solange man nichts davon weiß, macht es wahrscheinlich nicht so viel aus ... aber wenn, mein Gott, wie tut das weh. Furchtbar. Und es fällt schwer, damit zu leben, das könnt ihr mir glauben. David weiß ja aus eigener Erfahrung, was ich durchgemacht habe, nicht wahr, Schatz?«

»Und ob«, meinte David ruhig, aber nachdrücklich. Er sah Jake und mich an. »Zehn Jahre lang habe ich Fiona beigestanden und mir immer gewünscht, sie würde Tony verlassen und mich heiraten.« Er hielt inne und sprach dann sehr schnell weiter. »Ich bin seit fünfzehn Jahren Witwer, und ich war bereit, willig und in der Lage, sie zu heiraten und aus ihrem Elend herauszuholen. Das war mir eine Herzensangelegenheit, weil ich sie liebe. Aber Fiona wollte warten, bis Rory ein bisschen älter war, bevor sie diesen letzten Schritt tat.«

Fiona nickte. »David ist ein Heiliger gewesen«, rief sie aus, »dass er all die Jahre auf mich gewartet hat. Und ich weiß nicht, wie ich ohne ihn zurechtgekommen wäre.«

Jake nickte, aber weder er noch ich gaben dazu einen Kommentar ab. Mir brannten tausend Fragen auf der Zunge, aber ich hatte Angst, sie zu stellen. Wahrscheinlich wollte ich Fiona nicht in Aufregung stürzen, aber vielleicht fürchtete ich mich auch davor, ihre Antworten zu hören. Manchmal ist es besser, unwissend zu bleiben. Wie hieß noch der alte Spruch? »Reden ist Silber, Schweigen ist Gold.« Keine Ahnung, von wem er stammte, aber er passte sehr gut.

Ich lehnte mich in die geblümten Kissen zurück und versuchte, innerlich ganz ruhig zu bleiben. Heute Abend wollte ich nicht die Fassung verlieren, vor allem nicht vor Fiona und David. Und über Tony zu sprechen, würde vielleicht den Zorn schüren, der immer noch tief in meinem Herzen brodelte.

Mehr denn je hatte ich das Gefühl, angelogen, benutzt und missbraucht worden zu sein. So wie Fiona. Da sind wir ja schon zu zweit, dachte ich plötzlich und lächelte innerlich. Ein zynisches Lächeln im Übrigen. Zweihundert war wohl eher eine realistische Zahl. Wer waren all diese Frauen, die er gehabt hatte? Und wo waren sie jetzt? Als ob mich das interessierte …

Die anderen redeten weiter leise über Tony, aber eine Zeit lang glitten ihre Worte nur an mir vorbei und erreichten mich nicht richtig, weil ich mit meinen eigenen aufgewühlten Gedanken beschäftigt war. Doch schließlich setzte ich mich auf und begann aufmerksamer zu lauschen.

»Hast du dich damals wirklich deshalb nicht von Tony scheiden lassen? Weil du zwei kleine Kinder hattest und mit der Trennung warten wolltest, bis sie Teenager waren? Oder haben da noch andere Überlegungen mitgespielt?«, hakte Jake nach.

»Auch andere«, gestand Fiona leise in ihrem wunderschönen, singenden irischen Tonfall. Sie seufzte. »Und warum auch nicht, Jake? Zunächst einmal bin ich katholisch, und eine Scheidung ging mir gegen den Strich. Ich habe immer an die Heiligkeit der Ehe geglaubt. Was mich betrifft, schließt man eine Ehe für das ganze Leben. Daher hatte ich mit meinen Überzeugungen und mit meinem Glauben zu kämpfen. Aber um ganz ehrlich zu dir zu sein, Jake – und auch zu Ihnen, Val –, dann habe ich Tony auch immer noch sehr geliebt. Aber es ist entsetzlich schwer, mit einem Mann verheiratet zu sein, der nach Hause kommt und ständig den Duft anderer Frauen auf der Haut trägt. So demütigend. Ja, das ist die Wahrheit, Val.«

Ich schluckte schwer und bekundete mit einem Nicken, dass ich verstand, denn ich brachte kein Wort heraus. Ich sah diese schöne Frau an und hasste Tony Hampton mit aller Macht, obwohl er tot war.

Wie töricht sie gewesen war, dachte ich. Und ich noch dümmer. In diesem Moment hasste ich mich selbst ebenso sehr wie Tony. Wahrscheinlich hatte ich deshalb nicht gewollt, dass Fiona und David noch auf einen Drink zu uns kamen. Ich hatte gespürt, dass Fiona über ihn reden wollte, und ich mochte mich nicht in die Rolle der letzten in der langen Reihe seiner Geliebten drängen lassen. Aber natürlich war ich das gewesen, und das war die Wahrheit. Ich konnte sie mir ruhig eingestehen.

Mit einem Mal sprach Fiona mich direkt an. »Er hat immer viele Frauen gehabt, Val; ich möchte nur, dass Sie das wissen. Bitte glauben Sie mir, ich will Ihnen nicht wehtun. Ich möchte Ihnen nur eines begreiflich machen: Als Sie auf den Plan traten, war ich gründlich und endgültig mit Tony fertig. Wegen all der Frauen vor Ihnen. Ich war längst über Schmerz, Demütigung und alles andere hinaus. Es machte mir einfach nichts mehr aus.«

»Ich weiß, dass Sie mir nicht wehtun wollen, Fiona«, versicherte ich ihr.

Ein tiefer Seufzer entrang sich ihr, und einen Moment lang wirkte sie ermattet. Doch schließlich richtete sie sich in ihrem Sessel auf und fuhr fort. »Ich ließ mir Zeit, wartete darauf, dass Rory auf die Universität ging und schmiedete Pläne, Tony zu verlassen. Damals war ich seit sechs Jahren mit David zusammen. Und davor waren wir vier Jahre lang die besten Freunde gewesen ... Seit zehn Jahren kannte ich diesen wunderbaren Mann; ich wusste, dass ich an seiner Seite ein gutes, ein glückliches Leben führen könnte – ohne Eifersucht und Lügen, Betrug und Demütigung. Wir waren wie füreinander geschaffen.«

Ich nickte.

»Meiner Ansicht nach erst recht ein Grund, so schnell wie möglich zu heiraten«, meinte Jake.

David wirkte sehr erfreut zu hören, dass Jake diesen Standpunkt noch einmal so entschieden vertrat. Zwar enthielt er sich jeden Kommentars, strahlte Jake jedoch dankbar an.

Ich nahm meinen ganzen Mut zusammen. »Fiona, ich würde Ihnen gern meine Seite der Geschichte erzählen«, sagte ich schließlich, »von meiner Beziehung zu Tony ...« Meine Stimme versagte, und ich fragte mich, ob ich nicht einen Fehler beging, indem ich mit dieser Story begann. Das war schließlich alles vorbei, und vielleicht wollte sie gar nichts hören. Verdenken hätte ich es ihr nicht können.

»Ich kann mir ziemlich gut vorstellen, wie es war, aber erzählen Sie mir doch trotzdem davon, Val«, sagte Fiona sofort. »Ich glaube, dann werden Sie sich besser fühlen, meine Liebe.«

Jake nahm meine Hand, hielt sie zärtlich umfasst und lächelte ermutigend. »Sprich mit Fiona«, riet er mir ruhig. »Das dürfte eine befreiende Wirkung haben, Schatz.«

Ich trank noch etwas Wasser und begann. »Die Sache war so, Fiona ... Als wir uns kennen lernten, war ich nicht an Tony interessiert, weil er verheiratet war. Für mich war er ein großer Fotograf und ein guter Freund, aber das war alles. Waffenbrüder nannte er uns drei immer. Was Sie nicht wissen, ist, dass ich mich wirklich zu Jake hingezogen fühlte, als wir uns begegneten, aber damals versuchte er gerade, seine Probleme mit der Scheidung von Sue Ellen zu lösen. Aber ein Jahr vor seinem Tod erwähnte Tony mir gegenüber, er stecke mitten in der Scheidung von Ihnen, und bat mich, mit ihm auszugehen.« Ich sah Fiona an und atmete tief ein und wieder aus. »Aber das stimmte nicht, oder? Er hat gelogen.«

»Ja, das war eine Lüge, Val«, antwortete Fiona behutsam. »Wir sind nie geschieden worden, und ich bin tatsächlich Tonys Witwe. Ich hätte ihn freigegeben. Aber in all unseren Ehejahren hat er mich niemals um die Scheidung gebeten.«

»Ich habe dir auch etwas zu sagen, Fiona«, schaltete Jake sich ein, beugte sich nach vorn und heftete den Blick auf sie. »Von dem Tag, an dem wir uns kennen lernten, habe ich mich immer zu Val hingezogen gefühlt. Sie wusste nichts davon, weil ich ihr nie etwas gesagt habe, was im Rückblick dumm von mir war. Als Tony sich an Val heranmachte, war ich erstaunt und bestürzt und billigte diese Beziehung nicht. Das sagte ich ihm auch, und er konterte sofort, er meine es ehrlich und habe ernsthafte Absichten Val gegenüber. Er habe sich jetzt von dir getrennt.« Jake nahm einen Schluck aus meinem Wasserglas und fuhr fort. »Und dann, im letzten Sommer, kriselte es plötzlich zwischen den beiden, obwohl weder Val noch ich verstanden, warum.«

»Ja, so war es, Jake. Ich verstehe das … Der Grund war, dass er sie hinters Licht geführt hatte«, murmelte Fiona und nickte. »Er hatte ihr schon so viele Lügen erzählt.«

»Allerdings, er hatte sich in seinem eigenen Netz gefangen. Dann, als er Ende Juli nach Paris kam, kurz bevor wir in den Kosovo gingen, erzählte er mir, er sei von dir geschieden«, schloss Jake.

»Mein Gott, das hat er doch nicht wirklich getan, oder?« Fiona starrte uns entsetzt an.

»Oh doch, er hat«, warf ich rasch ein. »Mir hat er genau dasselbe erzählt. Und er hat versprochen, dass wir – er und ich – Ende des Jahres heiraten würden.«

Tiefes Schweigen trat ein, und ich fragte mich, ob ich zu viel gesagt hatte.

Mit einem Mal war Fiona kalkweiß geworden. Ihre Sommersprossen hoben sich dunkel von der blassen Haut ab. Sie sah von mir zu David und dann zu Jake, und dann lehnte sie sich zurück und schloss die Augen. Mir ging auf, dass sie vollkommen erschöpft wirkte, matter denn je. Und schockiert. Aber gleich darauf hatte sie sich wieder in der Gewalt und setzte sich auf. »Ich weiß nicht, warum ich so entsetzt bin, denn Tony war zu allem fähig. Aber ich muss euch beiden gegenüber zugeben, dass ich fassungslos vor den schrecklichen Lügen stehe, die er euch erzählt hat. Das war unerhört. Wie furchtbar für Sie, Val, und auch für dich, Jake. Aber vor allem tut Val mir Leid, die hier die Rolle des Opfers gespielt hat.«

»Und wie sind Sie uns dann auf die Schliche gekommen?«, fragte ich kaum hörbar.

Den Bruchteil einer Sekunde war Fiona verblüfft, um dann zu antworten. »Aber das brauchte ich gar nicht, Val. Tony hat es mir erzählt … er hat mir erklärt, er habe eine Affäre mit Ihnen, und deswegen sei er zwischen den einzelnen Aufträgen so häufig fort ... Er sagte, er sei bei Ihnen in Paris, weil sie ihn um sich brauchten.«

»Aber das war er nicht!«, rief ich aus. »Er war kaum jemals in Paris bei mir. Er ist immer heimgefahren, nach London. *Zu Ihnen.*«

»Nein, das stimmt nicht, Val! Oh, natürlich hat er ein wenig Zeit bei uns verbracht, denn er liebte die Kinder, seinen Garten und das Haus in Hampstead. Aber zwischen seinen Jobs war er auch schrecklich oft fort.«

»In Paris war er jedenfalls nicht«, warf Jake ein. »Das kann ich bezeugen.«

»Wir führten schon ein komisches Eheleben«, meinte Fiona leise. »Wenn Tony nach Hause kam, sind wir irgendwie zurechtgekommen, obwohl zwischen uns schon lange nichts mehr war. Er wusste, dass David und ich uns nahe standen, aber das schien ihm nichts auszumachen. Wahrscheinlich glaubte er, dass nie etwas daraus werden würde. Er dachte, ich würde immer da sein.«

»Ganz einfach, Val«, sprach David mich an, »Tony wollte keine Scheidung. Er wollte mit Fiona verheiratet bleiben und zugleich seine anderen Frauen haben. Der Lebensstil gefiel ihm.«

»Aber er hat bei mir immer so darauf beharrt, er müsse nach London, Fiona«, erklärte Jake. »Ich kann nicht glauben, dass er sogar in diesem Punkt gelogen hat.«

»Wenn er weder bei dir war, Fiona, noch in Paris bei Val, wo war er dann?«, fragte David verwundert.

»*Ich* weiß es bestimmt nicht«, sagte ich. »Keine Ahnung, wohin er gegangen ist.«

»Ich glaube, jetzt wird mir einiges klar«, begann Fiona und unterbrach sich sofort. Ein Ausdruck des Begreifens huschte über ihr Gesicht, und nun sprudelten die Worte aus ihr heraus. »Mir ist gerade eingefallen ... wie oft er mit Anne Curtis zu tun hatte ...«

»Oh mein Gott«, entfuhr es mir. Ich schlug die Hand

vor den Mund. »Sie war in Beirut, als ich mit Tony dort war. Du warst in den Staaten, Jake, und ich war damals noch nicht mit Tony zusammen. Aber ich erinnere mich, dass ich damals den Eindruck hatte, sie hätte ein Auge auf ihn geworfen. Ja, jetzt weiß ich alles wieder ... Das war, als Bill Fitzgerald vom Islamischen Dschihad entführt wurde.«

Fiona sah so erschüttert aus, dass ich dachte, sie würde gleich in Tränen ausbrechen.

»Oh Fiona, glauben Sie, dass er eine Affäre mit mir *und* mit Anne hatte ... zur gleichen Zeit? Doch, nicht wahr, das denken Sie?«

Einen Moment lang konnte sie nur nicken. Doch nach einer Weile fand sie ihre Stimme wieder. »Es tut mir furchtbar leid, Val, aber genau das vermute ich leider. Und wenn es nicht Anne war, dann bestimmt eine andere ... irgendwo anders ... Denn Tony kam zwischen seinen Einsätzen kaum jemals nach Hause.«

»Wie konnte er nur glauben, damit ungeschoren davonzukommen?«, fragte Jake erzürnt.

»Keine Ahnung«, gab Fiona achselzuckend zurück.

»Wahrscheinlich muss man ein bisschen verrückt sein, ein wenig abgedreht, um zu glauben, man könnte die ganze Welt täuschen ...«, begann ich, unterbrach mich dann und wünschte, ich hätte auf diese Bemerkung verzichtet. Ich hatte einfach keine Lust mehr, über Tony Hampton zu reden. Dieses ganze schmutzige Spiel ekelte mich an.

»Sag mir eines, Fiona«, wollte Jake wissen. »Glaubst du, Tony hätte Val wirklich geheiratet und wäre zum Bigamisten geworden?«

»Ich weiß es nicht, Jake. Vielleicht. Andere Männer haben das schon getan, das ist bekannt. Und sie sind damit durchgekommen. Zumindest lange Zeit – bis sie irgendwann ertappt wurden.«

»Oder er hätte eine Ausrede gefunden, die Beziehung

abzubrechen«, bemerkte ich. »Auch das haben schon andere vor ihm getan.«

Jake zog eine Braue hoch. »Der Geist eines Mannes …«, begann er; dann unterbrach er sich abrupt und blickte peinlich berührt zur Seite.

»Alles Mögliche hätte funktioniert«, warf David ein. »Zum Beispiel: Meine Frau ist schwer krank, ich kann sie jetzt nicht im Stich lassen … nur einer der Sprüche, die einem sofort einfallen.«

»Und wenn die Geliebte eine Szene macht oder übermäßig protestiert, steht sie als Hexe da«, brummte ich.

David warf Fiona einen Blick zu. »Du wirst mir vielleicht widersprechen, Liebes, aber ich glaube, Tony hätte das Gesetz gebrochen und Val geheiratet.«

»Und warum nicht Anne Curtis, wenn sie die Dritte im Bunde war?«, fragte ich.

Fiona ging nicht auf meinen Einwurf ein, sondern antwortete auf Davids Einwurf. »Vielleicht wäre er ja für Val zum Bigamisten geworden. Er war impulsiv und unberechenbar. Andererseits hätte die Ausrede ›meine Frau ist todkrank‹ Tony gefallen. Vielleicht hätte er sie ja eingesetzt …«

»Jetzt hört mir mal alle zu!«, kreischte ich. Auf einmal klang meine Stimme eine Oktave höher. »Er hat mich hereingelegt! Ich kann das akzeptieren, weil ich eine erwachsene, reife Frau bin. Aber ich hätte zu gern gewusst, *warum* er das getan hat.«

»Meinen Sie, warum er Ihnen das angetan hat? Oder warum er so war, wie er war?«, fragte Fiona. »Warum er so viele Frauen hatte und so viele Lügen erzählt hat?«

»Ganz genau. Alles das. Sie haben den Nagel auf den Kopf getroffen«, gab ich spitz zurück. Plötzlich fühlte ich mich verkrampft und voller Wut. Ich versuchte mich zu entspannen, meinen Zorn zu bezähmen.

Fiona atmete ein Mal tief ein und aus, ließ sich gegen die Sessellehne sinken und schwieg kurz. Langsam, aber vollkommen überzeugt erklärte sie dann: »Er hat Sie ausgesucht, Val, weil er wusste, dass Jake sich für Sie interessierte. Das sagte ich Ihnen ja schon im Restaurant. Aber auch, weil Sie für ihn eine Jagdbeute waren, hinreißend und eine Herausforderung. Denn Tony war der geborene Schürzenjäger ... Durch und durch. Ich habe immer den Verdacht gehegt, dass er mir schon auf unserer Hochzeitsreise untreu war, aber das konnte ich natürlich nie beweisen. Er war auch sehr selbstsüchtig, mit einem infantilen Bedürfnis nach sofortiger Befriedigung. Wenn er etwas wollte, dann *gleich*. Wie ein Kind.«

Fionas Blick glitt von mir zu David und dann zu Jake. Sie schüttelte betrübt den Kopf, saß einfach nur da und sah uns wortlos an. Sie tat mir so Leid, weil Tony ihr dieses Leben aufgezwungen hatte.

Niemand sprach ein Wort.

Was hätte es auch zu sagen gegeben?

Aber schließlich redete Fiona weiter. »Ja«, erklärte sie leise, fast unhörbar, »Tony war extrem egoistisch, aber er war auch ein sehr kranker Mann. Psychisch. Aber kein schlechter Mensch, nein, das nicht ... Er war in gewisser Weise geistig labil. Und ich denke, dass er sexsüchtig war. Er brauchte ständig neue Frauen, um ...«

»Einen hochzukriegen«, warf ich ein, unfähig, mich zu bremsen. »Um eine Erektion zu Stande zu bringen.«

»Richtig«, gab sie zurück und sah mir wissend in die Augen.

»Meiner wohl überlegten Meinung nach war er durch und durch verdorben«, verkündete David. »Und das weißt du ganz genau, Fiona. Wir alle wissen es.«

Davids Courage überraschte mich wirklich. Dieser ruhige, zurückhaltende Mann beeindruckte mich immer mehr. Er wusste, wer er war, woran er glaubte und hatte keine Angst zu sagen, was er dachte, selbst wenn er damit riskierte, Fiona ein wenig zu erschrecken. Innerhalb weniger

Stunden hatte er sich meinen Respekt erworben, und er war ihrer bestimmt viel würdiger, als Tony das jemals gewesen war.

»Und noch etwas«, fuhr David fort, an Fiona gerichtet. »Ich weiß, du wirst mich nicht falsch verstehen … Im Grunde hat Tony sich den Teufel um deine Gefühle geschert, oder die der Kinder. Oder um meine … nicht, dass ich in diesem häuslichen Drama eine Rolle gespielt hätte.«

»Aber das hast du, David! Wirklich!«, widersprach Fiona mit schriller Stimme. »Und das wusste er auch. Tony wusste, dass ich dich mochte und dass ich und seine Kinder dir am Herzen lagen.«

»*Deine* Kinder«, erklärte David sehr ruhig. »Er hatte mit ihrer Erziehung ja wohl nicht viel zu tun. Schließlich war er nie zu Hause.«

»Aber Moira und Rory haben mir den Eindruck vermittelt, dass er im letzten Sommer viel mit ihnen zusammen war«, meinte Jake. Er klang verwirrt und sah Fiona und David mit zusammengezogenen Augen an.

»Ein paar Wochen war er schon zu Hause«, antwortete Fiona. »Du weißt doch, Jake, dass Kinder ein bisschen zum Übertreiben und Fantasieren neigen. Sie hätten sich gewünscht, dass er monatelang da gewesen wäre, aber dem war nicht so. Selbst wenn sie dir das vielleicht erzählt haben.«

David leerte sein Cognacglas und stand auf. »Was dagegen, wenn ich mich selbst bediene, Jake?«

»Nein, nur zu, David.«

David ging durch das Zimmer. Als er fast den Konsoltisch erreicht hatte, wandte er sich um. »Tony tat, was er wollte, nahm sich, was er wollte, und zum Teufel mit den Konsequenzen. Das war seine Einstellung. Um andere hat er sich nicht geschert. Oh, Tony war charmant und sehr nett zu uns allen. Und talentiert. Er erzählte die besten

Geschichten, machte die besten Fotos, kochte das tollste Essen und brachte uns alle zum Lachen. Und zum Weinen. Irgendwann haben wir alle ihn einmal gern gehabt. Aber trotzdem war er ein Bastard.«

Fiona seufzte. »Er war der Vater meiner Kinder … und ich habe ihn einmal wirklich geliebt. Aber es stimmt, was David gesagt hat.«

III

Jake sah Fiona aus seinen strahlend blauen Augen an. »Warum hast du heute Abend davon angefangen, Fiona?«, fragte er mitfühlend. »Hattest du das so geplant?«

Energisch schüttelte sie den Kopf. »Oh nein, nein, ganz und gar nicht, Jake. Aber als ich dich und Val beim Abendessen zusammen sah, als ich sah, dass ihr so … ganz nah, so verliebt seid, da dachte ich, ihr solltet die Wahrheit erfahren. Wissen, wie Tony in Wirklichkeit war. Ich kannte ihn besser als jeder andere Mensch; man könnte wohl sagen, dass ich wusste, was in ihm vorging, wie es in seinem Kopf aussah. Er war so komplex …« Seufzend schüttelte sie noch einmal den Kopf. »Nichts ist schlimmer als ein verführerisches Gespenst, das einen verfolgt, und ich wollte, dass ihr Bescheid wisst.«

»Geister zu vertreiben hat wirklich etwas für sich«, rief ich aus. »Und ich für meinen Teil bin froh, dass wir diese Gelegenheit hatten, miteinander zu reden. An dem Tag des Gedenkgottesdienstes ist mir klar geworden, dass Sie Tonys Witwe waren und nicht seine Exfrau. Als ich im Brompton Oratory neben Ihnen stand, Fiona, da wusste ich das einfach.«

»Ich möchte nicht, dass Sie sinnlos leiden, grundlos trauern, sich ihr Leben durch die Sehnsucht nach einem solchen Mann ruinieren. Ich hatte das Gefühl, Sie sollten verstehen, wie es um ihn stand, die Wahrheit über ihn erfahren. Ich habe immer großen Wert auf die Wahrheit gelegt.«

IV

Während der vergangenen paar Wochen hatte ich geglaubt, Tony Hamptons Geist ausgetrieben zu haben. Und Jake hatte dasselbe gedacht. Aber erst nach dieser sehr ehrlichen Diskussion mit Fiona fühlte ich mich wirklich befreit.

Mir ging auf, dass Jake ebenso empfand. Wir sprachen oder diskutierten nicht darüber, nachdem unsere Gäste schließlich gegen Mitternacht gegangen waren. Wir knipsten einfach das Licht aus und gingen ins Schlafzimmer. Aber Jake strahlte eine Sorglosigkeit, eine Leichtigkeit aus, die zuvor nicht da gewesen war. Es war, als wäre eine Last von ihm genommen; und ich fühlte mich ebenfalls, als wären meine Schultern leichter, als hätte ich endlich eine schreckliche Bürde abgeworfen.

Ja, Tony Hampton war aus meinem Leben verschwunden, und aus Jakes ebenfalls. Und jetzt, heute Nacht, wollte ich nur eines: neben Jake liegen, ihn lieben und mich von ihm lieben lassen. Ich wollte mit dem Mann zusammen sein, der mich wirklich liebte, und dessen Liebe ich von ganzem Herzen erwiderte.

V

Die Vergangenheit zerfiel zu Staub. Die Gegenwart war Leidenschaft.

Jake zog den Träger meines Nachthemds hinunter und begann zärtlich meine Brust zu küssen. Nach einer Weile sah er mir in die Augen, und ich sah, dass sein Blick vor Liebe überfloss.

Sanft strich er mir mit den Fingerspitzen über die Wange und küsste meine Augenlider, und dann zupfte er noch einmal leicht an meinem Nachthemd. »Zieh das aus, Val. Zieh es aus«, murmelte er.

Begierig kam ich seinem Wunsch nach.

Er glitt vom Bett und streifte seine Pyjamahosen ab. Ein Schauer überlief mich, als er so nackt da stand und auf meinen enthüllten Körper herabblickte.

Der Raum wurde nur durch das Licht des Mondes erhellt. In diesem blassen Licht sah Jake so maskulin aus, dass mir der Atem stockte. Hoch gewachsen und geschmeidig, mit seinem breiten Brustkorb, den fein geschnittenen Zügen und den unglaublich strahlend blauen Augen. Er war ganz Mann, und sein Begehren und seine Sehnsucht nach mir waren nicht zu übersehen.

Er kam wieder ins Bett, zog mich in die Arme und wisperte meinen Namen. Dann begann er meine Brüste zu küssen und saugte, bis die Spitzen sich aufrichteten, hart wurden. Er schlang die Beine um mich und hielt mich an sich gepresst, so dass ich seine Erregung spürte. Ich wollte ihn so sehr.

Glühende Leidenschaft und heftiges Begehren wallten in mir auf, verzehrten mich, und ich klammerte mich ganz fest an ihn. »Oh Jake, oh Jake, ich will dich so sehr«, flüsterte ich an seiner Schulter. »Jetzt.«

Stattdessen stützte er sich auf einen Ellbogen und blickte auf mich herab. »Oh sieh doch, sieh. Schau dich an … Du bist so wunderschön, Val.«

Er wandte seine ganze Aufmerksamkeit dem dunkelblonden Haarbüschel zwischen meinen Beinen zu, beugte sich über mich und übersäte mich mit Küssen und zärtlichen Berührungen, bis ich mich ihm vollständig öffnete. Wie immer brachte er mich an den Rand der Ekstase und hielt dann inne. Geschickt, unendlich sanft und behutsam glitt er in mich hinein, bis er mich ganz ausfüllte.

Schnell fanden wir zu unserem gemeinsamen Rhythmus. Wir verloren uns ineinander, schenkten uns einander. Und als mich ein tiefes Beben ergriff und ich mich dem Höhepunkt näherte, da hielt auch er sich nicht länger zurück und rief immer wieder meinen Namen, als wir gemeinsam den Gipfel erreichten und miteinander verschmolzen.

Eng umschlungen lagen wir da, nachdem unsere Leidenschaft erfüllt war. Ich schaute tief in Jakes klare blaue Augen und sah dort, dass er in Frieden mit sich selbst und mit mir war. Genau wie ich.

Jake hatte gesagt, wir seien füreinander bestimmt. Und er hatte Recht gehabt. So war es immer gewesen, von Anfang an. Wir waren einfach eine Zeit lang vom Weg abgekommen. Aber ich gehörte ihm ... war seine Frau, seine Leidenschaft, seine Liebe.

Und er war der einzige Mann für mich, der Einzige, den ich wollte. Und das war die absolute Wahrheit.

Kapitel 24

I

Eine Woche nach unserem bemerkenswerten Essen mit Fiona und David erreichten mich mehrere unerwartete und unwillkommene Anrufe, die meinen frisch errungenen inneren Frieden mit einem Handstreich zerschmetterten und in alle Winde zerstreuten.

An einem kühlen, aber sonnigen Mittwochmorgen – der sich mir als schwarzer Tag ins Gedächtnis grub und mich noch lange daran erinnerte, dass für mich die guten Zeiten nie sehr lange währen – traf eine schlechte Nachricht nach der anderen in der Wohnung am Beekman Place ein.

Der erste Anruf kam von Mike Carter aus Paris. Zuerst erzählte mir mein Chef, dass mir der berühmte Maler durch die Lappen gegangen sei. Alexander St. Just Stevens hatte sich auf seinen mexikanischen Besitz zurückgezogen, um seinen magischen Pinsel in einer ansprechenderen Umgebung als einem Loft in SoHo zu schwingen. Mit mürrischer Stimme setzte Mike hinzu, dass ernsthafte Schwierigkeiten mit Olivier, dem prügelnden Ehemann, ins Haus stünden. Irgendwie hatte er herausbekommen, dass Françoise bei Mike untergekrochen war, und befand sich auf dem Kriegspfad, gewalttätig, bedrohlich und darauf aus, alles kurz und klein zu schlagen.

Bevor ich mich auf eine Diskussion über Françoise einließ, von der ich wusste, dass sie schwierig würde, entschuldigte ich mich dafür, den großen Alexander St. Just Stevens verpasst zu haben – der im Übrigen nicht einmal die Höflichkeit an den Tag gelegt hatte, auf meine unzähligen Anrufe zu reagieren. Aus diesem Grund hatte ich auch nicht den kleinsten Blick auf seine Bilder werfen können, ehe er sich aus dem Staub machte und exotischere Gefilde aufsuchte.

Anschließend wandte ich mich Olivier zu, dem wild gewordenen Cop.

»Du musst Françoise herschicken, Mike«, drängte ich, nur um mir von Mike anzuhören, dass sie nicht in die Staaten kommen wollte.

»New York ist ihr zu weit, Val, und sie meint, dass es ihr dort nicht gefallen wird. Vor allem, weil du gar nicht da sein wirst. Und das bleibt doch dabei, oder? Du kommst wirklich nächste Woche wieder zur Arbeit?«

Nachdem ich Mike beruhigt und ihm versichert hatte, dass ich wirklich zurückkommen und wieder arbeiten wolle, riet ich ihm: »Besorg Françoise einen Anwalt, falls du das nicht schon getan hast. Und sieh zu, dass er nicht nur knallhart ist, sondern über großen Einfluss in der französischen Justiz verfügt. Du weißt schon, die richtigen Verbindungen. Das ist die einzige Art Rechtsverdreher, der mit Olivier fertig werden kann. Dieser Cop hat offensichtlich seine Leute an den richtigen Stellen sitzen. Und sag mir, wie zum Teufel hat er herausbekommen, dass Françoise bei dir und den Mädchen untergekrochen ist?«

»Keine Ahnung. Aber einen Anwalt habe ich tatsächlich engagiert, eine Kapazität, einen richtigen Renner, wie ich höre. Françoise trifft ihn morgen. Ich wünschte nur, ich wüsste, wo ich sie eine Zeit lang hinschicken kann … am besten ins Ausland. London wäre prima, aber dort kenne ich niemanden …«

»*Pig on the Roof*!« Ich schrie es beinahe ins Telefon und umklammerte den Hörer fester, als mir der Geistesblitz kam.

»Was zum Teufel soll das heißen, Val?«, fragte Mike.

Unwillkürlich kicherte ich, obwohl ich wusste, dass die Angelegenheit alles andere als komisch war und ich Mike irritieren würde. Ich holte tief Luft, bemühte mich um einen nüchternen Ton und erklärte Mike, was ich meinte. »Das *Pig on the Roof* ist ein Restaurant, das kurz vor der Eröffnung steht. Die Besitzerin ist Fiona Hampton, Tonys Witwe. Sie hat in der Nähe auch ein Haus gekauft, und beides befindet sich in Middleham, in Yorkshire. Sie hat mir erzählt, sie suche jemanden, der ihr hilft, beides auf die Beine zu stellen, besonders die Ausstattung des Lokals. Und da ist mir eingefallen, dass Françoise die Idealbesetzung wäre. Sie arbeitet doch in Marseille für einen Innenarchitekten, vielmehr sie hat dort gearbeitet.«

»Also, ich weiß nicht«, brummte Mike unsicher.

»Dort wäre sie ganz bestimmt in Sicherheit, Mike. Und Yorkshire liegt gar nicht so weit weg von Paris. Fiona hat Jake und mich eingeladen, zu Weihnachten zu kommen, wenn wir wollen. Sie sagte, wir könnten von Paris zum Leeds-Bradfort-Flughafen fliegen, in eine Stadt namens Yeadon. Oder bis Manchester, und von dort mit einem Leihwagen nach Yorkshire fahren. Françoise wäre also durchaus erreichbar, wenn du sie sehen möchtest, Mike.«

»Das wäre eine Möglichkeit, ja«, gab Mike zurück und klang schon ein bisschen munterer. »Meinst du, sie könnte bei Fiona Hampton wohnen?«

»Keine Ahnung, aber unter diesen Umständen glaube ich schon. Fiona ist eine sehr verständnisvolle Frau. Soll ich sie anrufen? Sie ist gestern nach London zurückgefahren.«

»Vielleicht sollte ich zuerst mit Françoise reden.«

»Klingt ja, als hättest du dich da schwer engagiert«, bemerkte ich unvorsichtig, um mich dann zu unterbrechen, denn wahrscheinlich war es besser, wenn ich meine Nase nicht in Mikes Angelegenheiten steckte. Wie Jake ständig zu mir sagte: je weniger wir von diesem speziellen Problem wussten, desto besser.

Aber Mike antwortete bereits. »Ja, und zwar sehr. Ich liebe Françoise, und sie erwidert meine Gefühle ... Ich will sie heiraten.« Nach einer kurzen Pause sprach er weiter. »Sie ist die erste Frau, in die ich mich seit Sarahs Tod verliebt habe.«

Sein Geständnis überraschte mich nicht im Mindesten, aber allein die Vorstellung einer solchen Beziehung machte mich äußerst nervös. Nicht zuletzt, weil dieser Olivier entschieden kein Mann war, mit dem man sich freiwillig anlegte.

Ich holte tief Luft und zwang mich, eine gute Laune an den Tag zu legen, die ich plötzlich nicht mehr empfand. »Ich hoffe, dann werde ich Brautjungfer!«

Mike lachte leise und versprach, Françoise sofort anzurufen und sich dann gleich wieder bei mir zu melden.

Ich mahnte ihn noch ein Mal, vor Olivier auf der Hut zu sein, und legte dann auf.

II

Kaum hatte ich den Hörer auf die Gabel gelegt, da klingelte das Telefon erneut.

»Hallo?«, meldete ich mich und war verblüfft, als mein Bruder meinen Gruß erwiderte.

»Ich muss dich sehen, Val«, sprudelte Donald ohne Vorrede heraus. »So bald wie möglich.«

»Aber wir haben erst halb acht Uhr morgens! Ich habe noch nicht mal Kaffee getrunken«, protestierte ich und fragte mich, wo eigentlich Jake blieb, der in den Supermarkt gegangen war, um Milch zu kaufen.

»Ich meine nicht in dieser Minute«, erklärte Donald. »Aber noch heute Vormittag. Bitte, Val, wir müssen reden.«

»Worüber?«

»Das Testament.«

»Jetzt mach aber mal halblang, Donald! Darüber haben wir doch am Sonntag gesprochen. Du kennst meine Meinung. Meinetwegen kannst du alles haben, Lowell's eingeschlossen. Ich will weder ihren Kram noch ihre Firma, das habe ich dir schon erklärt. Und ihr ebenfalls.«

»Aber Mutter beharrt darauf, dass du die Firma erben *musst*, und auf mich hört sie nicht. Ich dachte, vielleicht könntest du es noch einmal probieren, dich irgendwie mit ihr zu einigen.«

»Oh Donald«, stöhnte ich und seufzte schwer. »Auf *mich* wird sie gerade hören. Du bist ihr Liebling. Früher konntest du sie immer um den Finger wickeln. Warum probierst du das nicht?«

»Sie klebt an diesem Familienkram, der Tradition, wie sie das nennt.«

»Glaubst du denn, dass ein verbindliches juristisches Dokument existiert? Oder haben wir es bloß mit einer Familienlegende zu tun, einer Tradition, die vor hundert Jahren von Amy-Anne Lowell begründet wurde?«

»Ich weiß es einfach nicht«, antwortete Donald. Er klang niedergeschlagen.

»Kürzlich bin ich nicht darauf gekommen, sie zu fragen, aber ich überlege, ob diese Tradition in der Firmensatzung festgeschrieben ist. Versuch das herauszufinden, wenn du kannst.«

»Das mache ich; aber warum interessierst du dich dafür?«

Die Frage war so dumm, dass mir der Atem stockte. Aber schließlich braucht man kein Genie zu sein, um zu intrigieren. »Wenn diese Bestimmung in der Firmensatzung von Lowell's festgehalten ist, müssen wir sie als juristischen Fakt behandeln«, erklärte ich geduldig. »Aber wenn die Tradition nur auf einem Wunsch beruht, einer Anregung, einem Bestreben, das Amy-Anne geäußert hat, dann wäre sie einfach zu brechen. Weil sie juristisch nicht verbindlich ist.«

»Sie würde das niemals zulassen.«

»Was ist denn heute Morgen mit dir los, Donald? Komm doch auf den Boden! Wenn kein juristisches Dokument existiert, kann ich Lowell's einfach ablehnen. Oder noch besser, ich nehme die Firma und überschreibe sie dann an dich.«

»Das sagst du ständig. Aber wirst du mir die Firma wirklich geben?«

»Traust du mir nicht?«

»Klar doch«, brummelte er. Aber ich fand, dass er zweifelnd klang.

»Ruf deine Mutter an, bring so viel wie möglich heraus und sei um ein Uhr hier«, befahl ich kurz angebunden, in meinem alten Kommandoton. »Wir gehen in ein Lokal in der Nähe zum Essen, und dann können wir diese verdammte Angelegenheit endgültig regeln. Okay?«

»Okay, Schwesterherz.«

»Donald!«, schrie ich. »Nenn mich nicht ...«

Aber er hatte schon aufgelegt.

Undankbarer kleiner Wicht, dachte ich und fragte mich, warum ich mich überhaupt mit ihm abgab. Aber ich wollte Lowell's nicht, das war die reine Wahrheit, und als unserer Mutter Sohn war es nur recht, wenn Donald die Firma bekam. Jemand anderen gab es ohnehin nicht, bis auf einige entfernte Lowell-Cousins, die fürs Nichtstun ein Jahreseinkommen bezogen.

Jetzt brauchte ich dringend einen Koffeinschub. Ich trottete in die Küche, goss mir einen Becher voll Kaffee ein und gab Süßstoff hinzu. Schwarz trank ich ihn nicht besonders gern, aber Jake war immer noch nicht vom Milchholen zurück.

Ich stand am Küchenfenster, schaute nach draußen und dachte, dass sich einer jener klaren, frischen Herbsttage ankündigte. Der Himmel war makellos blau, und hinter weißen Wattewölkchen lugte bereits die Sonne hervor. Ich habe den Jahreszeitenwechsel immer geliebt und hätte deshalb niemals auf Dauer in den Tropen leben mögen.

Plötzlich schrillte das Telefon an der Wand, und ich fuhr zusammen. Ich nahm den Hörer, meldete mich und überlegte, wer wohl jetzt schon wieder anrief.

»Sind Sie das, Valentine?«

Ich erkannte die Frauenstimme nicht. »Ja, aber wer ist dort?«, fragte ich.

»Guten Morgen, Val. Hier ist Lauren, die Frau von Jacques Foucher.«

»Hallo, Lauren! Wie geht's Ihnen?«

»Gut, aber Jacques hatte leider einen schweren Unfall. Ich wollte Jake sprechen, um ihm davon zu erzählen. Ist er da?«

»Nein, er erledigt eine Besorgung. Er kommt jeden Moment zurück. Aber erzählen Sie mir doch bitte, was passiert ist.«

»Jacques ist schwer verletzt worden, aber er wird wieder gesund, auch wenn das eine Weile dauern dürfte. Er liegt natürlich im Krankenhaus, und er hat Glück, dass er am Leben ist. Gestern Abend auf dem Heimweg hatte er einen Herzanfall. Am Steuer, Val! Er ist auf einen parkenden Lieferwagen aufgefahren, in dem Gott sei Dank niemand saß. Und dann ist der Wagen quer über die Straße geschleudert und frontal gegen eine Backsteinmauer gekracht.«

»Oh mein Gott!«, rief ich aus. »Sie haben Recht, er hat Glück, dass er das überlebt hat. Wie schwer sind seine Verletzungen?«

»Er hat sich Nase und Schlüsselbein und außerdem einen Arm und ein Bein gebrochen, und natürlich hat er eine Menge Quetschungen und Prellungen sowie kleinere innere Verletzungen davongetragen. Aber das ist es auch schon.«

»Seien wir ehrlich, es hätte schlimmer kommen können.«

»Allerdings, er könnte *tot* sein«, pflichtete Lauren mir bei. »Würden Sie Jake ausrichten, dass ich jetzt im Büro sitze und jeden Tag hereinkomme, bis Sie beide wieder in Paris sind? Wann werden Sie denn zurückkommen?«

»Nächste Woche, da bin ich mir absolut sicher. Aber jetzt wird Jake möglicherweise früher fliegen wollen.«

»Nicht nötig«, gab Lauren zurück. »Ich habe alles im Griff, und Jacques ist glücklicherweise bei seinen Ärzten in den besten Händen. Bitte sagen Sie Jake, dass ich mit der Agentur zurechtkomme; im Moment ist ohnehin nicht viel los.«

»Ich weiß, dass Sie das schaffen«, meinte ich und dachte daran, wie tüchtig Lauren Crane war. Die geborene Engländerin war eine erfolgreiche Agentin, die das Pariser Büro einer bekannten amerikanischen Talentagentur leitete. Wie ich lebte sie schon seit Jahren in Paris und war durch und durch frankophil. Sie war Jacques Fouchers zweite Frau, und er betete sie und die vierjährige gemeinsame Tochter Jasime an.

»Aber wie wollen Sie denn noch Ihr eigenes Büro leiten?«, fragte ich Lauren.

»Die Vormittage werde ich hier bei Photoreal verbringen«, erklärte sie, »und die Nachmittage in meiner Agentur. Da ich mit New York und Los Angeles zu tun habe, wirkt der Zeitunterschied sich zu meinem Vorteil aus.«

»Verstehe«, antwortete ich. »Jake wird Sie augenblicklich anrufen, sobald er zurück ist. Und grüßen Sie Jacques ganz herzlich und sagen Sie ihm, ich hoffe, dass es ihm bald besser geht.«

»Das mache ich, Val, vielen Dank.«

III

Nachdem wir aufgelegt hatten, trank ich im Stehen meinen Kaffee weiter und schaute über den East River hinaus, wenn auch zugegebenermaßen etwas abwesend. Ich dachte an Jacques und versuchte mich zu erinnern, wie alt er war. Ich wusste, dass er älter als Jake war – so ungefähr vierzehn Jahre. Das ergab zweiundfünfzig. War das nicht ziemlich jung für einen Herzanfall? Er hatte Glück gehabt, dachte ich, so wie Jake und ich im Kosovo. Unsere Zeit war noch nicht abgelaufen, und seine anscheinend auch nicht. Alles war vom Schicksal bestimmt.

Als das Telefon wieder zu läuten begann, fluchte ich unterdrückt und griff ein weiteres Mal nach dem Hörer. »Ja«, meldete ich mich etwas scharf, was eigentlich nicht meine Art war. Aber dieses unerwartete Hin und Her am frühen Morgen brachte mich langsam auf die Palme.

»Val, hallo, hier ist Françoise.«

»Françoise, hallo, wie geht es Ihnen?«, fragte ich, und augenblicklich klang meine Stimme freundlicher. »Sie sind sicher froh, aus dem Krankenhaus heraus und wieder bei Mike zu sein.«

»*Oui*. Ja, ich bin sehr glücklich mit ihm. Er ist wundervoll. Aber Val, ich fürchte mich vor Olivier. Jede Minute kann er mich finden und nach Marseille zurückschleppen. Ich spüre das.«

»Hören Sie mir jetzt bitte sehr gut zu, Françoise«, befahl ich. »Nachdem Sie sich morgen mit Ihrem Anwalt getroffen haben, müssen Sie Paris verlassen. Ich glaube, ich kann Sie bei einer Freundin in England unterbringen. Was halten Sie davon?«

»Ich werde gehen. Mike hat mir alles erklärt. Über die Dame mit dem *Pig on the Roof*. Ich habe so schreckliche Angst vor Olivier. Und meine Eltern inzwischen auch. Er kommt zu ihnen nach Les Roches Fleuries. Ständig.«

»Das kann ich mir vorstellen! Und ich wette auch, dass er das Telefon abhört und die Post überwacht. Nehmen Sie keine Verbindung zu Ihren Eltern auf, wenn Sie sichergehen wollen.«

»*Oui, oui*. Ich weiß, das muss sein. Sie machen sich Sorgen um mich.«

»Alles wird in Ordnung kommen«, beruhigte ich sie. »Ich werde meine Freundin in London anrufen und mich dann wieder bei Ihnen melden. Oder nein, ich rufe Mike im Büro an. Das wäre besser. Seien Sie nur vorsichtig, Françoise, und gehen Sie kein Risiko ein.«

»Ich verstehe. *Merci*, Val, *au revoir*.«

»Bis dann, Françoise, und halten Sie die Ohren steif.« Als ich den Hörer auf die Gabel legte, fiel mir auf, dass sie diesen Ausdruck vielleicht nicht kannte. Zu spät.

Ich verließ die Küche. So langsam fragte ich mich doch, wo Jake blieb. Als ich über den Flur in Richtung Wohnzimmer ging, hörte ich den Schlüssel im Schloss. Dann knallte die Tür zu.

Als ich in die Diele eilte, erblickte ich Jake, der mit drei riesigen Supermarkt-Tüten kämpfte. Gekleidet war er in einen schweren weißen Seemannspullover, Bluejeans und eine Baseballkappe, die er verkehrt herum trug. Er wirkte ein wenig erhitzt, oder vielleicht waren seine Wangen auch vom Wind gerötet.

»Hi, Kleines« begrüßte er mich und grinste mir über die Tüten hinweg zu. »Ekelhaftes Wetter draußen. Es ist ganz plötzlich kalt geworden. Sorry, dass ich so lange gebraucht habe, aber ich habe gleich allerhand zum Abendessen gekauft, um Zeit zu sparen. Ich dachte, wir könnten …«

»Ich habe schlechte Nachrichten für dich, Jake«, unterbrach ich ihn und trat herbei, um ihm mit den überquellenden Supermarkt-Tüten zu helfen.

»Was für schlechte Nachrichten? Was ist los?«

IV

Jake lief sofort ins Arbeitszimmer, um Lauren in Paris anzurufen.

Ich zog mich in die Küche zurück, um frischen Kaffee zu kochen und die Bagels zu toasten, die Jake mitgebracht hatte.

Während der Kaffee durchlief und die Bagels bräunten, deckte ich ein Tablett mit Milch, Süßstoff, Butter und Aprikosenmarmelade. Dazu kamen Becher, Teller, Löffel, Messer und Servietten, und dann stand ich da und passte auf die Bagels auf, damit sie nicht verbrannten.

Ursprünglich hatte ich mir eine gemütliche kleine häusliche Szene vorgestellt. Ein herrliches Frühstück mit Jake, denn unser Aufenthalt in New York neigte sich dem Ende zu. Ich sehnte mit nach Intimität mit Jake. Jeder Art von Intimität, aber ganz besonders die häusliche Vertrautheit. Ich hatte mich schon gefragt, warum ich dieses Bedürfnis verspürte, und dann war mir kürzlich aufgegangen, dass ich mich im vertrauten Beisammensein mit Jake sicher, beschützt und umsorgt fühlte – etwas, das ich nie wirklich gekannt hatte. Aber heute war leider das Leben dazwischengekommen.

Sobald der Kaffee fertig war, stellte ich die Kanne auf das Tablett und spähte dann in den Toaster, um nach den Bagels zu schauen. Sie sahen perfekt aus, daher nahm ich sie mit einem sauberen Geschirrtuch heraus und ließ sie auf einen der Teller gleiten.

Ich trug das Tablett ins Arbeitszimmer und stellte es auf den großen Couchtisch. Jake legte eben auf, nachdem er sich von Lauren verabschiedet hatte.

»Da hat Jacques aber wirklich lausiges Pech gehabt«, meinte er. Er ging zum Sofa, setzte sich und schenkte uns beiden Kaffee ein. »Das Komische ist, dass er nie zuvor Herzprobleme gehabt hat. Lauren sagt, er hätte sich noch vor zwei Wochen durchchecken lassen, und alles sei in Ordnung gewesen.«

»Gott sei Dank ist er am Leben«, sagte ich und ließ mich neben Jake plumpsen. »Er hätte leicht dabei sterben können. Da ist er wirklich von der Schippe gesprungen.«

Jake nickte, butterte einen Bagel und strich Aprikosenmarmelade darauf. Er biss hinein und nickte beifällig.

Während er kaute, erzählte ich ihm die Neuigkeiten über Françoise und ihren randalierenden Ehemann, der hinter ihr her war, hinter Mike und seinen beiden Töchtern. Und wahrscheinlich jedem, der sich ihm sonst in den Weg stellte. Zum Beispiel die gute alte Val.

»Mist!«, explodierte Jake und verschluckte sich fast an seinem Bagel. »Ich wusste doch von Anfang an, dass diese Sache nur Ärger einbringen würde!«

»Das kannst du wohl laut sagen«, brummte ich und erzählte ihm von meiner Idee, Fiona zu bitten, Françoise für ein paar Wochen unter ihre Fittiche zu nehmen.

»Du kannst es wirklich nicht lassen!«, rief Jake aus und durchbohrte mich mit seinen blauen Augen.

»Was denn?«, fragte ich in gespielter Unschuld zurück.

»Dich einzumischen, um Himmels willen!« Jetzt brüllte er beinahe.

»Ich habe mich einmal eingemischt und damit ein Problem namens Liebe geschaffen, obwohl ich damit ganz bestimmt nicht gerechnet habe. Und jetzt habe ich das Gefühl, ich müsste den beiden helfen, ihr neues Problem zu lösen. Das Problem, das eben diese Liebe geschaffen hat. Kurz gesagt, Oliviers Zorn.«

»Mike ist schon ein großer Junge«, schimpfte Jake. »Er kann auf Françoise aufpassen, und ich mochte nicht, dass du dich noch weiter in diese Sache hineinziehen lässt. Ein Bursche wie Olivier kann leicht durchdrehen, und wenn du ihm im Weg stehst, wird er sich nichts dabei denken, auch mit dir kurzen Prozess zu machen.«

»Das stimmt ja alles, Jake, aber beruhige dich bitte. Ich will ja nur Fiona anrufen, ihr die Lage erklären und sie fragen, ob Françoise eine Zeit lang bei ihr unterkommen kann. Das kann doch wohl so schlimm nicht sein, oder?«

Jake stieß einen langen, entnervten Seufzer aus, nahm seine Baseballkappe und schleuderte sie auf die andere Seite des Zimmers. Er packte mich und zog mich in die Arme. »Du … du bist einfach *unverbesserlich*, Valentine Denning, die unmöglichste, sturste Intrigantin, die schönste, aufregendste …«

Ich stoppte seinen Wortschwall, indem ich ihm einen langen, gefühlvollen, leidenschaftlichen Kuss gab. Dann ließ ich die Zunge zwischen seine Lippen gleiten. Was ein großer Fehler von mir war, denn das erregte ihn nur und brachte ihn auf lauter dumme Gedanken.

Nein, so dumm waren die gar nicht, entschied ich, als Jake sanft, aber entschlossen begann, mich auf dem dick gepolsterten Sofa zu verführen.

Was für ein wunderschönes, intimes Frühstück es jetzt doch geworden ist, dachte ich und lächelte in mich hinein.

Kapitel 25

I

Um Punkt ein Uhr kreuzte Donald mit einem großen, teuer aussehenden Blumenstrauß, der in Zellophan gewickelt und von rosa Bändchen zusammengehalten war, an meiner Türschwelle auf. Augenblicklich wurde ich argwöhnisch und musste den Impuls unterdrücken, ihn anzuknurren.

Hielt er mich für dumm? Merkte er nicht, dass ich seinen Trick durchschaute, diese unverhofft liebevolle Geste? Die erste seit Jahren übrigens. *Blumen, also wirklich.*

Er unterschätzte mich, wenn er glaubte, ich hätte nicht mitbekommen, dass er mich einzuwickeln versuchte, indem er sich umgänglich und schrecklich freundlich gab, weil ich plötzlich eine wichtige Rolle für seine Zukunft spielte.

Aber irgendwie schluckte ich die scharfen Worte hinunter, die mir auf der Zunge lagen. Warum nicht nett sein; schließlich kostete mich das nichts. Innerlich lachte ich. Sex mit Jake zum Frühstück war unendlich befriedigender als Kaffee mit Bagels; unsere unerwartete und wunderbare Liebesszene auf dem Polstersofa hatte mich in eine großmütige Stimmung versetzt. Und so ließ ich Donald ungeschoren davonkommen.

Freundlich lächelnd bot ich ihm die Wange zum Kuss, dankte ihm für die Blumen und bat ihn, seinen Mantel über die Bank in der Diele zu werfen. Nachdem ich die Blumen auf der Küchentheke abgelegt hatte, führte ich ihn in das holzgetäfelte Arbeitszimmer mit der Aussicht auf den East River.

»Wo ist der Costner-Klon?«, fragte er und schaute sich um.

»Mittagessen mit Gwyneth Paltrow«, versetzte ich schnippisch. Ich wusste, dass ihn das verrückt machen würde. Donald der Große hat die weiblichen Filmstars schon immer angehimmelt.

»Ehrlich?«, fragte mein Bruder beeindruckt und riss die Augen auf.

»Donald, komm schon! Sei nicht blöd. Ich habe nur Spaß gemacht. Jake ist mit dem Verleger essen gegangen. Ins Vier Jahreszeiten.«

»Ihr habt einen Herausgeber gefunden?«

Ich nickte. »Klar doch. Jake hat anscheinend eine überwältigende Präsentation abgeliefert, und wir sind im Geschäft. Im Moment werden die Verträge aufgesetzt.«

»Herzlichen Glückwunsch, Schwesterherz.«

»*Donald*«, stieß ich drohend hervor und funkelte ihn wütend an.

»Tut mir Leid, *Val*.«

Ich deutete auf das Sofa, auf dem Jake und ich uns vorhin so genüsslich geliebt hatten. »Setz dich hin und leg los. Was hat sie dir erzählt?«

Er gehorchte. Ich stellte mich vor ihn hin, den Blick auf sein Gesicht geheftet.

»Also, viel hat sie nicht gesagt …«

»Was!«, fuhr ich aus der Haut und unterbrach ihn. »Du kommst ohne jede Information her und erwartest, dass ich dich mit offenen Armen empfange? Hast du deswegen die Blumen mitgebracht? Als Versöhnungsgeschenk?«

»Nein, nein. Und du hast mich nicht ausreden lassen!«, quengelte er.

»Okay, dann leg los.«

»Du lässt mich ja überhaupt nicht zu Wort kommen, Val. Du bist wieder ganz die Alte, so beschissen dominierend und tyrannisch. Das kann ich nicht vertragen.« Er machte Anstalten, sich zu erheben. »Ich glaube, ich verabschiede mich lieber ...«

»Du gehst nicht, Donald«, fauchte ich. »Das kannst du dir aus dem Kopf schlagen. Und bitte keine schmutzigen Wörter mehr. Du weißt, dass mich das irritiert.«

»Okay, in Ordnung. Also zurück zu Mom. Zuerst hat sie gar nicht viel gesagt, sondern einfach dagesessen wie Elisabeth die Erste auf ihrem Thron und hoheitsvoll und imposant dreingeschaut. Aber dann ist sie aufgetaut, nachdem ich ihr Ego ein bisschen gestreichelt und eine geschlagene halbe Stunde auf sie eingeredet habe. Schließlich habe ich herausbekommen, dass kein juristisches Dokument existiert. Über diese Sache mit der Tradition.«

»Gut zu wissen«, rief ich aus und strahlte ihn an in der Hoffnung, ihn zum Weiterreden zu ermutigen. »Was hat sie noch erzählt?«

»Sie hat mir die Tradition erklärt. Und mehr ist nicht daran, Val. Eine Tradition, die Amy-Anne begründet hat, weil sie wollte, dass die Frauen in der Familie die Macht hatten und nicht die Männer. Aber obwohl weder damals noch heute etwas schriftlich niedergelegt wurde, sagt Mom, dass die Lowell-Frauen die Tradition seit hundert Jahren sehr ernst nehmen. Sie ist irgendwie ... na, wahrscheinlich so etwas wie ihre Bibel.« Donald beugte sich leicht nach vorn und sah zu mir auf. »Mom sagt, Amy-Annes weibliche Nachkommen glaubten, dass es der Familie Unglück bringen würde, wenn nicht länger eine Frau an der Spitze von Lowell's stünde«, bekannte er. »Ob sie das wohl ebenfalls glaubt?«

»Du meine Güte, Donald, und wo bleibst du dabei?«, fragte ich unschuldig. Ich ging durchs Zimmer, lehnte mich an den Kamin und versuchte, das amüsierte Grinsen zu verbergen, das auf meine Lippen getreten war.

»Ich habe mich verlobt. Mit Alexis. Sie hat meinen Antrag angenommen.«

»Was für ein glücklicher Zufall, Donald«, schnurrte ich sarkastisch. Was er doch für ein Opportunist war. Er vergeudete keine Zeit und ging kein Risiko ein. Aber was ging mich das an? Ihm die Familienfirma zu überlassen kam mir gut zupass. Ich wollte nichts damit zu tun haben. Und ganz bestimmt wollte ich nichts von *ihr*.

»Mom möchte dich noch ein Mal sehen, Val«, meldete Donald sich zu Wort.

»Wozu?«, fragte ich in frostigem Ton.

»Keine Ahnung, das hat sie nicht gesagt.«

»Gott, Donald, du bist manchmal echt beschränkt! Warum hast du sie nicht gefragt?«

»Das habe ich. Und sei nicht so *gemein*!«

Ich ignorierte seinen Einwurf. »Und was hat sie dir geantwortet?«

»Sie sagte, zumindest wolle sie dir ihre Beweggründe auseinander setzen. Und außerdem sagte sie etwas davon, dir eine Erklärung zu schulden.«

»Und das ist kein Witz, ja«, knurrte ich und fragte mich, was dieses plötzliche Bedürfnis nach einer Aussprache bei meiner Mutter ausgelöst haben mochte.

Donald nickte und lehnte sich in die Kissen.

Jetzt gab ich mich ein wenig verbindlicher. »Tja, Donald, das ist ja eine wirklich gute Nachricht für dich. Dass es kein juristisches Dokument gibt. Dadurch wird es viel leichter für mich, die Firma an dich weiterzugeben.«

»Ich habe ihr gesagt, dass du diese Absicht hast, und sie hat erwidert, dass sie das nicht zulassen wird.«

»Ich erbe Lowell's erst, wenn sie stirbt, und wenn sie tot

ist, kann sie mich nicht mehr daran hindern, dir das Geschäft zu überlassen. Oder?«

»Hmm. Ja, wahrscheinlich hast du Recht.«

»Nicht wahrscheinlich. Das stimmt.«

»Du wirst dich noch einmal mit Mom treffen müssen, Val.«

»Keine Chance, Brüderchen.«

»Ich begleite dich.«

»Darauf möchte ich wetten, angesichts der Umstände.«

»Bitte, Val. Sei doch mal nett. Früher hast du mich geliebt, und es hat mir wirklich wehgetan, als du dich von mir abgewandt hast. Du hast mir als Kind großen Schaden zugefügt, als du mich fallen gelassen und mir deine Liebe entzogen hast.«

»Jetzt hör aber mit dem Scheiß auf, Donald. Du weißt ganz genau, dass sie dich mir weggenommen hat, als es ihr in den Kram passte.«

»Und du erzählst mir etwas über schmutzige Wörter, Val. *Also wirklich*!«

»Sag mir eines, Donald. Warum willst du Lowell's überhaupt?«, fragte ich. Seine Haltung verwirrte mich, und ich wollte es ernsthaft wissen.

»Weil du die Firma nicht möchtest, und weil ich finde, sie sollte in der Familie bleiben.«

»Würdest du denn auch dort arbeiten?«

»Darauf kannst du Gift nehmen.«

»Aber du hast doch bei der Zeitschrift einen Traumjob. Du hast dir immer gewünscht, Klatschkolumnist zu sein. Die ersten Sporen als Tratschtante hast du dir doch schon in der Familie verdient.«

»Jetzt bist du schon wieder fies.«

»Ach, nicht noch mal. Du wiederholst dich. Also erzähl mir, warum willst du deine Kolumne aufgeben, die, wie ich von Muffie höre, sehr einflussreich ist, nur um jeden Tag ins Büro zu gehen und Kosmetika herzustellen und zu verkaufen, von denen niemand je gehört hat und für die sich niemand interessiert?«

Donald sah mich aufmerksam an, die Augen leicht zusammengezogen. Unmerklich zögerte er. »Du hast keine Ahnung, stimmt's?«

»Wovon?«, erwiderte ich schnell. Ich hatte die plötzliche Veränderung in seinem Verhalten bemerkt und fragte mich, welche Bombe er platzen lassen würde.

»Lowell's, und wie sich die Firma entwickelt hat.«

Ich schüttelte den Kopf. »Woher sollte ich das wissen? Ich habe den größten Teil meines Erwachsenenlebens damit zugebracht, an den Kriegsfronten der Welt Bilder von Toten und Sterbenden zu schießen.«

Donald stand auf. »Lass uns essen gehen.« Plötzlich klang er sehr bestimmt. »Dann erzähle ich dir alles.«

II

Donalds Bemerkung über Lowell's hatte mich neugierig gemacht, und während wir den Beekman Place überquerten und in die First Avenue einbogen, versuchte ich ihn auszuhorchen. Aber er ließ sich nicht locken und bestand darauf, mir von seiner Verlobten Alexis zu erzählen. Ich sollte sie unbedingt kennen lernen, bevor ich nach Paris zurückkehrte.

Um ihm den Mund zu stopfen, stimmte ich schließlich zu und hoffte, Jake würde nichts dagegen sagen, dass ich die beiden für Freitag zum Abendessen eingeladen hatte.

Bis wir bei Billy's ankamen, einem Lokal, das ich wegen seines Backfisches mit Pommes frites und seiner wunderbaren Hamburger liebte, wusste Donald sich vor Freundlichkeit kaum noch zu halten. Zweifellos war die Einladung zum Abendessen dafür verantwortlich, und alles, was ich sonst noch für ihn tat.

Nachdem wir unsere Mäntel aufgehängt hatten, führte man uns zu einem Tisch im hinteren Raum, den ich bevorzugte. Mit seinem kahlen Holzfußboden und den rotweiß karierten Tischdecken strahlte das Restaurant die gemütliche, einladende Atmosphäre einer Kneipe aus. Die Zwanglosigkeit und das gute Essen hatten Billy's zu einem meiner Lieblingslokale gemacht, vor allem, wenn ich in Eile war und ohne viel Umstände etwas essen wollte.

»Lass uns ein Glas Wein bestellen, um anzustoßen.«

»Worauf?«, fragte ich stirnrunzelnd.

»Na, auf meine Verlobung mit Alexis«, gab er zurück und sah mich verblüfft an. »Was dachtest du denn?«

»Keine Ahnung«, sagte ich, obwohl mir gerade etwas anderes durch den Kopf ging. Wenn mein Bruder jetzt schon seinen Eintritt in die Geschäftswelt feierte, dann hatte er möglicherweise die Rechnung ohne den Wirt gemacht.

Als die Kellnerin mit den Speisekarten an unseren Tisch trat, bestellte Donald zwei Gläser trockenen Weißwein, und wir beide nahmen die Karten.

Nachdem die Frau verschwunden war, um die Getränke zu bringen, beugte Donald sich über den Tisch. »Viele Geschwister würden dir so etwas nicht erzählen, Val, und dich in Unkenntnis nach Paris zurückkehren lassen. Aber so bin ich nicht; und was immer du von mir halten magst, ich habe dich immer geliebt. Vielleicht habe ich dich nicht immer leiden können, aber lieben ... ja.«

Ich starrte ihn wortlos an. Soll er sich doch um Kopf und Kragen reden, dachte ich, lehnte mich zurück und fragte mich, wieso er mir plötzlich seine Zuneigung beteuerte.

»Schau nicht so misstrauisch und *zweifelnd*. Ich weiß, du denkst, ich wäre wie Mom, aber das stimmt nicht.«

»Und worüber sollte ich nun Bescheid wissen, ehe ich nach Paris zurückfliege?«

»Über Lowell's erstaunlichen Erfolg. Die Firma hat sich zu einer Goldgrube entwickelt.«

»Lowell's?«

Donald begann zu lachen. »Allerdings, Lowell's. Dank Mom hat die Firma in den letzten zehn Jahren verblüffende Erfolge verbuchen können. Die Produkte stehen in den besten Läden von New York, und sogar …«

»Was für Geschäfte?«, fragte ich, beugte mich zu ihm hinüber und durchbohrte ihn mit Blicken. Jetzt war ich wirklich neugierig geworden.

»Na, den *besten* eben … wie Bergdorf's, der New Yorker Filiale von Barney's, Neiman Marcus. Die Produkte von Lowell's werden im ganzen Land vertrieben. In allen Städten Amerikas lieben die Frauen diese Linie. Wir werden sie bald auch nach Europa ausführen.«

»Die putzigen kleinen Fläschchen, die hausbackenen Cremes und Lotionen?«

»Oh ja, Val, und du solltest nicht so abfällig über die komischen Fläschchen und die hausgemachten Cremes reden, wie du sie nennst. Unsere Mutter behauptet, gerade das mache einen Teil des Erfolgs aus.«

»Was meinst du?«, fragte ich stirnrunzelnd.

In diesem Moment wurde der Wein gebracht, und die Kellnerin fragte nach unseren Bestellungen. Ich wählte einen halb durchgebratenen Hamburger mit Pommes frites, und Donald schloss sich mir an. Als wir die Bestellung aufgegeben hatten, hob er sein Glas. »Prost.«

»Prost«, gab ich zurück und ließ mein Glas an seines klingen. »Und jetzt erzähl weiter.«

»Ich wollte gerade sagen, dass die putzigen Fläschchen, wie du sie nennst, so niedlich gar nicht sind. Und sie haben sich nicht sehr verändert, seit Amy-Anne Lowell's gegründet hat. Tatsächlich stellen sie die moderne Version einer Apothekerflasche dar, natürlich in Miniaturgröße, mit Glasstöpsel und dem einfachen, mit Druckbuchstaben beschrifteten Etikett. Und hier kommt der Aspekt des Hausgemachten ins Spiel. Wusstest du, dass die Etiketten auf den Lowell-Produkten sich seit hundert Jahren kaum verändert haben?«

»Woher in aller Welt soll ich das wissen?«

»Das kannst du wahrscheinlich nicht. Auch ich war bis vor kurzem nicht im Bild.«

»Aber jetzt hast du deine Recherchen angestellt, habe ich Recht?«, fragte ich und versuchte den Sarkasmus zu dämpfen, der sich häufig einschlich, wenn ich mit meinem Bruder redete. Aber wie so häufig entging ihm die Ironie; oder er ignorierte sie einfach.

»Nein, habe ich nicht«, erwiderte er. »Aber Mom erzählt mir manchmal von ihren Geschäften, wenn ich bei ihr zu Abend esse; und kürzlich hat sie mir von einer japanischen Firma berichtet, die die Produkte nach Japan importieren will. Und der Präsident der Gesellschaft hat ihr erklärt, die japanischen Frauen liebten gerade die einfachen, altmodischen Apothekerfläschchen und die einfach gedruckten Etiketten, die nur das Produkt und seine Verwendung angeben sowie die Bestandteile nennen.«

»Du nimmst mich auf den Arm!«

»Nein. Die Japaner sind schon komisch – wusstest du, dass Hunderttausende von ihnen Möbel aus der amerikanischen Pionierzeit lieben?«

»Was hat das mit Lowell's Cosmetics zu tun, Donald?«

»Nichts, ich habe nur eine Parallele gezogen. Weil es genau die altmodische Apothekerflasche und das altmodische Etikett sind, die auch hier Millionen von Frauen ansprechen. Nenn es Nostalgie, das Vertrauen in etwas, das handgemacht aussieht … wie auch immer, das ist ein Teil des Geheimnisses, sagt Mom. Die altmodische Verpackung wirkt anscheinend besser denn je, und weil sie bei den einfachen Flaschen und Etiketten geblieben ist, konnte Mom ihre Kosten gering halten. Für die Produkte gilt dasselbe

… indem sie die Linie eingegrenzt hat, hat sie auch die Produktionskosten niedrig gehalten.«

»Was meinst du mit *eingrenzen*? Ich kann dir nicht ganz folgen.«

»Mom hat mir erzählt, als Dad noch am Leben war, wollte er, dass sie eine Menge anderer Produkte herstellt … Lippenstifte, Augen-Make-up, Nagellack, solches Zeug. Aber sie wollte nicht, sondern blieb der Linie treu, die Amy-Anne geschaffen hatte. Du weißt schon, Gesichts-, Hand- und Körpercremes, Shampoos und Badezusätze. Diese Entscheidung hat viel zum heutigen Erfolg von Lowell's beigetragen, weil dadurch ihre Kosten im Rahmen geblieben sind. Außerdem braucht sie sich nicht um den Wandel der Moden zu kümmern.« Donald hielt inne und nahm einen großen Schluck Wein. »Richtig Geld hat sie dagegen ins Marketing gesteckt.«

»Wie zum Teufel hat sie es fertig gebracht, das Ruder so herumzureißen?«, rief ich aus und schüttelte völlig verblüfft den Kopf. »Als wir klein waren, hatten wir immer finanzielle Probleme. Ich erinnere mich, dass unsere Eltern oft um Geld stritten.«

»Aber so schlimm kann es doch nicht gewesen sein, oder?«, murmelte Donald und sah mich über den Rand seines Glases hinweg fragend an.

»Ich glaube, manchmal war das Geld wirklich knapp«, antwortete ich. »Aber das einzige wirklich hässliche Problem, an das ich mich erinnern kann, war, als sie Annie hinauswerfen wollten. Wir beide haben uns schließlich derart hysterisch aufgeführt, dass sie nicht entlassen wurde. Aber ich habe den starken Verdacht, dass unser Großvater eine Zeit lang ihr Gehalt bezahlt hat.«

»Annie hat uns geliebt, nicht, Val? Sie war das beste Kindermädchen der Welt.«

»Ja, das war sie …« Ich beendete den Satz nicht. Wenn Annie Patterson nicht gewesen wäre, die seit meiner

Geburt für mich gesorgt hatte, dann hätte ich in diesem Haushalt wahrscheinlich nicht überlebt.

»Um jedenfalls deine Frage nach Lowell's heutigem Erfolg abschließend zu beantworten: Man könnte sagen, dass Marketing alles ist. Mutter hat die Serie anscheinend an jedes Topmodel, jede Broadway-Schauspielerin, jeden Filmstar und jede weibliche Berühmtheit geschickt, die ihr einfielen. Sie ließ einen Beutel fertigen, der einer altmodischen Reisetasche nachempfunden war, füllte ihn mit Produkten und legte einen handgeschriebenen Brief auf Papier im viktorianischen Stil bei. Und die Sache hat geklappt; alle haben sich verliebt in die ... Reisetasche, die *putzigen* Fläschchen und die *hausbackenen* Produkte, wie du sie eben genannt hast.«

»Dann macht sie Millionen?«, fragte ich grinsend. »Versuchst du mir das beizubringen?«

Donald nickte. »Allerdings. Sie hat einen Versandkatalog und ist im Internet. Lowell's hat auch eine Website. Und in ungefähr achtzehn Monaten, nachdem sie die Linie in Europa und Japan herausgebracht hat, wird sie wohl an die Wall Street gehen, an die Börse.«

»Mein Gott, Donald, unsere Mutter ist eine richtige Magnatin. Ich hatte ja keine Ahnung!« Ich hoffte, der Sarkasmus würde zu ihm durchdringen, aber offensichtlich war das nicht der Fall.

»Ich wusste auch nichts davon. Ab und zu habe ich von Mutter ein paar Sachen mitbekommen, aber Alexis ist Finanzjournalistin, und sie hat mir in letzter Zeit allerhand Informationen verschafft.«

»Meinst du im Lauf der letzten Woche?«, fragte ich und beäugte ihn nachdenklich.

Er schüttelte den Kopf. »Nein. Ich meine, seit Mom krank geworden ist, verstehst du, nach ihrem ersten Herzanfall.«

»Meinen Glückwunsch, liebster Donald, du wirst eine große Firma erben und einmal sehr reich sein.«

»Das ist dir wirklich ernst, Val, oder? Ich sehe, dass du mich nicht veralberst.«

Ärgerlich sah ich ihn an. »Natürlich nicht. Warum sollte ich?«

Donald holte tief Luft. »Wenn Mom nächstes oder übernächstes Jahr an die Börse geht, könnte Lowell's zwischen fünfhundert Millionen und einer Milliarde Dollar wert sein, plus/minus ein paar Hunderttausend.«

Mit offenem Mund starrte ich Donald an und brachte kein Wort heraus. »Jetzt bin ich platt, Donald, restlos und vollständig geplättet!«

III

Nach dem Essen kam Donald wieder auf einen Besuch bei meiner Mutter zu sprechen. »Bitte, Val, lass uns jetzt gleich zu ihr gehen und diese Angelegenheit ordentlich regeln, bevor du nach Paris zurückkehrst.«

»Donald, ich habe dir schon ein halbes Dutzend Mal erklärt, dass ich dir die Firma gebe, wenn ich sie erbe. Ich will Mutter nicht sehen.«

»Sie sagte, sie wollte *dich* noch ein Mal sehen, um dir etwas zu erklären. Ich schätze, sie will mit dir ins Reine kommen. Also, lass uns in die Wohnung fahren. Vielleicht kannst du ihr gleichzeitig noch ein Mal deine Meinung hinsichtlich Lowell's klar machen. Und meine Rolle dabei.«

Ich schaute meinen Bruder über den Tisch hinweg an, und einen Sekundenbruchteil lang sah ich ihn vollkommen objektiv. Donald war wirklich ein attraktiver junger Mann, sechsundzwanzig Jahre alt und wirkte sehr männlich. Er sieht aus wie ein Filmstar, dachte ich, genau wie unsere Mutter. Und so schwer war gar nicht mit ihm auszukommen. Wenn ich mir selbst gegenüber ganz ehrlich war, dann war ich wahrscheinlich immer eifersüchtig auf ihn gewesen, weil meine Mutter ihn mir vorgezogen und verwöhnt hatte. Sicher, Donald war ein bisschen hinterlistig und geschwätzig, aber er war nicht übel, sondern einfach menschlich, so wie wir alle.

Seufzend schüttelte ich den Kopf. »Donald, du kannst dir nicht vorstellen, wie schwer es mir fällt, zu ihr zu gehen. Wirklich nicht«, sagte ich dann langsam.

»Doch, das kann ich«, gab er rasch zurück. »Ich muss zugeben, dass sie dich nicht immer ... *liebevoll* behandelt hat, Val.«

»Du gibst es also *endlich* einmal zu, Donald.«

»Ich habe das immer gewusst«, gab er zurück. Er klang defensiv. »Aber wir haben uns eigentlich nicht mehr richtig unterhalten, seit wir beide erwachsen sind, stimmt's?«

»Wie wahr.«

»Schau mal, ich weiß ja, wie nervig sie sein kann«, sagte er, »und wie schmerzlich es für dich ist, sie zu treffen. Aber bestimmt hilft es, wenn ich dich begleite.«

»Und was soll ich deiner Mutter erzählen, Donald?«

»Unserer Mutter«, verbesserte er mich. »Und ich möchte, dass du sie darum bittest, irgendein Dokument aufsetzen zu lassen. Ein Papier, in dem es heißt, dass du mir die Firma überschreiben darfst, und dass ich als Mann ebenfalls erbberechtigt bin.«

»Du meinst, ein juristisch verbindliches Dokument, ja?« Er nickte. »Yeah.«

»Traust du mir etwa nicht?«, fragte ich und unterdrückte ein Lächeln. Ich spielte mit ihm, und das war eigentlich nicht fair.

»Yeah, klar tue ich das. Das Gute an dir, Val, ist immer deine Aufrichtigkeit gewesen. Aber meinst du nicht, dass trotzdem ein Dokument existieren sollte? Schau, wenn dir in deinem Job etwas zustößt – was Gott verhüten möge –, was dann? Ich meine, wer kriegt dann die Firma?«

»Das ist natürlich ein Argument«, sagte ich, lehnte mich

zurück und nippte an meinem Kaffee. Wenn ich irgendwo in einem Krieg umkam, würde meine Mutter Donald die Firma hinterlassen *müssen*. »Du«, erklärte ich endlich. »Du würdest sie bekommen, Donald, oder besser gesagt, deine Frau.« Ich unterbrach mich und blickte in die Ferne. »Gott, ich frage mich, wie das Ganze im Fall einer Scheidung geregelt werden soll.«

»Es hat noch nie eine gegeben. Vielleicht sollten wir Mom danach fragen.«

»Nein«, sagte ich und kam zu einem Entschluss. »Wir fragen sie gar nichts. Wir gehen hin, bieten ihr eine geschlossene Front und erklären ihr, dass wir finden, mein Wunsch, dir die Firma zu überlassen, sollte schriftlich niedergelegt werden. Für den Fall, dass ich im Einsatz getötet werde.«

»Okay.« Er sah mich neugierig an. »Ich wüsste gern, was sie dir erklären will.«

»Ich will gar nicht hören, was sie zu sagen hat, Donald. Ich gehe nur dorthin, um sicherzugehen, dass du nicht zu kurz kommst.«

»Warum? Wieso machst du dir etwas aus mir, Val?«, fragte er und sah mich durchdringend, mit gerunzelter Stirn an.

»Weil du mein kleiner Bruder bist und ich dich als Kind sehr geliebt habe. Und außerdem hast du ein *Recht* darauf. Wir haben bald das Jahr 2000, und wir können uns nicht nach einer Regel richten, die 1898 aufgestellt wurde. Ich stehe bestimmt auf Seiten der Frauen, und damals war es eine gute Regel, aber sie muss …«

» … modernisiert werden«, schloss Donald an meiner Stelle.

IV

Donald zog sein Handy hervor, rief unsere Mutter an und fragte, ob wir vorbeikommen könnten. Er traf eine Verabredung für halb vier und legte dann auf.

»Alles abgemacht«, meinte er und steckte das Telefon in seine Jackentasche. »Lass uns noch einen Kaffee trinken.«

»Okay.« Ich warf einen Blick auf meine Uhr. »Wir haben noch etwas Zeit. Erzähl mir noch mehr über Lowell's.«

»Und was zum Beispiel?«

»Na ja, du hast über die Verpackung und das Marketing gesprochen, aber was ist mit den Produkten selbst? Wenn die Leute sie so mögen, müssen sie wohl gut sein.«

Er nickte. »Wenn man Mom glauben will, sind sie beliebt, und der Erfolg der Firma beweist das ja wohl. Alexis schwärmt für die Serie; sie sagt, die Cremes seien reichhaltig und sehr wirksam.«

»Du hast erwähnt, Lowell's würde auf den europäischen Markt gehen. Und wo genau?«

»Für den Anfang in London und Paris. Mom hat sich da nicht so genau ausgelassen. Ich weiß wirklich nicht so viel, wie du denkst. Früher hat sie mir gegenüber nie über Lowell's gesprochen. Ich habe dir doch erzählt, dass ich mich erst nach ihrem Herzanfall informiert habe. Und Alexis hat mich ein bisschen ins Bild gesetzt, da sie sich beruflich mit den finanziellen Aspekten sämtlicher großen Kosmetikfirmen beschäftigt hat.«

»Das ist mir alles bewusst, Donald. Wenn wir dort sind, möchte ich gleich zum Thema kommen. Du weißt schon, über die juristische Verfügung für dich sprechen. Ich will gar nicht anfangen, über andere Dinge zu diskutieren.«

»Ich verstehe. Wir kommen, wir gehen wieder. Und keine Diskussionen, keine Erklärungen von ihr.«

»Korrekt. Ich will absolut nichts hören. Und wenn sie mir in den Ohren liegt, dann höre ich einfach nicht zu.«

V

Meine Mutter verbrachte nicht so viel Zeit wie gewöhnlich in ihrem Büro, denn der Arzt hatte ihr immer noch Schonung verordnet.

Als wir vor der Wohnung in der Park Avenue ankamen, öffnete eine Hausangestellte in Uniform die Tür.

»Hi, Florina«, begrüßte Donald sie und nickte ihr zu, während er sich aus seinem Mantel wand. »Das ist meine Schwester, Valentine Denning.«

Die junge Frau sah mich interessiert an und nahm lächelnd meinen Mantel entgegen. »Freut mich, Sie kennen zu lernen, Miss Denning.«

»Ganz meinerseits, Florina.«

Kurz darauf trat meine Mutter in die Diele. In einem Overall aus schwarzem Wollstoff, der mit Samt abgesetzt war, und mit einer großen Perlenbrosche an der einen Schulter sah sie atemberaubend schön aus. Sie trug sehr hohe Absätze, die sie noch größer erscheinen ließen, aber auch ich hatte heute hochhackige Schuhe an, sodass ich es in diesem Punkt mit ihr aufnehmen konnte.

Ihr pechschwarzes Haar war zu einem Nackenknoten geschlungen, und ihr Gesicht schien nur aus Wangenknochen und Augen zu bestehen. Unvermittelt fragte ich mich, wie sie in ihrem Leben mit dieser erstaunlichen Schönheit fertig geworden war. War sie eine Bürde gewesen? Hatte sie ihr Leben zerstört? Ich hatte keine Ahnung. Plötzlich ging mir auf, wie wenig ich über die Frau wusste, die mich zur Welt gebracht hatte.

Kapitel 26

I

»Hallo, Val … Donald …«, sagte Margot Dennig. »Sollen wir hineingehen und einen Tee trinken?« Sie vollführte eine vage Handbewegung in Richtung Salon und schwebte dann in den Raum, ohne auf unsere Antwort zu warten.

Ich folgte ihr. »Ich will nichts, danke. Donald und ich haben gerade zu Mittag gegessen.«

»Für mich auch nichts, Mom. Danke«, brummte Donald und zockelte mir nach.

Natürlich setzte sie sich in ihren üblichen Sessel, weil sie seit Jahren dort saß. Offensichtlich wusste sie, dass sie in diesem Teil des Raums am besten wirkte. Auf jeden Fall schmeichelte ihr das Licht in der Nähe des Kamins.

Ich blieb stehen, wie meistens, und bezog neben dem Kamin Stellung, und Donald gesellte sich zu mir. Da wir vereint auftreten wollten, fühlte er sich jetzt anscheinend als mein Verbündeter.

»Ich bin froh, dass du gekommen bist, Val«, begann sie, sah mich direkt an und lächelte leise. »Ich habe Donald gesagt, dass ich dir etwas erklären möchte …«

»Oh, aber ich will keine Erklärungen … zu keinem Thema. Deswegen bin ich nicht gekommen. Ich bin zum Reden gekommen, nicht zum Zuhören. Und ich will endlich vernünftig über Lowell's und dein Testament sprechen.«

Sie sah mich an und runzelte die Stirn. »Wir haben diese Diskussion bereits geführt.«

»Aber sie ist nicht zu meiner Zufriedenheit verlaufen.«

»Mehr gibt es nicht zu sagen.«

»Und ob. Donald hat mir erzählt, wie Lowell's heute dasteht, zu welchem Erfolg du die Firma geführt hast. Offensichtlich bist du eine sehr clevere Geschäftsfrau. Deswegen kann ich auch nicht verstehen, warum du dich an eine antiquierte Tradition klammerst, die vor hundert Jahren begründet wurde. Wie Donald sagt, wird diese Tradition von keinem juristischen Dokument gestützt. Also kannst du die Firma ganz einfach ihm hinterlassen.«

»Das kann ich nicht. Nur eine Nachfahrin von Amy-Anne darf erben.«

Plötzlich ging mir auf, warum sie so stur war. »Erzähl mir nicht, dass du tatsächlich glaubst, es würde Lowell's Unglück bringen, wenn keine Frau die Macht hat«, rief ich aus und begann zu lachen. »Oh mein Gott, du glaubst das wirklich!« Ich lachte weiter.

Donald starrte mich mit offenem Mund an. Unsere Mutter hatte ihr Pokerface aufgesetzt. An ihrer Schläfe pochte eine Vene, aber sie sprach kein Wort.

»Lowell's ist nicht mehr dieselbe Firma wie früher«, fuhr ich fort. »Die Struktur hat sich radikal verändert. Wie Donald mir berichtet hat, steht ihr kurz davor, eure Produkte weltweit zu vertreiben, und im nächsten Jahr geht ihr wahrscheinlich an die Börse. Du hast diese komische, altmodische Cremefabrik ins einundzwanzigste Jahrhundert katapultiert, aber du selbst lebst noch in der Vergangenheit und hältst an einer antiquierten Idee fest, die die Gründerin eingeführt hat.«

»Nein, das stimmt nicht!«, widersprach sie. Ihre Stimme wurde schrill.

»Oh doch. Begreif das doch bitte endlich. *Ich will deine Firma nicht, wenn du stirbst.* Hinterlass sie Donald, der sich nur zu gern darin engagieren würde. Als dein einziger Sohn hat er das Recht dazu. Er sollte dein Erbe sein. Du hast ihn sowieso immer vorgezogen. Vergiss diesen Unsinn mit der Tradition und handle wie die kluge Geschäftsfrau, die du anscheinend ja bist.«

»Willst du Lowell's deswegen nicht?«, fragte sie.

»Ich kann dir nicht folgen«, murmelte ich, obwohl das nicht stimmte. Ich wollte einfach hören, was sie darauf zu sagen hatte. »Ich meine, weil du fälschlicherweise glaubst, ich hätte dich als Kind schlecht behandelt?«

»Nein«, gab ich zurück. Eine Lüge.

»Die Firma wird bald Millionen wert sein«, bemerkte sie plötzlich. Offenkundig glaubte sie, das würde Einfluss auf meine Entscheidung haben.

»Wohl eher *Milliarden,* Mutter. Aber ich bin trotzdem nicht interessiert. Nein danke.«

»Bitte, Val, denk noch einmal darüber nach.«

»Ich kann nicht.«

»Du meinst, dass du nicht *willst*«, zischte sie in ihrem Oberschicht-Tonfall.

»Ich führe mein eigenes Leben. Ich will kein anderes, das du aus heiterem Himmel für mich schaffen willst, nach Jahren der Gleichgültigkeit und Vernachlässigung.«

»Du grollst mir ... wie lächerlich, wenn es um so viel Geld geht.«

»Das Geld könnte mir nicht gleichgültiger sein.«

»Umso dümmer von dir!«

Ich seufzte. »Wenn ich jetzt sagen würde, *okay, ich nehme Lowell's, hinterlass die Firma mir,* was würde das nach sich ziehen? Rein aus Neugierde gefragt, was würdest du von mir erwarten? Was hätte ich zu tun?«

Donald stand so nah neben mir am Kamin, dass ich spürte, wie er sich verkrampfte.

Meine Mutter setzte sich gerader und betrachtete mich eine kurze Weile.

Ich hasste diese eingehende Musterung; beinahe panisch wünschte ich mir, ich könnte fliehen, ihrer Gegenwart entrinnen. Ich empfand eine starke Abneigung und bedauerte, dass ich überhaupt gekommen war. Damit hatte ich nur Donald helfen wollen, der doch kein so übler Bursche war, weil ich das Gefühl hatte, er käme zu kurz.

»Ich würde erwarten, dass du nach Hause kommst, Val, und in New York lebst«, erklärte meine Mutter bedächtig. »Und natürlich möchte ich, dass du bei Lowell's mit mir zusammenarbeitest. Ich würde dich ausbilden, dir das Geschäft beibringen, dich alles lehren, was ich weiß. Das würde mir große Freude bereiten, Val.«

»Du hast zwei Herzanfälle erlitten, die unerwartet waren, weil du immer gesund warst und noch jung bist. Und jetzt fühlst du dich ein bisschen ... verletzlich, und dir fällt auf, dass du eine Tochter gut gebrauchen könntest. Nimmt hier die ganze Geschichte ihren Anfang?«

»Rede doch keinen Unsinn! Ich will, dass du nach Hause kommst, weil du hierher gehörst. Zu mir. In die Firma.«

»Da gehöre ich *ganz bestimmt* nicht hin!« Ich schrie es beinahe heraus. Dann holte ich tief Luft und bemühte mich um Fassung. »So kommen wir nicht weiter. Wenn du dein Testament nicht änderst, muss ich halt zu meinem Anwalt gehen und ein rechtsgültiges Schriftstück aufsetzen lassen, das Donalds Interessen schützt, für den Fall, dass mir etwas zustößt. Ich bin schließlich Kriegsreporterin, und es ist gut möglich, dass ich bei einem Einsatz umkomme. Ich werde ihm Lowell's hinterlassen.«

»Danke, Val«, sagte Donald.

Unsere Mutter schwieg.

II

Florina kam mit einem großen Teetablett hereingeeilt, so dass das Gespräch kurz unterbrochen wurde. Sie setzte die Utensilien auf dem Mahagoni-Tischchen vor der Couch ab. »Soll ich einschenken, Mrs. Denning?«, fragte sie, an meine Mutter gerichtet.

»Nein, wir kommen schon zurecht, Florina. Vielen Dank.«

Das Hausmädchen zog sich eilig zurück.

»Für mich keinen Tee«, erklärte ich. »Ich verabschiede mich.« Ich ging in Richtung Tür.

»Warte auf mich, Val«, rief Donald mir nach.

»Ich bin in Eile«, gab ich zurück, aber ich blieb in der Tür stehen und wandte mich um. »Leb wohl, Mutter. Donald, bis dann. Ich melde mich.«

»Nein, warte, Val. Ich komme sofort.« Donald trat zu unserer Mutter und küsste sie auf die Wange. »Ich rede später mit dir, Mom.«

Ich hatte die Diele halb durchquert und ging auf die Wohnungstür zu. »Aber ich will dir alles erklären!«, rief sie mir nach.

»Ich brauche keine Erklärung. Jetzt nicht mehr«, erwiderte ich, ohne mich umzudrehen.

»Willst du nicht wissen … warum ich dich niemals lieben konnte?«, fragte meine Mutter.

Wie angewurzelt blieb ich stehen. Und natürlich waren ihre Worte unwiderstehlich.

Ganz langsam ging ich zum Salon zurück, hielt an der Tür an und lehnte mich an den Rahmen, den Blick unverwandt auf ihr Gesicht gerichtet.

III

»Komm herein und setz dich, Val. Und du, Donald, solltest lieber gehen. Das hier ist persönlich.«

»Donald bleibt«, fauchte ich.

»Ja, ich bleibe«, fiel mein Bruder ein, was mich überraschte, da er früher nie mit ihr gestritten oder ihr getrotzt hatte.

»Und wenn du nichts dagegen hast, dann stehe ich«, erklärte ich. »Das Ganze wird sicher nicht lange dauern.«

Donald kam zu mir, an den Kamin. Er stellte sich neben mich und nahm meine Hand, wie damals, als wir klein waren.

Wie oft hatten wir uns in diesem Raum wegen des einen oder anderen Vergehens verantworten müssen! Immer hatten wir an exakt dieser Stelle gestanden, und unsere Mutter hatte sich unfehlbar in den antiken französischen Sessel gesetzt.

Aber heute fürchtete ich sie nicht mehr. Und ich war mir sicher, dass Donald ebenso empfand.

Wir boten ihr die Stirn und warteten darauf, dass sie redete.

»Diese Sache hat wirklich nichts mit Donald zu tun«, sagte sie, direkt an mich gerichtet. »Ich finde wirklich, wir sollten unter vier Augen sprechen, Val. Das ist sehr persönlich.«

»Keine Chance. Donald bleibt.«

»Auf jeden Fall, Mom«, erklärte Donald und drückte meine Hand.

Lange Zeit sagte Margot Denning überhaupt nichts. Sie saß einfach kerzengerade auf dem Sessel, in untadeliger Positur, und hielt den Kopf hoch, unnahbar, die königliche Würde unangetastet.

Endlich begann sie. »All das geschah vor langer Zeit, als ich sehr jung war, noch ein Mädchen …« Ihre Stimme zitterte. Sie brach ab, rang um Fassung und umklammerte die Armlehnen des französischen Sessels.

Hätte ich es nicht besser gewusst, hätte ich geglaubt, dass sie plötzlich Gefühle zeigte. Aber das war nicht möglich; in ihren Adern floss Eiswasser.

Meine Abneigung ließ mich schroff reagieren. »Klingt wirklich nach einer kurzen Geschichte. Macht's gut, ich bin weg.« Ich bewegte mich in Richtung Tür.

»Nein, nein, ich habe nur … versucht, die richtigen Worte zu finden. Meine Gedanken zu ordnen, Val. Ich war ein Mädchen von gerade siebzehn Jahren, als ich einen jungen Mann kennen lernte. Sein Name war Vincent Landau, und wir verliebten uns ineinander. Unglücklicherweise war er meiner Mutter nicht genehm, und seine Eltern hielten nichts von mir. Verstehst du, wir stammten aus verschiedenen Welten. Und ich …«

»Was hatte deine Mutter denn gegen ihn?«, fragte ich. Nun wurde ich doch neugierig.

»Er war Jude.«

»Und seine Eltern haben dich abgelehnt, weil du keine Jüdin warst?«

»Ja, aber dahinter steckte mehr. Die Landaus waren steinreich. Sie besaßen eine Privatbank und hatten große Pläne für Vincent. Ihrer Meinung nach sollte er eine Frau von gleichem Geblüt heiraten, ein Mädchen aus der guten Gesellschaft. Für ihre Begriffe war ich ein Niemand.«

Wieder legte sie eine Pause ein. »Und was ist dann passiert, Mom?«, fragte Donald.

»Sie schoben Vincent nach Europa ab. Er war einige Jahre älter als ich, und sein Vater hat ihn in die Berliner Filiale der Familienbank geschickt. Schließlich …«

»Ich hoffe nur, die Geschichte dauert nicht zu lang«, unterbrach ich. »Denn ich habe einen Termin und bin langsam spät dran. Kannst du nicht auf den Punkt kommen?«

»Ja«, antwortete sie knapp und lehnte sich zurück. »Zwei Jahre später kehrte Vincent nach New York zurück und machte mich sofort ausfindig. Wir begannen uns heimlich zu treffen, und nicht lange nachdem wir unsere Beziehung wieder aufgenommen hatten, stellte ich fest, dass ich schwanger war. Da war ich neunzehn. Ich wusste, wenn ich meiner Mutter davon erzählte, würde sie mich zu einer Abtreibung drängen, daher sagte ich ihr nichts von meiner Schwangerschaft, bis es zu spät war, um etwas zu unternehmen. Vincent machte sich Sorgen, wie seine Eltern reagieren würden, aber zugleich war er auch froh. Er hoffte, wenn sie mich kennen lernten und erfuhren, dass ich ein Kind von ihm bekam, würden sie einlenken, mich akzeptieren und ihm erlauben, mich zu heiraten.«

Sie hielt inne, atmete tief durch und strich sich über das Haar.

»Aber das haben sie nicht getan«, bemerkte ich.

»So ist es. Ihr Zorn auf Vincent war größer denn je, und sie taten alles, um uns auseinander zu bringen.«

»Haben sie es geschafft?«, fragte Donald.

»Oh ja, allerdings.«

»Und du hattest eine Fehlgeburt«, vermutete ich.

»Nein«, antwortete sie und zog die Brauen zusammen.

»Dann kam das Baby tot zur Welt?«, hakte ich nach.

»Nein, das Kind wurde ganz normal geboren«, entgegnete sie. »Sie war ein wunderschönes kleines Mädchen, vollkommen in jeder Hinsicht. Aber meine Mutter war außer sich und erbittert über Vincents Verhalten, denn sie fand, er hätte seinen Eltern trotzen und mich heiraten sollen. Sie war überfordert, zornig und frustriert. Da stand ihre Tochter, noch keine zwanzig und schon die Mutter eines unehelichen Kindes.«

Eiseskälte kroch in mir hoch, und ich bekam es mit der Angst zu tun. Ich wollte nichts mehr hören, aber ich wusste, dass ich ihren Wortschwall jetzt nicht mehr stoppen konnte. Außerdem stand ich wie erstarrt da und hätte gar nicht gehen können.

»Und was ist passiert, was hast du gemacht?«, fragte Donald.

Wir beide standen zusammen und hielten uns an den Händen, für kurze Zeit vereint. Wir beschützten uns gegenseitig, und ich spürte, dass Donald ebenso dunkle Ahnungen beschlichen wie mich. Ich erkannte, dass ich das Ende der Geschichte nicht hören wollte, weil ich genau wusste, dass es mir nicht gefallen würde.

»Ich fand mich in meine Mutterrolle ein. Vincent besuchte mich oft, er liebte uns beide sehr, er liebte die kleine Anjelica. Sie war so ein wunderschönes Baby, so vollkommen. Seine Besuche beschwichtigten meine Mutter eine Zeit lang, und sie begann zu glauben, dass wir irgendwann doch heiraten würden. Und dann wurde Vincent aus heiterem Himmel in die Pariser Filiale der Landauschen Bank versetzt. Kurz nachdem er New York verlassen hatte, wurde in der *New York Times* seine Verlobung mit Marguerite Shiff bekannt gegeben, einer jungen Frau aus den besten Kreisen. Ich rief ihn in Paris an, und er gestand, man habe ihn in diese Verlobung gedrängt.

Meine Mutter zwang mich, Anjelica zur Adoption freizugeben, und ich musste tun, was sie befahl. Mir blieb nichts anders übrig. Das hat mir das Herz gebrochen. Ich sah mein Kind niemals wieder. Vincent kam nach New York, und wir trafen uns ein paar Mal, aber wir wussten, dass die Situation unmöglich war, gänzlich unhaltbar. Also nahmen wir Abschied voneinander. Eine Woche vor der Hochzeit hat Vincent sich umgebracht. Er fuhr auf das Landgut seiner Familie, schloss sich in der Garage ein und startete den Motor. Er starb an Kohlenmonoxid-Vergiftung.«

»Du hast also dein Kind nie wiedergesehen, Mutter, und dein Freund hat sich umgebracht. Aber was hat das alles mit mir zu tun?«, fragte ich. Ich war wie zu Eis erstarrt und spürte große Angst.

»Bitte lass mich ausreden.«

»In Ordnung«, gab ich zurück und sah zu ihr hinüber. Sie schien plötzlich blass geworden zu sein. Ihre Miene war hart, die Lippen zusammengepresst.

»Einige Jahre später traf ich deinen Vater, und wir heirateten. Er war sehr freundlich und gut zu mir, aber ich konnte ihn niemals lieben. Jedenfalls nicht so, wie er sich das wünschte, nicht so leidenschaftlich, wie ich Vincent Landau geliebt hatte.«

»Und mich konntest du auch nicht lieben, ja?«, rief ich mit kalter, zorniger Stimme aus. »Willst du darauf hinaus?«

»Ich habe es versucht, Val, ich habe aufrichtig versucht, dich zu lieben. Aber jedes Mal, wenn ich dich ansah, dachte ich an die kleine Anjelica, und meine Schuldgefühle überwältigten mich. Ich konnte den Gedanken nicht ertragen, dass sie irgendwo da draußen war, ohne mich, bei einer anderen Familie lebte und von einer anderen Mutter großgezogen wurde. Der Verlust von Anjelica und Vincent hat mich vollständig zerschmettert, mein Herz war gebrochen, und ich wusste, dass es niemals heilen würde. Jahrelang lebte ich in einer Art Schattenreich. Ich war in mancher Hinsicht wie ein Zombie. Jeden Tag dachte ich an Anjelica. Sie war immer in meinen Gedanken. Als Donald geboren wurde, war das etwas anderes. Er war ein Junge.«

Wie vor den Kopf geschlagen starrte ich sie an, und Donald ebenfalls. Keiner von uns brachte ein Wort heraus.

»Es tut mir Leid«, sagte sie schließlich. »So Leid …«

»Es tut dir Leid«, explodierte ich. »Ist das alles, was du nach einunddreißig Jahren Tortur zu sagen hast? *Es tut dir Leid*. Vielen Dank, *Mutter*. Danke für die Gleichgültigkeit, die Ungerechtigkeit, die Vernachlässigung und diesen unglaublichen Mangel an Liebe und Zuneigung. Deinetwegen hatte ich eine unglückliche, qualvolle Kindheit. Oh,

wie du mich hast leiden lassen, und alles, weil du dich in deinem lächerlichen Egoismus nur um dich selbst gedreht hast.« Ich bebte vor Wut und musste meine ganze Selbstbeherrschung aufbieten, um nicht auf sie zuzustürzen und sie zu ohrfeigen. »Du redest von deinem gebrochenen Herzen, aber was ist mit meinem? Du hast mir das Herz gebrochen, Mutter, du hast mich für deine eigenen Fehler bestraft. Mein Gott, du bist ungeheuerlich, niederträchtig! Nein, mehr als das, viel mehr … du bist *böse*!«

IV

Margot Denning starrte mich mit aufgerissenen Augen an, ebenso fassungslos und niedergeschmettert wie ich. Ihr Gesicht war weiß, schmerzerfüllt, aber das war mir egal. Ich hatte kein Mitleid mit ihr. Wie auch? Sie hatte meine Kindheit zerstört und beinahe mein Leben ruiniert. Wäre nicht Annie Patterson gewesen, und meine Großeltern Denning, Gott weiß, wo ich geendet wäre. In einer Zwangsjacke wahrscheinlich. Oder, schlimmer noch, in einem Sarg.

Seinem eigenen Kind, einem unschuldigen Baby, die Mutterliebe zu verweigern, war grausam, unmenschlich und unerhört. Aber genau das hatte sie mir angetan. Ich spürte, wie mir die Kehle eng wurde und Tränen in meinen Augen brannten, aber ich zwang sie zurück. Ich wollte verdammt sein, wenn ich zuließ, dass *sie* mich weinen sah.

Ich richtete mich zu voller Größe auf. »Und weil du mich jetzt brauchst, glaubst du, du konntest mich in deine Sphäre, in deine Welt zurücklocken. Tja, Pech für dich, Margot. Heute kannst du mich nicht mehr einwickeln. Und wenn du nicht willst, dass Lowell's an Donald geht – der im Übrigen einen Rechtsanspruch darauf hat –, dann schlage ich vor, dass du die Firma der Tochter vererbst, die du vor so langer Zeit weggegeben hast. Der kleinen Anjelica. Falls du sie nach all den Jahren noch findest.«

V

Donald hatte das Gesicht verzogen, als wollte er in Tränen ausbrechen. Beschützend streckte er die Hand nach mir aus. »Val, bitte lass mich …«

»Nein, ich brauche keine Hilfe, mir geht es gut«, schrie ich, schüttelte ihn ab und trat einen Schritt beiseite.

Margot Denning auf ihrem Sessel schien zur Marmorstatue erstarrt. Ihr Gesicht war kalkweiß und hart, und ihre Wangenknochen schienen stärker hervorzustehen als sonst. »Val, ich …«, rief sie.

»Kein Wort mehr!«, kreischte ich. »In den letzten einunddreißig Jahren hast du genug gesagt und getan.« Vor Entrüstung zitterte ich am ganzen Körper, und mein Herz hämmerte. Wenn ich nicht gleich aus diesem Raum flüchtete, geriet ich in Gefahr, eine Gewalttat zu begehen. »Du bist eine verwerfliche, destruktive Frau«, schrie ich sie an. »Und wenn ich an meine schreckliche Kindheit denke, an die Grausamkeit, mit der du mir deine Liebe verweigert und meine Existenz ignoriert hast, dann habe ich dir nur eines zu sagen: Ich hoffe, du fährst zur Hölle, Margot Denning.«

Blindlings stolperte ich aus dem Zimmer. Der entsetzliche Schmerz und die Qual, die ich seit Jahren in mich hineingefressen hatte, schüttelten mich am ganzen Körper.

Donald rannte mir nach und quetschte sich mit mir in den Aufzug. Auf dem Weg nach unten versuchte er mich zu trösten, zu beruhigen, jedoch ohne jeden Erfolg. Ich konnte nicht zu zittern aufhören, und mir war übel.

Mein Bruder musste sich unsere Mäntel geschnappt

haben, als er aus der Wohnung stürzte. Während wir auf die Park Avenue traten, wickelte er mich in meinen. Dann warf er seinen Mantel über, hielt ein Taxi an, schob mich hinein und gab dem Fahrer die Adresse am Beekman Place.

Auf dem ganzen Weg durch die Innenstadt, während der Wagen sich durch den Berufsverkehr schob, klammerte ich mich an Donald, vergrub mein Gesicht an seiner Schulter und hoffte, das fürchterliche Zittern und die Übelkeit möchten bald vorübergehen.

Aber das geschah nicht, und es kostete mich meine ganze Beherrschung, mich nicht über das Revers meines Bruders zu erbrechen. Donald versuchte weiter, mit mir zu sprechen, mir gut zuzureden, mich zu beruhigen, aber ich brachte einfach kein Wort heraus. Und ich weigerte mich zu weinen, obwohl heiße Tränen gefährlich nahe unter der Oberfläche brannten.

Sobald wir vor dem Apartment-Gebäude am Beekman Place ankamen, half Donald mir nach draußen, bezahlte den Fahrer und legte den Arm um mich. Dann manövrierte er mich durch das Foyer und in den Lift.

An der Wohnungstür kramte ich in meiner Handtasche nach den Schlüsseln, aber ich stellte mich ungeschickt an. Donald nahm mir die Tasche weg, fand den Schlüsselbund und schloss auf.

Immer noch musste er mich mit beiden Armen halten. So traten wir eng umschlungen in die Wohnung.

Jake musste uns gehört haben, denn er kam aus dem Arbeitszimmer. »Hi, wo habt ihr so lange ...«, rief er aus. Aber dann gefroren ihm die Worte auf den Lippen, als er sah, dass ich mich krümmte und an Donald klammerte, als ob mein Leben davon abhinge.

»Mein Gott, Val! Was ist los? Ist dir schlecht, Liebling?«, rief er aus und stürzte in die Diele.

Endlich ließ ich Donald los und wankte in Jakes Arme.

Erleichterung erfüllte mich. Er sah in mein schmerzverzerrtes Gesicht. »Du bist ja weiß wie die Wand, was ist los?«, rief er abermals.

Ich schaute ihn an, wie mit Stummheit geschlagen, und brachte kein Wort heraus.

Über meinen Kopf hinweg wandte Jake sich an meinen Bruder. »Donald, was zum Teufel ist passiert? Was ist Val zugestoßen?«

»Wir müssen sie nach drinnen bringen, kommen Sie, wir setzen uns«, murmelte Donald. Jake kam seiner Bitte sofort nach. Halb führte, halb trug er mich ins Arbeitszimmer. Auf dem Sofa brach ich zusammen, und Jake setzte sich neben mich, nachdem er mir den Mantel ausgezogen und ihn zur Seite geworfen hatte. Wieder schloss er mich in die Arme.

»Los, heraus damit, Donald! Warum befindet Val sich in diesem fürchterlichen Zustand?«

Donald setzte sich in den Sessel gegenüber und erzählte es ihm.

Und ich begann zu weinen. Nun wusste ich, dass ich bei Jake und in Sicherheit war, und konnte endlich loslassen.

VI

Ich weinte durch Donalds ganzen schrecklichen Bericht hindurch. Verzweifelt hielt ich mich an Jake fest, klammerte mich an ihn. Während er zuhörte, streichelte er mein Haar und umfasste mich fester, aber er unterbrach meinen Bruder nicht mit Fragen. Er hörte einfach zu und verdaute alles.

»In meinem ganzen Leben habe ich noch nie etwas derart Abstoßendes gehört«, rief Jake zornig aus, nachdem Donald geendet hatte, »etwas so Widerwärtiges. Das Ganze ist monströs, und eure Mutter muss ein Ungeheuer sein. Oder geisteskrank.«

»Ein Ungeheuer«, murmelte ich mit tränenerstickter Stimme.

»Und in mancherlei Hinsicht geistig instabil«, setzte Donald hinzu.

Unvermittelt begann ich heftig zu schluchzen und konnte mich nicht länger beherrschen. Lange weinte ich und ließ den Tränen, die sich seit Jahren in mir angestaut hatten, freien Lauf. Jeden Tag seit meiner Geburt. Denn meine Mutter hatte mich dafür gestraft, dass ich nicht Anjelica war.

Teil drei

Eine Frage des Vertrauens

Kapitel 27

I

Paris, November – »Ich bin froh, dass Françoise sich bei Fiona so gut eingelebt hat«, meinte ich zu Mike Carter, lehnte mich auf meinem Bürostuhl zurück und schlug die Beine übereinander.

»Ich auch, und dort kann Olivier sie unmöglich finden, davon bin ich überzeugt«, gab Mike zurück und sah mich über den Schreibtisch konzentriert an.

»Du hast Recht, dort ist sie bestimmt in Sicherheit. Gute Idee von dir, ein Privatflugzeug zu chartern.«

»Eigentlich war das Fionas Idee, und sie hat bei einer Chartergesellschaft in ihrer Gegend alles geregelt. Ihr Argument war: Privatflugzeug, keine Passagierlisten, keine Möglichkeit, Françoise über die Fluggesellschaften aufzuspüren. Das habe ich eingesehen und sehr zu schätzen gewusst. Ich bin dir so dankbar, dass du uns Fiona vorgestellt hast.«

Wir saßen in Mikes Büro bei Gemstar. Er stand auf, schloss die Tür und kehrte an seinen Schreibtisch zurück. Mike war hoch gewachsen und kräftig, mit einem breiten, gewölbten Brustkasten, und sein dichtes dunkles Haar war an den Schläfen grau. Sein kantiges Gesicht war offen, ehrlich und freundlich und offenbarte seinen Charakter, und in seinen dunklen Augen zeigten sich Humor und Weisheit. Mike war intelligent, ein Arbeitstier und absolut loyal – der beste Chef, den ich mir wünschen konnte.

»Ich habe dir ja schon am Telefon erzählt, dass ich mit Françoise geflogen bin …«, begann er.

»War das ratsam?«, warf ich stirnrunzelnd ein. »Und wenn Olivier einen Privatdetektiv auf euch angesetzt hat, der jede eurer Bewegungen verfolgt?«

Mike lachte aus vollem Hals. »Du denkst an alles, Val. Aber ich auch. Ich bin auf Schleichwegen nach Le Bourget gefahren, und zwar allein. Und Françoise hat wieder eine andere Strecke genommen, ebenfalls ohne Begleitung. Ich bezweifle, dass uns jemand hätte folgen können.«

»Und wie ihr mir beide erzählt habt, hat Fiona euch mit offenen Armen aufgenommen.«

Er nickte. »Sie ist ein prima Mädchen, und wir haben uns gut verstanden. Und noch wichtiger, sie hat Françoise unter ihre Fittiche genommen, und ich glaube, alles läuft gut. Françoise liebt es, Inneneinrichtungen zu entwerfen, und sie hat im Restaurant wirklich einiges zu Wege gebracht, sodass es in Rekordzeit fertig wird. Fiona möchte das Lokal noch vor den Weihnachtsfeiertagen eröffnen.«

»Das ist großartig, und ich bin sehr erleichtert, dass es Françoise gut geht. Hör mal, ich spreche das Thema ja nicht gern an, aber was ist mit Olivier los? Irgendwelche Informationen?«

»Einiges schon. Offensichtlich arbeitet er in Marseille an einem wichtigen Mordfall, in den Drogenhändler verwickelt sind und ein übler Haufen Krimineller. Wirklich der Abschaum der Menschheit. Das hält ihn auf Trab, denn er ist tatsächlich das Ass in der dortigen Mordkommission. Der Anwalt, den ich für Françoise engagiert habe, hat Kontakt zu ihm aufgenommen. Olivier weiß also, dass sie eine einstweilige Verfügung erwirkt, die Scheidung eingereicht und Paris verlassen hat. Ich glaube schon, dass er sie gern in die Finger bekommen würde, wenn er wüsste, wo er zu suchen hätte. Aber wie gesagt, er steckt bis zum Hals in diesem Fall, und anscheinend ist er unverzichtbar für die Ermittlungen. Daher werden seine Vorgesetzten ihn nicht so leicht von der Leine lassen, damit er die ganze Welt nach seiner abgängigen Ehefrau durchkämmen kann. Ich habe Verbindung zu Simone und Armand aufgenommen, und die beiden haben in letzter Zeit weder einen Pieps von ihm gehört noch ihn gesehen. Sie wissen nur, dass er an diesem Mordfall arbeitet. Die Presse hat viel über den Fall berichtet, und Olivier wird immer erwähnt. Und zwar in überschwänglichen Lobesworten.«

»Ich nehme an, Armand und Simone haben keine Ahnung, wo Françoise sich aufhält?«

Mike grinste. »Bist du zu retten? Du hältst mich wohl für blöd, Schätzchen.«

Ich begann zu lachen. »Oh Mike, du bist mir vielleicht ein Scherzkeks! Drücken wir trotzdem die Daumen, dass der Mordfall ihn noch länger beschäftigt und er zu viel zu tun hat, um Jagd auf Françoise zu machen.«

»Dein Wort in Gottes Ohr, Liebes«, gab Mike zurück. Er schob die Papiere auf seinem Schreibtisch hin und her und warf einen Blick darauf. Dann sah er wieder auf und kniff im hellen Sonnenlicht die Augen zusammen.

»Als du vor zwei Wochen wieder angetreten bist, hast du mir erklärt: keine Kriege, nichts Gefährliches«, begann er. »Gilt diese Regel noch, Val?«

»Absolut, Mike. Ganz ehrlich, ich bin ausgebrannt. Ich will nicht mehr wegen eines Fotos mein Leben riskieren, und ich möchte keine Jobs mehr, für die ich die Stadt verlassen muss.«

»Höchstens zusammen mit Jake, richtig?«

»Korrekt. Ich möchte durchaus wieder arbeiten und ein paar Aufträge annehmen, aber unter der Voraussetzung, dass sie interessant sind – und in der Nähe stattfinden.«

Ich sah ihn lange an und sprach weiter. »Ich bin der ganzen Grausamkeiten überdrüssig, die einem im Krieg ständig begegnen, Mike. Die Lügen, der Betrug, der ganze Unsinn, den die Militärs und Politiker verzapfen. Und zwar auf beiden Seiten. Ich habe zu viel gesehen. Zu viel Tod und Zerstörung.« Ich seufzte tief und schüttelte den Kopf. »Offen gesagt, ich glaube, ich könnte das nicht wieder ertragen. Und ich weiß, dass ich nie mehr diese schreckliche Angst spüren will, die innere Panik, das Gefühl der Übelkeit, wenn ich die Toten, die Sterbenden und die Verstümmelten ansehen muss. Oder mit denen zu tun habe, die noch leben, aber vor Furcht fast den Verstand verlieren und nicht in der Lage sind, sich zu retten.

Weißt du, Mike, es ist nichts Schönes daran, die Toten in ihren Sonntagskleidern zu sehen, die der Tod bei einem geselligen Essen, nach einem Gottesdienst oder bei einem Familienausflug überrascht hat. Und ich bin es leid, mir einen Weg zwischen Trümmern und zerbrochenem Glas zu suchen, durch Schlamm und Blut und ... Leichen. Ich will damit zum Ausdruck bringen, dass die Verheerungen des Krieges mich fertig gemacht haben.«

Mike schwieg einen Moment. »Ich weiß genau, was du meinst, Val«, sagte er dann leise und mit ernster Stimme. »Und du hast wirklich das Burn-out-Syndrom, was mich nicht besonders erstaunt. Du hast in deinem kurzen Leben schon zu viele Kriege gesehen, und es ist Zeit für eine Abwechslung. Also ...« Er hielt inne und wühlte noch einmal durch die Unterlagen auf seinem Schreibtisch. »Ich glaube, diese Story könnte dich reizen ...«

»Worum geht es?«

»Modeaufnahmen, und zieh nicht so ein Gesicht. Das könnte wirklich interessant werden. Hinter den Kulissen der Pariser *Haute Couture*; hauptsächlich drei Häuser ... Balmain, Lacroix und Givenchy. Die Entwürfe und die Vorbereitungen für die Sommerkollektion 1999. Die Geschichte hat Glamour, Schönheit und faszinierende Menschen. Du könntest mit Leichtigkeit etwas Interessantes daraus stricken, Val. In der Sache steckt einiges; man kann viel mehr daraus machen als nur ein paar hübsche Fotos.«

»Ich denke darüber nach. Sonst noch Vorschläge?«

»Ich hoffe, der berühmte Maler wird uns seine Großformate in Mexiko aufnehmen lassen, aber bis dahin vergehen noch ein paar Monate.«

»Alexander St. Just Stevens? Der mich nie zurückgerufen hat? Ich glaube kaum, dass daraus etwas wird. Und was ist das überhaupt für ein Name?«

»Ist doch egal, wie er sich nennt, Val. Der Knabe ist ein Genie«, erklärte Mike und lachte über meine Miene. »Ich hätte da noch einen Bericht über einen Filmdreh, den du mit geschlossenen Augen erledigen könntest. Übrigens, bevor ich zu fragen vergesse, wie kommt das Buch voran?«

»Wunderbar, Mike!«, rief ich aus. »Jake und ich haben uns in New York große Mühe bei der Bilderauswahl gegeben, und er hat die letzten paar Wochen in Paris daran gearbeitet. Er hatte Zeit, weil er nicht im Einsatz war.«

»Ach, zum Teufel, stimmt! Jacques liegt ja noch im Krankenhaus. Wie geht's ihm?«

»Wirklich prima. Die Knochenbrüche verheilen Gott sei Dank gut, und die Ärzte im Krankenhaus behandeln auch seine Herzbeschwerden. Jacques kommt schon wieder in Ordnung, aber er wird sich schonen müssen. Von vor Ort wird er nie wieder berichten können, und gerade danach hat er sich gesehnt. Ich fürchte, Jacques Foucher wird sich auf Dauer mit einem Schreibtischjob anfreunden müssen.«

»Dann hat Jake also unterdessen die Agentur geleitet, oder?«, fragte Mike schmunzelnd. »Ich wette, das hat ihm nicht besonders behagt.«

»So richtig nicht. Andererseits hatte er so Zeit, an dem Buch zu arbeiten.«

Ich stand auf. »Ich will dich nicht aufhalten, Mike; ich

weiß ja, wie eng dein Terminplan ist. Ich denke, ich übernehme die Haute-Couture-Fotos. Warum eigentlich nicht? Schließlich muss ich meinen Lebensunterhalt verdienen.«

»Wie wir alle, Val.«

Ich grinste ihm zu und ging zur Tür. Dort hielt ich inne und drehte mich um. »Komm doch irgendwann einmal zum Abendessen, dann koche ich etwas ganz Besonderes für uns drei.«

Mikes Miene hellte sich auf. »Würdest du einen Schmorbraten machen, einen richtigen amerikanischen Schmorbraten, Val?«, fragte er eifrig wie ein Kind.

»Klar. Sag mir nur den Tag, und ich bin startklar.« Ich trat in den Korridor, wandte mich um und steckte den Kopf durch die Tür. »Und zum Nachtisch gibt's selbst gebackenen Apfelkuchen und Eis. Wäre das etwas?«

Mike strahlte und reckte zum Zeichen seines Einverständnisses den Daumen in die Höhe.

II

Nach dem Gespräch mit Mike bei Gemstar ging ich nach Hause, in meine Wohnung auf dem linken Seineufer.

Als ich wieder in der Rue Bonaparte eintraf, war Janine schon fort, aber wie immer hatte sie die Räume blitzsauber und mit frischen Blumen geschmückt hinterlassen.

Die ganze Wohnung duftete schwach nach Bienenwachs, Zitronen und einem Potpourri mit einem Beiklang von Zimt und Kiefernzapfen, eine Mischung von Düften, die für mich nach Herbst roch.

Ich war gleich heute Früh auf dem Markt gewesen und ging sofort in die Küche, um mit den Vorbereitungen für das Abendessen zu beginnen. Schon immer hatte ich gern im Tontopf gekocht, und da der Tag so kühl und feucht war, hatte ich beschlossen, meine Römertopf-Version eines

Poulet grandmère zuzubereiten. Grundlage der Hähnchenkasserolle war ein ganzes Huhn; dazu eine Mischung von Wintergemüsen wie Möhren, Pastinaken, Rüben, Zwiebeln, Lauch, Pilzen und eine Hand voll gehackter Stangensellerie. Das alles kam in den Topf, zusammen mit dem Huhn, das ich in Geflügelfond, Tomatensaft und einer Mischung von Kräutern zum Marinieren in den Kühlschrank gestellt hatte, bevor ich zu Gemstar ging.

Während ich das Gemüse für die Kasserolle putzte, dachte ich an die letzten Wochen seit unserer Rückkehr aus New York. Wieder waren Jake und ich in eine angenehme Routine verfallen, was uns durchaus gelegen kam, da wir beide Ordnungsfanatiker waren. Jeden Tag arbeiteten wir an den *Blumen des Krieges*, denn im Dezember musste das Buch beim Verlag vorliegen. Ich hatte mein Esszimmer immer zugleich als Arbeitszimmer benutzt. Vor dem Erkerfenster stand ein großer englischer Doppelschreibtisch, und meine Karteikästen versteckten sich in einem antiken Schrank an einer Schmalseite des Raums.

Jeden Morgen, wenn Jake in seine Fotoagentur gegangen war, setzte ich mich hin, um die Bildunterschriften zu vervollständigen und den Textteil zu redigieren. Tagsüber im Büro oder abends in der Wohnung rang Jake mit seinem Text und machte hervorragende Fortschritte. Und sobald er einigermaßen zufrieden mit den Seiten war, die er geschrieben hatte, gab er sie zum Bearbeiten und Ausfeilen an mich weiter.

Jake hatte als Rhodes-Stipendiat in Oxford studiert und das Examen im Fach Europäische Geschichte abgelegt. Er war viel gebildeter als ich und als Historiker auf jeden Fall besser geeignet, das Buch zu schreiben. Und ganz davon abgesehen war das Buch seine Idee gewesen, und ich hatte das Gefühl, er solle letzten Endes für den Text verantwortlich zeichnen. Das Buch sollte seinen Standpunkt widerspiegeln.

Das Schöne war, dass wir bei diesem Projekt genauso gut zusammenarbeiteten wie bei unseren Kriegseinsätzen. Wir kamen gut voran und begannen langsam Licht zu sehen. Das Buch würde früher als erwartet abgeschlossen sein, und wir hofften jetzt, dass wir Fionas Weihnachtseinladung nach Yorkshire würden annehmen können.

Jake wohnte bei mir, obwohl er häufig in sein Apartment fuhr, um nach dem Rechten zu schauen und seine Post sowie frische Kleidung zu holen.

Zu Anfang, unmittelbar nach unserer Rückkehr aus New York, hatte er sich Sorgen gemacht, Olivier könnte sich hier herumtreiben und auf der Suche nach Françoise in der Nähe meiner Wohnung lauern. Obwohl Janine uns versichert hatte, in meiner Abwesenheit sei alles ruhig gewesen, hatte er darauf bestanden, zu mir zu ziehen. Ich hatte mich gefreut und nicht die geringsten Einwände erhoben. Seine Gegenwart gefiel mir, und rasch richteten wir uns in dem Muster von Normalität und Häuslichkeit ein, nach dem ich mich sehnte und das ich mit ihm teilen wollte.

Nun waren alle Gemüse geputzt. Ich legte das Huhn in den Tontopf, gab die starke, mit Kräutern aromatisierte Brühe und die Gemüse hinzu und setzte den Topf in den kalten Backofen, wie das zum Garen im Römertopf notwendig ist. Ich stellte den Ofen an, und ging dann ins Esszimmer und deckte den Tisch. Nachdem das erledigt war, eilte ich ins Wohnzimmer; ich machte Licht, nahm eine Schachtel Streichhölzer und zündete den Kamin an. Janine hatte alles vorbereitet und die Feuerstelle mit Papier, Spänen und Holz gefüllt. Draußen dunkelte es bereits, und es hatte zu regnen begonnen. Meiner Meinung nach gab es an einem solchen Abend nichts Gemütlicheres als ein fröhlich prasselndes Kaminfeuer, und ich wusste, dass Jake das zu schätzen wissen würde.

Wie schön alles aussieht, dachte ich, als ich mich auf das

Sofa setzte. Ich freute mich an der Umgebung, die mein Großvater so liebevoll geschaffen hatte. Und in diesem ruhigen Augenblick an meinem geschäftigen Tag dauerte es nicht lange, bis meine Gedanken in die Vergangenheit schweiften.

III

Manchmal beschäftigte ich mich – so wie jetzt – noch mit Margot Denning, versuchte ihre Persönlichkeit auszuloten, sie zu begreifen. Doch seit unserer letzten Konfrontation in New York hatte ich das Gefühl, endgültig mit meiner Vergangenheit abgeschlossen zu haben, wenn auch meine seelischen Verletzungen noch einige Zeit brauchen würden, um auszuheilen.

Oberflächlich betrachtet, wirkte ich ruhig und beherrscht und war ausgezeichnet in der Lage, meinen Alltag zu bewältigen. Aber ich war mir bewusst, dass ich auf verschiedenen Gebieten noch sehr verletzlich war. Ich fühlte mich Jakes nicht sicher, hatte Angst, ihn zu verlieren und sehnte mich danach, dass er mich behütete. Und manchmal überfiel mich irrationale Panik, ihm könnte etwas zustoßen und ich bliebe allein zurück.

Donald und ich waren uns bei meinem Aufenthalt in New York näher gekommen, und er war erfreut, dass Jake und ich seine Verlobte mochten. Alexis war eine nette junge Frau und sehr hübsch, aber noch wichtiger, sie war klug und stand mit beiden Beinen fest auf der Erde. Jake war da ganz meiner Meinung, und wir fanden beide, dass Donald eine gute Wahl getroffen hatte.

Seit meiner Rückkehr nach Paris hatte mein Bruder den Kontakt gehalten, und langsam wurde mir klar, dass seine Motive nicht einfach selbstsüchtig waren. Tatsächlich hatte Donald überdeutlich bewiesen, dass ihm an mir lag. Nie würde ich vergessen, wie rührend er sich um mich gekümmert hatte, nachdem ich am Tag jenes letzten Streits aus der Wohnung meiner Mutter geflüchtet war. Es gefiel mir, dass wir einander wieder näher gekommen waren, und ich war froh, dass wir endlich eine normale Beziehung zueinander aufbauten.

Kapitel 28

I

Yorkshire, Dezember – »Im Sommer und Herbst und sogar im Winter kommen eine Menge Touristen her«, erklärte David Ingham mir, während wir eine schmale, kopfsteingepflasterte Straße hinuntergingen. Wir waren zusammen losgezogen, um noch ein paar letzte Weihnachtseinkäufe zu erledigen.

»Das kann ich mir gut vorstellen«, gab ich lächelnd zurück. »Dieses Land ist herrlich. Ich glaube, dass ich noch nie dergleichen gesehen habe.« Ich blickte zu den Hochmooren auf, die sich gewaltig und majestätisch über dem malerischen Städtchen Middleham erhoben. »Gestern bin ich mit Françoise spazieren gegangen und aus dem Staunen gar nicht herausgekommen ... Die Landschaft ist so schön in ihrer Schroffheit und Leere.«

»Aye, beim Teufel, so ist es, Mädel«, antwortete David und begann dann zu lachen.

»Was ist los?«

»Ich sehe, dass Sie mich wieder von der Seite anschauen und über meinen Dialekt staunen, Val. Aber das passiert mir immer, wenn ich hierher zurückkehre. Dann verfalle ich in meinen Yorkshire-Jargon, wie ich das nenne.«

Ich lachte mit ihm. »Aber Sie verstehe ich wenigstens«,

bemerkte ich. »Als Fiona und ich einkaufen waren, hätte ich in einigen der Läden einen Dolmetscher gut brauchen können, besonders beim Metzger. Der Yorkshire-Dialekt ist ein bisschen verschroben, nicht?«

David nickte. »Aye, das stimmt. Sogar wenn man hier aufgewachsen ist wie ich, versteht man nicht immer alles, was die Leute aus den Dales sagen. Und sie haben Recht, was die Landschaft angeht. Coverdale ist wahrscheinlich das schönste aller Täler von Yorkshire. Haben Sie gestern ein paar hübsche Aufnahmen gemacht?«

»Oh ja, besonders vom Middleham Low Moor und diesen steilen, kahlen Hügeln dahinter. Das Land ist wirklich sehr rau, aber atemberaubend. Ich habe auch ein paar schöne Bilder von den Schlossruinen geschossen.«

»Ich hoffe, dass wir noch Schnee bekommen«, meinte David. »Sie würden staunen, wie die Moore dann aussehen – durch die kreuz und quer verlaufenden Bruchsteinmauern wirken sie wie eine riesige Patchworkdecke. Die verschiedenen Muster sehen dann aus wie die Nähte eines Quilts. Und die Burgruinen sind gruselig schön.«

»Ich kann gar nicht abwarten, bis Jake das alles sieht. Er wird sich genau wie ich in Yorkshire verlieben, und in Fionas Haus.« Ich warf David einen Blick zu und kniff dann die Augen gegen die grelle Morgensonne zusammen. »Ein seltsamer Name, oder? *Ure House.*«

»Zugegeben, er klingt ein wenig eigenartig, allerdings nicht für die Einheimischen. Verstehen Sie, hier fließt der Fluss Ure, nach dem das Haus ursprünglich benannt wurde. Es wurde um die Jahrhundertwende gebaut und hat immer Ure House geheißen. Und ich glaube, Fiona hatte ein komisches Gefühl dabei, den Namen zu ändern. Ich nehme an, sie ist da abergläubisch.«

»Die Innenausstattung ist ihr ganz fabelhaft gelungen, David.«

»Ja, nicht wahr?« Er klang stolz. »Und Françoise hat ihr

bei der Einrichtung des Restaurants wirklich sehr geholfen. Ich muss zugeben, das *Pig on the Roof* hat dadurch einen kleinen kontinentalen Touch bekommen, aber wir lieben Françoises Einfälle alle, wenn sie auch sehr französisch sind.«

»Mir gefällt das Lokal auch. Und noch einmal vielen Dank für alles, was Sie getan haben, David, Sie und Fiona. Das Mädchen wirkt viel ruhiger als damals bei mir in Paris.«

»Sie kommt gut zurecht, obwohl ich manchmal schon das Gefühl habe, dass der Gedanke an ihren Mann sie nervös macht.«

»Vielleicht weiß Jake ja etwas Neues, wenn er morgen kommt. Er hatte vor, ihre Eltern anzurufen. Jake hat Simone schon immer ziemlich nahe gestanden.«

»Er ruft doch hoffentlich nicht von seinem Büro aus an!«, rief David scharf aus und warf mir einen besorgten Blick zu.

»Nein, aus einer Telefonzelle. Ich hoffe nur, dass Olivier keinen Privatdetektiv auf Mike angesetzt hat – oder auf Jake oder mich.«

»Das bezweifle ich, denn so etwas kommt teuer«, beruhigte mich David. »Und nach allem, was Françoise uns über ihn erzählt hat, kommt er mir vor wie ein eingebildeter Fatzke. Höchstwahrscheinlich glaubt er, dass er die Sache besser macht als jeder andere – sobald er Zeit hat. Soweit ich weiß, steckt er immer noch in diesen Mordermittlungen.«

»So steht es in den französischen Zeitungen.«

»Ach, machen Sie sich keine Gedanken über Detektive. Wie gesagt bezweifle ich, dass sich jemand an Ihre Fersen geheftet hat, und hier hat niemand herumgeschnüffelt. Außerdem kommen Jake und Mike in einem Privatflugzeug nach Yeadon, meiner Ansicht nach der beste und sicherste Weg.«

»Ich schätze, ich bin da ein Risiko eingegangen«, brummte ich stirnrunzelnd. »Aber zumindest bin ich nicht geflogen. Gott sei Dank, dass es Züge gibt.«

»Sollen wir hier hineingehen?«, schlug David vor. »Ich möchte noch ein paar Extra-Geschenke kaufen.« Schon öffnete er die Tür eines Ladens, dessen Schaufenster mit einer Reihe holzgeschnitzter Schafe dekoriert war. »Hier bekommt man die besten Hausschuhe.«

Da hatte er Recht, wie ich bald erkannte, als ich im Laden herumstöberte. Er war eher eine Geschenkwaren-Boutique und spezialisiert auf eine große Anzahl von Artikeln, die alle aus Schafwolle hergestellt waren. Am besten gefielen mir die Pantoffeln, die David erwähnt hatte. Sie waren von Hand aus Schaffell genäht, wobei das Leder die Außenseite bildete und die flauschige weiße Wolle das Innere.

Sofort erwarb ich je ein Paar für Jake und für Mikes zwei Töchter, die morgen zusammen mit ihrem Vater und Jake eintreffen würden. Ich wusste, dass Lisa und Joy die Hausschuhe mögen würden. Und auch die Fair-Isle-Pullover in der Auslage würden den Mädchen gefallen. Nach einer kurzen Beratung mit der Verkäuferin erwarb ich für die beiden Teenager, die vierzehn und zwölf Jahre alt waren, zwei Stück in Größe M. Ich war mir nicht sicher, ob ich im letzten Moment noch ein paar Verlegenheitsgeschenke brauchen würde, daher nahm ich schließlich noch ein paar hübsche handgestrickte Schals und zwei weitere Paar Pantoffeln. Plötzlich erspähte ich noch eine Strickweste für Jake und einen schweren, cremefarbenen Fischerpullover für Mike. Die Geschenke für Françoise, Fiona, David und seinen Sohn Noel hatte ich aus Paris mitgebracht: Parfüm und Seidenschals für die Frauen und Hermès-Krawatten für die Männer, auch für Jake und Mike.

II

Beladen mit unseren Einkaufstüten voller Geschenke marschierten wir unter zwanglosem Geplauder stetigen Schrittes nach Ure House zurück.

David steckte voller Folklore, Legenden aus der Gegend und historischen Fakten und unterhielt mich ausgezeichnet mit seinen Erzählungen über Middleham und seine glanzvolle Vergangenheit. Einst war die Burg die Festung des großen Feudalherrn Richard Neville gewesen, des Grafen von Warwick.

»Das war ein Mann!«, schwärmte David. »Ansehnlich, beredsam, reich, charmant, tapfer und mutig. Und mächtig. Zu einem bestimmten Zeitpunkt in seinem Leben – und in der Geschichte Englands – war er der mächtigste Mann des Landes. Er war der Onkel von Edward IV., eigentlich Edward Plantagenet aus dem Hause York. Die hoch geschätzte weiße Rose von York, von wahrhaft fürstlichem Geblüt und einer von Englands größten Königen. Und das alles dank Richard Neville, der ihn auf den englischen Thron setzte, den Rosenkrieg beendete und als eigentlicher Herrscher hinter dem Thron das Land regierte.

Hier auf Middleham Castle hat er gelebt, das zu jener Zeit als das ›Windsor des Nordens‹ bekannt war, und auf dieser Burg hat er Richard von York erzogen, der Nevilles Tochter heiratete und, wenn auch nur für kurze Zeit, Richard III. von England wurde.«

»Jake wird begeistert sein von all diesen historischen Dingen«, rief ich aus. »Ich finde die Geschichte auch faszinierend, und Jake wird sie geradezu verschlingen. Er war Rhodes-Stipendiat und hat in Oxford seinen Abschluss in britischer und europäischer Geschichte gemacht.«

»Das hat Fiona mir erzählt, und ich war sehr beeindruckt«, meinte David. »Im Übrigen werde ich Jake auf ewig dankbar sein, Val.«

»Oh. Wieso denn das?«, fragte ich und sah ihn neugierig an.

»Weil er damals in New York Fiona gegenüber so offene Worte gefunden hat. Ich kann Ihnen verraten, dass sie ihre Wirkung nicht verfehlt haben. Wir werden gleich im neuen Jahr heiraten. Eigentlich wollte ich sofort nach unserer Rückkehr aus New York zur Tat schreiten, aber sie hat noch ein wenig gezögert. Dann haben wir darüber gesprochen, uns zu Weihnachten trauen zu lassen, sind aber davon abgekommen, weil wir am fünfzehnten Dezember das *Pig on the Roof* eröffnen wollten. Ich habe mir ein paar Wochen Urlaub genommen, um ihr unter die Arme zu greifen, und bis jetzt läuft alles reibungslos. Zu unserer Freude haben wir Rekordgeschäfte gemacht.« Er blieb stehen und schaute mich an.

Stehenden Fußes erwiderte ich seinen Blick. »Was haben Sie, David?«

»Wie steht es mit Ihnen und Jake? Wann heiraten Sie beide?«

Ich schüttelte den Kopf. »Keine Ahnung. Jake hat mich noch nicht gefragt.«

»So ein großartiges Mädel wie Sie! Er soll Sie lieber nicht zu lange frei herumlaufen lassen, sonst schnappt Sie ihm ein anderer weg.«

»Höchst unwahrscheinlich, David«, gab ich rasch zurück, und wir setzten uns wieder in Bewegung.

»Was, eine hinreißende Frau wie Sie? Reden Sie doch keinen Unsinn, Val!«

III

Ure House lag hügelaufwärts, ein kleines Stück vom Zentrum des malerischen Städtchens entfernt, wo es sich zwischen die Bodenfalten der tief liegenden Heide schmiegte. Rundherum erhob sich das höhere, stärker gewellte Moorland wie eine riesenhafte elisabethanische Halskrause zum Himmel, der an diesem Morgen ein klares, von kleinen Wölkchen durchzogenes Blau zeigte.

Aber ich hatte schon nach zwei Tagen entdeckt, wie schnell das Wetter in Nordengland sich verändern konnte. Wenn von der Meeresküste im Osten Yorkshires Gewitter heranzogen, wurde der Himmel pechschwarz und leuchtete unheimlich, wie von Ferne angestrahlt. Und von der Nordsee her trugen heftige, eiskalte Winde Temperaturstürze mit Schnee und Regen heran.

Ure House lag etwas von der Straße entfernt auf einer grünen Rasenfläche; auf der Rückseite wuchsen Bäume im Halbkreis. Umschlossen wurde das Haus von einer niedrigen Mauer aus dem hiesigen grauen Stein, und durch das gepflegte Gras des Vorgartens führte ein gepflasterter Weg zur Eingangstür.

Das schön proportionierte Haus war aus einem anderen grauen Stein errichtet. Fiona hatte mir erklärt, dass er aus den Ruinen von Middleham Castle stammte, zumindest die Steine an der vorderen Fassade. Das niedrige, weitläufige Gebäude besaß ein schräges, schiefergedecktes Dach, viele Fenster, hohe Kamine und eine weiß gestrichene Tür aus schwerem Eichenholz, die mit schwarzen, schmiedeeisernen Beschlägen geschmückt war.

Vor zwei Tagen, als ich das Haus zum ersten Mal erblickte, hatte ich sofort an meinen Großvater gedacht. Er wäre begeistert von Ure House gewesen. Es passte ideal in die Heidelandschaft und war so gebaut, dass es sich in die kahlen, abweisenden Moore fügte und doch für sich einstand, ohne von dem atemberaubenden Panorama erdrückt zu werden. Die Architektur ähnelte ein wenig den Steinhäusern in den Cotswolds, die meine Großeltern ebenso wie ich geliebt hatten.

Als David und ich den Weg hinaufschritten, flog plötzlich die Tür auf. Da stand Fiona und strahlte uns fröhlich entgegen. Das smaragdgrüne Twinset, das sie zu ihren klassischen grauen Hosen trug, brachte ihre feuerrote Mähne ganz besonders zum Leuchten.

»Ihr beiden seht aus, als hättet ihr die ganze Stadt aufgekauft!«, rief sie mit einem Blick auf unsere Pakete aus. Dann trat sie heraus, um uns zu helfen.

»Val hat die Schafboutique geplündert«, erklärte David.

»Und du anscheinend auch, mein Junge«, konterte Fiona. »Aber ich sehe gern, dass ihr das hiesige Handwerk unterstützt.« Mit einem Blick auf mich setzte sie hinzu: »Das Einzige, was Yorkshire im Überfluss zu bieten hat, sind nämlich Schafe. So, ihr seht beide aus, als könntet ihr etwas zum Aufwärmen gebrauchen. Was soll es sein, Suppe oder ein Drink?«, fragte sie, während wir in die Eingangshalle traten. Mit dem Steinboden, den terrakottafarbenen Wänden und den moosgrünen Samtvorhängen an den Fenstern wirkte der Raum warm und einladend.

Ich trank zwar üblicherweise mittags noch nicht. »Ich hätte nichts gegen eine Ihrer Bloody Marys einzuwenden, David«, sagte ich trotzdem. »Sie sind köstlich, und man schmeckt den Wodka nicht einmal heraus.«

Er lachte gutmütig. »Werfen Sie mir etwa vor, dass ich geizig mit dem Wodka umgehe, Val? Du meine Güte, das ist nicht gut.«

Ich fiel in sein Lachen ein. »Nein, ganz und gar nicht«, erklärte ich. »Ich bin nur keine große Wodkafreundin, und ich wollte zum Ausdruck bringen, dass mir durch all diese wunderbaren Gewürze, die Sie hineintun, der Alkoholgeschmack überhaupt nicht auffällt.«

Nachdem wir unsere Mäntel aufgehängt hatten, folgten wir Fiona ins Wohnzimmer. Der lang gestreckte Raum besaß vier Fenster, aus denen man auf die Moore hinausblickte, und an einer Schmalseite war ein gewaltiger Steinkamin errichtet. Auf dem polierten Holzboden lag ein großer cremefarbener Teppich mit einem grün-schwarzen Schnörkelmuster, das die Farben der grün-schwarz gestreiften Seidenstores an den Fenstern aufnahm.

Die Wände waren in einem eigentümlichen Grün gehalten. Wie Françoise mir erklärt hatte, nannte man diesen Ton *Eau de Nile* – wörtlich übersetzt Nilwasser –, und man erzeugte ihn, indem blassgrüne Farbe mit viel Grau angemischt wurde. Ich hatte entdeckt, dass Françoise eine wahre Fundgrube an Informationen über Innenausstattung war, und rasch verstanden, dass sie Fiona wohl bei der Einrichtung des *Pig on the Roof* eine große Hilfe gewesen war.

Der Raum war behaglich und strahlte dennoch Eleganz aus, ohne protzig zu wirken. Zwei dick gepolsterte, cremefarbene Sofas standen einander vor dem Kamin gegenüber, und antike Tische, Messinglampen und mehrere gute Gemälde vervollständigten das Ensemble.

David ging an die kleine Hausbar, in die man von einem Ende des Wohnzimmers aus gelangte, um Bloody Marys für uns alle zu mixen, und Fiona und ich traten an den Kamin. Ich setzte mich in einen der Sessel, und sie blieb mit dem Rücken zum Kamin stehen.

»Ach, da sind Sie ja, Fiona … und Val!«, ließ sich Françoise von der Tür her vernehmen und eilte ins Zimmer. Zumindest körperlich hatte sie sich vollkommen von der Fehlgeburt und den Misshandlungen durch ihren Ehemann erholt. Wie sie mit den psychischen Folgen fertig wurde, wusste ich nicht, denn auf so persönlicher Ebene hatten wir uns bisher nicht unterhalten.

Aber die junge Frau sah wunderbar frisch und gesund aus und wirkte auch entspannter. Ihr ganzes Auftreten war völlig anders als in Paris. Zweifellos eine Auswirkung des Umstands, dass sie sich so weit entfernt von Olivier, dem viel beschäftigten Polizisten, aufhielt, den sie fürchtete.

Sie kam durchs Zimmer, küsste mich nach französischer Art auf beide Wangen und begrüßte dann Fiona auf dieselbe Weise. Offensichtlich verehrte sie die ältere Frau sehr; das war mir schon Montagnachmittag aufgefallen, als ich aus London kommend dieses warme, freundliche Haus betreten hatte.

»Sind Sie und Noel mit dem Baum fertig geworden, Françoise?«, fragte Fiona. »Wenn nicht, kann ich Ihnen heute Nachmittag helfen.«

»Nein, nein, das ist nicht nötig, Fiona. Noel ist vor einer Stunde fertig geworden. Ich habe ihm geholfen ...« Sie begann zu kichern. »So einen Baum habe ich noch nie gesehen. Oh, *mon Dieu*!«

»Er ist mit kleinen Schweinchen geschmückt, stimmt's?«, meinte Fiona.

Françoise nickte. »Und was für niedliche Tiere!«

»Erzählen Sie nicht weiter, sonst verderben Sie uns die Überraschung.« Fiona blickte sich um, als David mit einem Tablett voller Drinks wieder in den Raum trat. »Moira hat angerufen, während du mit Val einkaufen warst«, sprach sie ihn an. »Sie kommt doch zu Weihnachten. Rory und sie nehmen Donnerstag früh den Zug nach Harrogate.«

»Bringt sie ihren Freund mit?«, fragte David, während er das Tablett auf dem Couchtisch abstellte.

»Nein, und das ist anscheinend genau das Problem, David. Die beiden haben sich getrennt, und nun weiß sie nicht, wo sie hin soll, da sie Weihnachten ursprünglich bei seinen Eltern verbringen wollten. Ich vermute, eigentlich wäre Moira lieber zu uns gefahren, und an diesem Punkt ist es dann zum Bruch gekommen. Sie haben darüber gestritten.«

»Tut mir Leid, dass sie auseinander gegangen sind«,

bemerkte David leise zu Fiona und reichte mir gleichzeitig eine Bloody Mary. »Schien so ein netter junger Mann zu sein. Aber ich muss sagen, dass ich mich über Moiras Besuch freue. Ich finde, wir sollten Weihnachten als Familie gemeinsam verbringen.« Er gab Françoise ein Glas Weißwein, reichte Fiona eine Bloody Mary und nahm sich selbst den letzten Cocktail.

»Cheers, auf uns alle!«, rief er.

»Cheers!«

»Und auf Françoise und Val, die auch zur Familie gehören«, setzte Fiona herzlich hinzu.

Kapitel 29

I

Am nächsten Tag waren die Moore mit einem riesigen weißen Flickenteppich bedeckt. Am Donnerstag trafen Jake und Mike zusammen mit dessen Töchtern Lisa und Joy gerade rechtzeitig zum Tee in Ure House ein. Wir hatten Heiligabend, und es herrschte bereits festliche Stimmung. Fiona und Françoise hatten den größten Teil des Erdgeschosses mit Stechpalmenzweigen geschmückt, und von dem Messingkronleuchter in der Eingangshalle baumelte ein großer Mistelzweig.

Groß und stattlich stand der Baum an der Rückseite der Halle, eine dunkelgrüne Tanne, die darauf wartete, weihnachtlich dekoriert zu werden. Geschmückt werden sollte sie später am Abend, und ich berichtete Jake von Fionas Plänen, als wir nach oben auf unser Zimmer gingen.

Als Jake in unser Zimmer trat, entfuhr ihm ein erfreuter Ausruf. »Das ist großartig, Val! Und schau dir nur dieses Bett an! Noch nie habe ich etwas so Einladendes gesehen!«

Lachend stimmte ich ihm zu. Das Himmelbett beherrschte den ganzen Raum und war überhäuft mit weißen Kissen und einem dicken Federbett in einem alten Linnenbezug. »Es ist sehr gemütlich«, bestätigte ich. »Schließlich habe ich die letzten paar Tage darin geschlafen. Und ist es nicht herrlich, einen Kamin im Schlafzimmer zu haben?«

Jake nickte, durchquerte den Raum und schaute aus Fenstern, die einen Panoramablick über die winddurchtosten, schneebedeckten Hochmoore boten. Er bibberte leicht. »Ich wette, da oben ist es kalt.«

»Aber wunderschön, Jake. Du wirst diese Gegend lieben, und sie ist so voller Geschichte. David hat mich ins Bild gesetzt. Wirklich faszinierend.«

»Dann hat er dir von dem Königsmacher erzählt, ja?«, fragte Jake, trat zu mir ans Feuer und legte mir den Arm um die Schultern.

Ich runzelte die Stirn. »Ich bin mir nicht sicher, wen du meinst. Er hat von dem Grafen von Warwick gesprochen ...«

»Das ist der Mann«, unterbrach mich Jake. »Eine meiner liebsten Figuren in der britischen Geschichte. Das war vielleicht ein Teufelskerl.« Er umfasste mich fester. »Ich bin froh, dass wir hergekommen sind, Val. Und Fiona ist einfach wunderbar, wie sie diese altmodische Familienfeier für uns alle ausrichtet.«

Hätte mir jemand vor einigen Monaten prophezeit, ich würde Weihnachten mit Fiona Hampton und ihrem Verlobten verbringen – und mit Jake an meiner Seite –, dann hätte ich diese Person für verrückt erklärt. Alles war so schnell gegangen: Tonys Tod und die darauf folgenden Enthüllungen, die mich fast aus der Bahn geworfen hatten, meine neu entdeckten Gefühle für Jake ... Ein ganz neues Leben hatte sich für mich aufgetan ... und für Fiona. Vielleicht würden ja sogar Françoise und Mike noch ihre zweite Chance bekommen.

II

Heiligabend in Ure House war nur ein Vorgeschmack auf das, was uns in den nächsten Tagen erwartete – ein typisches Weihnachtsfest in Yorkshire.

Später am Abend riefen Fiona und David uns alle in dem großen Wohnzimmer zusammen und servierten Eierpunsch, gekühlten Weißwein und Champagner, begleitet von Würstchen im Schlafrock und Käsepastetchen, die man aus der Hand essen konnte. Nach dem ersten Drink strömten wir alle hinaus in die Eingangshalle und begannen den Baum zu schmücken.

»Alles ist silber- und goldfarben«, erklärte Fiona und wies auf die in einer Ecke gestapelten Schachteln, »sodass niemand einen Fehler machen kann. Hängt einfach *irgendetwas* auf, wo immer ihr wollt.«

Es wurde gescherzt und gelacht, und alle hatten Spaß an dem traditionellen Schmücken des Weihnachtsbaums. Wie Fiona gesagt hatte, es konnte einfach nichts schief gehen.

Aus der Küche drangen köstliche Gerüche. Ich sog den Duft der Kastanienfüllung und der Gans ein, die im Ofen briet, und mir lief das Wasser im Mund zusammen. Kurz darauf erschien Noel. Davids Sohn war eine jüngere, höher gewachsene Ausgabe seines Vaters. In seiner weißen Chefkochuniform und Kochmütze trat er zu uns, schwenkte einen Holzlöffel und verkündete: »Die Gans ist fertig! Na, jedenfalls beinahe.«

Noel verschwand wieder in der Küche, um letzte Hand an das Essen zu legen. Zuvor hatte er uns noch gemahnt, uns mit dem Schmücken des Baums zu beeilen.

Ich hängte gerade eine silberne Birne auf, als ich etwas hörte und innehielt. In der Ferne läuteten Kirchenglocken. Wie schön sie durch die stille Nachtluft klangen!

»In der Kirche findet heute Abend eine Messe statt, die

immer sehr feierlich ist«, erklärte Fiona. »Aber auch morgen gibt es noch eine, falls jemand gehen möchte.«

Kurz darauf standen die Weihnachtssänger vor der Tür von Ure House und ließen *Stille Nacht* erklingen. Dieses Mal unterbrachen wir alle unsere jeweiligen Tätigkeiten und lauschten entzückt den herrlichen jungen Sopranstimmen.

Als das Lied beendet war, gingen Fiona und David zur Eingangstür und luden die jungen Leute ein, sich mit Eierpunsch und kleinen Leckerbissen zu stärken und sich am Feuer aufzuwärmen. Und nach dieser kleinen Erholung von der Kälte sangen sie *Die zwölf Weihnachtstage*, bevor sie wieder aufbrachen, um ihre Runde durch die Nachbarschaft fortzusetzen.

Ich stand ein wenig abseits und beobachtete alles, froh darüber, so viele glückliche Gesichter zu sehen. Mike scherzte entspannt mit Jake, der heute Abend gar nicht aufhörte zu strahlen. Mikes Töchter waren ganz vernarrt in Françoise und halfen ihr unter großem Gelächter, goldene Kirschen und Äpfel auf einen hoch gelegenen Zweig zu hängen. Rory drapierte zusammen mit Fiona Rauschgoldgirlanden auf dem Baum, während Moira angeregt auf die beiden einredete. David hielt sich ebenso wie ich als stiller Betrachter im Hintergrund. Aber seine Miene verriet, wie glücklich und zufrieden er war. Und er wandte nicht ein Mal den Blick von Fiona.

Als ich so da stand, wurde mir klar, dass ich in meinem ganzen Leben noch nie ein solches Weihnachten erlebt hatte – ein altmodisches Fest voller Liebe, bei dem die Familie im Mittelpunkt stand.

III

Das Abendessen war überragend.

Das Wesentliche hatte Noel gekocht, da das *Pig on the Roof* über die Weihnachtstage geschlossen war. Aber auch Fiona, Françoise und Moira hatten während des Tages mit angepackt. Mich hatte man aus der Küche gescheucht, aber zumindest hatte ich meine Hilfe angeboten.

Sobald das Essen fertig war, ging Noel sich seiner Uniform entledigen, und als er zurückkehrte, eilte er mit Rory und Moira in die Küche und brachte den ersten Gang: Räucherlachs, Gänseleberpastete und Schrimps. »Für jeden Geschmack etwas«, meinte Fiona und sah sich an dem Tisch im Esszimmer um, den sie selbst am Nachmittag gedeckt hatte. Auf der alten Spitzentischdecke glänzten herrliches Porzellan, Kristall und Silber. In der Mitte des Tisches hatte sie neben silbernen Leuchtern mit weißen Kerzen weiße Winterrosen in einer Silberschale arrangiert – ein perfekter Rahmen für unser Dinner.

Nach dem schottischen Lachs, den Schrimps aus Morecambe Bay und der französchen *Pâté de foie gras* wurde die Gans mit ihrer Kastanienfüllung serviert, zusammen mit Röstkartoffeln, gedämpften Gemüsen, Bratensaft und Apfelsauce.

Immer wieder lobten wir alle Noel für das köstliche Mahl, und er wirkte erfreut und strahlte und strahlte. Er war wirklich ein guter Koch – und dazu ein netter junger Mann von gelassener, unbekümmerter Art, der Interesse an jedem bekundete.

Beim Hauptgang sah David zu Mike, Jake und mir herüber und verblüffte uns mit einer Bemerkung. »Ich hoffe, Sie werden während der nächsten paar Tage Zeit finden, nach Leeds zu fahren und sich die wunderbaren neuen Bilder im dortigen Museum anzusehen.«

»Sind die Gemälde wirklich so gut?«, fragte Mike.

David nickte. »Unbedingt. Wenn Sie die Ausstellung sehen möchten, fahre ich Sie gern in die Stadt. Es sind ungefähr eineinhalb Stunden. Die Bilder, die dort hängen, werden eine wundervolle Überraschung für Sie sein.«

»Wer ist der Künstler?«, fragte Jake.

»Er kommt aus der Gegend, ein Bursche aus Leeds, der enorm talentiert ist. Na, er ist natürlich kein Junge mehr, sondern inzwischen erwachsen. Ursprünglich stammt er aus Leeds und heißt Bill Smith. Aber der Rest der Welt kennt ihn unter dem Namen Alexander St. Just Stevens.«

»Er ist aus Leeds?«, fragte ich und starrte David an. Mike und ich tauschten einen Blick.

»Ich hatte ja keine Ahnung, David«, meinte Mike. »Ist das allgemein bekannt?«

David zuckte die Achseln. »Um die Wahrheit zu sagen, bin ich mir nicht sicher. Hier in Yorkshire wissen wir natürlich alle Bescheid, weil er aus der Gegend stammt und ein ziemliches Original ist. Geboren ist er in einem ärmlichen Viertel in Leeds und er hat dort an der Kunstschule studiert, bevor er nach London ging, um das Royal College of Art zu besuchen. Um diese Zeit änderte er seinen Namen, legte sich einen vornehmen Oberschicht-Akzent zu und begann sich ziemlich ausgefallen und exzentrisch zu kleiden. Er hat sich sozusagen als Student selbst neu erfunden und niemals zurückgeblickt. Aber Bill ist ein Genie, daran ist nicht zu rütteln, und die Gemälde, die er seiner Heimatstadt geschenkt hat, sind atemberaubend. Er hat sich seiner Geburtsstadt gegenüber sehr großzügig gezeigt, und jeder dort schätzt ihn und seine Kunst.«

»Die Bilder werden uns also beeindrucken, oder?«, warf ich ein.

»Ganz bestimmt, Val, und mir wird es zum wiederholten Mal nicht anders gehen. Seine Gemälde üben diese Wirkung auf den Betrachter aus«, antwortete David.

»Komischer Zufall, David«, bemerkte Mike nachdenklich. »Als Val in New York war, wollte ich, dass sie St. Just Stevens aufsucht; aber leider ist er zurück nach Mexiko gereist, ehe sie ihn in seinem Loft treffen konnte. Ich habe mehrere Zeitschriften an der Hand, die Fotos von seiner neuen Serie wollen, den Bildern, die er für die Millenniumsausstellung in Paris malt.«

David blickte interessiert von Mike zu mir. »Dann sollten Sie sich die Bilder in Leeds anschauen, und Sie ebenfalls, Val, wenn Sie die neue Reihe fotografieren sollen.«

»Da bin ich mir noch nicht so sicher«, erklärte ich mit einem finsteren Blick zu Mike. »Aber was Sie von diesem Alexander St. Just Stevens erzählen, klingt wirklich faszinierend.«

»Oh, das ist er«, meldete sich Moira zu Wort. »Eine ziemlich schillernde Persönlichkeit, stimmt's, Mom?«

Fiona nickte. »Versuchen wir doch, alle zusammen nach Leeds zu fahren«, schlug sie vor.

Wir stimmten zu, wenn irgend möglich den Ausflug einzurichten, und die weiteren Gespräche während des Essens drehten sich um Alexander St. Just Stevens.

IV

»Was für ein wunderschöner Abend«, sagte ich später zu Jake, als wir nach oben in unser Zimmer gingen.

»Ja, und ganz besonders, weil wir zusammen waren, Val.« Er zog mich in die Arme, küsste mich auf die Wange und griff dann in seine Jackentasche. Langsam drehte er mich herum, bis ich mit dem Rücken zu ihm stand, und legte mir dann eine Perlenkette um den Hals. »Frohe Weihnachten, Liebling.«

Verblüfft schaute ich zu ihm auf, berührte die Perlen und rannte dann zum Spiegel, um sie anzusehen. »Die sind wunderschön, Jake«, rief ich aus und fuhr wieder herum.

»Das hättest du nicht tun sollen. Vielen Dank, die Kette ist herrlich.«

Er grinste mir zu. »Es sind nicht die besten, keine Südseeperlen, aber trotzdem ganz anständig.«

»Als ob es mir darauf ankäme! Sie sind prachtvoll«, gab ich zurück und umarmte ihn. »Deine Geschenke liegen unten, in dem Stapel neben dem Baum«, erklärte ich. »Soll ich mich hinunterschleichen und sie holen?«

»Ach was, das hat Zeit bis morgen Früh.« Er lachte.

Ich nickte, strich noch einmal über die Kette und bewunderte mich ein weiteres Mal im Spiegel. »Ich werde sie immer tragen, Jake«, versprach ich.

»Nicht an der Front, hoffe ich.«

»Ich werde an keiner Front mehr arbeiten, und du auch nicht«, erwiderte ich. Doch mit diesen Worten hatte ich anscheinend das Schicksal herausgefordert …

Kapitel 30

I

Paris, März 1999 – Nach Silvester kehrten wir nach Paris zurück, aber Jake wartete noch über zwei Monate, bis er seine Bombe platzen ließ.

Eines Nachmittags Anfang März ging ich meiner eigenen Arbeit nach. Glücklich und zufrieden saß ich zu Hause und sah einen Stapel Polaroidfotos von Alexander St. Just Stevens' Bildern durch. Mike lag mir immer noch wegen des britischen Malers in den Ohren und drängte mich, nach Mexiko zu fliegen und die Aufnahmen zu machen. Während ich die Bilder studierte, überlegte ich, wie ich Jake überreden konnte, mit mir zu kommen, falls ich den Auftrag tatsächlich übernahm. Und plötzlich war er da.

Er musste die Wohnung lautlos betreten haben, denn ich hatte ihn nicht hereinkommen hören. Und dann stand er plötzlich in voller Lebensgröße da und lehnte lässig am Türrahmen.

»Hi!«, rief ich aus und grinste ihm zu. »Gerade habe ich an dich gedacht.«

»Und was?«, fragte er schmunzelnd.

Ich holte tief Luft und beschloss, mit der Tür ins Haus zu fallen. »Mike setzt mir immer noch wegen Mexiko zu, du weißt schon, ich soll die Bilder von St. Just Stevens fotografieren. Und ich habe mich gefragt, wie ich dich zum Mitkommen animieren kann. Falls ich den Job überhaupt annehme.«

»Möchtest du denn, Val?«, fragte er, musterte mich aufmerksam und veränderte seine Stellung am Türrahmen leicht.

»Um ehrlich zu sein, bin ich mir nicht ganz sicher. Das könnte interessant werden. Die Bilder sind wirklich … *überwältigend,* wie David sagte, und wir haben uns in Leeds ja auch selbst davon überzeugt. Aber ich weiß nicht, Mexiko ist so weit weg.«

»Das Wetter ist um diese Jahreszeit schön.«

»Stimmt. Warum bist du eigentlich so früh zu Hause? Ich dachte, du hättest eine wichtige Sitzung in der Agentur, mit Jacques Foucher und diesem Mann von *Vanity Fair.*«

»Yeah, wir haben uns getroffen.«

»Und, ist das Gespräch gut gelaufen?«

Er nickte, trat dann in das Esszimmer, das mir auch als Büro diente, und blieb kurz vor meinem Schreibtisch stehen.

Ich sah zu ihm auf und hob fragend eine Braue. »Was ist los?«

»Val, ich muss mit dir reden.«

»Worüber? Warum schaust du plötzlich so ernst?«

Er zögerte fast unmerklich. »Ich denke daran, noch ein Mal in den Kosovo zu gehen«, sagte er dann.

Den Bruchteil einer Sekunde glaubte ich mich verhört zu haben. Aber dem war natürlich nicht so. Ich war so vom Donner gerührt, dass ich einen Moment lang nicht sprechen konnte, sondern einfach nur dasaß und ihn wie eine dumme Gans mit offenem Mund anstarrte. Endlich fand ich meine Stimme wieder. »Aber du hattest versprochen, nie wieder dorthin zurückzukehren«, wandte ich dann stockend ein.

»Ich habe nichts *versprochen,* Val, ich sagte nur, dass ich *glaubte,* ich *wolle* nicht zurückgehen. Aber ich habe nie einen Eid darauf geschworen.«

»Und jetzt hast du es dir einfach anders überlegt, ja?«

»Allerdings. Weil ich muss, Val.«

»Nein, das brauchst du nicht. Es gibt keinen Grund auf Erden, in diesen lausigen Krieg zurückzukehren.« Meine Stimme war immer lauter geworden. »Du wirst dich umbringen«, setzte ich ein wenig schrill hinzu.

»Das werde ich nicht. Ich bin nicht wie Tony Hampton; ich begebe mich nicht in Gefahr.«

»Nein, du bist wahrscheinlich wie Robert Capa, der, wie du sagst, auch keine Risiken einging, sondern sich ein vernünftiges Urteil bildete, ehe er sich in den Kampf stürzte. Aber trotzdem hat Capa sich in Indochina in die Luft gejagt, als er auf eine Mine trat. Das sagt ja wohl alles darüber, wie viel es nutzt, die Risiken zu kalkulieren.«

»Ich muss gehen, Val. Für mich ist das sehr wichtig ...«

»Und warum?«, schnitt ich ihm schroff das Wort ab.

»Weil ich Jude bin. Ich kann nicht länger guten Gewissens ignorieren, was sich im Kosovo abspielt, was Slobodan Milosevic im Sinn hat. Ich kann nicht. Ich muss fliegen und die Gräuel fotografieren ... das Sterben und Töten, die Folter und die Menschenrechtsverletzungen, die dort in diesem Moment geschehen. Der Krieg eskaliert, und ehe wir uns versehen, wird die NATO eingreifen. Der Westen muss einschreiten, weil Milosevic Völkermord begeht.«

Einen Moment lang vermochte ich mich weder zu regen noch zu sprechen. Wahrscheinlich hatte ich den Kampf schon verloren, ganz gleich, was ich jetzt einwandte. Ich würde ihn nicht von seinem Vorhaben abbringen können. »Aber Jake, auch in anderen Ländern der Welt geschieht Völkermord. Und da hast du nicht ...«

»Das ist etwas anderes. Dieses Verbrechen passiert in

Europa. Ich bin europäischer Abstammung, und ich fühle mich gezwungen, verpflichtet zu gehen. Meine Vorfahren waren deutsche Juden, und im Kosovo wiederholt sich, was in den Dreißiger- und Vierzigerjahren in Nazideutschland geschah. Ich kann nicht einfach zusehen, ohne einen Finger zu rühren. Beziehungsweise ohne die Kamera zu nehmen.«

»Ich wette, deine eigene Mutter würde dir raten, nicht zu gehen.«

»Ich bin kein kleiner Junge mehr, der die Erlaubnis seiner Mutter braucht«, erwiderte er. Plötzlich klang er bissig. »Und sie würde mir genau das Gegenteil raten. Ja, Jake, geh dorthin und mach deine Fotos, würde sie mir sagen. Beweise, dass dieser abscheuliche Mensch ein Verbrecher ist und als solcher vor Gericht gestellt gehört.«

»Ich habe nicht gemeint, dass du eine Erlaubnis brauchst«, wandte ich matt ein. »Du hast mich missverstanden.«

»Hör mir zu.« Er beugte sich nach vorn und stützte die Hände auf meinen Schreibtisch. »Meine Oma Hedi und mein Großvater Erich Neuberg sind 1937 aus Hitlerdeutschland geflüchtet, weil sie nur zu gut wussten, was ihnen blühen würde, wenn sie blieben. Die Eltern meiner Mutter, Ernst und Anna Mayer, waren ebenso vorausschauend und verließen Deutschland 1935, ebenfalls auf der Flucht vor der Rassenverfolgung. Damals war Hitler bereits nicht mehr aufzuhalten, und offen gesagt, Milosevic ist vom selben Schlag. Er führt einen ethnisch motivierten Krieg gegen das Volk des Kosovo, und dieser Krieg ist verbrecherisch.«

»Oh Jake, ich verstehe ja, was dies für dich bedeutet!«, fiel ich ein. »Mein Verstand jedenfalls. Wirklich. Aber mein Gefühl sagt mir, dass du nicht gehen solltest. Ich habe solche Angst, dir könnte etwas ... *zustoßen*.«

»Langsam sickert in der ganzen Welt durch, dass Milosevic sich anschickt, dasselbe zu tun wie Hitler und Stalin … er will einen Krieg gegen ein *ganzes Volk* führen. Jesus, Val, er ist schon dabei!«

»Ich verstehe schon, dass es hier um ethnische Säuberungen geht, und dass das verkehrt ist …« Meine Stimme schwankte, und ich verstummte, weil ich Jakes Gesichtsausdruck sah. Seine Miene war störrisch, und seine blauen Augen glühten leidenschaftlich.

»Ich kann mich des Gedankens nicht erwehren, dass sich im Kosovo die Nazizeit wiederholt, dass dieser schreckliche, primitive Faschismus sich wieder auf dem Vormarsch befindet. Und ich finde, die Welt darf das nicht hinnehmen. Ich muss mich einfach gegen diesen Völkermord stemmen, Val. *Ich muss!* Fast alle Verwandten meiner Großeltern wurden im Holocaust ermordet, auf beiden Seiten: die Neubergs und die Mayers, und in München die Steiners, die Familie meiner Oma Hedi.«

»Bitte geh nicht in den Kosovo«, flüsterte ich und lehnte mich Halt suchend auf dem Stuhl zurück. Mir war übel, und ich verspürte entsetzliche Angst. Plötzlich plagte mich die schreckliche Vorahnung, Jake könnte etwas Furchtbares zustoßen. Ich liebte ihn so sehr, und ich musste versuchen, ihn von seinem Plan abzubringen. Jetzt, bevor es zu spät war. »Ich flehe dich an, nicht zu gehen, Jake. Für mich, für uns. Um unserer Zukunft willen.«

»Oh Val, Liebling«, entgegnete er ruhig. »Du weißt doch, dass ich das tun muss. Ich könnte nicht mehr in den Spiegel sehen, wenn ich nicht auf mein Gewissen höre. Du hast jeden Tag die Zeitung gelesen und ferngesehen … Es wird jede Minute schlimmer. Und du wirst sehen, Ende März, noch vor Ende dieses Monats, wird die NATO bombardieren müssen. Dann will ich dort sein, Val, und die Bilder schießen, die vielleicht einigen Menschen das wahre Gesicht dieses Krieges vor Augen führen. Das ist einer der Gründe, weshalb ich Kriegsreporter geworden bin: Ich wollte, dass die Menschen Gewalt, Terror und Massaker wirklich *sehen*. Und dieses ganze Land ist ein Meer von Leid und Blut.«

»Wenn du gehst, ist es aus zwischen uns«, drohte ich, meine letzte Waffe.

Er ging gar nicht darauf ein. »Komm mit mir, Val.«

»Nein, ich kann einfach nicht, Jake. Ich bin vollständig ausgebrannt. Mein Platz ist nicht mehr an der Front.«

Er nickte verständnisvoll. Dann trat er um den Schreibtisch, beugte sich herunter und küsste mich, umarmte mich fest. In meiner Kehle bildete sich ein Kloß, aber irgendwie hielt ich die Tränen zurück. »Oh Jake, bitte, bitte bleib ...«, brachte ich schließlich mit zittriger Stimme heraus.

Er ließ mich los, sah mir ins Gesicht und verzog die Lippen zu einem jungenhaften Lächeln. »Mir wird schon nichts passieren, Val. Wirklich, du musst mir vertrauen.«

II

Und so ging er.

Drei Abende später flog er nach Belgrad.

Ich blieb allein in der Wohnung zurück. Nach sieben Monaten emotionaler und körperlicher Nähe in einer engen Beziehung fühlte ich mich ohne ihn plötzlich verloren und hilflos.

Immer wieder schüttelte ich den Kopf und fragte mich, wie das geschehen war. Alles war so plötzlich, so schnell gegangen. Jake hatte mir erklärt, was er vorhatte, und dann war er gegangen, bepackt mit seinen Kameras und seiner großen Tasche, in die er seine Kampfstiefel und seine kugelsichere Weste gesteckt hatte.

Er war in den Kosovo zurückgekehrt, wo Tony Hampton getötet worden war und mein Leben sich für immer verändert hatte. In mir erweckte das eine abergläubische Furcht. Ich wusste, dass dieser Ort mir nichts Gutes verhieß, und ich wusste, dass Jake sterben würde. Dieser Gedanke war mir unerträglich.

Zumindest eines sprach für Jake. Ich wusste, dass er nicht zu unbesonnenen oder tollkühnen Aktionen neigte wie Tony, und ich hoffte und betete, dass er seinen gesunden Menschenverstand und sein Urteilsvermögen einsetzte, falls er in eine brenzlige Lage geriet.

Ja, ich wünschte Jake nur das Beste, weil ich ihn von ganzem Herzen liebte. Aber tief im Inneren war ich verletzt, weil er seine Sache über unsere Liebe gestellt hatte. Und das zu akzeptieren fiel mir schwer.

III

Mike überzeugte mich schließlich, den Auftrag in Mexiko anzunehmen. Zuerst zögerte ich, doch dann entschied ich, dass es gute Argumente gab. Ich wäre weit fort, mit meiner Arbeit beschäftigt und würde weniger dazu neigen, herumzusitzen und mich um Jake zu sorgen. Obwohl ich mir natürlich Gedanken machen würde, das wusste ich nur zu gut. Aber Mike hatte insofern Recht, als Acapulco auf der anderen Seite des Globus lag. Zwar sendete CNN auch dort, aber ich brauchte ja nicht einzuschalten.

Das Projekt gestaltete sich ziemlich komplex, und nun, da Alexander St. Just Stevens uns endlich gestattet hatte, ihn auf seinem Anwesen aufzusuchen, mussten ziemlich ausgefeilte Arrangements getroffen werden. »Du wist ein paar Assistenten brauchen«, hatte Mike ein paar Tage zuvor erklärt und zwei der jüngeren Fotografen von Gemstar in New York vorgeschlagen. Ich kannte die beiden als nette, fähige junge Leute, aber dennoch hatte ich abgelehnt.

»Ich würde gern meinen Bruder Donald und seine Verlobte mitnehmen, Alexis Rayne«, widersprach ich Mike. »Sie ist eine ausgezeichnete Journalistin, und Donald ebenfalls«, erläuterte ich ihm. »Ich brauche jemanden, der sich Notizen macht und für mich alles schriftlich festhält. Der so denkt wie ein Journalist, der die Story schreiben würde. Außerdem können die beiden mir helfen, die Beleuchtung einzurichten und bei ähnlichen Dingen zur Hand gehen. Und ihr Honorar käme nicht so teuer«, fiel mir noch ein.

Mike hatte sich einverstanden erklärt, wahrscheinlich, weil er sah, wie ich mich um Jake grämte, und er mir etwas Gutes tun wollte. Außerdem hatte er mitbekommen, dass ich mich mit Donald ausgesöhnt hatte, und derzeit befand er sich in der Stimmung, familiäre Bindungen zu fördern.

Nach Jakes Abreise hatte ich mich abends in den Schlaf geweint, aber schließlich nahm ich mich zusammen. Ich musste mit der Situation umgehen wie ein erwachsener Mensch, wie die reife Frau, für die ich mich hielt. Ich war einunddreißig Jahre alt, verantwortlich für mich selbst und musste mir meinen Lebensunterhalt verdienen. Ich hatte Rechnungen zu bezahlen, Verpflichtungen einzuhalten, und wenn ich mich hysterisch gebärdete, würde mir das nicht weiterhelfen. Es würde mir nichts einbringen, *nada*, null Komma null.

Und so packte ich passende Arbeitskleidung für heißes Klima ein, ein paar Kombinationen für die Freizeit und meine besten Kameras. Außerdem kaufte ich genug Filme, um zwei Wochen lang die Kunstwerke des exzentrischen Alexander St. Just Stevens zu fotografieren. Die Geschichte war schon bemerkenswert: Eine erstaunliche Erfolgsstory über einen armen Jungen, geboren in den Slums von Leeds, den Talent und Genie in ungeahnte Höhen katapultiert hatten. Ruhm und Reichtum, Erfolg und Geld. Mike hatte Recht, das Publikum würde die Geschichte nur so verschlingen. Die Leser liebten alles, was das Etikett Geld, Erfolg und Macht trug.

Heute war einer von Janines Arbeitstagen gewesen, und sie hatte mir geholfen, mit dem Packen fertig zu werden und die Wohnung in Ordnung zu bringen. Sie hatte mir versprochen, wie üblich mehrmals die Woche hereinzuschauen, damit die Räume bei meiner Rückkehr so blitzsauber wie immer aussahen.

An diesem Abend war ich nicht besonders hungrig, aber da Janine mir einen Kalbfleischtopf mit Gemüse gekocht hatte, beschloss ich, beim Fernsehen ein wenig davon zu essen. Seufzend wärmte ich das Gericht auf. Ich wusste, solange ich mich in Europa aufhielt, würde ich ja doch einschalten und Ausschau nach Berichten aus dem Kosovo-Krieg halten.

Während ich da stand und im Kochtopf rührte, war ich in Gedanken Tausende von Meilen weit fort, bei Jake. Er befand sich irgendwo im Kosovo, wahrscheinlich in Príština, denn dorthin hatte er sich nach Jacques Fouchers Auskunft begeben. Erschrocken fuhr ich zusammen, als das Telefon an der Wand laut zu schrillen begann.

In der Hoffnung, es sei Jake, griff ich nach dem Hörer. »Hallo?«

»*Il est mort, il est mort*«, flüsterte am anderen Ende der Leitung eine seltsam heisere Frauenstimme, die ich nicht erkannte.

Mein Herzschlag setzte aus. Ich umklammerte das Telefon und schluckte heftig. »Wer ist tot?«, verlangte ich zu wissen. »Wer ist da? Mit wem spreche ich?«

»*Il est mort*, Mademoiselle Denning. Olivier Bregone ist tot!«

»Oh mein Gott, Sie sind das, Simone!«, keuchte ich erleichtert. »Ich dachte schon, jemand ruft mich aus dem Kosovo an, um mir mitzuteilen, Monsieur Jake sei tot.«

»Tut mir Leid, Mademoiselle, wenn ich Ihnen einen Schrecken eingejagt habe.«

»Das haben Sie allerdings! Und jetzt bitte noch ein Mal

von vorn. Stimmt das wirklich? Lebt Olivier tatsächlich nicht mehr?«

»*Ah, oui, Mademoiselle, oui.* Ich wünsche niemandem den Tod ... aber ich bin doch erleichtert, dass er meiner Françoise das Leben nicht mehr schwer machen kann. Jetzt ist sie frei.«

»Aber woher wissen Sie das?«, warf ich ein. Die Journalistin in mir meldete sich zu Wort. Auf Gerüchte und Vermutungen konnte ich mich nicht verlassen.

»Sie haben im Fernsehen darüber berichtet. Heute Abend. Er ist von einem dieser Kriminellen in Marseille erschossen worden, einem der Drogenbarone«, erklärte Simone in ihrem ausgezeichneten, aber etwas gestelzten Englisch.

»Ehrlich, Simone, es ist eine Erleichterung, dass er Françoise jetzt nicht mehr nachstellen kann.«

»*Oui.* Sagen Sie doch bitte Françoise Bescheid, Mademoiselle. Ich möchte, dass sie davon erfährt. Oder besser noch, geben Sie mir ihre Nummer, damit ich selbst mit ihr sprechen kann. Wo immer meine Tochter sein mag.«

»Ich werde Françoise anrufen, Simone, und sie bitten, sich mit Ihnen in Verbindung zu setzen. Das halte ich für das Beste.« Simone lachte leise. »Ah, Sie trauen mir nicht, Miss Denning. Sie sind sich vielleicht nicht sicher, dass ich es wirklich bin.«

»Oh doch, das bin ich, Simone. Wirklich. Ich erkenne Ihre Stimme.« Das war die Wahrheit, aber ich wollte mir auch absolut sicher sein, dass Olivier wirklich tot war, ehe ich Telefonnummern herausrückte, die in die falschen Hände fallen konnten.

»Nun gut, dann warte ich darauf, von meiner Tochter zu hören. Sie kann ihren Vater und mich hier auf Les Roches Fleuries erreichen.«

Nachdem Simone aufgelegt hatte, rief ich Mike zu Hause an. Joy ging an den Apparat; als ich erklärte, es sei dringend, reichte sie den Hörer gleich an ihren Vater weiter.

»Was ist los, ist etwas passiert, Val?«, fragte Mike. »Gibt es Probleme?«

»Ich hatte eben einen Anruf von Simone. Sie behauptet, Olivier Bregone sei tot, er sei in Marseille umgekommen, erschossen von einem der dortigen Drogenbarone.«

»Oh Gott!«, rief Mike aus. »Woher weiß sie das?«

»Sie hat es im Fernsehen gesehen. Kannst du das überprüfen? Wir sollten uns absolut sicher sein, bevor wir Françoise etwas sagen.«

Aber Mike rief nicht gleich zurück; es dauerte länger als eine Stunde, und als er sich schließlich meldete, war er sich nicht vollständig sicher, dass Olivier Bregone tot war.

»Hör mal, Val. Ich habe mit einem meiner Kontaktleute bei Interpol gesprochen. Er kennt jede wichtige Person bei der französischen Polizei und Justiz. Der Mann hat ein paar Anrufe für mich getätigt, und nun wartet er darauf, dass seine Informanten ihn zurückrufen. Aber seine erste Reaktion war, dass die Berichte wohl stimmen. Er meinte, der Fernsehsender würde keinen gefälschten Bericht ausstrahlen. Und darauf wolltest du doch hinaus, oder?«

»Ja, das stimmt.«

»Okay, wir rufen noch nicht bei Françoise in Middleham an. Lass uns am Ball bleiben und die Sache ruhig angehen, Val. Und sobald der Bursche sich bei mir meldet, rufe ich dich sofort an. Pronto.«

Wir verabschiedeten uns, und ich ging in die Küche zurück, wo ich Topf, Teller und Besteck abwusch und mir eine Tasse Tee kochte. Dann setzte ich mich vor den Fernseher und verdarb mir den Abend, indem ich CNN schaute, wo eine ganze Menge über den Kosovo berichtet wurde, sodass ich mir wieder Sorgen um Jake machte.

Erst um kurz vor halb elf rief Mike mich endlich zurück. Er klang hochzufrieden. »Die Geschichte stimmt absolut,

Val, er ist wirklich tot. Einer der Halunken hat ihn erschossen, genau wie Simone dir erzählt hat. Die Mordkommission in Marseille hat meinem Kontaktmann bei Interpol die Information bestätigt. Soll ich es jetzt Françoise sagen?«

»Oh ja, Mike, mach du diesen Anruf. Es ist besser, wenn die Nachricht von dir kommt«, rief ich aus, denn ich hatte den Eifer gehört, der sich mit der Erleichterung in seiner Stimme mischte. »Richte ihr bitte aus, dass sie sich bei ihrer Mutter melden soll, und sag ihr, dass ich sie morgen anrufe, bevor ich nach Mexiko fliege.«

»Das mache ich. Vielen Dank für alles. Und … Val?«

»Ja, Mike?«

»Versuch dir keine Sorgen um Jake zu machen. Es wird alles gut gehen; Jake wird es schaffen.«

An diesem Abend dachte ich noch lange über Françoise und Mike nach. Mein alter Freund hatte sich mehr als zehn Jahre nach Sarahs tragischem Tod zum ersten Mal wieder verliebt, und nun war Françoise frei für ihn. Das Leben hatte ihnen eine neue Chance geschenkt. Und was würde aus Jake und mir werden? Ich hatte ihm nicht vertraut, ihm übel genommen, dass er seinen eigenen Weg ging, statt meine Ängste und mein Schutzbedürfnis über alles zu stellen. Ich begann zu argwöhnen, dass ich im Begriff war, *unsere* zweite Chance zu verspielen.

IV

Acapulco – Die Hacienda Rosita musste man gesehen haben, um es glauben zu können. Sie war unbestritten der schönste Besitz in der Gegend, eine ganze Siedlung, die aus einer Reihe von Villen bestand, Gästehäusern, einem riesigen Atelier, in dem Alexander St. Just Stevens malte, einem Küchentrakt und einem Gebäude, in dem die Dienstboten untergebracht waren.

Alle Villen waren mit weißem Stuck verziert, was ihnen eine sehr spanische Ausstrahlung verlieh, und wunderschön entworfen und angelegt. In der Hauptvilla, die der Künstler bewohnte, bestanden die Böden sowie etliche Wände aus weißem Marmor; die Räume waren mit antiken Gegenständen unverkennbar mexikanischen Ursprungs ausgestattet, zahlreichen seiner eigenen Gemälde und auffälligen Accessoires und Lampen.

Dieser Gebäudekomplex war in unmittelbarer Nähe der Stadt hoch auf einer Klippe errichtet, und man genoss von jedem Platz des Geländes eine spektakuläre Aussicht. Tief unten glitzerte das strahlend azurblaue Meer, und in den Gärten gedieh eine verschwenderische Fülle von Blumen, Grünpflanzen, blühenden Büschen und Bäumen.

Das gesamte Areal war von einer hohen Mauer umgeben und wurde am Haupttor und am Hintereingang von bewaffneten Posten bewacht.

Ich muss zugeben, dass ich am Tag meiner Ankunft verblüfft gewesen war, als ich vom Auto aus die martialisch ausgerüsteten Wachen erblickt hatte. Das war jetzt eine Woche her. Len Wilkinson, der persönliche Assistent des Malers, hatte mich am Flughafen von Acapulco abgeholt. Und der liebenswerte, höfliche Len hatte mich auch aufgeklärt. »Die Posten sind eine Notwendigkeit, Val. Wir haben hier sehr viele Wertgegenstände, ganz abgesehen von Alexanders Gemälden. Warum sollten wir Diebe in Versuchung führen? Glauben Sie mir, die Wachposten halten unerwünschte Personen auf Abstand.«

Ich hatte Len sofort sympathisch gefunden. Er stammte aus Leeds und gehörte, wie er selbst sagte, »zu der Yorkshire-Mafia, mit der unser Held sich umgibt.« Bei dem Wort Held hatte er mir zugezwinkert, und ich wusste gleich, dass wir miteinander auskommen würden. Len zeigte nicht den geringsten Anflug von Wichtigtuerei oder Anmaßung.

Donald und Alexis waren zwei Tage vor mir eingetroffen und hatten die Scheinwerfer und die übrige Ausrüstung mitgebracht, die ich für meine Aufnahmen brauchte. Wie sich bald herausstellte, war nichts von dem, was ich angefordert hatte, überflüssig gewesen, und ich erkannte bald, dass die beiden gut zusammenarbeiteten. Mir fiel wieder ein, wie gern ich Donalds Verlobte in New York gemocht hatte; sie war charmant, umgänglich, energiegeladen und selbstsicher, die Art junge Frau, auf die man sich verlassen konnte und die es einmal zu etwas bringen würde. Alexis war auch hübsch, elegant und offensichtlich gut erzogen. Sollte Lowell's einmal an sie fallen – und danach sah es aus, nachdem ich offiziell auf mein Erbe verzichtet hatte –, dann kam die Firma in gute Hände.

An dem Nachmittag, an dem ich angekommen war, hatte Len Wilkinson mich direkt in die weitläufige, sonnendurchflutete Villa geführt, die ich mit Donald und Alexis teilen würde. »Wir sehen uns zum Dinner, um neun Uhr«, hatte Len noch erklärt, bevor er durch die Eingangstür verschwunden war.

Donald, der sich offensichtlich freute, mich zu sehen, hatte mich herzlich begrüßt, und Alexis hatte sofort angeboten, mir beim Auspacken behilflich zu sein. Dankbar nahm ich ihr Angebot an, denn ich war mit der Concorde von Paris nach New York geflogen, hatte in der Wohnung am Beekman Place übernachtet und war dann heute Morgen nach Acapulco weitergeflogen. Ich war das Reisen gewöhnt, aber an diesem ersten Tag fühlte ich mich nach meiner Ankunft wie gerädert und hatte nur noch den einen Wunsch, mich hinzulegen und zu schlafen.

»Wie in aller Welt soll ich bis neun Uhr wach bleiben?«, fragte ich Donald. Mein Bruder hatte gelacht. »Halt ein Nickerchen, nachdem du ausgepackt hast, und wir wecken dich später.«

»Wenn du meinst«, hatte ich zugestimmt und mich daran gemacht, meine große Reisetasche zu leeren, während Alexis meine Kleidung auf Bügel hängte.

Als wir damit fertig waren und alles eingeräumt war, setzten Donald, Alexis und ich uns für eine Weile in den Garten und tranken Eistee.

Die beiden konnten kaum abwarten, mir alles zu berichten, und staunend lauschte ich Donald, der mir die Verhältnisse auf der Hacienda Rosita erläuterte.

»Ziemlich beeindruckend, das Ganze«, gestand Donald. »Und du wirst Alexander mögen. Er ist irgendwie nett, wenn auch äußerst exzentrisch, und kleidet sich reichlich auffällig.«

»Aber er ist sehr attraktiv«, warf Alexis ein.

»Und ein Schürzenjäger«, setzte Donald augenzwinkernd hinzu.

Ich nickte. »Ja, ich weiß ein bisschen über ihn. Vor meiner Abreise aus Paris habe ich etwas recherchiert. Er hatte mehrere Frauen, etliche Geliebte, und hat eine ganze Schar Kinder in die Welt gesetzt.«

»Und alle leben hier«, erklärte Donald mit einem breiten Grinsen.

»Seine erste Frau kann unmöglich hier wohnen, Donald«, erwiderte ich. »Sie ist schon lange tot.«

»Klar, aber du weißt schon, was ich meine. Die anderen sind alle hier. Aber soweit mir bekannt ist, hat er im Moment keine besondere Favoritin. Alles Verflossene, verstehst du, Exfrauen, Exmätressen. Pass gut auf, Valentine, er weiß ein hübsches Gesicht zu schätzen.«

»Mach dir um meinen Schutz mal keine Sorgen, Brüderlein«, entgegnete ich. »Behalt lieber Alexis im Auge.«

»Ach, an der ist er nicht interessiert«, murmelte Donald und brach von neuem in Gekicher aus. »Er hat sie schon von oben bis unten inspiziert und sich abgewandt.«

»Na, besten Dank für das Kompliment«, rief Alexis aus und boxte meinen Bruder gegen den Arm.

V

Dieses Gespräch hatte vor einer Woche stattgefunden. Ich hatte mich rasch auf der Hacienda Rosita eingelebt; wäre nicht die ständige Sorge um Jake gewesen, die nagende Ungewissheit über sein Schicksal und unsere Zukunft –, ich hätte mich für immer hier niederlassen mögen. Dieses wunderschöne Fleckchen Erde war so ruhig und friedlich. Das Klima war mild; angenehm warm bei Tag und abends kühler. Am blauen Himmel stand stets die Sonne. Ich fühlte mich hier wie verjüngt.

Inzwischen kannte ich die gesamte Mannschaft. Die Yorkshire-Mafia bestand aus mehreren alten Freunden Alexanders aus Studienzeiten. Dies war einer der Charakterzüge, die mir an dem Künstler besonders gefielen. Er schien äußerst loyal zu sein. Len Wilkinson war der *Capo di tutti capi*, wie Alexander ihn gern scherzhaft im sizilianischen Mafia-Jargon titulierte. Len war tatsächlich der Chef und verantwortlich für alles, was mit den geschäftlichen Transaktionen, den Ausstellungen und dem Verkauf der Bilder des Malers zu tun hatte.

Len war mittelgroß, von frischer Gesichtsfarbe mit silberweißem Haar – ein attraktiver Mann mit einer schönen Frau. Auch Jennifer Wilkinson war eine alte Freundin aus den Anfängen des Malers in Leeds; einst Kommilitonen von Alexander, war es den beiden selbst nicht gelungen, sich in der Kunstszene zu etablieren. Nun halfen sie Alexander, Leinwände zu bewegen und vorzubereiten, rahmten die riesigen Gemälde in schlichtes Holz, mischten Farben und unterstützten ihn auf jede erdenkliche Weise. Alle arbeiteten gern mit Alexander zusammen. Warum, war leicht zu verstehen: er benahm sich seinen Assistenten gegenüber freundlich, respektvoll und stets höflich.

Alexander war zwar exzentrisch, pflegte einen prächtigen Lebensstil und lief den Frauen nach; aber er war auch ein herzensguter Mensch, der in seiner Arbeit aufging, seine Kinder liebte und für alle Frauen sorgte, die irgendwann einmal einen wichtigen Platz in seinem Leben eingenommen hatten.

Er war ein außerordentlicher Künstler, und seine neue Bilderserie hatte mich überwältigt. Jedes Gemälde strahlte mit seinen leuchtenden Farben Kraft, Energie und Macht aus. Die Bilder waren faszinierend und raubten mir den Atem. Ich war mir vollkommen sicher, dass sie die Kunstwelt im Sturm erobern würden.

Seit einer ganzen Woche fotografierte ich jetzt diese herrlichen Gemälde. Ich hielt sie für Meisterwerke von ganz eigenem Format. Sie waren riesengroß, beherrschend und dramatisch, und ich wusste, dass meine Fotos ihnen gerecht würden.

Aber heute würde ich beginnen, Aufnahmen von Alexander St. Just Stevens selbst zu machen ... bei der Arbeit in seinem Atelier, mit seinen Kindern in seiner weißen Marmorvilla und auf dem Gelände des Besitzes mit seinen Freunden aus Yorkshire. Wie ich Alexander erklärt hatte, waren diese verschiedenen Motive nicht an einem Tag zu bewältigen, und er hatte zugestimmt, die nächsten paar Tage mit mir zu verbringen und für die Kamera zu posieren.

VI

Ich bürstete mein Haar zu einem Pferdeschwanz zurück und schlang ein Band darum. Dann zog ich ein hellblaues T-Shirt über und schlüpfte in weiße Baumwollshorts. Ich beschloss, bequeme Tennisschuhe zu tragen, die alt, aber blitzsauber waren, denn ich würde auf dem gesamten Gelände unterwegs sein und den ganzen Tag auf den Beinen bleiben.

»Ich gehe, Donald«, rief ich vor der Zimmertür meines Bruders, der sich heute noch nicht hatte blicken lassen.

Die Tür flog auf. »Ach richtig, du frühstückst ja heute Morgen mit dem Maestro. Gib Acht, Val, er verschlingt dich mit seinen Blicken. Der Bursche steht auf dich.«

»Ganz bestimmt nicht«, gab ich gelassen zurück. Mir war klar, dass Donald mich gern neckte.

»Aber das stimmt, Val«, meinte Alexis und trat aus dem Zimmer.

Ich runzelte die Stirn. »Ehrlich, ihr zwei habt immer nur das eine im Kopf.«

»Doch, er macht dir schöne Augen«, bekräftigte Donald. »Er wirft dir laszive Blicke zu.«

Ich brach in Gelächter aus. »Was für ein Ausdruck, Donald. Den musst du in deiner Kolumne verwenden.«

»Meinst du? Das tue ich bestimmt.«

»Lass uns beide jetzt frühstücken«, meinte Alexis zu Donald. »Nachher können wir Val um zehn Uhr treffen, wie sie gestern Abend gesagt hat. Gilt das noch, Val?«

Ich nickte. »Genau. Alexander hat mich zum Kaffeetrinken ins Atelier eingeladen, nicht in die Villa. Kommt also um zehn dorthin.«

»Okay.« Alexis biss sich auf die Lippen und zögerte fast unmerklich. »Hör mal, wirst du auch eine – oder mehrere – seiner Frauen fotografieren?«, fragte sie dann.

»Ich bin mir nicht sicher, ob er damit einverstanden ist. Warum?«

»Ich finde nur, dass so etwas der Geschichte ein bisschen Farbe verleihen würde … die richtige Würze, wenn du so willst.«

»Aber hier geht es um Kunst, wirklich *große Kunst*, und um den Maler. Nicht um sein Liebesleben, seine Frauen und seine vier Kinder.«

»Sechs insgesamt«, warf Donald ein. »Zwei besuchen das College.«

»Danke sehr für die Erinnerung, Donald, aber das hatte ich nicht vergessen.«

»Ich dachte einfach, er würde sich vielleicht gern mit seiner … Großfamilie aufnehmen lassen. Das macht ihn irgendwie … *menschlicher*«, meinte Alexis.

»Das ist natürlich ein Argument«, gestand ich ihr zu. »Ich denke darüber nach und entscheide mich dann später.«

Ich nahm meine Kameras. »Vergiss nicht, die ganze Ausrüstung mitzubringen, Donald. Das Atelier ist zwar schön hell, aber ich möchte die gleiche Stimmung schaffen wie kürzlich.«

Donald nickte. »Kein Problem, Schwesterherz.«

Ich lächelte ihm zu. »Danke, Donald.«

Mein Bruder prustete los.

»Was gibt's zu lachen?«

»Ich habe dich die ganze Woche lang Schwesterherz genannt, und du hast mich deswegen nie angeknurrt.«

»Es macht mir nichts mehr aus«, gab ich zurück, und das meinte ich ehrlich.

Kapitel 31

I

Während ich durch den Garten der Gästevilla zu Alexanders Atelier ging, dachte ich an Jake. In Gedanken war ich immer bei ihm, sorgte mich um ihn und fragte mich, ob er in Sicherheit war. Häufig schaltete ich abends den Fernseher ein, um Nachrichten aus dem Krieg im Kosovo zu sehen, stellte aber fast sofort wieder ab. Dort herrschten Chaos und Elend.

Der getreue Mike stand in täglichem Kontakt zu Jacques Foucher in Jakes Fotoagentur und hielt mich per Fax auf dem Laufenden. Jake war am Leben und berichtete momentan aus Príština. Und so versuchte ich ruhig zu bleiben, setzte meine Arbeit in Mexiko fort und betete für seine sichere Rückkehr.

Ich hatte ihn von Anfang an gemocht. Mit seinen fünfundvierzig Jahren wurde Alexander St. Just Stevens allgemein als der größte lebende Künstler betrachtet und häufig als der »Picasso des Millenniums« bezeichnet. Aber meiner Meinung nach waren seine Bilder aufregender als die Picassos. Sie berührten den Betrachter stärker und steckten voller Leben und dynamischer Farben.

Alexander war ein äußerst attraktiver Mann mit einem kräftigen, ausdrucksvollen Gesicht. Sein Haar war früh von

Grau durchzogen, und die silbernen Schläfen ließen den Blick seiner grünen Augen noch durchdringender erscheinen, die unter dichten schwarzen Brauen in die Welt schauten. Er war groß und gut gebaut, von prachtvoller Statur, braun gebrannt und fit – ein guter Sportler, der Tennis, Schwimmen und Hochseefischen liebte.

Mir war völlig klar, dass er ein Schürzenjäger war; darüber hätte mich nicht erst mein Bruder zu informieren brauchen. Alexanders Leidenschaft für die Frauen und seine vielen Beziehungen im Lauf der Jahre waren in den Zeitungs- und Zeitschriftenartikeln, die ich im Rahmen meiner Recherchen gelesen hatte, ausgezeichnet dokumentiert gewesen. Und in gewissem Sinne spiegelte seine Leidenschaft für das weibliche Geschlecht seine Liebe zu seiner Kunst, seiner Arbeit.

Len Wilkinson hatte mir verraten, dass Alexander oft tagelang ohne Pause malte. Und auch ich selbst hatte bemerkt, dass dem Künstler eine außerordentliche Energie und Kraft zu Eigen war, die sich in allem zeigten, was er anpackte.

Zwar hatte ich die Vorstellung verächtlich abgetan, Alexander könnte ein Auge auf mich geworfen haben, aber tatsächlich hatte Donald sich nicht geirrt. Mein Bruder war halt mit allen Wassern gewaschen. Seinem lebendigen, aufmerksamen Blick entging nichts, und da er täglich an meiner Seite arbeitete, sah er alles.

Aber ich hielt es für klüger, Unkenntnis vorzuschützen, so zu tun, als bemerkte ich nichts von Alexanders Interesse an mir, um auf diese Weise die Situation unter Kontrolle zu behalten. Aber manchmal bereitete mir das Sorgen, weil mir klar war, dass er mehr als eine flüchtige Sympathie für mich empfand. Ich spürte, dass er sich ernsthaft für mich interessierte, obwohl ich nichts getan hatte, um ihn darin zu bestärken.

Auf der anderen Seite hatten Alexander und ich in den

letzten neun Tagen sehr viel Zeit miteinander verbracht, in derselben Umgebung gearbeitet, gegessen und uns erholt. In unserer Freizeit hatten wir viel zusammen unternommen. Alexander hatte uns jeden Abend zum Dinner in die Villa eingeladen; während der Fototermine hatten wir auch mit ihm zu Mittag gegessen. Aber obwohl auf dem Gelände zwei von Alexanders Exfrauen und zwei seiner ehemaligen Geliebten in eigenen Villen lebten, waren sie bei diesen Gelegenheiten nicht anwesend gewesen. Len und seine Frau Jennifer dagegen waren immer dabei, ebenso wie Neal Lomax und Kevin Giles, Alexanders ergebene Assistenten, die ihm im Atelier zuarbeiteten. Marcia Dermot, Alexanders Sekretärin, kam oft, wenn auch nicht immer, denn sie hatte sich um eine dreijährige Tochter zu kümmern.

Alexander lebte allein im Haupthaus, der weißen Marmorvilla. Dort gab er auch seine großzügigen Einladungen, obwohl ich wusste, dass er oft lange, nachdem wir alle zu Bett gegangen waren, noch im Atelier arbeitete. Er war besessen von seiner Kunst, die – wie er mir erklärt hatte – sein Leben ausmachte.

Als ich vor dem Atelier ankam, blieb ich einen Moment stehen und blickte nach oben. Das Gebäude stand am Rand der Klippe, wenn auch innerhalb der Umfriedungsmauer, und wirkte in der frühmorgendlichen Sonne gewaltig und imposant.

Ich ging weiter, schob die schwere Eichentür auf und trat ein. Wie üblich blieb ich im Eingang stehen und bewunderte die außerordentliche Gestaltung des Innenraums.

Das Atelier selbst war ein einziger Raum. Eine Wand bestand vollständig aus Glas und bot einen Blick auf das Meer. An der Decke setzte sich die Glaswand in einem breiten Oberlicht fort, das die eine Hälfte des Dachs einnahm und noch mehr Licht einließ.

An der einen Schmalseite beherbergte eine Plattform, eine Art Bühne, die fertigen Gemälde, von denen manche riesig waren. Hinter dieser Bühne lagen eine vollständig ausgestattete Küche, ein Badezimmer und ein Schlafzimmer, in dem Alexander häufig ruhte, wenn er nachts arbeitete.

Auf der gegenüberliegenden Seite des Ateliers war eine weitere Plattform errichtet. Hier fiel das Licht sowohl durch das Oberlicht als auch die Glaswand ein; dort malte Alexander bei Tag wie bei Nacht. Nach Einbruch der Dunkelheit wurde dieser Bereich durch Deckenspots mit künstlichem Licht erhellt.

An der Tür zögerte ich. Von Alexander war nichts zu sehen, und im Atelier war alles ruhig. »Hallo! Jemand zu Hause?«, rief ich, trat in den Raum und blickte mich um.

»Sind Sie das, Val?«, ließ sich Alexanders Donnerstimme vernehmen, und plötzlich erschien er hinter der Bühne. Er hatte Rasierschaum im Gesicht, und in der Hand hielt er einen Rasierer. Sein Oberkörper war nackt, er trug nur ein paar weiße Baumwollhosen, die dick mit Farbe bekleckst waren, und Tennisschuhe, die ebenso schlimm aussahen.

»Wer sonst außer der guten alten Val?«, rief ich lachend. »Guten Morgen, Alexander. Ich hoffe, ich bin nicht zu früh dran.«

Er warf einen Blick auf seine Uhr und schüttelte den Kopf. »Nein. Außerdem kommen Sie für mich nie zu früh. Geben Sie mir eine Minute, dann bin ich bei Ihnen. Das Frühstück ist schon aus der Küche gebracht worden.«

»Ich erwarte Sie dann auf der Terrasse«, sagte ich, während er wieder verschwand.

Ich ging nach draußen. Die Terrasse lag auf der Rückseite des Ateliers. Sie war ruhig, abgeschlossen und von den übrigen Gebäuden des Komplexes her nicht einzusehen. Von hier aus blickte man aufs Meer; um einen Tisch mit einem Sonnenschirm standen vier Stühle. Dort ließ ich mich nieder, um zu warten, und wenige Minuten später kam Alexander heraus und trug ein großes Holztablett. Nun war er ordentlich in weiße Hosen, makellose Tennisschuhe und ein weißes mexikanisches Hemd gekleidet.

II

»Ich habe gearbeitet«, erklärte er und setzte das Tablett auf den Tisch.

»Die ganze Nacht?«, fragte ich und sah zu ihm auf.

Er schüttelte den Kopf. »Nein, seit Sonnenaufgang. Ich wollte ein Bild fertig stellen. Später zeige ich es Ihnen.«

Er schenkte den Kaffee ein und deutete auf einen Korb, der mit frisch gebackenem Brot in dicken Scheiben, Früchtebrot sowie Toast gefüllt war.

Ich schüttelte den Kopf. »Ich bin nicht hungrig«, murmelte ich und nippte an meinem Kaffee.

Alexander trank ebenfalls seinen Kaffee, bestrich ein Stück Toast mit Butter und biss hinein. Eine Zeit lang saßen wir in freundschaftlichem Schweigen beieinander.

»Hätten Sie etwas dagegen, wenn wir heute Morgen im Atelier mit den Aufnahmen beginnen?«, fragte ich schließlich. »Ich meine, könnte ich die ersten Fotos von Ihnen zusammen mit den Bildern schießen?«

»Ja, wenn Sie möchten, Val.« Kurz ruhten seine grünen Augen auf mir. »Ich möchte, dass nur wenige Fotos von mir gemacht werden, Val, falls Sie damit einverstanden sind.«

Ich nickte. »Okay, aber ich hätte gern ein paar Aufnahmen von Ihnen beim Malen, und auch wie Sie neben den fertigen Bildern stehen. Und auch …« Ich zögerte. Plötzlich hatte ich Bedenken, weiterzusprechen.

»Sie wollen mich doch nicht bitten, zusammen mit meinen Exfrauen und ehemaligen Geliebten zu posieren, oder?«

Ich schwieg.

»Ich weiß, dass meine geschiedenen Frauen sich nicht gern fotografieren lassen, und Danielle und Carole sind auf jeden Fall äußerst zurückhaltend. Die beiden würden bestimmt lieber *nicht* in der Story vorkommen.«

»Nun ja …«, begann ich und unterbrach mich.

»Was denn?«, fragte er leise.

»Ich kann das ja verstehen, aber …« Wieder verstummte ich und sah ihn an. »Das würde der Geschichte einen menschlichen Touch verleihen.«

Er schenkte mir ein wissendes Lächeln. »Hören Sie, Val. Ich habe ein etwas unkonventionelles Leben geführt und tue das noch. Viele Menschen glauben, dass ich verrückt bin, mit all meinen Verflossenen hier auf dem Besitz zu leben. Aber die Leute geht das nichts an, und ich finde, es ist das Beste für die Damen und meine kleinen Kinder. Sie sind alle sicher, beschützt, werden gut versorgt. Hier kann ihnen nichts zustoßen. Aber ich weiß nicht, ob es das Richtige ist, meinen Lebensstil vor der ganzen Welt auszubreiten.«

»Das ist mir klar, Alexander. Aber ich dachte … vielleicht ein Foto von Ihnen mit den Kindern?«, fragte ich.

Er schüttelte den Kopf. »Oh nein, das halte ich für keine gute Idee. Sie wissen genau, dass die Welt voller Verrückter ist, und ich möchte meine Kinder nicht der Gefahr aussetzen, gekidnappt zu werden.«

»Aber sie leben doch hier bei Ihnen, auf diesem scharf bewachten Gelände.«

»Stimmt.« Er seufzte und schenkte mir einen langen, durchdringenden Blick. »Lassen Sie mich darüber nachdenken.«

Ein Schweigen senkte sich zwischen uns, das ich nicht brechen wollte. Ich brauchte einen Moment Zeit, um meine Gedanken zu sammeln und einige Fotos, die ich geplant hatte, zu überdenken. Ich wandte den Blick ab und sah zum Himmel. Dann reckte ich mich, drehte mein Gesicht der Sonne zu und schloss ein paar Minuten die Augen.

Schließlich setzte ich mich auf und sprach Alexander an. »Tut mir Leid, wenn ich zu viel verlangt habe, aber die Fotos sind so wichtig, und die Dokumentation wird auf der ganzen Welt erscheinen.«

»Oh, das weiß ich, und ich möchte, dass Sie die Bilder machen, Val. Aber mein Privatleben möchte ich lieber aus diesem Shooting heraushalten.«

»Verstehe«, gab ich zurück, denn ich begriff, dass ich diese Auseinandersetzung nicht gewinnen würde, und ich wollte Alexander nicht gegen mich aufbringen, indem ich weiter bohrte.

»Es war schön, Sie hier zu haben«, erklärte Alexander unvermittelt. »Sie mögen die Hacienda Rosita, stimmt's?«

»Aber ja!«, rief ich aus. Meine Begeisterung war wohl unüberhörbar. »Sie ist wunderschön, friedlich … ein wahres Paradies. Und davon existieren auf der Welt nicht mehr viele.«

»Warum bleiben Sie dann nicht noch ein bisschen?«

»Ich wünschte, das wäre mir möglich, aber ich muss Ende der Woche aufbrechen, um die Bilder nach Paris zu bringen.«

»Wenn das der einzige Grund ist, dann könnte ich doch Neal schicken. Er hätte sicher nichts gegen einen Ausflug nach Paris einzuwenden.«

Ich starrte ihn sprachlos an.

»Ich mag Sie, Val«, gestand Alexander. »Als ich Sie zum ersten Mal sah, wusste ich, dass Sie mir gut tun würden.«

Immer noch antwortete ich nicht. Ich schaute den Maler nur an und fragte mich, wohin diese Unterhaltung führen sollte.

»Wir haben in der vergangenen Woche einige gute Gespräche geführt, Val«, versicherte Alexander mit seiner sonoren Stimme. »Ich habe mich noch nie jemandem so geöffnet wie Ihnen, zumindest nicht seit meinem Kunststudium in Leeds.«

Endlich fand ich die Stimme wieder. »Wir sind ganz gute Freunde geworden, stimmt's?«

»Das hoffe ich.« Er beugte sich vor und sah mir in die Augen. »Bleiben Sie noch ein wenig, Val. Sie haben etwas ganz Besonderes hierher gebracht.«

»Ich denke darüber nach«, gab ich zurück. Ich wusste nicht, was ich Alexander sagen sollte. Natürlich schmeichelte mir die Aufmerksamkeit dieses attraktiven Mannes und großen Künstlers. Aber zum Flirten war ich schließlich nicht hergekommen. Außerdem konnte ich in Paris das Neueste über Jakes Verbleib erfahren. In seinem letzten Fax hatte Mike sich zu diesem Thema wieder weit gehend ausgeschwiegen. Und das konnte alles bedeuten …

III

Es wurde ein langer Tag.

Ich schoss unzählige Filme von Alexander in seinem Atelier und mit seinen beiden Assistenten. Wir arbeiteten gut zusammen, und mit Alexis' und Donalds Hilfe verliefen die Aufnahmen reibungslos. Die beiden arbeiteten effektiv und doch entspannt und machten kein großes Aufhebens.

Wir aßen alle zusammen auf der Terrasse zu Mittag und arbeiteten dann bis zum frühen Abend weiter. Um sieben packten wir schließlich unsere Ausrüstung zusammen. Ich war erschöpft, aber Alexander schien immer noch voller Energie und Vitalität zu stecken. Er bestand darauf, dass wir auf der Veranda seiner Villa Cocktails tranken und im Pool schwimmen gingen. Und nach dem Essen setzten wir uns in sein Privatkino, knabberten Popcorn und lachten über die Komödie, die er ausgesucht hatte.

»Ich kann nicht mehr«, erklärte ich schließlich um Mitternacht kategorisch. »Ich muss ins Bett.« Dann stand ich auf und schickte mich an, zusammen mit den anderen den Filmraum zu verlassen.

Alexander nickte, und mir war klar, dass er mich zu unserer Villa bringen wollte. Aber Donald und Alexis nahmen mich in die Mitte, und so wurde nichts daraus.

Zurück in der Gästevilla, erwartete mich ein Fax von Mike. Darin berichtete er mir, Françoise sei endlich wieder in Paris eingetroffen, und alles sei in Ordnung. Jake erwähnte er nicht.

Später fand ich vor Erschöpfung leicht in den Schlaf. Ausnahmsweise schlummerte ich tief und traumlos und erwachte am nächsten Morgen erfrischt und ausgeruht.

Und in der klaren, kühlen Morgendämmerung stand mir deutlich vor Augen, was ich zu tun hatte. Was ich Alexander gesagt hatte, stimmte: Ich musste zurück nach Paris – und von dort aus würde ich nach Belgrad fliegen und mich nach Príština durchschlagen, um Jake zu suchen. Mein Platz war an seiner Seite, ob an der Front oder im Frieden. Da Alexander sich nicht mit seinen Frauen und Kindern ablichten lassen wollte, blieben nur noch die Fotos von der Yorkshire-Mafia. Die konnte ich heute aufnehmen. Und den Rest konnten Alexis und Donald erledigen.

Alexander war ein interessanter Mann, aber ich liebte einen anderen. Liebte ihn von ganzem Herzen. Es gab niemanden sonst für mich; Jake war mein Schicksal. Und deswegen musste ich fort.

Kapitel 32

I

Kosovo, April – Der Tag war kalt, obwohl der Frühling sogar in dieses blutdurchtränkte Land eingekehrt war, und hoch an dem blassblauen, mit weißen Wattewölkchen überzogenen Himmel schien die Sonne. Trotz des scharfen Windes war es ein schöner Tag. Aber nur wenige Menschen bemerkten das überhaupt.

Jake hatte Recht gehabt; die NATO hatte in den Krieg eingegriffen. Die Luftschlacht war in vollem Gange, am 24. März hatten die Bomben zu fallen begonnen. Die NATO kämpfte immer noch, und ich vermutete, dass die Angriffe noch längere Zeit dauern würden.

Ich befand mich in Príština, der Hauptstadt des Kosovo, wo Jake noch vor ein paar Tagen gewesen war. Jacques Foucher hatte mich mit allen Informationen versorgt, nachdem ich in Paris eingetroffen war. Ich war von Acapulco nach New York geflogen, und von dort aus mit der Concorde nach Paris.

Nach einer Übernachtung in meiner Wohnung auf dem linken Seineufer hatte ich einen kleinen Rucksack mit Filmen voll gepackt, dazu eine Ersatzkamera, ein paar Toilettenartikel, Unterwäsche zum Wechseln und zwei saubere T-Shirts. In Bomberjacke und Schnürstiefeln brach ich nach Belgrad auf, mit kleinem Gepäck, um beweglich zu sein.

Die Straßen von Príština lagen voller Schutthaufen; auf der Flucht vor serbischen Bomben und Geschützfeuer eilten die Menschen durch die Straßen, auf der Suche nach einem sicheren Unterschlupf.

Viele waren anscheinend schon geflohen. Zu Fuß und in Karren bewegten sie sich auf die Grenzen in Richtung Albanien und Mazedonien zu, in der Hoffnung, dass diese Länder sie aufnehmen würden. Aber die Zeit lief ab für all diese Flüchtlinge, die Milosevics Terror zu entkommen suchten.

Es war die Hölle.

Das Artilleriefeuer war ohrenbetäubend, und aus den Trümmern stieg dichter Staub auf, der mir den Atem nahm. Ich hatte eine Kamera um den Hals gehängt und trug den Rucksack auf den Schultern. Eine gute Idee, mit leichtem Gepäck zu reisen, dachte ich, während ich mich so gut wie möglich an den Menschenmengen vorbeidrängte.

So viele Leute bewegten sich durch die Straßen, dass es schwer gefallen wäre, jemanden zu erkennen, obwohl ich nach Jake Ausschau hielt, seit ich heute Morgen angekommen war.

Plötzlich und unerwartet entdeckte ich Hank Jardine, einen amerikanischen Kriegsreporter, der für einen der Kabelsender arbeitete.

»Hank!«, schrie ich und rannte auf ihn zu. »Warte, Hank! Ich bin's, Val Denning!«

Er eilte zusammen mit seinem Kameramann vor mir die Straße hinunter, und dieser hörte meine Stimme und packte Hank am Arm. Die beiden Männer drehten sich um, und als Hank mich erblickte, winkte er und wirkte verblüfft.

Ich holte die beiden ein. »Hi, Jungs«, rief ich aus.

»Hi, Val«, gab Hank zurück.

»John Grove«, stellte der Kameramann sich lächelnd vor.

»Val Denning.« Wir schüttelten uns die Hände, dann sprach ich Hank an. »Ich bin auf der Suche nach Jake. Hast du ihn gesehen?«

»Klar, vor ungefähr zwei Stunden. Er war mit Clee Donovan zusammen, unten bei den Rotkreuz-Zelten. Etwa zehn Minuten diese Straße entlang. Die Zelte stehen am Rand eines Ackers.«

»Waren sie verletzt?«

»Ich glaube nicht. Aber ich bin mir nicht sicher.«

»Danke, Hank. Gehst du auch in diese Richtung?«

»Nein, ich bin auf dem Weg zu ein paar verwundeten Kosovaren, um einige Interviews zu drehen.«

Ich bedankte mich und lief allein weiter. Ich machte mir Sorgen, weil Jake und Clee bei den Rotkreuz-Zelten gesehen worden waren. Kein gutes Zeichen, dachte ich.

Angst begann in mir aufzusteigen, und als die bösen Vorahnungen unerträglich wurden, begann ich zu rennen und drängte mich im Zickzack durch die Menschenmengen, um so schnell wie möglich zu den Zelten zu kommen.

Keuchend und atemlos erreichte ich das Feld, auf dem man die Sanitätszelte aufgebaut hatte. In einiger Entfernung erblickte ich mehrere Soldaten, die zusammenstanden und redeten. In ihrer Nähe sah ich einige Rotkreuz-Ärzte. *Und Clee Donovan.*

Einen Moment lang blieb ich stehen, und mein Herzschlag setzte aus. Oh mein Gott, Jake war etwas zugestoßen. Ich hatte es gewusst. Dieser Ort brachte mir Unglück. Er stank geradezu nach Tod.

Ich holte tief Luft, rannte von neuem los und sprintete die Straße entlang, so schnell meine Beine mich trugen. Und da entdeckte ich Jake.

»Jake, Jake!«, schrie ich und stürzte weiter. Meine Füße flogen nur so über den Asphalt, und mein Herz raste.

Er hörte mich und fuhr herum.

»Val!«, brüllte er, hob grüßend die Hand und lief auf mich zu.

Wir trafen uns in der Mitte der staubigen Piste.

Ich stolperte in seine ausgebreiteten Arme.

Wir hielten einander umklammert, und ich begann vor Erleichterung zu schluchzen.

»Oh, Gott sei Dank bist du in Ordnung, dir ist nichts passiert«, schniefte ich, und meine Stimme brach.

»Ich habe dir doch gesagt, dass mir nichts geschehen wird, dass du mir vertrauen kannst«, gab er zurück, schob mich ein Stück zurück und sah mir ins Gesicht. Er verzog den Mund zu einem amüsierten Grinsen. »Dein Gesicht ist schmutzig, Val«, meinte er lachend.

Sekundenlang verstand ich nicht und starrte ihn mit offenem Mund an. »Was zum Teufel hast du erwartet in diesem Dreckloch!«, kreischte ich dann. Aber ich begann ebenfalls zu lachen.

Wieder zog er mich fest an sich. »Val, oh Val, wie wunderbar, dich zu sehen. Die letzten paar Wochen waren schrecklich. Ich bin wirklich froh, dass du nicht hier warst. Es war eine harte Zeit, verdammt lausig.«

Ich löste mich von ihm und schaute in seine strahlend blauen Augen. »Aber jetzt bin ich hier, Jake, bei dir«, sagte ich leise. »Dort, wo ich hingehöre. In deinen Armen. An der Front, oder wo immer du möchtest. Solange wir nur zusammen sind.«

Er erwiderte meinen Blick. »Und ich möchte dich bei mir haben, Val. Aber nicht hier, nicht mehr. Ich habe genug Fotos hinausgeschickt und erledigt, was ich mir vorgenommen hatte. Ich wollte gerade aufbrechen, als du gekommen bist.«

»Du meinst, du willst den Kosovo verlassen?«, fragte ich und sah ihn forschend an.

»Allerdings. Komm, wir verabschieden uns von Clee.« Er

legte den Arm um mich, und zusammen gingen wir die Straße hinunter zu dem Feld.

Unvermittelt blieb Jake stehen und schaute auf mich herab. »Nur eins möchte ich noch wissen, Val«, erklärte er.

»Und das wäre?«

»Gerade hast du gesagt, du gehörtest zu mir ... heißt das, dass du mich heiraten wirst?«

»Ja, das will ich«, antwortete ich und sah strahlend zu ihm auf.

»Das freut mich«, meinte er und erwiderte mein Lächeln.

Er nahm meine Hand und hielt sie fest umfasst, während wir uns anschickten, den schlammigen Acker zu überqueren. Und endlich wusste ich, dass mir nichts mehr geschehen konnte.